LIVRO DE

DA SÉRIE TEMPO PERDIDO

LIVRO DE *Leah*

DA SÉRIE TEMPO PERDIDO

LAURA MALIN

AGIR

Copyright © 2013 por Laura Barcellos Malin

Direitos de edição da obra em língua portuguesa no Brasil adquiridos pela Agir, um selo da EDITORA NOVA FRONTEIRA PARTICIPAÇÕES S.A. Todos os direitos reservados. Nenhuma parte desta obra pode ser apropriada e estocada em sistema de banco de dados ou processo similar, em qualquer forma ou meio, seja eletrônico, de fotocópia, gravação etc., sem a permissão do detentor do copirraite.

EDITORA NOVA FRONTEIRA PARTICIPAÇÕES S.A.
Rua Nova Jerusalém, 345 – Bonsucesso – 21042-235
Rio de Janeiro – RJ – Brasil
Tel.: (21) 3882-8200
Fax: (21) 3882-8212/8313

Texto revisto pelo novo Acordo Ortográfico

CIP-BRASIL. CATALOGAÇÃO NA FONTE
SINDICATO NACIONAL DOS EDITORES DE LIVROS, RJ

M217t   Malin, Laura, 1974-
          Tempo perdido : livro de Leah /
          Laura Malin. - Rio de Janeiro : Agir, 2013.
          368Pp: 23 cm

          Sequência de: Tempo perdido : livro de Joaquim
          ISBN 978-85-220-1327-2

          1. Ficção brasileira. I. Título.

CDD: 869.93
CDU: 821.134.3(81)-3

Para minhas filhas Luisa e Alice.

"Não tenhamos pressa, mas não percamos tempo."
José Saramago

PRÓLOGO

Eu não posso mais ir adiante. Já transpassei todos os limites. Cortei os céus em busca dele e, soprada pelos ventos, continuei. Me transferi de vidas, fui outras e muitas, todas tão iguais quanto diferentes. Matei e não morri. Procurei por ele em outros homens, em outras mulheres. Em outras terras, outras épocas. Com a única certeza de que o céu que nos liga sempre foi o mesmo.

Se eu houvesse esperado por ele no meio do caminho talvez estivéssemos juntos. O problema foi que, fatiando o tempo, fui até o outro lado. Eu cruzei, avancei, infringi. Nunca consegui esperá-lo, voei atrás, impulsionada pelo medo de não deparar com ele. Mas quando dois pássaros voam em linha reta, na mesma direção, sem parar, eles não se encontram: é uma caça sem fim. Foi o que aconteceu conosco. Nos buscamos tanto que nunca nos achamos. Não nestes 188 anos de procura.

Sinto como se durante estes quase dois séculos eu tivesse estado dentro de um balão, cortando o espaço sem fricção e nem ruídos, no mais completo silêncio e vácuo. Uma bolha mais leve do que o eu, sustentando o nada. Um espaço onde minha carne se abria, constantemente, para o oxigênio penetrar cada uma de suas ausências. Assim me decompunha, constantemente, de mim mesma.

Eu olho para baixo, para todas as coisas que diminuímos quando vistas de cima, e acho que não pertenço em absoluto a algum lugar. Ou nem mesmo me pertenço. Mas então, quando sinto que deixei todo o peso lá embaixo, agarrado ao solo, e experimento a leveza que não me sustenta – então lembro: eu lhe pertenço. Pois sem ele não consigo mais pairar ou ventar; sobreviver ou nem mesmo morrer. Sem ele eu não sou pipa.

O som da minha respiração quando cruzo com uma gaivota é um bater de asas. Asas de borboleta, que se reinventa a cada fase, mais presa às metamorfoses do que às ranhuras de seu delicado corpo. À noite eu sou uma mariposa cega que enxerga no escuro apenas o que não quer ver e voa baixo como uma coruja zangada. Quando me misturo com os outros sou um morcego surdo; quando me liberto deles sou uma libélula histriônica. E quando me descubro sozinha tenho olhos de abelha e listras de vespa. Eu sou o meu próprio inseto preso na teia do absurdo.

Por isso, quando estou voando as coisas não me atingem: permaneço anestesiada de tanto flutuar no meu próprio nervo vago e mover-me no infinito, deslizando na completa falta de atrito. Sou alada. Eu tenho a força das estrelas e tudo que me suga para o céu é completude. Mas eu sei que não é lá que ele está: já mapeei o universo e não encontrei Joaquim.

Eu e ele somos ar e mar. Por isso preciso retirar-me do meu ninho, no alto da árvore; do meu cesto de palha que o balão arrasta pelo cangote; da cabine azul de vidro temperado do jato estratosférico. Retirar-me dos lugares errados onde o procurei, retirar-me da própria busca. Só assim posso ter a certeza de que irei encontrá-lo.

Brisa

Perdi a conta de quantas vezes eu sonhei com este momento, literalmente milhares de sonhos espalhados pelos quase dois séculos de busca. E, finalmente, o dia chegou. A espera acabou. Se o destino não me traísse, eu estaria, em alguns momentos, de frente para ele, o meu Joaquim.

Fazia mais de um mês que eu não conseguia dormir. Como uma pena flutuando no vazio, me sentia num constante voo entre o lugar que eu havia deixado – e para onde não queria, em nenhuma hipótese, voltar – e o porto seguro no qual, enfim, poderia aterrissar. Pronta para ser feliz.

Apesar de não saber exatamente quando e como se daria o encontro, eu estava no local certo, em Fernando de Noronha, e na data certa. Era um dia sugestivo, muitas pessoas estavam prontas para o final dos tempos: 21 de dezembro do Ano do Dragão, 2012. Para mim, o dia do fim da busca e do reinício do amor interrompido.

Depois de tanto tempo, não seria óbvio reconhecê-lo. Sua voz ecoava distante de mim, apenas um delicado afago perdido no passado. Seu cheiro havia deixado de me penetrar e nunca mais eu o sentira solto no ar. Talvez estivesse trancado dentro dele próprio.

De seu rosto, eu guardava apenas uma mancha borrada e branca, os olhos castanhos presos por um fio no canto da minha memória, o riso desmontado nos lábios macios, perseguindo um beijo meu. E os traços frágeis de uma foto gasta que ele havia me enviado na década de 20... quase cem anos antes.

Se à primeira vista eu não soubesse distinguir Joaquim, ao tocá-lo eu o reconheceria. Quando encostasse em seu corpo, meu coração se arrepiaria de certeza. E, ao beijá-lo, eu finalmente confirmaria sua presença – ou ausência. Essas seriam as únicas maneiras de saber.

Foi com os sentidos aguçados que eu entrei naquela manhã do dia mais importante de minha vida. Vi o sol nascer na Praia da Conceição, o lugar do nosso último encontro, no distante ano de 1824. Rezei para a imagem de Iemanjá, soberana de cima de sua rocha, bem guardada pelo Morro do Pico. Pedi a ela que tornasse possível o reencontro.

Deitei olhando o céu e respirei fundo. O esforço fora feito, eu estava no lugar onde tudo havia começado, na data em que o sofrimento deveria acabar. O universo teria que se encarregar do resto.

⁓

Duas horas mais tarde, fui arrastada por Malu para um passeio de escuna pelo Mar de Fora. Minha amiga havia preparado uma programação intensa para aquele tão esperado dia, que incluía uma trilha, um almoço e, para fechar, o Luau do Final, com um mergulho noturno.

Eu sabia o que Malu estava fazendo: tentando me proteger da maior frustração da minha vida, o desencontro marcado. Não podia julgá-la por isso, ao contrário, ela estava apenas tentando me ajudar. A grande dúvida era: será que o universo também estava pronto e disposto a colaborar?

Chegamos ao pequeno Porto de Santo Antônio em silêncio. Era cedo, mas eu já tinha perdido o fio das horas. Carregava, a tiracolo, minha Nikon D300s e me escondia sob um chapéu de abas grandes e palha trançada que, eu tinha a ilusão, poderia me proteger contra frustrações.

A verdade era que eu nunca havia sentido tanto medo em toda a minha vida. Mesmo tendo escutado de magos, adivinhas e cartomantes que o reencontro com Joaquim se daria ali e naquele dia, uma onda de desespero espumava dentro de mim. Se eu tinha conseguido a proeza de me entreter durante 188 anos de espera, agora parecia que meu coração ficara pequeno demais para bombear o sangue grosso que me entupia as veias.

Percorremos o píer para o embarque junto com um bando de turistas sedentos por tartarugas e golfinhos. Eu estava tão ocupada com meu pavor interno que demorei a notar quando uma coisa louca aconteceu. Não apenas uma coisa louca, mas a coisa mais louca de todas e de minha vida inteira: vi Joaquim dentro daquela escuna onde eu embarcaria.

Tive a clara impressão de que ele era ainda mais bonito do que em todos os meus sonhos e devaneios. Sua barba malfeita emprestava-lhe o ar de um fugitivo. Notei que os cabelos castanhos escuros, repartidos pelo vento, formavam um redemoinho de ideias. A pele, ardida, gritava alguma coisa que os dentes, perfilados com precisão, calavam. Seus olhos resplandeciam juventude, mas havia neles uma sombra oca que, tive certeza, só eu podia entender.

Nossos olhares se encontraram; não apenas a visão que abarcavam, mas um alinhamento de vários sentidos. Foi como se víssemos, um no olhar do outro, que a delicada película de vácuo que nos recobria seria finalmente removida.

Quando ele me ajudou a subir na escuna, não houve mais nenhuma sombra de dúvida. Houve certeza e felicidade como eu jamais havia sentido. Durou talvez o compasso de um ou dois batimentos cardíacos, mas foi suficiente para me encher de esperanças.

Eu sabia que aquele era Joaquim Henrique Castro Nunes, o homem por quem eu havia me apaixonado no início do século XIX, o homem com quem eu havia me imortalizado, o mesmo que eu procurava desde então. Mas ele não se lembrou de mim: ou ele não me reconheceu; ou eu não o interessava mais.

Malu sentou-se ao meu lado, lívida. Seus olhos cresceram como se fossem explodir. Beliscou o meu braço, "é o Joaquim, é ele", sussurrou. Claro, para ela, até aquele momento, eu era uma louca que se dizia centenária, procurando um homem imortal cuja única foto, desbotada, fora tirada nos primórdios dos tempos. "Sylvia, ele é o cara da foto!", repetiu.

Distraída em acalmá-la, fui domando minha paúra interna, racionalizando o encontro e pensando que, acontecesse o que fosse, eu o havia encontrado! E ponto final. Se ele não se lembrasse de mim, eu o faria recordar. Se ele houvesse esquecido como me amar, eu o ensinaria novamente. O importante é que Joaquim estava ali, diante de mim!

Fiquei observando-o pilotar a escuna até a Baía dos Golfinhos, e comecei a tirar fotos. Ampliei o zoom e pude enxergar seus poros, a umidade no canto dos olhos, os pelos castanhos que lhe recobriam os braços dourados. Fotos da nuca, da boca, dos dedos. Quando ele parou a embarcação para dar uma explicação qualquer, eu subi para o segundo andar, onde fiquei sozinha tentando conter minha ansiedade. Observei o céu, tentando ler naquele azul sem nuvens as respostas que não estavam escritas.

Quando voltei meus olhos para baixo, ali estava ele, ao meu lado, sorrindo, como que para confirmar quem era. Nossos olhares se cruzaram e a leveza voltou. Nossos braços se esbarraram e eu, estúpida, me contive para não agarrá-lo com a força daquela tigresa que me arranhava. E então, sem querer, mas feliz por ter tomado uma iniciativa, eu disse "Joaquim?"

Seus olhos se abriram como dois paraquedas. Ficou mudo, permaneceu mudo.

Entrei em pânico com seu silêncio, disfarcei, tentei entender se ele estava, de alguma maneira, se comunicando comigo. Mas Joaquim não me forneceu nada, nenhum sinal, nenhum suspiro. Não me tocou como devia, não segurou meu rosto, não encostou seus lábios nos meus e nem disse que me amava e que havia me procurado por quase duas centenas de anos. Nada.

"Seu nome é Joaquim, certo?", insisti.

Ele aquiesceu. Senti a energia forte que nos banhava, dificultando até mesmo palavras soltas. Improvisei uma conversa banal sobre mergulho noturno, mas não consegui prestar atenção em suas palavras: me escorregavam pelos ouvidos como gotas de chuvas que passam lá longe durante uma tempestade.

Temendo que aquele encontro não fosse real, resolvi tirar uma foto nossa. Mais tarde eu precisaria do registro para ter a certeza de que não havia delirado. Cheguei mais perto dele, virei a câmera para nós.

"Você se importa?"

"Não, mas vou querer uma cópia."

Cliquei. Os dedos suados, trepidantes, nervosos, meu olhar de

Sharbat Gula – aquela menina afegá cuja mirada, estampada na capa de uma National Geographic da década de 80, assombrou o mundo.

"Qual é o seu nome?", finalmente perguntou. Fiquei nervosa, respondi errado.

"Sylvia."

Ele me conhecia como Leah, mas meu nome é Leah Sylvia. Me arrependi, mas as palavras não saíam de minha boca.

"Você é fotógrafa profissional?", indagou, em vez de perguntar, como eu gostaria de ouvir, "você é a Leah, não é?"

Concordei. Ele emudeceu, deixando um silêncio incômodo nos engessar. Desesperada com a possibilidade das palavras realmente nos calarem, falei: "Posso ir sozinha? Contigo?"

Já não estava me referindo ao mergulho noturno, mas a tudo. Joaquim me olhou distante, como se eu fosse uma estranha, nossos olhares perderam a sintonia e me senti angustiada. Aquele era o único cenário para o qual eu não estava preparada: encontrar outro Joaquim.

Envergonhada, senti necessidade de me retirar. Vi Malu gesticular e desci com pressa de volta ao primeiro andar da escuna, fugindo daquela que poderia ser a maior de todas as frustrações.

Joaquim escondeu-se durante o resto do passeio, dentro da cabine de comando. Não saiu nem para nos desembarcar. Fui a última a deixar o barco, torcendo para que ele viesse ao meu encontro – criando coragem para ir ao seu encontro. Finalmente, seu ajudante veio me buscar. Do porto, olhei para trás e vi Joaquim de perfil, mirando o horizonte como só um marinheiro faz.

Malu me esperava na ponta do pequeno cais. Tinha passado mal, ficara enjoada e Joaquim a havia socorrido antes de esconder-se em sua caverna. Mas não era só isso. Estava assombrada. "Quando vocês dois ficaram juntos no segundo andar, foi como se fossem translúcidos, feitos de luz pura. Foi a coisa mais esquisita que eu já vi", resumiu, entre golfadas de ar.

Suspirei e olhei novamente para trás, o barco estava parado, Joaquim permanecia escondido nele. Malu embarcou no ilha tour, eu preferi pegar a moto que havia alugado e seguir até o Forte de Nossa Senhora dos Remédios, um velho conhecido de minha adolescência.

Sentada de frente para o mar, me perdi nas memórias de quando tudo havia começado, no ano de 1824, quando eu tinha 17 anos e um casamento arranjado em Lisboa. Durante a parada do navio naquela ilha, eu havia me apaixonado por Joaquim. Ele, um reparador naval de 27 anos, fora o responsável pelo conserto do *D. Januária* e pelo desconserto do meu coração. Durante treze dias, vivemos uma paixão febril, um amor que nos ligou para sempre, sobretudo depois de uma certa estrela nos fazer parar no tempo.

A minha idade real, naquela manhã azul de cegar, era 205 anos. Ele tinha, pelos meus cálculos, 215. Isso não era uma brincadeira, não era uma loucura. Era a minha história. E, por isso, não fazia sentido algum aquele reencontro não se consumar.

Durante o dia inteiro, rasguei a ilha de moto, na intenção de esbarrar em Joaquim. Ao mesmo tempo, não fui procurá-lo, com medo de que aquele estranhamento inicial pudesse se repetir. À noite, alimentei a esperança de vê-lo no Luau do Final. Procurei-o entre as pessoas de branco, na penumbra das velas que iluminavam o local, na zanga das ondas. Só encontrei sua ausência.

Angustiada, fui caminhar pela borda do mar revolto. Meus pés ficaram presos sob o emaranhado de trepadeiras rasteiras que buscavam o oceano. Lembrei, então, que tinha uma coisa a fazer: pagar uma antiga promessa no fundo do mar.

Juntei-me ao grupo que faria o mergulho noturno. Malu, enroscada com um espanhol, desistiu de ir. Quando a lancha partiu para a Ressurreta, eu já sentia uma mistura de medo e desânimo. Promessa é promessa, pensei. Então vesti minha roupa de borracha, coloquei o cilindro de oxigênio, peguei a máquina subaquática. Descemos em grupos: eu, o guia, uma mulher mística e seu marido.

Conforme íamos descendo, eu me defrontava com o mundo escuro que me assombrava. Vislumbrei barracudas nadando perto de mim e fui tomada pelo medo. Me arrependi da estúpida promessa: quando eu encontrasse Joaquim, regalaria Iemanjá com minha tornozeleira de ouro, presente de 15 anos dos meus pais. Eu poderia ter prometido que jogaria a joia ao mar, e isso já seria suficientemente difícil, pois era uma das últimas provas do meu passado. Mas não, num rompante de desespero eu havia prometido que deixaria a pulseirinha no Buraco das Cabras.

Aquele era um dos locais mais assustadores onde eu já havia estado. O túnel apertado me deixou em pânico, mas eu precisava me acalmar: a respiração curta consumia muito oxigênio. Era melhor acabar logo com aquilo, pagar a promessa e voltar para a superfície. Prendi as nadadeiras entre duas pedras para conseguir retirar a tornozeleira do pé e depositá-la naquele fim de mundo.

Vi a joia tocar o solo, fechei os olhos e agradeci com o coração arfante pelo encontro com Joaquim. Quando voltei a mim, um enorme tubarão lixa me rondava. Nervosa, não consegui mais soltar o pé-de-pato direito. Vi que meu cilindro indicava pouco oxigênio. Não que eu fosse morrer – isso me era impossível. Eu era imortal desde que uma estrela decidira mudar a minha vida e a de Joaquim. Ia sofrer e desmaiar e depois acordaria ilesa.

Lá longe eu avistei o guia e comecei a disparar flashes com a câmera, para que ele viesse ao meu socorro. Puxei o ar pelo respirador e nada veio: pelo peso do cilindro, senti que o oxigênio havia acabado. Conforme a minha consciência foi se apagando, mais lentamente do que eu gostaria, vi em câmera lenta a chegada do guia. Senti um pouco do oxigênio de sua máscara pulsando por meus brônquios, impedindo que eu me esvaísse de vez. A pressão da subida rápida fez minha cabeça rachar por dentro.

Quando atingimos a superfície, me joguei no chão do barco. Tirei a máscara e aí sim comecei a delirar. No lugar de enxergar o guia, cujo rosto eu sequer recordava, visualizei com perfeição os traços de Joaquim na minha frente.

Como se não bastassem todos os sonhos de antes, alimentando pequenas esperanças com um perverso conta-gotas, naquela noite Joaquim povoou novamente meu sono. Estávamos de mãos dadas, caminhando pela Praia da Conceição, sob olhares irretratáveis da deusa de manto azul. Até que o mar nos engolia.

Acordei pasma: ao meu lado, vislumbrei seu rosto perfeito contra a luz do sol que brilhava ao fundo. Não fora delírio, Joaquim me salvara do fundo do mar! Não o guia, apenas ele e seu oxigênio.

"Joaquim?"

"Sim?", sorriu.

"Obrigada, você salvou a minha vida!"

"Você não devia mergulhar sozinha", repreendeu-me, como se fôssemos um casal de namorados, com uma intimidade que já e ainda não possuíamos.

"Nem você!", falei de volta, confusa.

Tentei levantar e senti uma fisgada no pé, que eu tinha, sem perceber, machucado no mergulho.

"Fique aí, vou te trazer um café e depois te levo ao posto de saúde."

"Não precisa", falei, estupidamente. O que estava acontecendo comigo? Com a gente? Aquele encontro tinha começado errado, de novo!

Me olhou confuso e desapareceu pela porta do quarto. Enquanto estava sozinha, reencontrei seu cheiro no travesseiro e tive certeza de que era ele. Dei um gole no copo de água que estava pousado em cima do livro *O Velho e o Mar*.

Quando Joaquim voltou com uma bandeja perfeita (café, flor, pão e o que parecia ser uma pitada de amor), tive que me segurar para não agarrá-lo e dizer o quanto o amava e o quanto queria estar com ele. Aproximou-se e, sem me tocar, colocou o guardanapo na minha blusa, quase me roçando a pele, em silêncio, mas olhando fixo para dentro de mim.

Belisquei a comida, ansiosa demais para sentir fome.

"Joaquim, olha, me desculpa, eu fui grossa com você. Eu... eu tenho essa carcaça, essa couraça; pra me proteger acabo tratando as pessoas mais legais com", a palavra me faltou, procurei-a por um momento, "com aspereza. Às vezes, parece até que eu virei um desses lagartos que vivem por aí... Esses que dominam a ilha..."

"Um teju?"

"Isso, às vezes eu pareço um teju, cascuda pra caramba."

"Você parece muito jovem para se sentir dura como um teju." Aproximou-se com um charme que eu não lembrava que ele possuía.

Eu ia continuar a falar, dar explicações, mudar o rumo daquele reencontro, mas antes que pudesse fazer qualquer coisa, Joaquim me beijou. Sim, era ele, o gosto de sua boca era o mesmo, e, naquele segundo, tive a incrível sensação de que nunca havíamos nos separado!

Sem urgência, ele me despiu. Em silêncio, observou cada parte de meu corpo como se fosse a primeira vez. Nos reconhecemos no cheiro da pele, nos ruídos do amor, nos encaixes das mãos. Mas nos perdemos nas curvas que, apesar de ainda serem exatamente iguais, já não eram as mesmas.

O sol já estava se retirando da ilha no momento em que abri os olhos, enrolada nos lençóis de Joaquim, suas pernas e meus braços trançados, nossos cheiros misturados. Foi a primeira vez que acordei em um sonho.

Enquanto ele dormia pude observar todos os detalhes que haviam, por tanto tempo, povoado o meu imaginário. Sua boca carnuda, emoldurada pela barba e bigode malfeitos, os cabelos que cheiravam a sabão de criança, a pele dourada. Beijei-o e não acordou.

Deixei o quarto. Na parede da sala havia uma tela dele com uma mulher infeliz. Pintura típica de casamento do século XIX. Examinei de perto, seria sua esposa? Eu havia parado de contar quantos amores haviam passado pela minha vida, em todas as fases. Com medo de não encontrá-lo, havia vivido plenamente tudo, cada pouco que pude, não sem sofrimento – mas com vontade. E, observando aquele quadro do casal, desejei que Joaquim tivesse tido a mesma sorte que eu.

Um filhote de gato miava, fiz um pouco de carinho em sua nuca. Era reconfortante encontrar os pedaços de Joaquim espalhados por aquele espaço. Desde quando ele vivia na ilha? Teria, como eu, recebido avisos sobre o nosso encontro no dia 21? Ou estaria lá apenas por não saber para onde ir?

Percorri o resto da casa rapidamente, não queria que ele, ao acordar, me encontrasse. Tinha consumido uma dose muito alta daquele amor, antes lacrado, e agora precisava de distância e tempo para digerir.

Peguei uma blusa sua, branca, para levar comigo seu cheiro. Escrevi num guardanapo um bilhete com o nome da minha pousada. Deixei sua casa, dei as costas para o mar do Atalaia, me beliscando sobre a veracidade daquela noite. Sem me dar conta, quando uma brisa morna varreu aquele final de tarde, percebi que eu estava sorrindo – um sorriso que eu queria carregar comigo para o resto de meus dias.

Ao chegar na pousada, encontrei Malu deitada na rede. Me olhou preocupada.

"Eu pensei que você tivesse morrido, Sylvia!"

Sentei ao seu lado, o piso da varanda ainda quente dos raios solares.

"Como se eu pudesse morrer, Malu!"

"Você não voltou do mergulho..."

"Se eu te contar, você não vai acreditar quem eu encontrei no Buraco das Cabras..."

Malu se endireitou na rede e arregalou aqueles olhos que a faziam ficar parecendo um peixe feio.

"Joaquim. Passamos a noite juntos!" e o riso, aquele que eu queria esconder ou assumir, voltou timidamente.

"E???"

"E foi incrível, mas ele me tratou como se nunca tivesse me visto."

"Sylvia, esse cara deve ter sofrido uma amnésia, só pode ser, minha amiga!"

Fitei o céu e vi duas catraias partindo para o norte. Pelo menos elas sabem o rumo de suas vidas, pensei. Meu celular tocou, era Nicolau, meu namorado.

"Nossa, homem fareja de longe, hein!", Malu brincou.

Ele estava preocupado, e com razão. Eu tinha sumido dois dias antes. Atendi.

"Você tá bem?"

Respondi que sim, mas minha voz dizia o contrário. Ele era um dos homens mais incríveis que eu havia encontrado ao longo de toda minha vida. Companheiro, compreensivo, bonito, inteligente, cheiroso, tinha todos os predicados fugazes que as mulheres tanto admiram. E que eu admirava – não por isso, ou por aquilo, mas pelo conjunto da obra. Eu me sentia mal o suficiente por traí-lo, mas pior, bem pior, por traí-lo com o homem da minha vida.

"Estou bem, ontem trabalhamos o dia inteiro, desculpa não ter te ligado, deixei o celular no quarto e não voltei até agora há pouco."

"E você passou a noite... onde?"

"Na praia", menti, "fiz o pôr do sol do final do mundo e o nascer do sol do começo." Obviamente, eu não tinha imagens daquele nascer do sol para corroborar a minha história, mas tinha de outros. Quem se importaria, se o sol é o mesmo todos os dias? A verdade é que o motivo 'oficial' daquela viagem era uma reportagem sobre o final dos tempos na ilha mais paradisíaca do Brasil. Claro, a pauta eu, diretora de fotografia da revista, havia inventado. E levar Malu comigo, como assistente e repórter, fora muito conveniente.

"E você?", disfarcei.

"Cheguei aqui em Las Vegas ontem."

Ele tinha ido para uma feira de telecomunicações. Nicolau era presidente de um importante grupo de mídia, ao qual a revista em que eu trabalhava pertencia.

"Las Vegas é o máximo, aproveite, meu lindo", falei, mais sem graça do que nunca. Eu queria desligar o telefone. Arrastei o papo por alguns minutos, contando sobre o Luau do Final e coisas que não envolviam Joaquim. Desliguei aliviada e culpada.

Malu saiu para encontrar-se com o espanhol, eu tomei um banho demorado. Não queria ensaboar nenhum registro dele em meu corpo, desejava que minha pele sorvesse seu toque e seu gosto. Fechei os olhos e relembrei a noite que havíamos passado.

Vesti sua camisa de algodão branca, busquei a máquina fotográfica para ver novamente seu rosto. Uma única foto nossa, dezesseis cliques dele. Sempre lindo. Mas no olhar havia, sim, medo e incerteza. Ou algo que eu não podia explicar, que me torcia o estômago como um bico de passarinho segurando uma minhoca.

Bateram à porta, e instantaneamente eu pulei da cama. Era ele, Joaquim, eu abriria a porta e ele diria, "Leah, meu amor, chegou a nossa hora, finalmente". Arrumei a camisa branca, deixando um ombro à mostra, e soltei meu cabelo, longo e ainda molhado. Bateram novamente, corri.

Era a gerente da pousada com um buquê de flores. Sorri, então ela estragou meu sorriso, "Veio de São Paulo! Vixe, você é muito especial, menina!"

Agradeci e fechei a porta. O cartão era delicado, "Para que o final do mundo seja apenas o nosso começo. Te amo. Nicolau." Cheirei as flores e não pude conter um choro familiar que me visitava toda vez que eu sabia que ia magoar uma pessoa amada.

Deitei novamente e me concentrei na foto de Joaquim que mais me fazia lembrar dele quando nos conhecemos. Quando eu era apenas uma mortal sonhadora e rebelde, cheia de planos e com uma inocência que eu jamais poderia recuperar.

F oi a partir do turbulento ano de 1822 que comecei a entender a vida. Antes disso, era apenas uma criança feliz, criada na fartura das famílias portuguesas que acompanharam a corte ao Brasil, em 1808. Tecnicamente, nasci em Lisboa, mas com um mês de vida fiz minha primeira travessia marítima: setenta dias para chegar ao Rio de Janeiro. Sempre me considerei brasileira, e jamais imaginei deixar o meu país.

Desde pequena, minha mãe me disse que eu seria marquesa. E repetia o mesmo mantra para as minhas três irmãs. Papai, um capitão de mar-e-guerra, fora um dos poucos oficiais da marinha de guerra lusitana não agraciados por D. João com um título de nobreza, e via como única solução casar pelo menos uma das filhas com um nobre. "É muito importante para o senhor seu pai, meninas", mamãe repetia, com aquele sotaque que não cedia ao passar dos anos.

Uma de minhas memórias mais remotas é do dia em que a Imperatriz Leopoldina desembarcou no Rio de Janeiro. Eu tinha dez anos e achava que, enfim, o Brasil tinha sido anexado à Europa. As ruas cheiravam a pétalas de rosas, e as salvas de canhões confundiam-se com as palmas da populaça. Minha mãe nos levou para vê-la passar, "essa sim é uma verdadeira princesa, como um dia, se Deus quiser, vocês serão." Iza, minha irmã mais velha, respondeu, "só ser for a Princesa Nganza!" e saiu correndo. Ela sempre fora assim, rebelde, e por mais que eu não tivesse uma natureza tão intempestiva, Iza era meu exemplo.

Tornar-se nobre era uma obsessão, mas nem eu nem Iza nos importávamos com aquele rumor distante. Crescemos em nosso próprio mundo, o "reino das terras negras", descalças entre as amas-de-leite e os filhos de escravos, sem jamais brincar de chá das cinco. Gostávamos de mexer nos velhos baús das africanas, de rezar para os santos pendurados nas paredes de barro, de brincar de correr da chibata.

Na semana do Dia do Fico, quando D. Pedro I declarou que não voltaria a Portugal, meu pai juntou-se a um bando de compatriotas que, armados, percorreram as ruas, manifestando-se contra o ato. Quando voltou para casa anunciou, secamente, durante o jantar intocado.

"Voltaremos para Lisboa. Se ele fica, eu não fico!"

"Pois eu fico!", gritou minha irmã.

Sem entender direito o que aquilo tudo significava, segui Iza, que deixou a mesa e trancou-se em seu quarto, com as bochechas quentes e os olhos enegrecidos.

"O Brasil vai ficar independente, em breve, e vamos construir um novo país, o nosso país! Temos que estar aqui, minha irmã! O covarde do nosso pai só pensa em títulos e posses, tanto perseguiu que jamais conseguiu ser agraciado nem como baronete de uma quinta qualquer! Ele pode voltar pra Lisboa com mamãe e as meninas, mas nós ficaremos!"

Durante alguns meses, tanto os planos de meu pai quanto os de minha irmã permaneceram em suspenso. Como resultado de sua crescente insubordinação ao novo imperador, nossa casa foi confiscada e seu soldo, cortado pela metade. Isso durou até setembro, quando deu-se a independência. Num acesso de raiva, papai quebrou metade da louça de casa. Mamãe desesperou-se e suplicou para partirmos, imediatamente.

No dia seguinte veio a pior das notícias: zarparíamos em uma semana, deixando para trás os recortes dos morros tão conhecidos e a brisa quente que soprava dentro de nós.

De tanta tristeza, Iza caiu doente, abatida por uma tosse incessante. Logo o médico da família, doutor Lázaro, descobriu que era tuberculose, e quando eu escutei papai e mamãe conversando, atrás da porta, achei que minha irmã fosse morrer.

"Ela irá descansar em Lisboa, Manuela", meu pai ralhou. Não podia admitir que nada interferisse em seus planos.

"O médico pediu repouso completo! Queres que a menina passe dois meses num navio e chegue morta?"

Houve um silêncio, até que papai confessou.

"Está de casamento arranjado. Dei a minha palavra ao Marquês de Borba."

Isso era novidade, ninguém fora informado, e percebi, pela voz de minha mãe, a reprovação, "como ousas fazer isso sem a minha ciência, Francisco?!"

"Eu sou o pai, eu tenho o poder sobre as nossas filhas!", era o discurso mais machista da humanidade, mas a verdade é que, naquela época, as mulheres eram propriedade dos pais ou maridos. "Iza irá se casar com o filho do segundo Marquês de Borba, o que deveria deixá-la muito feliz, Manuela!"

Corri ao quarto para contar tudo à minha irmã, mas ela havia adormecido. Molhei o paninho de renda que jazia na beira da bacia e passei em sua testa. Tetê, nossa escrava – que tinha exatamente os mesmos 15 anos que eu – logo chegou com água de coco.

"Ela vai ficar boa, a senhorita Iza. Tetê vai cuidar dela."

Abracei Tetê. Eu a chamava de irmã preta, e entre nós não entendíamos como aquele detalhe da cor podia definir a vida de maneira tão injusta e bizarra.

Finalmente, meu pai decidiu ir para Lisboa levando parte da mobília e o resto dos bens que não haviam sido confiscados.

"Estou farto, para mim, chega!", entrou em casa dizendo após ter sido submetido a uma inspeção "humilhante" no porto, por um "corsário escocês" que D. Pedro havia contratado. Partiu na semana seguinte, prometendo voltar em quatro meses para nos buscar. Deixou minha mãe cuidando de nós quatro num casarão alugado no Rio Comprido, onde a umidade escalava as paredes. Além de Tetê, tínhamos dois escravos homens que nos ajudavam, mas eram também, como mamãe sempre ressaltava, "mais bocas para alimentar."

Naquele ambiente úmido, o estado de saúde de minha irmã piorou.

Mamãe chamou novamente o doutor Lázaro, que foi veemente: "precisamos interná-la, com urgência. Há uma clínica de recuperação em Nova Friburgo, sob cuidados de enfermeiras suíças. A senhorita Izabel precisa ir para lá ou corre risco de..."

Foi interrompido por um grito meu, "O senhor não pode levá-la para lá?! Por favor."

"Quanto vai nos custar isso, doutor? Meu marido está ausente e não temos muitos recursos após o confisco dos bens..."

Doutor Lázaro era um homem estranho. Estava sempre de avental branco e torcia os bigodes para os lados opostos, como apenas pessoas loucas fazem. E olhava sem vergonha para todas nós – sobretudo para mim. Pediu licença e retirou-se, sinalizando para minha mãe segui-lo. Trancaram-se por um bom tempo no quarto principal.

Como de costume, eu e Tetê colamos os ouvidos atrás da parede e escutamos ela pedir, suplicar, insistir, e então houve um silêncio seguido por sons abafados, e indelicados gemidos masculinos. Quando saíram de lá, minha mãe tinha o pescoço vermelho, os cabelos bagunçados e os olhos afogados como uma maré em tormenta.

Na tarde seguinte, eu e Iza partimos para a Maison de Repôs Sainte Geneviève. Fiquei feliz por poder estar ao lado da minha irmã, e só muito tempo depois eu vim a entender que mamãe, para me manter fora do alcance do doutor Lázaro, inventou que eu já apresentava sintomas de tuberculose e que precisava de quarentena. Meses depois Tetê me confidenciou que ele me queria como esposa, em troca de pagar os custos da internação de Iza, mas mamãe ofereceu-se e me livrou daquilo. Foram visitas constantes, minha mãe dando-lhe sua dignidade, e ele abusando de cada centímetro concedido. No final das contas, e como não foi suficiente, ela deu-lhe também nossos dois escravos e manteve apenas Tetê.

Eu não desconfiava de nada disso quando chegamos à casa de repouso. Minha irmã estava tão fraca que mal caminhava. Fui admitida na quarentena e assim passamos um bom tempo separadas. Quando nos reencontramos, Iza já estava corada – mas ainda tossia bastante, sempre cobrindo o nariz e a boca com lencinhos bordados.

O lugar era deslumbrante, tomado por um ar puro e virgem habitado apenas por pássaros de penas leves e vagalumes que nos divertiam à noite. As enfermeiras falavam em francês, e assim nós duas pudemos aperfeiçoar nossos conhecimentos da língua. Nos anos que precederam a independência do Brasil, isto é, quando papai ainda era abastado, tínhamos uma preceptora que nos ensinava português, latim, francês e inglês.

Juntas, tramamos mil planos de fuga. Da Maison sairíamos para o interior do Brasil – primeiro, São Paulo, depois, rumo ao Nordeste. Iza havia escutado de uma paciente a história de Maria Quitéria de Jesus, que, apesar da proibição de mulheres lutarem, havia se juntado ao exército de soldados voluntários da Bahia, disfarçada de homem.

"Isso é loucura, não precisamos entrar nos conflitos! Podemos participar das reuniões e até mesmo organizar encontros, minha irmã. Mas nenhum desses locais é para damas!"

Iza deu de ombros, "dama e cavalheiro, somos iguais. Eu vou e pronto!"

Isso ela disse uma semana antes de conhecer Maputo, um escravo que trabalhava na Maison. Ele era maior do que a sua altura, talhado num mármore muito escuro que o fazia parecer um deus do ébano. Segundo Iza, "um chocolate para lamber". O principal é que estava sempre sorrindo, e foi assim que minha irmã se apaixonou.

Eles conseguiram esconder o caso das enfermeiras e até mesmo da madre superiora, irmã VilleBasse. Maputo tinha acesso fácil às alas, pois cuidava do mobiliário, carregando camas e cadeiras de ferro até suar naquele frio da serra. À noite, quando todos dormiam, ele carregava Iza para a senzala, onde os outros escravos acostumaram-se com sua presença. De manhã, antes do sol surgir, Maputo a levava de volta ao seu leito.

"Entreguei-me a ele, Leah", confessou, certa manhã, enquanto caminhávamos por uma fileira de eucaliptos onde borboletas das mais diferentes cores cochilavam em silêncio.

"Como, entregou-se, Iza?"

"Fizemos amor. E foi lindo e abençoado, foi mágico, sua pele parece um veludo...", sorriu de prazer.

"E se você ficar grávida, minha irmã?"

"Vai ser um lindo rebentinho."

O que me assustava em Iza é que ela não tinha medo de nada. Atirava-se de cabeça em todos os precipícios para saber sua altura. Era sua maneira de tocar a vida e preferia morrer a mudar. Ela e Maputo seguiram com seus calorosos encontros pelo tempo em que estivemos lá, exatamente seis meses e vinte e dois dias. Ver a paixão proibida dos dois foi o primeiro ensaio para a minha própria história de amor. Eu suspirava e encontrava, dentro de mim, tanto espaço para amar que já me sentia oca. À noite, sonhava com Robinson Crusoé, personagem que me acompanhou durante a estada na Maison.

De dia, enquanto minha irmã descansava das noites em claro naquela senzala proibida, eu caminhava ouvindo os pipilos dos passarinhos com meu exemplar debaixo do braço, e sentava-me sob a árvore mais sinfônica do descampado. E então me sentia livre para sonhar com aquele navegante, conhecedor dos mares, um homem de pele morena e brilho nos olhos. Gentil, me traria flores e saberia fazer um cavalo flutuar sob seu comando, comigo na garupa. Como Crusoé, seria um homem livre, "do meio", nem tanto comerciante, nem tanto estudioso, um aventureiro que deixava a vida e o mar o levarem. Com certeza, um brasileiro.

Quando o doutor Lázaro deu alta a Iza, eu sabia que estava na hora de voltar à capital do novo império e começar a minha própria vida ao lado daquele homem que caminharia para fora do meu livro, tornando-se real. E achei que isso fosse acontecer até reencontrar meu pai, e ele anunciar seus planos: por causa da doença de Iza, agora era eu quem estava de casamento arranjado com o filho de segundo Marquês de Borba, em Lisboa, no final daquele mesmo ano de 1824.

Do momento em que deixamos a Maison de Repôs Sainte Geneviève até a partida para Lisboa foram poucas semanas de dias muito longos. Para não se separar de Maputo, minha irmã convenceu Madame Ville-Basse a vender o escravo para a nossa família, de modo que ele seguisse "cuidando" dela durante a longa viagem. Papai, sem desconfiar daquela armação, e já contando com a baixa de dois escravos que (ele nunca soube ao certo por quê) haviam sido cedidos ao doutor Lázaro, concordou com a aquisição.

Minha mãe urgia em partir, seu sofrimento em se oferecer ao perverso médico parecia não ter fim, e além daquela humilhação era insustentável morar na capital, onde tudo era caríssimo e nós, por culpa da perda de poder de meu pai, não tínhamos direito a mais nada.

Todos estavam próximos de solucionar seus problemas às vésperas do nosso embarque: meu pai iria, enfim, retornar ao lar. Minha mãe voltaria a ter o conforto com o qual havia se acostumado, sem nunca mais dever favores sexuais. Minhas irmãs Elza, de 14 anos (mas com cabeça de dez), e a pequena Thereza, uma criança de 4 anos, não tinham opinião formada sobre aquilo, mas acreditavam nas juras de meus pais a respeito do país onde elas virariam princesas (Portugal!). Iza embarcaria numa aventura louca e já tinha planos de fuga com Maputo. E eu? Eu estava de casamento marcado com um decrépito nobre português – não podia haver pesadelo maior!

Na noite anterior à viagem, arrumei uma trouxa com meus principais pertences, incluí o livro de Daniel Dafoe, e acordei Iza para me despedir dela.

"Aonde você vai, minha irmã? A uma hora dessas?"

"Não posso embarcar, Iza."

Minha irmã sempre tinha se preocupado comigo, mas desde que Maputo entrara em sua vida ela simplesmente não conseguia mais me enxergar.

"Você está com a sua vida resolvida, mas já se colocou no meu lugar?

Tenho que me casar com um nobre português!", e baixei os olhos, com raiva por ela ter me abandonado.

Iza me abraçou, "eu tenho um plano, sua boba. Acha que iria deixar essa desgraça acontecer à minha irmã mais querida?!"

Um plano, como assim, um plano?, pensei.

"Só ia contar-lhe a bordo, para não corrermos nenhum risco. Amanhã partiremos e em poucos dias faremos uma escala no Recife para reabastecer. Papai me confirmou. Caso ele mude de ideia, na quarta noite eu instruirei Maputo a rasgar algumas velas, talvez até quebrar um mastro. Assim, teremos que parar para o reparo, e pernoitaremos por lá alguns dias. Nós três, eu, Maputo e você, fugiremos na calada da noite."

Iza levantou-se, irrequieta, e gesticulou, "vamos nos unir ao movimento separatista! Corre que há um frade, apelidado de Caneca, que está tramando um movimento que visiona um novo Brasil, sem D. Pedro, sem escravidão! É para lá que vamos!", completou.

Abracei minha irmã com força e amor, e pedi, "prometes, irmã, que não esquecerás de mim? Que fugiremos de verdade?"

Ela nem precisava responder, mas disse, "com a minha vida eu prometo, minha querida irmã. Com a minha vida."

E, assim, desfiz minha trouxa e dormi, sonhando, mais uma vez, com o meu Robinson Crusoé.

Foram sete dias de enjoo a bordo, até Pernambuco alcançar a nossa linha do horizonte, muito distante, à esquerda. Apesar de apinhada de conterrâneos de meu pai, todos indignados com a independência, a nau *D. Januária* não podia, por motivos políticos, levar a bandeira portuguesa.

Assim que papai arremeteu rumo ao porto, cruzou com uma fragata inglesa que, vindo no sentido contrário, trazia a notícia fresca de que a capital de Pernambuco havia sido ocupada poucos dias antes pelo almirante Lorde Cochrane. O tal escocês que papai odiava.

Corri para a minha cabine, em pânico. Iza veio atrás. "Calma, Leah, calma que vamos achar uma saída! Prometo-lhe", falou, enquanto me afagava os cabelos.

Confiei e, enjoada, permaneci sem sair da cabine, esperando a mágica de Iza. Entre os enjoos, visitas de minha mãe, preocupada com a minha tez, e do desagradável suboficial Dom Diego (um pela-saco que papai carregava para cima e para baixo e que insistia em checar meu estado de saúde a toda hora) perdi as vontades e os sonhos. Entreguei-me ao destino, infeliz, me sentindo um inseto esmagado contra um vidro fosco. Até ser acordada pelo sorriso da minha irmã.

"Levante-se, Leah. Chegamos."

"Em Lisboa?"

"Claro que não, voltamos para o Brasil!"

"Capital?", disse, sentindo o coração trepidar.

"Que nada, sua boba. Estamos numa ilha. Fernando de Noronha."

"Onde?"

"Uma ilha como a do teu Robinson Crusoé, uma ilha qualquer perdida no mapa. A algumas milhas apenas do litoral nordestino."

"O que houve?"

"Ah", se fez de inocente, "duas velas rasgadas, um mastro quebrado e, para piorar, o timão está com defeito. Tivemos que fazer meia-volta!"

Ri alto, "Minha irmã... não sei o que dizer..."

E ela cortou minha voz, "agora vá em busca de teu Robinson Crusoé!" e me beijou a bochecha com carinho.

⁓

Na mesma tarde, percorri algumas praias da ilha, na companhia de minhas irmãs, de mamãe e de algumas senhoras portuguesas que viajavam conosco. Maputo ia na frente, abrindo caminho, desvendando, para nossas vistas, aquele panorama tão selvagem e intocável que nos fazia sonhar acordadas. As praias do Rio de Janeiro eram lindas, mas Fernando de Noronha era um capricho dos deuses para poucos mortais.

Recuperei-me dos enjoos tomando banhos de mar e praticando o nado. Eu e Iza havíamos, escondidas, aprendido a nadar – naquela época, a natação não era considerada um esporte 'ideal' para as mulheres. Fazia parte dos nossos planos de fuga nadar, andar a cavalo, juntar dinheiro e pesquisar na Biblioteca Real sobre piratas e navios corsários. Agora, finalmente, era o momento de colocarmos tudo em prática.

"Vamos ficar na ilha por pelo menos meia dúzia de dias", minha mãe anunciou, no final da tarde, quando fomos tirar a água salgada do corpo. Tínhamos sido alojadas num grande casarão na acidentada Vila dos Remédios, enquanto a nau era reparada. "E arrumem-se", ela ordenou, "teremos um jantar a bordo, seu pai mandou preparar peixes exóticos. Precisamos devolver a hospitalidade que nos foi oferecida."

Eu me ajeitei na tina de água, enquanto Tetê lavava meus cabelos com um sabão trazido de Provence.

"Hospitalidade? Mas não sabem que somos portugueses?", indaguei.

"Parece que esta ilha não está a par de nada do que se passa no resto do Brasil", minha mãe cochichou, "todos muito gentis, foi Deus quem nos fez parar aqui!"

Deus com certeza estava presente na ilha. Em cada presença e ausência, no recorte das poucas montanhas que se elevavam do fundo do oceano até tocarem as nuvens, na flora colorida por beijos de arco-íris, nos olhos dos pequenos predadores que nadavam sem pressa.

Ajeitei meu vestido de seda, que certamente ficaria sujo em pouco tempo. A ilha produzia uma poeira sólida, como se para afastar os perversos seres humanos. Prendi os cabelos, para que o vento não os embaraçasse ainda mais, e olhei para o céu mais estrelado que eu já havia visto. Até aquele dia, o céu e eu éramos tímidos conhecidos. Eu nada sabia sobre o manto brilhoso que recobria minha cabeça. Sequer imaginava quão próximos e pessoais todos os pontinhos luminosos são. Mas isso mudaria de uma forma jamais prevista.

Ao chegarmos ao navio, de bote, percebemos o salão enfeitado, as velas tentando iluminar cada sulco da madeira escura que se estendia pelo assoalho da embarcação. Logo senti Dom Diego me examinando, despindo-me com os olhos, como se pudesse me possuir.

Fui até o convés e fiquei acariciando, com os olhos, a lisura do mar. Pensando que ele, sim, conectava tudo e todos no mundo. E, do nada, uma brisa doce e forte me soprou o rosto, como se retribuindo o carinho. Meus brincos tilintaram, meus cachos, presos no alto da nuca, roçaram no pescoço. Meu vestido dançou espalhando perfume pelo ambiente. Virei-me para ver: havia algo de importante acontecendo ali. Que talvez ninguém mais captasse – todos pareciam ocupados demais em falar e beber, em rir, em se desconectar dos sinais. Mas eu reparei quando aquela brisa varreu o convés, entrou no salão e apagou várias velas num sopro cósmico. Foi então que o notei. Era o meu Crusoé: os olhos distribuindo sonhos, a pele acostumada ao carinho do mar, os cabelos moldados pelo mesmo vento que lhe indicava, a cada dia, que caminho tomar. Exatamente como eu havia imaginado.

Vinha conversando com meu pai e me olhando. Fomos apresentados e, sem delongas, examinamos nossas almas. Ele se chamava Joaquim Henrique Castro Nunes e era o reparador naval encarregado do *D. Januária*. Sem dúvida nenhuma, era o homem da minha vida – e eu, a mulher da sua. Sabendo disso, sorrimos um para o outro.

Saí cedo para caminhar e fotografar aquela ilha que eu conhecia tão bem. Malu ia embora à tarde passar o Natal com a família; eu havia dito a mesma coisa para Nicolau – que iria visitar a minha família. A verdade é que, além de eu não possuir família, ficaria em Noronha até perto do ano novo, quando ele voltaria de Las Vegas.

Me irritava mentir para Nicolau. Eu era o livro mais aberto de todos, tinha sido sempre, mas naquele relacionamento, como em poucos na minha vida, me retraíra e abandonara a realidade. Estávamos juntos havia quase dois anos, mas ele não sabia que eu era imortal. Não sabia que eu não possuía família. Não sabia que eu estava à procura do meu grande amor. Nicolau não conhecia a Leah, apenas uma versão fajuta de Sylvia, uma menina quase mimada por quem ele havia se apaixonado.

Duas viuvinhas brancas me distraíram por um bom tempo no Mirante dos Golfinhos. Nicolau era o menor dos meus problemas naquele momento, então decidi abrir uma gaveta interna e escondê-lo num compartimento hermético.

Subi na moto que alugara e segui até o Atalaia, onde eu havia feito reservas para percorrer uma trilha. O percurso, naquele caso, não me interessava. Eu caminharia para tentar avistar, de longe, a casa de Joaquim. Tiraria fotos com minhas lentes, e assim planejava aproximá-lo de mim.

No começo da trilha um grupo de franceses tomava água de coco enquanto aguardava o horário de entrada. Percorremos o curto caminho rapidamente, e, eventualmente, clicando a paisagem de que eu precisava para ilustrar a matéria da revista. O que eu queria mesmo era espiar para ver se a casa de Joaquim surgia no horizonte. Ao chegarmos à Praia do Atalaia, percebi que a maré estava extremamente baixa. Ainda assim, o filete de água que se concentrava entre os recifes escondia uma multidão de peixinhos e crustáceos, algas calcárias, moluscos e até mesmo dois filhotes de tubarão limão.

Não ter conseguido enxergar sua casa de nenhum ponto da trilha deixou meu coração duvidando se Joaquim realmente havia se materializado na minha frente. Com Malu fora da ilha e nenhuma testemunha para a sua aparição maluca no meio do mergulho noturno, eu já estava começando a achar que aquilo tinha sido um delírio.

Enquanto eu percorria o caminho de volta, já bisbilhotando, sem perceber, a conversa animada dos franceses, a angústia beliscava o meu coração, me roubando, num fechar de asas, toda a certeza antes possuída. E se aquilo fosse uma ilusão de ótica? Se aquela casa, onde eu havia passado a noite, cuja cama macia eu experimentara, fosse um holograma do tempo e por isso não pudesse ser vista de fora? E se Joaquim estivesse dentro de mim? E se aquele homem fosse apenas um Joaquim qualquer? E se minha memória, corroída pela ferrugem interna, brincasse de me confundir a tal ponto?

Chegando à saída da trilha, acenei um tímido adeus ao grupo de franceses, enquanto pronunciei, com os lábios quase cerrados, *"À la prochaine"*. E então foi que vi, esperando por mim, encostado num *buggy* verde e sujo de lama, aquele homem que parecia uma miragem.

Não me contive e cumprimentei-o com um estalinho. Minhas dúvidas evaporaram rápida e momentaneamente. Tudo voltou a fazer sentido, Joaquim foi carinhoso e me convidou para almoçar.

No restaurante, com vista para a Praia do Cachorro, a conversa começou a fluir sem jeito quando Joaquim me perguntou o que eu estava fazendo, sozinha, no Buraco das Cabras.

"Eu fui com um grupo, o pessoal do Luau do Final... mas acho que todos beberam demais, me esqueceram lá embaixo..."

"Como alguém pode te esquecer?", deslizou os dedos nas minhas bochechas, ele estava falando a verdade, sim.

"Minha infindável vida passou pela minha cabeça, tipo num filme, sabe?"

"Infindável?"

Olhei dentro dele e percebi que realmente ele não tinha certeza de quem eu era. Talvez a lembrança de uma menina de 17 anos tivesse sido apagada. Homens são assim, memórias compactas e sentimentos dispersos. Como eu podia ter passado tantos anos achando que com ele aquilo seria diferente? Me senti uma idiota e deixei a insegurança tomar controle de meu corpo.

"Sylvia, eu preciso te perguntar uma coisa... várias coisas..."

Imaginei Joaquim me perguntando se eu era menor de idade. Se eu tinha namorado. Quanto tempo eu ficaria na ilha. Onde estava a minha linda assistente. E todas essas coisas idiotas que os homens perguntam quando nos conhecem. Fiquei com raiva da possibilidade de ele não saber quem eu era.

"Não vamos mais falar, vamos deixar que o resto fale por nós, o que você acha?"

Aproveitei para beijá-lo. Estava claro que ele não estava apaixonado por mim, ainda.

Sem eu falar nada, e num exercício interno (e inútil) de tentar sublimar o que estava latente (que aquele Joaquim era o meu Joaquim), me deixei levar após o longo almoço. Nos beijamos mais do que conversamos, como se a inaptidão para as palavras tivesse que ser compensada por aquela conversa muda dos lábios.

De lá seguimos para a Baía do Sancho, onde pudemos ver o sol se deitar docemente no oeste. Do alto das escarpas gigantescas era impossível não me lembrar do passado, mas um horizonte sério e firme abria-se na minha frente, no qual eu precisava continuar focada: o presente.

De mãos dadas e em silêncio, descemos a escadaria de ferro, incrustada nas pedras, para alcançarmos a praia quarenta metros abaixo. As estrelas coroaram nosso norte e, deixando de lado as vergonhas, fizemos amor na praia, enquanto pássaros brancos descansavam em suas árvores desfolhadas. Depois, como se fosse a coisa mais natural do mundo, adormeci nos braços de Joaquim e sonhei com a sua morte – a que eu havia presenciado, em 1824, ao final do nosso derradeiro encontro.

Acordei chorando, com a imagem de sua garganta cortada ao meio, sangrando, gravada na minha retina. Joaquim assustou-se e eu me assustei com sua presença.

"Que foi, linda?", perguntou, como se eu fosse qualquer outra mulher – menos eu mesma.

"Estou confusa, essa ilha, tenho recordações borradas daqui."

Seus olhos se abriram como se fosse um leão acordando.

"O que estou sentindo por você é... diferente, Joaquim."

Enxuguei as lágrimas, aborrecida por ele não encarar o assunto e por não conseguir forçá-lo a isso. E calei. E ele calou. E foi um dos momentos mais aterrorizantes que eu vivi, pois aquele silêncio expunha as nossas reais fraquezas. Não as fragilidades de um casal imortal – as fragilidades de um casal qualquer, humano, que se encontra após uma busca e não sabe se conseguirá ficar junto. Esse tipo de desalento a que todos nós estamos sujeitos. Essa capilaridade que marcou toda a minha constelação de relacionamentos: António, Rachel, Takuro, Sergio e Nicolau. Todos os meus grandes amores – e, se fosse pensar com calma, todas as paixões meteóricas, os cometas, os astros que não brilharam tanto. As poeiras cósmicas. Por que a verdade é que, vencidas todas as barreiras do amor, há sempre o medo da felicidade e a impossibilidade dos sonhos se concretizarem.

E, agora, por mais absurdo que pudesse parecer (e em decorrência de alguma ingenuidade que eu havia preservado durante toda a vida), eu me deparava com uma coisa que jamais havia me ocorrido: encontrar Joaquim e não sermos felizes juntos.

Por que eu não conseguia abrir a boca e dizer: Joaquim, é você? Ou por que ele não conseguia olhar em meus olhos, segurar o meu rosto e sussurrar: Leah, minha Leah? Por que permanecíamos os dois mudos e paralelos, como mar e céu, que se refletem, mas não se pertencem?

Saí do meu transe e entrei no mar. Nadei um pouco, e logo senti que atraía Joaquim. Ele veio, ansioso.

"Você está fugindo?"

"Sim, vou para a África, a nado."

Joguei água em seu rosto. Eu estava absolutamente nervosa.

"Está no lado errado da ilha, estamos no Mar de Dentro. Se você nadar sempre reto, e tiver um senso de orientação incrível, vai dar na Groelândia. Não há nada na nossa frente até lá."

"Como faço para chegar na África?"

"Tem que partir de uma praia virada para o Mar de Fora, em direção ao leste, como a Praia da Air France, ou a Ilha Rasa, onde eu te encontrei."

"Vem comigo? Você fugiria comigo?"

"Fugir?"

"Você não pode? Por acaso tem família aqui? É casado? Tem filhos?"

"Não! Não! Mas por que fugir?"

"Fugir da minha vida, de São Paulo, para qualquer lugar, ir para longe..."

"De São Paulo você já fugiu."

"Eu não fugi, só dei um tempo, vim espairecer, pensar. Meu namorado e eu, nós, bem, estamos dando um tempo."

"E o que você quer fazer da vida?", falou, como se não se importasse nem um pouco com o fato de eu ter mencionado um namorado.

"Não sei ainda o que eu quero fazer, sei apenas o que eu não quero fazer: não quero mais viver como tenho vivido nos últimos anos."

"E quantos anos você tem, afinal?"

"Vinte e quatro."

"Como pode estar cansada com 24 anos?"

"Você nem imagina como eu vivi", falei, encerrando o assunto, voltando para a areia. Que perguntas eram aquelas? Como era possível que Joaquim realmente não soubesse quem eu era?

Ele ficou no mar por um bom tempo, vi como sua pele de golfinho lambia a água salgada. Olhei para o céu em busca de calma, me sentei em posição de lótus e fechei meus dedos em mudra. Precisava me conectar com o universo para, de alguma maneira, entender um pouco do que estava ocorrendo ao meu redor.

Joaquim voltou do mar, parecia um tritão, forte e bonito, caminhando até mim. Vindo ao meu encontro. Sorrindo. E aquilo dele estar andando na minha direção, diminuindo o pequeno grande espaço que nos separava, aquilo me fez soprar para fora de mim um pouco da tensão. Me levantei, abri meus braços para recebê-lo, o abracei.

"Você não tem nada a ver com os meus problemas e quero que saiba que foi a melhor coisa que me aconteceu em muito, muito tempo. Talvez seja a hora errada, não sei, talvez não exista hora certa para as coisas acontecerem, só sei que você me conquistou de uma maneira..." e o beijei, deixando claro que eu estava louca por ele.

―

No dia seguinte, que era véspera de natal, convidei Joaquim para escalar o Morro do Pico. Eu precisava das alturas para poder me jogar de cabeça – ele, como fui descobrindo durante aqueles dias, precisava do mar, seus mergulhos noturnos, seu ranço indelével de sal.

Joaquim contratou um guia simpático, que atendia pelo sugestivo nome de Macarrão e era instrutor de rapel. Essa era a única maneira de atingir o cume, pois a escadaria que dava acesso ao topo estava enferrujada. Eu adorava rapel, escalada, tudo que me levasse para cima. Me soltava, acreditando nas cordas, sabendo que não podia morrer, e flutuava sobre a Praia da Conceição (exatamente a nossa praia mágica).

Notei, já no meio da subida, que aquele homem grande que eu estava aprendendo a conhecer tinha medo de altura. Segurei sua mão e exigi que montasse ao topo. E, lá em cima, nos abraçamos em volta daquela rocha com mais de dez milhões de anos. Sim, mais imortal do que nós dois, recheada de sódio, de sílica, de um material vulcânico que outrora explodiu paixão e que agora era apenas sedimento sólido, memória, vida sem vida.

No alto dos 323 metros do Morro do Pico Joaquim me beijou, rindo. "Se você não se importar, o próximo passeio será embaixo do mar", disse com o fôlego curto e as mãos trêmulas. Claramente, aquilo era um esforço enorme, talvez até mesmo uma prova de amor.

"Pode ser, eu gosto de extremos", toquei suas mãos.

"Você é a mulher mais corajosa que eu já conheci", e respirou fundo ao olhar o precipício aos seus pés.

Por um segundo, senti uma coisa ardendo como larva em mim, e, sem querer, disse aquilo que não se deve dizer depois de apenas três dias de relacionamento – mas com certeza depois do centésimo ano.

"Eu te amo, Joaquim" – era a mais pura verdade.

Ele ficou me olhando como se, enfim, não existisse altura e nem perigo – apenas profundidade. Seus olhos arderam, mas ele não retribuiu com palavras, apenas me abraçou, "Sylvia..."

Foi assim, entre certas tolices e outras provas de bravura masculinas demais de minha parte, que comecei a conhecer aquele homem. Joaquim gostava de beliscar os pelos do próprio braço com a mão contrária. Se perdia em memórias quando examinava placas, mapas e livros. Tinha mania de puxar a mesma mecha de cabelo solto para trás. Possuía os dentes mais brancos do mundo e a pele de tom e trama caramelo. Tinha covinhas escondidas atrás da barba mal feita, e usava um perfume amadeirado. Gostava de ouvir Jack Johnson e Ben Harper, era melhor surfista do que mergulhador, e comia qualquer porcaria que lhe aparecesse pela frente. Adorava artes plásticas e música clássica e não sabia dançar. Cortava as unhas do pé arredondadas e ronronava ao fazer amor. Conhecia o corpo de uma mulher melhor do que várias mulheres se conhecem, e não tinha pressa em redescobri-lo.

Aquele Joaquim que eu comecei a amar imediatamente me interessava mais do que qualquer homem que havia passado pela minha vida. Nicolau, meu namorado, parecia um adolescente inseguro perto dele, e, internamente, eu já ensaiava nosso rompimento. Voltaria para São Paulo antes do Ano Novo e contaria, sem delongas, que havia conhecido uma pessoa. Ele era jovem e bonito, logo arrumaria uma mulher com a alma mais nova e mais leve do que a minha. Então eu poderia investir naquele Joaquim, mesmo que ele não fosse exatamente o homem do meu passado, era um homem que mexia com meus sóis.

No dia 25 de dezembro eu cozinhei uma ceia especial. Aliás, cozinhei todos os dias, porque Joaquim não sabia a diferença entre azeite e manteiga. Então, no dia de Natal eu busquei uma folha de bananeira e negociei com um pescador metade de um atum fresco, que ele fatiou em postas. Comprei fubá para uma farofa de cuscuz nordestino na qual salpiquei pedaços de damasco e castanhas de caju. Assei um arroz de forno e preparei minha receita especial de torta holandesa.

Claro, isso fez com que eu passasse o dia inteiro dentro da cozinha, nos preparativos – e, não por acaso, cozinhar era uma coisa que me acalmava.

Joaquim escolheu os vinhos – primeiro um prosecco, depois uma taça de vinho branco e, por fim, uma garrafa de tinto. Foi um Natal sem presentes, sem famílias, sem surpresas, nem as tão esperadas confissões.

"Onde você aprendeu a cozinhar tão bem?"

"No Japão."

"Você morou no Japão?"

Provei a calda da torta, biquei um pouco do vinho branco, "entre outros lugares."

Joaquim mudou de assunto, falou de amenidades e me beijou. Não investigou como eu poderia, apesar de tão jovem, ter, por exemplo, morado no Japão e feito 82 mergulhos com máscara de oxigênio. Achou graça no final da noite quando, bêbada de alegria, decidi passar um café no coador de pano – que improvisei com um pedaço de pano de prato esgarçado que serviu perfeitamente.

O celular vibrava na minha bolsa silenciosamente. Por volta das sete da noite, passei um torpedo para Nicolau, responsável por várias chamadas não atendidas, dizendo apenas que estava com a minha família no interior de São Paulo.

Joaquim me amou como se só houvesse amanhã – e não ontem. Todas as vezes o encaixe foi perfeito e a sintonia, única. E aquele foi, sem dúvida, o Natal mais feliz da minha vida inteira.

As gotas de uma chuva grossa caíam atravessadas na janela sem cortina do quarto de Joaquim, naquele 26 de dezembro. Havia um vazio no céu. A ilha dormia e as energias todas estagnadas traziam revolta ao céu. Me encolhi ao seu lado e recebi seu abraço quente. Um convite para eu ser dele. E uma vontade de não deixá-lo mais me invadiu. Eu estava tão apaixonada que largaria tudo para ficar com o homem que ele era – e não apenas que ele havia sido.

Me beijou. Sua boca quente mais uma vez me emprestou harmonia, subi em cima de seu corpo ainda adormecido. Quando Joaquim abriu os olhos, sorriu e deixou escapulir, entre nosso êxtase, uma palavra mágica, tão mágica como aquela estrela que havia nos imortalizado, tão pura e verdadeira que jamais deveria ter sido banida da minha vida. Ele murmurou "Leah", sem perceber, sem ao menos registrar o momento para que depois viesse a se recordar. Leah, meu nome. Quem eu era quando o conheci. A mulher que tinha fugido de mim, e que eu tentava, diariamente, resgatar. Queria (precisava) apagar a Sylvia e encontrar a minha essência.

Foi como um relâmpago que ilumina uma tempestade escura e uivosa, assim Joaquim me deu a certeza que faltava para eu me acalmar. Ele era o Joaquim! Ele era o meu homem. A minha metade. O único ser que poderia me completar, semear, entender, prever, preencher, visitar... me amar.

Disfarcei a emoção, guardei aquilo para mim, certa de que, tal qual eu agora tinha certeza sobre quem ele era, Joaquim também conhecia a minha identidade. Talvez não conscientemente, mas se eu estava em seus sonhos ou delírios, estava em seu passado.

Apesar da chuva forte, Joaquim insistiu para que, à noite, fôssemos visitar a corveta *Ipiranga*, um naufrágio de 1983 que eu já havia visto e que me assustava: por algum motivo torto, me lembrava o *D. Januária*.

Fui para o mergulho calada, pensando que, de alguma maneira, eu teria que revisitar o passado ao lado dele.

Enchi meu pulmão de nitrox, uma mistura mais forte do que o oxigênio, e fomos descendo de mãos dadas. Dez, vinte, trinta, quarenta metros. Enguias dançavam juntas, formando uma assustadora cabeça de medusa. Dentro da corveta, camisas continuavam penduradas, um livro de capa de couro jazia no mesmo lugar, uma panela cheia de peixes descansava sobre o fogão. Tudo congelado no tempo.

Aquele mergulho estava me assustando mais do que ajudando. Observei que Joaquim também parecia escutar vozes do passado. Pedi para subirmos, ele concordou. Quando atingimos a superfície, ainda chovia. O mar estava batido e eu senti um enjoo que anunciava alguma coisa. O que seria?

Enquanto tirávamos nossos equipamentos, decidi puxar assunto, talvez aquela sensação não fosse um aviso, mas o sinal para a gente falar o que tinha que ser dito.

"Sabe onde eu queria ir? Onde o capitão Kid escondeu seu tesouro", falei, enquanto retirava as nadadeiras.

"Parece que estou tendo um *déjà-vu*", Joaquim falou, indicando com seriedade sua intenção de revelar tudo.

"Acontece sempre comigo", murmurei, enquanto espremia meus cabelos encharcados.

"Tem dois lugares onde dizem que o pirata viveu, na caverna situada entre a Praia do Atalaia e a Enseada da Caieira, chamada de Gruta do Capitão Kid; e na Caverna dos Suspiros, que fica embaixo da Fortaleza dos Remédios, onde um terrível dragão mora."

Sorri de volta para ele, imaginando como seria aquele dragão. Nossa história era um conto de fadas, então tinha que haver um dragão em algum lugar. E, por alguma razão inexata, eu pude, naquele momento, sentir o calor de suas labaredas.

"Você sabe mesmo das coisas...", falei, enquanto fui buscar as toalhas. Era a primeira vez que eu entrava na cabine da escuna *Esmeralda*. As toalhas estavam em cima da roda de leme. Joaquim gritou lá de fora:

"É que uma vez, há muito tempo, uma donzela me fez essa pergunta e eu não soube responder, então resolvi perguntar". Eu sorri, aquela pergunta eu havia feito a ele quando nos conhecemos.

Puxei as toalhas, revelando, colada ao lado do timão, uma foto onde estavam Joaquim e outro homem que... eu conhecia! Olhei de perto, uma ventania tomou conta de meu coração, que se perdeu de meu peito e rodou meu corpo em sua própria corrente sanguínea.

A foto mostrava Joaquim (o meu Joaquim) e Nicolau (o meu namorado) abraçados, sorrindo. Arranquei-a com força enquanto Joaquim disse, lá fora, "essa donzela também gostava de flores amarelas, chamadas de azedinhas", referindo-se a mim: eu era a donzela. Ele estava finalmente abrindo o jogo; após todos aqueles intensos dias, Joaquim me dava a confirmação, o sinal verde para nos declararmos. Ao mesmo tempo, a imagem que minha retina havia formado afastava qualquer possibilidade: Joaquim e Nicolau abraçados naquela foto.

No verso, a verdade: "Saudades, pai". A assinatura não me deixava delirar: "Nicolau". Como assim, o meu Nicolau, aquele que me mandara flores de Las Vegas, era o seu filho?!

Não lembro mais do que aconteceu. Só que sai transtornada da cabine, fugindo de Joaquim e daquela realidade perfurante, sem escutar o que ele me perguntou (lembro de ter ouvido, em algum momento, "Leah" – mas não tenho certeza se foi dentro ou fora de mim).

Joaquim me confrontou e eu fugi. Literalmente. Já estávamos bem perto do porto, numa praia rasa onde outro naufrágio assombra os mares. Em pânico após ver a imagem dos dois, corri para a popa e mergulhei no mar, nadando o mais rápido que eu podia, pensando em como o destino podia ser cruel a ponto de me apavorar com tantos naufrágios fantasmas.

Aquela noite eu passei em claro. Depois de fugir de Joaquim, havia andado desorientada à borda da pequena estrada que corta a ilha, esperando ver se minha tempestade interna dava sinais de estiada. Mas não. Havia mais raios e trovões. Eu estava ensopada por dentro.

Primeiro: como Nicolau podia ser filho de Joaquim? Isso era uma calúnia ou um castigo. Eu havia conhecido Nicolau em Angola, seu pai se chamava Leo e morava em Turks e Caicos, uma ilha perdida no meio do Caribe.

Segundo: Joaquim havia dito que não tinha filhos. E Nicolau sempre me falava do pai como se ele fosse um senhor.

Terceiro: para aquilo ser verdade, alguém deveria estar por detrás daquela armação, e Deus não podia ser tão cruel.

Quarto: seria Joaquim o responsável por aquela loucura? Teria ele armado tudo, feito o filho se aproximar de mim? Nicolau sabia de tudo? Ou teria se apaixonado sem querer, e abortado os planos do pai?

Me senti desprotegida e triste como uma águia com asas pequenas demais. Cheguei à pousada, onde havia dias eu nem colocava os pés, tomei um banho e me vesti, peguei minha moto e saí pela ilha, fazendo questão de me encharcar novamente com a tempestade que assolava o meio do oceano. Fui até o local onde um dia existiu o forte de São Joaquim do Sueste e olhei para a baía à minha frente em silêncio, chorando, numa raiva mais brava do que a espuma do mar. Tive muita vontade de me jogar dali, me quebrar contra os rochedos, me esfacelar, sentir dor física. Talvez, com isso, a dor que estava rapidamente tomando conta de mim fosse subtraída por uma latência de carne viva e aberta.

Mas de repente a vontade de morrer e de entender tudo me deixou. Me lembrei da foto que eu havia tirado naquela mesma Baía do Sueste, eu e Nikka, e da doce tarde que passamos na praia. Do cheiro de seus cabelos, do seu riso solto, das poucas palavras que chegou a aprender em português e de como falava "saudades" puxando o "s". E me lembrei do que Nicolau havia escrito atrás daquela foto, "Saudades, pai", e então meu coração encontrou calma e apaziguou-se.

E se Joaquim quisesse tão bem a Nicolau que, apesar de saber da nossa relação, não fosse capaz de destruir os sonhos do seu filho? Eu faria o mesmo, eu faria ainda mais por Nikka! O amor de mãe, o amor de pai, aqueles eram tão fortes que não havia possibilidade de drible.

Consultei o negro céu, que chorava comigo. Ele me deu os conselhos de que eu precisava, me emprestou paciência e compaixão, e me fez ter esperanças de que Joaquim e Nicolau pudessem ser inocentes.

Peguei minha moto e voei pela estrada. Voltei para o quarto de hotel e me tranquei ali. Reuni coragem e escrevi uma longa carta a Joaquim.

"Fernando de Noronha, 27 de dezembro de 2012.

Joaquim, antes de mais nada, me desculpe pela estupidez. Não pulei do barco, pulei para fora de mim mesma. Tudo o que eu venho sentindo é forte demais, acho que por isso meu choque foi tão grande ao descobrir a tua ligação com Nicolau.

Não sei o que você sabe e nem o que será novidade. Mas eu e Nicolau, aquele mesmo homem de alma transparente (ou, até agora, assim eu o via) que estava abraçado a você numa foto na cabine de comando (e, no verso, havia a legenda "Saudades, pai. Nicolau") é o homem com quem eu vivo. É também o homem a quem estou traindo enquanto passamos as tardes a nos beijar e a ver o sol desenhar seu trajeto pelo céu.

Nunca suspeitei da ligação de vocês. Apenas conheci Nicolau durante uma viagem e, cansada de te procurar em vão, pensei em gastar com ele mais uma fase de minha interminável vida. Quando começamos a namorar, nem me passou pela cabeça que ainda estaria com ele na data do nosso encontro marcado.

Aliás, Joaquim, você sabia do nosso encontro marcado, certo? Afinal, estava me esperando aqui no dia 21 de dezembro, menos de uma semana atrás. Acredito que tenha sido avisado, como eu fui, sobre esse dia.

Não sei por que demoramos tanto a nos revelar e sequer nos revelamos. Eu sei que aquele momento, quando deixei a escuna para fugir da verdade, era para ser o momento da verdade. Não sou de fugir do destino, mas uma zoeira tomou conta de mim e não consegui responder pelos meus atos.

Foi melhor assim. Eu também tive uma filha (de criação), Nikka, e fiquei pensando, após descobrir a tua relação com Nicolau, que jamais faria nada para magoá-la. Se descobrisse que ela e você estavam juntos, levaria um grande choque, mas acreditaria, de alguma maneira, que o momento de nosso reencontro estaria se aproximando e minha filha estaria me levando até você. E quando esse momento acabasse eu já saberia onde te achar e enfim ficaríamos juntos. Muito louco, esse pensamento! Mas eu faria isso por ela, então me pergunto se você também não fez isso por Nicolau e por isso não quis se revelar.

Estou louca?

Que curioso que nossos filhos se chamem Nikka e Nicolau.

Preciso de tempo para pensar. Mas te amo de uma maneira como só eu te amei, e me dói demais me afastar, e nada no mundo me importaria se não fosse o fato dele ser o teu filho. Joaquim, você está vivo! Sobreviveu aos nossos 188 anos de busca, fez sua vida, e estou tão orgulhosa de você, meu amor. Estar com você é de uma completude que nada, absolutamente nada mais me proporciona.

Sem saber eu estava certa, naquele dia no Morro do Pico, ao me declarar e te dizer que te amava. EU TE AMO, não pouco, não muito, mas completamente.

Por favor, vamos resolver isso com calma. Preciso conversar com Nicolau, não tenho vontade de magoá-lo. Preciso digerir, no fundo de mim, o fato de que a pior de todas as angústias teve fim: nos encontramos! Por favor, me entenda e não me procure. Deixe-me resolver tudo e voltar aqui, para vivermos nesta ilha o que nos está reservado. Enquanto isso, gostaria que conhecesse a minha história – deixo as cartas que escrevi ao longo dos anos para você.

Joaquim, eu acredito que nós dois somos como uma estrela binária: duas estrelas orbitando em torno do mesmo centro de massa. Aquela estrela mágica nos uniu para sempre. Estou tão leve por ter te encontrado que posso fechar os olhos e voltar a ser a Leah.

Com todo, todo, todo, todo meu amor. Tua Leah.

Lacrei a carta e a coloquei junto com as outras, escritas durante nossos anos de separação, dentro de um grande envelope pardo. Era manhã feita e posta quando saí da pousada, deixando com a gerente, uma mulher simpática e gorducha chamada Célia, aquilo de mais precioso que poderia deixar (naquele momento) para Joaquim. A minha história e a prova do meu amor.

"Cuide bem do Joaquim", pedi a ela, sem saber por quê.

Entrei na van que me levaria até o aeroporto com a garganta queimando de tão apertada.

Antes de embarcar, mais uma surpresa: um funcionário de Joaquim chamado Marujo me viu e veio falar comigo.

"Cê é a Sylvia, não é?"

Assenti com a cabeça.

"Eu sou o Marujo, trabalho pro Joaquim."

"É, eu lembro, do passeio de escuna."

"Já tá indo?"

"Um imprevisto"

"E o Joaquim, cadê?"

Dei com os ombros, sinalizando que eu não sabia. Não queria criar caso, de maneira alguma, mas ele não se deu por satisfeito, "cês não tavam juntos, ué?"

"Sim. Diz para ele, por favor, que eu tive que viajar de última hora..."

Marujo me olhou dentro dos olhos. Fiquei nervosa.

"Ocê não pode fazer isso com ele, não!"

Levei um susto, não pude segurar a minha reação. Estava frágil, sensível, exposta. Busquei um pedaço de papel dentro da bolsa, apoiei no balcão vazio e escrevi para ele uma coisa sem nexo, que não fazia sentido, mas que era tudo o que eu podia dizer:

"Desculpa. Vou voltar. Foi mais forte do que eu. Deixei uma encomenda para você na Pousada Velha. Sylvia."

Depois dobrei, entreguei para Marujo e sumi na sala de embarque, sem olhar para trás.

Só comecei a melhorar quando o avião que me levaria até Natal se descolou do piso vulcânico de Fernando de Noronha. A tristeza estava dentro de mim, socada, e meu coração nunca estivera partido em tantos pedaços quanto naquele momento.

O sorriso de Joaquim não me saiu da cabeça. Trocamos olhares, tentando nos comunicar, mas meu pai e os portugueses o pegaram para sabatina, ávidos por encontrar um brasileiro que era contra tudo o que acontecia no novo império.

Logo após o jantar, eu e minhas irmãs nos retiramos, com mamãe e as demais senhoras, para a Vila dos Remédios. Fomos numa pequena embarcação até o porto, onde uma charrete nos esperava para nos levar ao casarão. Ali perto, um cavalo, amarrado a uma árvore, parecia sorrir para mim.

Assim que chegamos aos Remédios, puxei Iza de lado, enquanto mamãe entrava com Elza, Thereza e Tetê.

"Vamos pegar um ar, mamãe, estou um bocado enjoada", falei, e não era mentira,: o balanço do mar já havia me tirado o equilíbrio.

"Não demorem!", respondeu, enquanto sumia pelo batente verde e largo do casarão.

Busquei o braço de minha irmã, "é hoje, vamos fugir!", e mostrei minhas moedas.

Iza permaneceu muda, calando um segredo qualquer que ainda não podia ser compartilhado.

"Você viu, Leah, que cavaleiro perfeito aquele que não tirou os olhos de você?"

"Reparei, sim. O mais surpreendente, minha irmã, é que ele é o homem dos meus sonhos... aquele que eu tantas vezes lhe descrevi", falei, emocionada. Era a mais pura verdade.

Iza pegou em minhas mãos, "quero tanto que sejas feliz, minha irmã querida!"

Não entendi o motivo pelo qual ela havia falado aquilo – não imediatamente.

"Serei feliz, mas precisamos fugir logo!"

Percebi que Maputo já nos rondava. Minha irmã sinalizou para que ele esperasse.

"Vamos fugir agora?"

Iza olhou dentro de meus olhos, "minha irmã, o que irei lhe dizer agora pode parecer egoísta, mas um dia entenderás que é necessário." Seu belo rosto foi tomado por uma sombra escura, "eu e Maputo não vamos fugir. Seguiremos até a Europa."

Dei dois passos para trás, buscando alguma luz que pudesse elucidar aquela fala descabida.

"Maputo foi informado, por um escravo que acaba de chegar da Europa, que por lá a escravidão foi abolida. Na verdade, há quase quinze anos. No Brasil nos escondem este fato, para que não tenhamos ideias libertárias."

"Não vão fugir comigo?"

"Nunca poderemos ser felizes aqui, seremos apenas fugitivos", completou, com tristeza.

"E a luta pela independência? E nossa pátria?"

"Voltaremos quando as coisas se acalmarem. Eu prometo. Minha querida irmã, eu não posso arriscar que matem Maputo numa fuga desproposital, sabendo que podemos obter sua liberdade na Europa. Ao chegarmos a Lisboa, fugiremos."

Encostei no tronco cansado de uma gameleira que respirava a brisa noturna.

"E eu? E eu, Iza? Vou ter que me casar com aquele nobre? Vou pagar o preço da tua felicidade?"

Iza estava perdidamente apaixonada pelo escravo, ingenuamente acreditando que seria feliz em algum canto do planeta com um negro desterrado. Me examinou com seus olhos marejados, "volte e encontre-se com ele, Joaquim é seu nome, certo? Esse homem, minha irmã, pode lhe ajudar na fuga."

Sem me dar tempo para refletir, saiu correndo em direção a Maputo, incapaz de ausentar-se de seu encontro com o amor.

Eu fiquei parada. Imóvel, escutando minha respiração chiar com o farfalhar das palavras de Iza. Tinha acabado de perder a minha maior aliada, e isso me marcaria profundamente. O mais constrangedor era que, por mais raiva que eu sentisse, a compreendia: ela só queria ser feliz.

Entrei em casa, troquei as roupas. Deitei na cama, olhando para o teto de taboinhas. Minhas irmãs mais novas dormiam em uma das camas e Tetê ressonava numa palha aos seus pés. Acordei-a.

"Tetê, Tetê!"

"Sinhazinha?", ajeitou-se na esteira.

"Deite na minha cama, vou sair."

"Para onde, menina?"

"Iza desistiu da fuga."

"Foi? E agora?"

"Conheci um homem que pode me ajudar. Preciso encontrá-lo." Abri a janela e pus meus pés para fora do parapeito baixo.

"A sinhazinha vai de camisola?", Tetê arregalou os olhos.

"Não há tempo a perder, Tetê. Deite-se em minha cama, durma! Eu volto em breve!"

Saí com a urgência de um trovão que corre atrás de um raio. Corri até perto do embarcadouro.

Fiquei escondida por um bom tempo atrás de uma moita. Tinha conseguido retraçar o caminho todo até aquele cavalo risonho que esperava por seu dono. Não sabia se Joaquim já havia se recolhido ou se ainda estava no navio, mas notei que a carroça aguardava meu pai, Dom Diego e outros oficiais portugueses.

Enquanto esperava, não pude me conter e chorei. Não apenas pela frustração de saber que meus planos não se realizariam, não apenas por saber que Iza não seria mais minha cúmplice, e nem pelo fato de seu amor por Maputo ser, naquele momento, maior do que o amor que sentia por mim. Apenas me lembrei que, assim que aquela lua nova cedesse seu lugar ao sol, eu faria anos.

E se eu houvesse gasto toda minha cota de felicidade antes dos 17 anos? E se agora eu fosse cumprir minha sina: casar, engravidar, engordar, aguentar um homem qualquer pelo qual sentiria repulsa diária, e ter filhos em quem eu depositaria meus sonhos de menina? E se aqueles fossem meus últimos dias em liberdade? E se?

Perdida nas divagações, quase não percebi quando ele surgiu na minha frente, trocando as pernas para tentar subir naquele cavalo que parecia zombar dele com sua boca larga.

Assim que se aproximou, saí da moita, sem vergonha da camisola nem das lágrimas.

"Tire-me daqui", ordenei, enquanto subia na garupa, "nem que seja por algumas horas, construtor."

Sem dar-lhe tempo de reagir, subi no cavalo e agarrei-me forte à sua cintura. Ele apenas obedeceu, aceitando o pedido. Joaquim poderia me levar para uma caverna, me raptar até uma das fortalezas da ilha, não importava, porque o sentimento era fluido e me preenchia. A presença, mesmo que calada, do seu corpo rente ao meu, me tomou de um sentimento inédito. Seu perfume, seu toque, a batida rápida de seu coração, a maneira como ele tocou minhas mãos e obedeceu meu pedido, tudo me afetou.

Quando parou o cavalo, que chamou de Tartuffe, estávamos diante de uma das mais belas praias da ilha. A enseada nos abraçava e a areia, muito branca, fora tomada por trepadeiras com folhas redondas que avançavam como filhotes de tartarugas rumo ao mar.

"Desculpe-me a liberdade, senhor", murmurei, enquanto enxugava as lágrimas com o lenço que me emprestou.

"O que houve com a senhorita?"

Rapidamente, expliquei a ele o meu drama, mostrei as moedas, dando a entender que eu estava disposta a pagar. Mas aquilo tudo era charme: já não queria apenas fugir, queria ficar com ele. Queria que me beijasse.

"Senhorita, não posso fazer isso, não posso ajudá-la..."

Decidi, então, usar a tática da sedução, a qual eu conhecia apenas de ouvido, de Iza contar, das amigas de chá falarem, e de ver minha mãe fazer com papai. Tirei a camisola, ficando apenas de corpete e calçola. Vi quando suas pálpebras lhe beliscaram os olhos. Joaquim ficou parado, petrificado onde estava, sem conseguir mover-se, examinando-me com tesão.

Então, entrei no mar. Não era comum mulheres saberem nadar e eu presumi que ele fosse tentar me resgatar. Não havia ondas e a temperatura doce da água me fez relaxar. O céu estava estrelado, virei de costas e agradeci a Deus: aquele era o momento, até então, mais mágico de minha vida.

Escutei as braçadas de Joaquim aproximando-se. Braçadas fortes, "volte aqui, senhorita!" Brinquei com ele e nadei mais, aumentando a nossa distância – apenas para esperar que ele a encurtasse.

"Se o senhor não vai me ajudar a fugir, então eu mesma irei a nado! Até a África, se for preciso!"

"Senhorita Leah! Por favor, pare, eu lhe ajudo!", gritou.

Naquela pequena enseada e dentro de mim o grito ecoou. Os pássaros escutaram. As estrelas ouviram. Não era nada, apenas uma frase tola e curta, sem poesia, mas que selaria nossos destinos por um tempo inimaginável.

Deixei Joaquim laçar minha cintura com seu braço. Por um tempo inexato, nos olhamos, flutuando naquela imensidão. Os pés já não tocavam a areia e eu tive uma vontade sublime de beijá-lo.

"A senhorita sabe nadar, sabe montar num cavalo, anda de camisola à noite, quer fugir", balbuciou, "estou começando a achar que deliro".

"Não deliras não!"

"És a dama mais linda que já vi ou imaginei, senhorita Leah."

"O senhor estava nos meus sonhos, há muito tempo. Eu sabia que nos encontraríamos, mas nunca imaginei que seria no paraíso..."

Ele riu. Eu ri. Nossos olhos riram. Juntos, saímos do mar.

Alonguei-me na areia, sem me importar com os grãos cobrindo meu corpo, apenas esperando que ele me abraçasse. Joaquim sentou-se, joelhos dobrados, ao meu lado, e buscou minha cabeça para colocá-la em seu colo. Milhares de borboletas começaram a tremelicar dentro de mim, prontas para voar. Borboletas que eu nem sabia que existiam. E, então, ele aproximou seus lábios dos meus, e tornou verdade a minha vontade.

Seus beijos eram quentes e, apesar daquele ser meu primeiro beijo, tive certeza de que as nossas bocas haviam sido talhadas juntas, no momento da criação, e separadas na encarnação. A sensação dos beijos, agora eu entendia minha irmã! Nada mais existia no mundo quando se beijava, só o outro, apenas seus lábios macios e a língua intrometida.

Demos as mãos, colamos os corpos molhados, e, num rompante, eu disse a ele: "Acho que estou apaixonada, senhor Joaquim."

Ele riu. Não era seu primeiro beijo, tampouco eu sua primeira mulher, "Como, senhorita, como pode se acabamos de nos conhecer?"

E, então, entre mais beijos e afagos, expliquei a ele o medo do casamento arranjado, a importância da fuga e a pesquisa que eu havia feito na Real Biblioteca, onde lera sobre piratas e corsários como o Capitão Kid. Ao falar sobre meus planos, outrora tão importantes, vi que haviam se esvaziado. Eu me sentia leve e segura com ele, o resto já não parecia importar.

"Amanhã vou cumprir anos. Farei 17 primaveras", beijei-o novamente, sem vergonhas, apenas com a necessidade e a certeza de que ele queria me retribuir, "digo-lhe que o meu desejo é que me encontre no mesmo local e na mesma lua para podermos traçar um plano melhor."

Me levantei e rodopiei, afastando a areia, mas cuidando para que nenhum daqueles grãos fosse desperdiçado: eram testemunhas de nossa união. Vesti minha camisola, "a senhorita é muito corajosa", murmurou, sem graça.

"Não consigo parar de beijá-lo", respondi.

"E sempre faz isso com os homens?"

Em seu olhar vi, pela primeira vez na vida, uma umidade peculiar formada por uma gota de ciúmes. Achei graça, me fez mais importante do que eu era.

"Nunca! O senhor é o primeiro homem que beijo. Quero que saiba que isso não é uma diversão ou brincadeira, o senhor estava em meus sonhos. E, de verdade, o que estou sentindo agora nunca me ocorreu, parece que meu coração começou a funcionar apenas quando o vi no navio..."

Ele me rodou no ar, "não devia dizer-lhe isso, mas é paixão o que já sentimos", e assim me colocou na garupa de Tartuffe, que relinchou.

"Não tenha medo, ele está rindo da nossa felicidade, apenas isso".

Acariciei sua crina, ele correspondeu, galopando forte. Aquele cavalo já torcia por nós.

Dom Diego era magro, antipático e muito esperto. Homem de confiança de meu pai, seu braço direito, desde sempre nos olhou com demasiado interesse. Agora, que sabia do meu casamento marcado e já havia descartado pedir a mão de Iza por causa de sua tuberculose, começava a examinar Elza com olhos de predador.

O problema era que ele sempre nos acompanhava a todos os lugares. Naquele dia especial de meu aniversário, pedi a mamãe que fôssemos à praia. Ele abriu caminho em seu cavalo e nossa charrete o seguiu até a Baía do Sueste, onde até mesmo minha irmã mais nova, Thereza, poderia banhar-se nas águas calmas. Vieram conosco duas amigas de minha mãe e seus pequenos rebentos.

Assim que chegamos ao Sueste, partimos para caminhar: eu, Iza e Tetê. Elas já haviam notado, estampada em meu rosto, a animação que me queimava o peito.

"É ele, minha irmã, ele é o homem certo para mim. Nos beijamos!"

Tetê arregalou seus olhos de jabuticaba.

"Como foi?"

"Absolutamente fabuloso. Seu gosto não sai de meus lábios!"

"Que coisa boa, minha irmã. Experimente o que lhe fizer feliz, já há obrigações demais em nossas vidas, quase todas contra a nossa vontade!"

"Vamos fugir. Hoje nos encontraremos à mesma hora", e olhei para Tetê, "durma na minha cama novamente, Tetê."

Inesperadamente, Tetê esgarçou um grande sorriso:

"Eu também conheci alguém..."

"Conheceu?!", perguntei, pegando em suas mãos. Tetê era tão minha irmã quanto as outras, só não era mais por falta de permissão.

"Quem, Tetê?"

"O nome dele é Zezinho, é escravo do senhor Joaquim", sorriu, sem vergonha dos dentes alvos e largos.

"Se beijaram?"

Tetê sorriu mais. Ela estava apaixonada, nossa querida Tetê!

"Levaremos Zezinho para a Europa conosco, lá a escravidão acabou!", retrucou Iza. Tetê iluminou-se.

Dom Diego, que nos seguia sem que nos déssemos conta, se meteu em nossa conversa: "na teoria, a escravidão foi abolida. Já na prática, senhorita Iza, não se iluda. O escravo continuará sendo negro e pobre e, o que é pior, sem dono!"

Iza, intempestiva, deu-lhe um tapa no rosto, "seu metido, como se atreve a nos seguir, a bisbilhotar nossa conversa!"

"Sua mãe me mandou chamá-las, senhorita!"

"Uma cobra é mais educada do que o senhor! Vou contar tudo para o papai", revidei.

"Experimente, senhorita Leah. Assim que for lhe falar algo, farei com que ele saiba de sua fuga com o senhor Joaquim", e olhou para Iza, "e também farei chegar a ele que sua própria filha rasgou as velas do navio para termos que voltar às terras brasileiras!", completou, segurando o cabo da espada, nos ameaçando.

Tetê escondeu-se atrás de nós.

"Contarei também que escrava imunda que és, Tetê, e que mal colocou os pés na ilha já está se encoxando com um negrinho muito ordinário!"

Deu as costas, voltando em direção aos outros, nos deixando, as três, apavoradas.

Levou tempo até nos mexermos ou falarmos alguma coisa.

"Desgraçado!", finalmente rugi.

"Vamos acabar com ele!", Iza exclamou forte, quase com vontade que ele escutasse.

Suas palavras ficaram ecoando naquela praia. Nossos olhos revelaram, primeiro, surpresa e, em seguida, concordância. Voltamos caladas para junto de mamãe e logo o avistamos: ele brincava, de maneira provocativa, com Elzinha.

Minha segunda noite com Joaquim foi ainda mais especial. Ele trouxe um buquê de flores amarelas e rosas, amarradas com um fitilho de couro, e tive a certeza de que estava apaixonado por mim.

Tartuffe nos levou até o outro lado da ilha, não a uma praia, mas ao alto de um morro. Prestei atenção, o tempo todo, se não era seguida por Dom Diego. Quando chegamos, ele me desceu do cavalo, segurou meu rosto, e falou:

"Não quero que nos chamemos mais de senhor, senhorita, nada disso. Gostaria que fôssemos apenas meu bem, meu amor, minha querida e meu querido. E sabes por quê? Porque já não posso parar de pensar em ti."

Joaquim era o meu homem, a cada pequeno passar de tempo eu tinha ainda mais certeza. Busquei seus beijos como se nada mais importasse _ e, na verdade, quando estávamos juntos, não importava. Era estranho pensar que só nos conhecíamos há duas noites. Eu tinha certeza de que nos pertencíamos havia muito tempo, de outras vidas – ou de vidas futuras?

"Temos duas opções, por enquanto. Ou seguimos para o Recife com a corveta de carga, ou vamos juntos até Lisboa. O senhor teu pai confirmou que há lugar para mim no navio, e eu gostaria muito de chegar à Europa", completou, olhando fixo para mim.

"Europa?", retruquei, contrariada, explicando o que ele já sabia: que eu desejava ficar no Brasil. E foi então que ele me mostrou, com os dedos trêmulos, uma carta onde pedia minha mão aos meus pais.

Li calada, emocionada com tamanha prova de amor.

Il.mo e Ex.mo sr. Francisco Eugênio Porto,
Excelentíssimo capitão da Marinha portuguesa,
Esperando que a importância e urgência do assumpto com o qual vou aqui ocupar-me seja suficiente para desculpar-me pela liberdade que tomo em dirigir-lhe esta carta, passo a fazer-lhe uma comunicação que até aqui

tinha reservado para ocasião mais oportuna, mas que agora sou obrigado a levar ao seu conhecimento em consequência de acontecimentos que tiveram lugar recentemente. Sabendo ultimamente que a estimável senhorita Leah fora, há pouco, pedida em casamento por um descendente do actual marquês de Borba, que possue os requisitos necessários para ser atendido com benevolência, e havendo até aqui nutrido este mesmo desejo desde nosso primeiro encontro, e fazendo dele o objecto principal de minha vida, sabendo que será meu único arrimo, consolo e esperança nos pequenos infortúnios e revezes a que todos estamos sujeitos, os meus planos e aspirações tendem sem dúvida a este fim, não é sem grandes receios que vejo o mais lindo sonho que já tive ameaçado de tão iminente destruição. Pelo que apresso-me a declarar-lhe os meus sentimentos com toda a franqueza e sinceridade e pedir-lhe que se sirva a dar-me a sua opinião a respeito, logo que lhe parecer conveniente.

Apresentando-me como um pretendente à preciosa mão da Ex.ma senhorita Leah, não sou levado mais pela admiração profunda e alto apreço em que sempre tenho tido as suas nobres qualidades e inumeráveis dotes, sem nada querer mencionar sobre essa afeição ardente e espontânea que instilou meu coração desde que a vi pela primeira vez, cruzando o salão do D. Januária, no jantar gentilmente a mim oferecido. Em todo caso, achei por bem desde já informar ao Ex.mo capitão Francisco e sua Ex.ma esposa Manoela sobre os meus sentimentos, desejos e intenções, pedindo-lhes o favor de dar-me o seu parecer a esse respeito depois de haver consultado a Ex.ma senhorita Leah sobre o assumpto e ter recebido um sinal muito positivo.

Esperando ansiosamente pela decisão final da senhorita Leah e dos Il.mos srs. seus pais e desejando à Ex.ma senhorita Leah todas as venturas e felicidades que para mim desejo, tenho, finalmente, prazer de subscrever com todo respeito e consideração como de V. Ex.ma, pretendente muito afetuoso e atento venerador.

Joaquim Henrique Castro Nunes

No dia seguinte acordei mais leve do que qualquer pássaro da ilha. Eu tinha 17 anos e um verdadeiro amor. Mostrei a carta a Iza e Tetê, quando fomos caminhar na Praia do Cachorro. Li em voz alta, enquanto as duas riam e me interrompiam achando graça e suspirando de amor. Estávamos, afinal de contas, e pela primeira vez, as três apaixonadas!

Iza olhou-me séria, "minha irmã, você sabe que papai jamais irá permitir este casamento, não sabe?"

Guardei a carta no decote do meu vestido e apertei o laçarote de cetim rosa-escuro que o prendia.

"Sua melhor chance é deixar que ele embarque para Portugal", completou.

"E o filho do marquês?"

"Fugiremos, todos, eu lhe prometo. Vamos desembarcar no Porto e pegar uma embarcação para a Inglaterra, onde as coisas estão mais avançadas."

"Inglaterra, Iza?", quase ralhei. Que diabos eu ia fazer naquela ilha fria de Jane Austen? Queria ficar perto dos pássaros e das folhas gigantes, das copas pesadas de árvores acostumadas ao vento tropical, da generosidade de seus frutos, da quentura de suas águas, da beleza de seu povo.

"Voltaremos ao Brasil, em breve..."

Tetê nos olhou triste, ela sabia que seu romance com Zezinho era impossível.

"Se Joaquim vier a bordo, pode até mesmo trazer seu escravo, Zezinho. E então, Tetê, todos nós fugiremos juntos!"

"Podemos fundar um quilombo!", caçoei de Iza, "ora, minha irmã, esse plano pode até ser bom para ti. Mas não funciona para nós!", falei, por mim e por Tetê.

Constrangida, a escrava me corrigiu, "sinhazinha me desculpa, mas eu queria muito que o Zezinho viesse, sim."

Tetê era negra, muito escura, mas, ainda assim, enrubescia quando falava.

"Tem certeza, Tetê?"

"Por favor, Leah, pense bem. Juntas somos mais fortes! Podemos mais! Se nos separarmos, se você fugir com Joaquim, se eu fugir na

Europa, e se a pobre Tetê ficar sozinha cuidando de Elzinha e Thereza, todas seremos infelizes..."

Pensei, calada, enquanto enfiava os pés na areia quente e molhada, observando as pequenas ondas estourarem como se fossem bolhas de sabão. Pelo bem de todas, eu toparia. Estar perto delas seria melhor do que estar longe.

"Está bem. Vamos fazer assim, falarei com Joaquim sobre Zezinho. Iremos todos a Lisboa!"

Nos abraçamos, ingênuas, felizes, bobas como nunca mais seríamos. Aquele era o momento mais romântico de nossas vias – mas disso ainda não sabíamos. Como se ensaiado pelo destino, surgiu no horizonte a figura odiosa de Dom Diego. Ele trazia Elza pelas mãos.

"O que este sujeito vil está fazendo?!", Iza irritou-se, "primeiro, tivemos que aguentar as violências do doutor Lázaro. Agora, Dom Diego está prestes a colocar as mãos em nossa irmã!"

Meu coração veio pela boca. "Temos que fazer algo... aquele plano...", sussurrei.

"Sim, vamos executá-lo no navio! Vamos fazer com que o desgraçado se arrependa de seus pensamentos", Iza sussurrou por entre os dentes, trincados de raiva.

Elzinha acenou para nós, ingênua, certa de que estava protegida.

⁓

Nos dias seguintes, partimos cedo e voltamos à tarde. Confabulando sobre um castigo para Dom Diego, percorremos a vegetação da ilha. Tetê conseguiu que Zezinho nos acompanhasse nos passeios. Mamãe estava ocupada demais com as caçulas e suas amigas para notar qualquer coisa. Papai passava o dia monitorando o conserto da nau, junto ao meu querido Joaquim.

Quando parávamos para nos banhar, Maputo e Iza escondiam-se nas moitas para fazer amor. Tetê e Zezinho sumiam pelas pedras e voltavam sorrindo. E eu me deitava com meu livro, *Pride and Prejudice* – presente de minha mãe, que desejava, assim como Mrs. Bennet, que as quatro filhas fizessem bons casamentos.

Os últimos encontros, sob a lua crescente, tinham trazido um fogo mais quente, eu sabia que estava perto de incendiar-me e entregar-me totalmente a Joaquim. Da última vez, havíamos ficado nus na Praia do Sancho. Seu corpo era forte e havia marcas do sol mesmo quando este estava ausente. Seus pelos cor de caramelo cobriam certas áreas, mas em outras deixavam a pele exposta, sem vergonhas, e minhas palmas estavam aprendendo a percorrer seus caminhos com vigor.

Vê-lo inteiramente nu foi, entretanto, uma surpresa. Eu jamais havia visto um homem daquela maneira – nem em desenhos! Não havia irmãos e nunca ninguém me explicara que pendia uma banana do centro de seus corpos. Fiquei sem jeito de aproximar-me, tentei visualizar o que poderia acontecer entre nós quando seu sangue todo se concentrasse em sua linha do equador: como se faria o encaixe?

Aquilo não saía da minha cabeça. Apesar da educação católica e rígida que havíamos recebido, eu não concebia o pecado. Queria tocá-lo, vê-lo abrir-se e aumentar de tamanho. Iza e Tetê já não eram virgens, e eu com certeza não queria arriscar ter como primeiro homem da vida aquele descendente de marquês português que sequer conhecia. Já havia decidido, deixaria Joaquim ser meu beija-flor. Precisava, apenas, do momento certo e da coragem.

"Você vai saber, minha irmã, não terá dúvidas quando o momento de se entregar houver chegado", me disse Iza.

"Não tenho dúvidas de que quero, mas... vai me machucar com aquele membro tão duro, não vai?"

"Não, ao contrário, vai lhe trazer sensações jamais experimentadas."

"Dor, queres dizer?"

"Prazer, sua boba!"

Naquela noite, pedi a Joaquim para me encontrar um pouco mais tarde, quando a lua crescente estivesse no meio do céu. Eu, Iza e Tetê iríamos à Floresta Velha, onde um curandeiro vendia substâncias para lidarmos com Dom Diego.

Havia muitos índios naquela ilha. Havia, como em todo Brasil, índios, negros, portugueses e mestiços. Além disso, como Zezinho nos contou, prisioneiros comuns e ciganos. Fernando de Noronha me pareceu, subitamente, muito mais interessante do que antes.

Na carroça puxada pelo escravo de Joaquim, chegamos até onde foi possível. Depois tivemos que saltar e andar durante tempo suficiente para trocarmos olhares apreensivos. Enfim, alcançamos uma clareira onde havia uma fogueira e duas ocas.

Um pajé nos recebeu, portava um cocar de folhas de bananeira na cabeça e uma saia de palha. Seu corpo parecia pintado com pontilhados pretos, simétricos – mas logo percebi que eram cicatrizes formadas por queimaduras. Com os olhos puxados, nos encarou e disse alguma coisa que não pudemos compreender.

Entramos na oca. Havia três redes penduradas e alguns utensílios de barro num canto. Duas crianças loiras de olhos azuis descansavam numa mesma rede, peladas, apenas com colares de contas coloridas ao redor do pescoço. Dois índios pitavam fumaça e havia uma mulher sentada, mas não era índia: tratava-se de uma cigana.

Na ilha praticamente não havia mulheres, então aquilo nos surpreendeu. Havia, sim, os ciganos banidos. Mamãe nos havia alertado sobre o perigo que representavam, "tenho medo que raptem Therezinha, fiquem de olho nela", falou, assim que desembarcamos. Ela achava mesmo que os ciganos comiam criancinhas. E, quando batemos os olhos nos galeguinhos, eu e minha irmã nos assustamos.

A cigana me olhou – não para Iza e nem para Tetê, apenas para mim. O pajé nos convidou a sentar numa esteira de palha fina e cheirosa. Cruzei as pernas, me sentindo estranhamente à vontade. Zezinho foi traduzindo o que o índio falava, uma mistura de português com seu próprio idioma e, ainda, algumas palavras que só Deus sabe o que significavam.

"Esse é galho de burra leiteira, se for passado nas vistas de alguém a pessoa cega na hora", e nos estendeu um galho com um líquido esbranquiçado e flores arroxeadas e brilhosas.

"Cega?", me interessei, "é disso que precisamos!"

"Precisamos de mais, minha irmã. Não tem veneno?", Iza perguntou, deixando Tetê enrubescida. A cigana continuou me olhando fixamente, fiquei fascinada e retribuí o olhar.

O pajé tragou sua erva e respondeu a Zezinho, "tem, sim, veneno". Mostrou raízes secas e arbustos com pequenas folhas verdes e galhos finos, "coloca na bebida ou sopa, três dias de veneno, a pessoa morre e não descobrem causa", traduziu Zezinho.

"Primeiro delirium", o pajé disse, "dispois sono."

"Entra em coma, não acorda do sono", completou Zezinho.

"Como se chama?", Iza era curiosa por natureza. Sobretudo quando devia ficar calada, minha irmã falava.

"Amansa-senhor", Tetê respondeu, para a nossa surpresa. Mais tarde ficamos sabendo que era muito usado entre os escravos para vinganças contra seus senhores.

"Dois moedas", o pajé completou.

Iza abriu sua bolsinha de veludo cor de vinho e tirou duas moedas de 640 réis. O pajé murmurou algo que fez Zezinho sentir-se contrariado, "de 640 são três moedas", completou.

Iza buscou mais uma moeda, "vale o preço", me disse, e entregou ao pajé com um sorriso, "obrigada!"

Enrolamos as plantas num tecido e colocamos dentro na bolsa de pano antiga que Tetê carregava. Nos despedimos e saímos da oca. Eu e a cigana trocamos um último olhar.

Do lado de fora a meia-lua brilhava sob nossas cabeças, e eu estava atrasada para ver Joaquim.

O encontro com Joaquim, naquela noite, durou pouco. Eu havia ficado perturbada pelo olhar da cigana, mas não contei nada a ele. Não queria que pensasse que eu era uma desvairada. Nos beijamos com menos calor do que nos dias anteriores, e ele me informou, "o mastro está pronto, amanhã carregaremos o navio com todos os pertences e devemos partir na manhã seguinte. Estou tão ansioso com a nossa viagem!" Era verdade, seus olhos brilhavam quando ele se via deixando aquela ilha.

"Joaquim, meu querido, quero pedir-te um favor. Traz Zezinho a bordo. Precisamos dele."

"Zezinho? Conheces Zezinho?"

"Sim, tem nos ajudado. Nossa família possui apenas um escravo homem, Maputo, mas há muito serviço e tenho certeza de que papai apreciaria se tu trouxestes teu próprio escravo", menti.

"Vou arranjar isso amanhã mesmo", disse, sereno, me beijando.

Nos deixamos pouco depois. Voltei para o casarão de janelas verdes sem conseguir tirar a cigana da cabeça.

O dia chegou com agitação, pois, como Joaquim havia anunciado, tínhamos que carregar o navio e nos preparar para enfrentar dois meses à mercê das marés e dos ventos.

Já na cabine, um desânimo tomou conta de mim. Iza havia largado seus pertences de qualquer maneira e agora aproveitava a confusão do ir e vir de carroças para escapulir pela ilha uma última vez com Maputo. Ambos sabiam que, no navio, os encontros seriam bem mais difíceis.

Arrumei meus pertences: uma caixinha com poucas joias, entre elas uma tornozeleira de ouro que havia ganho de presente de meus pais aos quinze anos, com meu nome gravado. Uma escova de cabelo banhada a prata e toda trabalhada; um borrifador com meu perfume preferido, francês. Meus brincos de pérola. O pó-de-arroz que lembrava o cheiro de minha mãe. Meus lenços de algodão puro, todos bordados com as iniciais LS. Dois leques antigos: um para o dia, outro para a noite. E meus livros preferidos: *As aventuras de Robinson Crusoé*, quatro romances da Jane Austen (nossa heroína particular), e dois volumes absolutamente proibidos que eu escondia sob a capa de livros infantis, e que me haviam custado demasiado caro: os poemas de Bocagge e os contos do Marquês de Sade. À noite, eu gostava de percorrer os olhos pelas palavras proibidas e imaginar Joaquim recitando aquelas obscenidades para mim.

Depois de ter arrumado minhas coisas e as de minha irmã, resolvi ler um conto proibido. Pouco depois, percebi o rosto de Joaquim me espiando por detrás da porta aberta. Quis convidá-lo para entrar e deitar-se ao meu lado – sussurraríamos, juntos, versos proibidos. Sorrimos e nos olhamos sem esconder o amor. Logo em seguida, notei Dom Diego aproximando-se e repreendendo Joaquim. Fechei o livro erótico, e meu sangue se pôs a voar pelas veias. Cerrei os olhos, fingindo que adormecera, mas Dom Diego não se importou, bateu na porta, "a senhorita não deve deixar a porta aberta!" e fechou-a com força, como se possuísse qualquer centímetro de autoridade sobre a minha pessoa.

Indignada, resolvi deixar o navio e voltar à ilha. Comentei com mamãe que estava enjoada e que dormiria no casarão aquela última noite. Eu tinha uma coisa na cabeça, que não se dissipava, e assim que encontrei Tetê na Vila dos Remédios, puxei-a para conversar.

"Tetê, já pedi que Joaquim traga Zezinho, acho que está tudo acertado."

"Muito obrigada, sinhazinha!", me abraçou, com os olhos lustrados de alegria.

"Preciso de um último favor. Preciso voltar à oca do índio."

Tetê gelou. "Sinhazinha sabe que ninguém pode ir sem ser convidado, os índios não gosta."

"Quero falar com a cigana."

Tetê engasgou, "sinhazinha? Pra quê?"

"Quero que ela leia a minha sorte antes de partirmos."

Sem mais palavras, minha escrava fechou o baú e entregou a Zezinho, que esperava do lado de fora. Ao pé do ouvido, cochichou algo que o fez feliz. Depois partiu tocando os cavalos.

Tetê segurou no meu braço, com aquela intimidade de irmã que nós duas tínhamos, "vou levá a sinhazinha até a cigana".

"Sabes chegar lá?"

"Sinhazinha Leah promete não contá pra ninguém?"

"Claro que não, Tetê!"

"A cigana disse que eu sou um pouco bruxa, tá me ensinando a vê o futuro", e riu. Tetê era muito bonita, mas estava especialmente bela desde que nós havíamos deixado a capital.

"Bruxa!", falei, feliz, "que notícia boa, minha própria escrava tem poderes!", a abracei.

Assim, caminhamos entre as gameleiras e linhaças que recobriam as bordas do caminho, cruzando com flores amarelas que me faziam lembrar das mãos quentes de Joaquim. Quando chegamos à clareira, a cigana olhou para mim de longe e sorriu. Faltavam-lhe vários dentes – onde havia ouro – mas sorria com o rosto todo.

"Já te esperava."

"Já?"

"Senta-te", apontou um tecido estampado no chão. Cruzei as pernas, ela postou-se na minha frente, "descruza", ordenou. Tetê ficou ao nosso lado, em pé, mas a cigana fez um sinal para que ela se sentasse.

Os dois galegos brincavam de correr ali por perto, mas não havia sinal dos índios. O local me pareceu muito diferente de dia.

Ela pegou minhas mãos – as duas – e as contemplou por um momento. Seus olhos de besouro arregalaram-se de uma maneira que assustou até mesmo a meiga Tetê, "qui foi, ciganinha?"

"Vida longa, maior vida que essa cigana já viu", sussurrou, com os dentes de ouro trincados.

"Isso é bom, não é?", só podia ser bom, eu pensei.

"Isso é longo, moça. Muito longo. Uma história muito diferente que começa aqui, agora."

"História de amor?"

"De amor e de magia", e arrumou o lenço que lhe recobria a cabeça.

"Como?"

"Mágica, uma vida mágica e longa. A moça não morre."

Puxei as mãos para trás. Eu nunca havia consultado nenhuma cigana, será que todas elas inventavam histórias mirabolantes como aquela?

A cigana me pediu as mãos, novamente. Examinou mais um pouco, em silêncio, com olhos de coruja. "Tem um homi, ele está nessa mágica, mas vão se separar, ele não vai viajar com a sinhazinha, não. Ele fica na ilha. E sinhazinha volta pra cá pro reencontro com ele", e me devolveu a mão, como se não pudesse enxergar mais nada.

"Que mais?", eu estava aflita.

"Mais, só Deus sabe, moça. Eu vou morrer, Tetê vai morrer, nossos netos vão morrer, mas a moça não vai morrer. Eu nunca vi uma linha da vida tão comprida", levantou-se, "agora podes ir embora, o que tem que acontecer vai acontecer".

"Ocê volta mais tarde, negrinha", a cigana falou, olhando forte para Tetê.

Fiquei desnorteada. Minhas pernas rangiam e os pés não queriam obedecer. Com ajuda de Tetê, me levantei. Estava apavorada, não com a tal vida longa, mas com o que ela havia dito sobre Joaquim não viajar. Catei três moedas para pagar-lhe, ela recusou, "moça não precisa pagá", e virou-se, entrando na oca, ajeitando as pulseiras douradas como se fosse espantar meu espírito assombrado.

Tetê foi me puxando, e essa foi a última vez que vi a cigana. Mas seus olhos de besouro e seu sorriso de ouro nunca saíram da minha cabeça.

Depois de voltar da cigana, pedi que Zezinho me levasse até a Praia da Conceição. Precisava entrar no mar. Tetê partiu para arrumar a cabine das minhas irmãs.

Fiquei imersa naquele mar, olhando para o Morro do Pico e tentando decifrar o que havia sido dito. Se fosse acreditar na cigana, tinha que fugir logo – ainda havia tempo para eu conversar com Joaquim. Tínhamos aquela última noite, derradeira oportunidade para mudarmos os planos e para eu provar a ele o meu amor. Boiando naquele mar, eu acabara de descobrir que o momento havia chegado: minhas dúvidas tinham desaparecido, junto com o medo de que seu membro me ferisse. Eu queria amá-lo, ser amada, descobrir o real significado dos versos dos poetas malditos, queria me abrir para sua passagem.

De repente, com o sopro de uma brisa, fiquei aliviada por ter entendido aquilo. Nadei. Nadei muito. Alguns mumbebos vieram me cumprimentar como se já soubessem da novidade. Aquele seria um dia especial: eu estava pronta.

Na tina de metal do casarão, me lavei com um resto do sabonete francês como se estivesse iniciando um ritual. Vesti meu corpete de seda, passei perfume nas partes íntimas. Coloquei meus brincos de pérola, amarrei os cabelos num coque solto. Meu vestido, de algodão, tinha uma faixa de cetim que eu amarrei forte na cintura. Queria que Joaquim tivesse o prazer de desamarrá-la.

Á noite, quando nos encontramos, eu trazia uma ansiedade que atrapalhava. Assim que Tartuffe brecou na Praia do Bode, Joaquim me pegou em seus braços e me beijou com a paixão dos primeiros dias e um entusiasmo diferente do meu: queria partir logo.

"Tudo está acertado e Zezinho vai a bordo", me disse.

"Não, Joaquim, não quero ir, pensei bem..."

"Como assim?", assustou-se.

Eu não podia lhe contar o que a cigana havia dito, "Dom Diego! Ele está de olho em nós, não tem escrúpulos e já sabe sobre nós dois."

"Temos que tomar cuidado durante a viagem, mas é só, minha querida, não precisas ter tanto medo..."

"Ele gosta de mim. Esbarra-me a perna debaixo da mesa durante as refeições. Já te disse que ele gostaria de se casar comigo? É arriscado demais, meu querido. Ele te mataria sem pensar duas vezes..."

"Não vou me amedrontar por causa de um suboficial, querida! Está tudo acertado, acalma-te", me beijou as mãos.

"Agora não temos mais escolha, meu bem, temos que fugir o quanto antes, hoje! Papai me disse que iremos amanhã cedo para Lisboa", supliquei. Senti os olhos de Joaquim apagarem-se, como uma vela sem oxigênio. Tinha que animá-lo com o presente que estava prestes a lhe oferecer. "Quero te dar uma prova do meu amor, de que tudo o que fizemos juntos valerá a pena." Afrouxei o laço que amarrava o meu vestido. Soltei meus cabelos, que ventaram com o sopro da noite. Despi-me, e, com uma calma que não me pertencia naquele momento, comecei a desamarrar meu corpete, desejando, e muito, liberar a mulher presa lá dentro.

Joaquim aproximou-se, enfim. Me abraçou por trás, segurou os laçarotes do corpete e, por um milésimo de segundo, eu pensei que fosse alargar a trama, afrouxando o cetim através dos ilhoses. Mas não. Os apertou.

"Leah, precisamos conversar. Já conheço o teu amor, e apesar de recente sinto que é demasiado forte e verdadeiro. E, acredita, meu amor por ti é tão forte quanto o teu por mim. Mas tenho que pensar com calma em nossas opções: se eu perder a oportunidade de ir para Lisboa, que futuro irei oferecer-te no Recife? De um fugitivo? Um contraventor? Isso, se não me mandarem antes de volta à ilha, para cumprir pena, como um prisioneiro, dividindo cela com um gatuno, ou larápio, tratado como um marginal, meu amor. Que futuro é esse?"

Joaquim continuou a explicar, prometer, fazer novos planos. Eu desfaleci um pouco por dentro, coloquei de volta o vestido, muito desgostosa, enquanto ele seguiu discursando. Vi seus olhos acenderem-se quando falou que havia barcos a vapor no Tejo e eu entendi, pela primeira vez, e com uma tristeza inédita, que Joaquim não apenas me amava. Amava a possibilidade de deixar Fernando de Noronha.

Me lembrei de Robinson Crusoé e de seu sofrimento para sair da ilha. Joaquim estava vivendo entre índios, escravos, presidiários e ciganos. Vez ou outra havia visitantes, talvez algumas mulheres da luz vermelha envelhecidas pelo sol e pelo uso.

"Por favor", pediu, suplicando que embarcássemos para Lisboa.

"E se ele forçar-me a casar com o filho do marquês? Hein?"

"Eu te rapto, te arranco do lar deste desgraçado, e te levo comigo. Prometo, Leah, és o mais importante para mim."

E, assim, Joaquim enterrou as minhas esperanças de uma fuga de última hora. E de virar mulher naquela noite de lua opaca.

O dia 2 de outubro de 1824 jamais sairia da minha cabeça. Logo cedo eu percebi que havia no ar um peso diferente. Os pássaros todos que avistei voavam sozinhos. Não havia nenhum casal, nenhuma revoada. Apenas voos solitários anunciando a entrada de uma tempestade ou formação de uma onda no meio do mar. Alguma coisa que talvez nem a cigana pudesse prever.

Embarcamos todos, tripulantes, famílias, oficiais e escravos. Joaquim trouxe Zezinho e uma valise de couro castigada pelo tempo. Dom Diego havia convencido meu pai a colocar Joaquim em sua cabine. Claro, assim seria mais fácil controlar o nosso amor. Fiquei olhando o suboficial cochichar algo em seu ouvido, algo que o fez pausar e engolir a seco.

Meu pai tocou a sineta, anunciando o recolhimento das âncoras. Os marujos, do alto dos mastros, soltaram as velas, dando asas ao ser do mar. Sentimos um leve movimento, eu sorri para Joaquim, que desceu até a entrada das cabines. Durante um tempo, ele ficou entre o timão e o longo corredor, indeciso, como se quisesse falar comigo.

Finalmente eu desci, "o que Dom Diego queria?", sussurrei ao seu lado, evitando olhar para ele.

"Apenas ameaçar-me. Não me amedronta", respondeu, sem a menor convicção.

"E agora? Ainda temos tempo de não embarcar. Vamos fugir, por favor, querido" e senti lágrimas nos meus olhos. Algo de ruim anunciava sua chegada.

Joaquim fez um carinho no meu rosto, suas mãos suadas, a boca seca. "Vamos seguir, meu amor, teremos tempo para fazer planos, teremos tempo para convencer teu pai", e, sem controle, aproximou-se para beijar-me. Logo pude ver uma sombra vindo do convés, descendo a escada de madeira que rangia a cada passo, e tomando forma atrás de Joaquim. Era Dom Diego, que partiu para cima dele, distribuindo socos. Um, dois, três, quatro. A sineta de meu pai tocou novamente, Iza gritou lá de fora, de onde podia ver o massacre, "para, seu monstro!" Papai chegou e permitiu que Dom Diego continuasse socando Joaquim. Mamãe colocou a cabeça para fora de sua cabine, assustada.

Joaquim caiu no chão, ensanguentado. Dom Diego começou a chutá-lo, eu bati em sua testa com meu leque, puxei seu cabelo, mordi suas mãos. Meu pai nos apartou, "O que deu em você, Leah Sylvia? Estás louca, menina? Beijando um homem que, além de não ser o teu marido, não tem onde cair morto!"

Esse era meu pai, um homem cego pela sede de poder, insensível, um comandante de meia dúzia. Me arrastou até a cabine, "estás de castigo!", e bateu a porta, trancando-me. Chorei, sozinha, mas não pude interceder na retirada de Joaquim do navio. Da pequena escotilha vi Fernando de Noronha afastar-se lentamente, escutei um de nossos botes passar num ângulo que não me permitia enxergá-lo. Chorei, soquei o vidro, rasguei o livro de Daniel Dafoe.

Os minutos passaram, Iza chegou. Colocou minha cabeça em seu colo, ajeitou meus cabelos, afagou meu desespero. Ficamos as duas em silêncio, nos examinando. Ela esperou minhas lágrimas diminuírem, paciente, e então disse:

"Escuta o que vou te dizer, minha irmã. Há uma boia a bombordo, já na água, logo abaixo dos escaleres. O vento está fraco e avançamos a poucos nós. Daqui ainda podemos avistar toda a Praia da Conceição. Se não te afobares, podes chegar lá com ajuda da boia, és exímia nadadora."

Sorri, eu não esperava por aquela última possibilidade. Iza sempre arrumava um jeito!

"Põe um vestido leve, para não ficares nua na ilha! Mas vai logo, minha irmã. Nos encontraremos em breve, eu sei. Ou na Europa, ou aqui no Brasil. Vamos nos corresponder!"

Abracei-a com vontade, "eu te amo tanto, minha irmã!", e como a amava!

"Agora vai, não percas tempo. Manterei todos longe da cabine por dois dias. Digo que não queres falar com ninguém, dou tuas refeições para Maputo e Tetê, que já estão sabendo e também nos ajudarão. Quando papai der por tua falta, estaremos lá na linha equinocial."

Me estendeu um saco com moedas, "talvez precises de dinheiro".

"Por onde vou sair?"

Iza riu e apontou a escotilha, "como nos velhos tempos...", disse, relembrando a época em que éramos menores e brincávamos de pular pela pequena janela. Papai sempre nos repreendia.

"Eu não passo mais por esse círculo minúsculo, minha irmã!"

"Não esta escotilha, Leah! Da cabine de papai, que é grande o suficiente. Tetê vai bater na porta quando o quarto estiver livre, fica pronta, minha irmã."

Iza prendeu meus cabelos com uma fita e colocou a touca de nado. Quando Tetê bateu três vezes na porta, corremos nas pontas dos pés até a cabine de papai. A escotilha já estava aberta, subi numa cadeira e coloquei os pés primeiro, "não te esqueças da boia a bombordo! E abaixa-te para não seres vista". Abracei rapidamente as duas, "obrigada!".

Tetê enxugou uma lágrima enquanto me dava as mãos para que eu não caísse direto na água. Por um tempo, segurei forte em suas mãos, mas logo deixei o suor trabalhar e nossos dedos deslizarem. Escorreguei no mar, bem perto do casco, e comecei a nadar para longe. Vi a boia e me agarrei. Tive dificuldade em desfazer o nó, mordi a corda por um tempo, até que se soltou. Pude ver o navio se afastar, lentamente, e as mãos de Iza e Tetê lá longe, dando-me adeus pela escotilha.

Havia muito mar entre mim e a ilha mágica, mas meu coração pulsava com tanta força que não me importei. Segurei a boia com as mãos, enfiei o rosto naquele mar cheio de tubarões e seres assustadores, e bati as pernas com um vigor extraordinário.

Quando assumi um ritmo contínuo, lembrei dos olhos de vidro da cigana e do que ela me disse: "Tem um homem, ele está nessa mágica, mas vão se separar, ele não vai viajar com a sinhazinha, não. Ele fica na ilha. E sinhazinha volta pra ilha pro reencontro", e sorri.

Me guiando pelo Morro do Pico, cheguei à Praia da Conceição ainda com o sol forte. Tinha nadado com uma força que nem eu sabia que possuía dentro de mim. Saí da água segurando a boia e desabei na areia branca e quente. Abri os olhos e vi um casal de catraias dançando no azul. Eu havia conseguido!

De alguma maneira, o ato da fuga fora libertador, como se, afinal, eu segurasse as rédeas da minha vida. Me senti bem, apesar do cansaço, e consegui me arrastar até a sombra das árvores. Ali um fiapo de água doce brotava, do nada, e bebi tudo o que eu podia. Recostei numa árvore e adormeci.

Ao acordar, vi o sol dobrando a esquina da ilha. Do outro lado, o céu nascia apinhado de estrelas. Não havia ninguém, em lugar nenhum. Dei um mergulho, e, quando saí do mar, como num passe de mágica, avistei Joaquim dormindo numa reentrância rochosa, o exato local do nosso último encontro. Seu rosto estava machucado e ele segurava, nas mãos, uma azedinha murcha.

Por um momento, examinei-o. Uma felicidade infinita tomou conta de mim. Soltei meus cabelos, sentei ao seu lado, pingando a água salgada. Peguei sua cabeça e a coloquei sobre o meu colo.

"As coisas deram certo, meu querido, tudo saiu como planejado, apenas de uma maneira diferente", beijei-o.

De dentro de mim aquelas borboletas todas presas voaram, povoando a ilha. A lua, em seu quarto crescente, iluminou nossos corpos entregues. Pedi às mãos de Joaquim que me explorassem: aquela era a hora e eu sequer notei que, justamente por ter aquela certeza, não estava preocupada.

Me entreguei como a fêmea que nem sabia que era: todos os poros fechados e o corpo aberto. O medo de ele não caber em mim nem sequer assombrou-me, havia tanto prazer correndo que não senti dor quando invadiu meu espaço lacrado. A queda do muro deu-se sem barulho, como uma gota de chuva fundindo-se no oceano. Sua boca agarrou-se às pregas ocultas jamais percorridas de minha carne branca, vermelha, roxa. Joaquim foi delicado, ainda assim me espremeu e se retesou, me sugou e se espalhou em mim. Procurei seguir sua respiração, mas me admirei quando um esforço final foi anunciado por um gemido prolongado que cessou o movimento. Paramos, a não ser pelo esfuziante latejar que eu sentia em cada pedaço do corpo.

Tive a mais ofegante certeza de que Joaquim me amou como jamais nenhum outro homem me amaria. O tempo parou. Me pegou no colo e me levou para o mar. Escorria, de dentro de mim, o sangue essencial. Ele me lavou, se lavou, me abraçou. Eu o beijei, explorei seu rosto machucado com os dedos, ele franziu a testa de dor, fechou os olhos. E assim, como se algo ainda pudesse ser mais especial do que o momento vivido, uma coisa capturou a nossa atenção: uma estrela caía do céu, correndo para o mar, da mesma maneira como eu havia feito pouco tempo antes, ao pular do navio. Junto dela, um clarão de cegar tomava conta da escuridão.

Em um milésimo de segundo o indizível aconteceu. A estrela mergulhou no mar, com uma sede jamais vista, e iluminou tudo o que havia lá dentro: a idade das rochas, a fragilidades dos crustáceos, a infinitude da areia, o medo dos predadores, a sabedoria das tartarugas. Iluminou a nossa mortalidade.

Aquela estrela jogou luz na escuridão. Secou o mar, como numa passagem bíblica, transformando o finito oceânico em céu infinito. Escutei o barulho mais ensurdecedor de minha vida – e não era agudo nem alto, apenas o som de uma brasa apagando-se, seguido do cheiro de queimado.

Juntos mergulhamos para ver o mar como jamais fora visto. Ficamos muito tempo lá embaixo, e o oxigênio não acabou em nossos pulmões, não até a luz se apagar, a estrela morrer e doar sua vida milenar a todos os presentes. Sem pedir nada em troca. Apenas dando-se por inteiro, da mesma maneira como eu havia me entregado a Joaquim.

Quando nos levantamos do mar, não éramos mais os mesmos. E jamais voltaríamos a ser. Sem saber, éramos imortais. Pertencíamos, junto com todos os animais do mar, ao reino do fantástico, do celeste, do mágico. Não havia dor, cheiro, cor. Seres suspensos num mar que se transformou em universo.

Joaquim tinha o olhar assustado. Estava mudado. Seus machucados haviam desaparecido. Seu rosto estava perfeito, nada de olho roxo, nenhum corte, sequer uma cicatriz. Aquela luz o havia curado. Saímos da água pesados. Uma energia nos puxava de volta dizendo-nos que agora pertencíamos ao mar e ao céu.

Quando olhei para a linha do horizonte, entendi que o encontro entre o líquido e o gasoso firmava outro estado, desconhecido, do qual nós dois agora fazíamos parte. Não havia Morro do Pico, árvores, vento, ondas. Apenas uma única coisa, talvez a energia mais pura do mundo, a mais saturada: a luz.

Adormecemos na areia, encostados um no outro. Nos dois já formávamos, naquele momento, um único ser.

Quando acordamos, tudo havia voltado ao normal. Pior: retrocedido. Dom Diego estava na nossa frente e segurava sua maldita espada, espetando a garganta de Joaquim.

"Levem-na", gritou para dois soldados que o acompanhavam. Havia um bote à espera e Maputo estava dentro, segurando os remos.

No desespero, me humilhei, pedindo piedade ao carrasco, "deixem-nos, piedade, Dom Diego, nós nos amamos! Vão embora, digam ao meu pai que morri, eu vos suplico! Eu vos pago!"

Obviamente, aquela carranca do mal não se abalou, pois via em mim seu grande troféu. Assim, me puxou para o mar, tentando me esconder sob sua veste fedida, que eu logo tratei de jogar no mar. Esperneei, chutei a água e soquei o ar. Mas com dois homens me segurando, não tive chances. "Amo-te, Joaquim, voltarei, meu querido, escreve para Lisboa!", gritei, com a pouca voz que me sobrava, afogada em lágrimas.

Ouvi o gemido de Joaquim quando Dom Diego lhe enfiou a espada na garganta. Seu sangue espalhou-se pela areia e eu berrei até que a minha voz falhasse, encoberta pelo ódio que me tomou. Maputo me abraçou, tentando acalmar-me. Mas eu estava tomada por uma raiva tão enorme que me soltei e parti para cima de Dom Diego, agarrando-lhe os cabelos, mordendo-lhe o braço, chutando-lhe as partes. Imóvel, o corpo de Joaquim, nu e dourado, permaneceu estendido, sem vida.

Após ser domada, fui levada para o barco, vencida pelo desespero. Fizemos o trajeto de volta para o meu inferno pessoal. A imagem de meu amor foi apagando-se na praia, distante, distorcida, e algum tempo depois o fantasma do *D. Januária* despontou em nosso horizonte.

Eu já sabia o que fazer: eu ia morrer, eu também, me matar com o veneno do índio. E encontrar Joaquim do lado de lá.

Serena

Se voltar para São Paulo foi difícil, a simples ideia de rever Nicolau me angustiava. Felizmente, isso só aconteceria quando ele retornasse de Las Vegas, dali a dois dias. Encontrei nosso apartamento calmo, parado no tempo. Um abrigo perfeito para os meus pensamentos, que, apesar de dominados pela maciça felicidade do encontro, já estavam contaminados pela radioatividade daquela louca relação paterna entre Joaquim e Nicolau.

Percorri o enorme apartamento deslizando os dedos pelas paredes. Nada ali me pertencia. Nenhum dos quatro cômodos, nem os dois closets apinhados de roupas. Nem sequer nos rejuntes dos ladrilhos do banheiro havia segredos meus guardados. Aquele era um não-lugar, o vazio havia se instalado de maneira que eu só agora percebia.

Caminhei até a cozinha para beber água. Lá as panelas penduradas eram testemunhas de todos os jantares que eu havia feito, na boba angústia de não encontrar Joaquim e ter que viver uma vida inteira ao lado do meigo Nicolau. Ele tinha comprado o imóvel após o nosso primeiro ano de namoro. Eu havia relutado em largar meu quarto e sala na Consolação. Barulhento, poluído, escuro – praticamente uma caverna.

Nicolau tinha planos comigo. Queria casar e adotar filhos – sabia que eu não podia tê-los. Me lembro de quando fomos ver o apartamento pela primeira vez. Ele sussurrou: "quando você for bem velhinha, a gente põe um corrimão no corredor e antiderrapante no chão", e riu. Naquela tarde, sozinhos, fizemos um amor morno no chão virgem.

Eu não me arrependia dos carinhos trocados – jamais! Mas todas as mentiras pesavam, agora, como se uma manada de elefantes trotasse sobre os meus ombros. Tudo teria sido tão diferente se eu tivesse simplesmente contado a verdade, como fizera tantas vezes.

Minha vida eterna só havia sido motivo de segredo duas vezes:

com Takuro, meu marido japonês, um homem muito conservador que jamais compreenderia a falta de sentido que corria em meu corpo. E com Nicolau.

Pensando bem, eu não sabia direito por que não havia contado a verdade. Ele seria compreensivo, leal, era um homem pós-moderno com a cabeça da geração arroba. Mas alguma coisa em mim puxou os freios todos, quando nos conhecemos, em Angola.

Talvez tenha sido o simples fato de eu não querer me recordar de quem era. De estar enjoada de tantas lembranças e precisar esquecê-las. E, de fato, no início fora bom começar do zero, sem arrastar para aquele novo relacionamento vícios e fantasmas do passado. Mas, em algum momento, quando as coisas ficaram sérias, eu havia começado a me sentir presa no casulo que eu mesma criara, me sufocando de tal forma que já não conseguia ser autêntica.

Vivi desta maneira por mais de um ano, me reinventando diariamente. Contava com Malu, a melhor amiga, para extravasar repositórios de culpa e dor. E, todas as noites, quando Nicolau chegava em casa cansado de seu trabalho, eu buscava a Sylvia Porto no meu próprio armário interno para vesti-la a tempo de ele não desconfiar que... que eu era outra.

Só que, enquanto eu vivia o meu *vaudeville* pessoal, a sensação era de que aqueles pormenores não fariam diferença naquela relação, talvez eu jamais tivesse que abrir as cortinas da vida e mostrar a Nicolau que eu possuía outro lado.

Olhando agora, revisando nossos parcos meses de relacionamento, aquilo que antes me parecia um detalhe havia tomado proporções gigantescas. Mais do que isso, era a peça chave que teria destrancado tudo no tempo certo, sem as mágoas que viriam da farsa.

Ou seja, se desde o começo eu tivesse contado a Nicolau minha real história, e dito que ficaria com ele apenas até encontrar o meu amado, um homem chamado Joaquim que eu procurava há quase dois séculos, ele teria (imagino) dito (antes de se apaixonar com a força que depois tomaria conta dele): "nossa, que coincidência, pois meu pai também é imortal e busca uma mulher chamada Leah".

Esses pensamentos ingênuos tomaram conta de mim naquele 27 de dezembro de 2012. São Paulo estava silenciosa e cinza. Fazia calor e nada se movia. Não havia brisa.

Passei o dia seguinte no estúdio que eu mantinha bem longe do apartamento luxuoso que dividia com Nicolau. Revelei as fotos de Fernando de Noronha e aquela em que eu e Joaquim aparecíamos juntos era de uma beleza surpreendente. O encanto no olhar dele me envolvendo, o meu perfume enlaçando seu ser. Era a foto onde eu estava mais inteira, talvez a melhor foto de minha vida.

Revelei-a em tamanho gigante, em preto e branco, de modo que seria difícil escondê-la de Nicolau – a verdade é que seria difícil esconder qualquer coisa de Nicolau. A qualquer momento, tudo viria à tona.

Passei horas no estúdio, escutava Amy Winehouse, já sem invejar-lhe tanto a morte aos 27 anos. Aproveitei para tratar as fotos que eu havia tirado para a revista. A matéria se chamaria "O fim do mundo no paraíso" e sairia na edição de janeiro. Malu teria sua primeira oportunidade como jornalista, sendo a responsável pela redação da reportagem.

Pouco depois, ela bateu à porta, sem ter ideia de minha mais recente e avassaladora descoberta.

"Que foi, flor?"

"Entra, amiga."

Eu estava acabando uma garrafa de vinho tinto de 400 reais. Sozinha. Ela bicou minha taça, "ocasião especial?", e logo bateu os olhos na parede, que, sem eu perceber, tinha virando um altar para Joaquim.

"Quando você falava, eu não acreditava, mas esse homem é realmente muito lindo..."

Rimos. Deixei-me cair no pufe amarelo e grande.

"Se eu te contar, minha amiga..."

"O quê? Anda, fala!"

Felizmente, eu estava bêbada, "você não vai acreditar, Malu."

"Peraí, Sylvia, se eu sempre acreditei que você tem 205 anos de vida e que é imortal, não vou duvidar de nada! Manda!"

"O Joaquim é pai do Nicolau", eu disse, enquanto Malu despencava no pufe laranja.

"Repete!"

Repeti. Contei tudo. Malu se contorceu em caretas estranhas que refletiam a falta de nexo do assunto. Depois ficamos em silêncio, eu ainda captando o eco da minha voz, ela digerindo a história maluca. Por fim, confessei, "se eu tivesse contado a verdade pro Nicolau, isso jamais teria acontecido!"

Mais uma careta de Malu, "você não podia adivinhar, Sylvia! O cara disse que tinha um pai chamado Leo, que morava numa ilha do Caribe."

"Eu devia ter suspeitado... uma ilha! Um Robinson Crusoé!"

"Não pira, minha amiga, nada disso tá fazendo sentido, você tem certeza que esse cara da foto era mesmo o Nicolau?"

"Tenho. E tinha uma dedicatória, com a letra dele, eu conheço!"

Malu riu, "tem outra garrafa de vinho aí? Acho que preciso beber para entender..."

Aquilo era tão pirante que nem entornando todo o álcool do mundo compreenderíamos. Ainda assim, bebemos e conversamos, eu tentei retraçar cada passo do meu relacionamento com Nicolau para buscar compreender, primeiro, como havia me aproximado do filho de Joaquim – sem saber. Segundo, como foi possível eu não descobrir, em quase dois anos, o parentesco deles.

Pedimos comida japonesa enquanto elaborávamos teorias mirabolantes: seria Nicolau, ele também, um imortal? Se fosse realmente filho de Joaquim, era possível! Mas ao compararmos os rostos dos dois em fotos, não encontramos sinais de semelhanças.

E assim a noite foi sendo engolida pela madrugada, até que, felizmente, vencidas pelo sono e pelo vinho, adormecemos nos pufes coloridos.

A humilhação que sofri ao ser arrancada dos braços de Joaquim foi abafada por uma versão mesquinha dos fatos. Dom Diego era pior do que um mero crápula, era um servo da maldade e disso orgulhava-se. Ao chegarmos de volta do *D. Januária*, ele mentira para meu pai dizendo que me encontrara desfalecida, quase afogada, sozinha, numa das ilhas secundárias a Fernando de Noronha.

Fui levada para minha cabine sob olhares reprovadores e repletos de pena.

"Oh, coitada, uma rapariga tão bela e demente desta maneira, que desilusão para Manuela!", comentou uma das portuguesas ao me ver passar. Outra, enrugada como uva-passa, sussurrou, "será que o filho do marquês irá aceitá-la se descobrir que é louca?"

Esquivei-me como pude dos olhares e julgamentos.

"Encontraste com Joaquim?", minha irmã perguntou, assim que ficamos a sós na cabine.

"O desgraçado matou o meu Joaquim", sussurrei, arfando.

"Dom Diego?" Iza levantou-se, irritada, "matou?"

Aquiesci, e, conforme fui recuperando a respiração, contei-lhe tudo: os detalhes da noite, de quando o tempo parou para a estrela espatifar-se no oceano, e de como acordamos com a espada daquele homem nojento nos ameaçando.

Debaixo do colchão, Iza buscou um pedaço de pano e me olhou firme, "está na hora de cumprirmos o nosso plano."

"Qual plano?"

Minha irmã abriu o embrulho com o veneno do índio.

"Deixe para a justiça divina", falei, sem certeza de minhas palavras.

Iza negou meu pedido, "não, minha irmã, aqui se fez, aqui se paga! De qualquer forma isso já estava planejado, pois ele vem assustando Elzinha."

"Como?"

"Passa a mão em sua perna durante o jantar, lambe seus dedos quando estão a sós, leva a mão dela ao seu corpo..."

"Chega, não fala mais!", interrompi. "Miserável! Vá logo, faz o que há de ser feito!"

Iza sorriu e saiu da cabine enquanto eu fiquei coberta de ódio.

No início da noite, Tetê bateu à porta, "pensei que nunca mais fosse ver a sinhazinha." Veio me abraçar, mas logo parou e me observou com olhos de desconfiança, "a sinhá tá muito diferente, que foi que houve?"

Sentei na cama, olhando para fora pela escotilha, "Joaquim está morto, Tetê." Ela já sabia, estava lá justamente para tomar conta de mim. Examinou meu rosto, minhas mãos, me convidou para subir ao convés, tomar ar puro.

"Só subo ao convés depois que dom Diego estiver fora deste navio, Tetê."

"Num passa de três dias."

"Você colocou na comida dele?"

"Deve de tá comendo agora."

Sorri, e ela sorriu. Por uma fração de segundos, não tivemos medo de nada, nenhuma das duas. Nem de matar, nem de morrer. O pior já nos havia acontecido: termos sido arrancadas de nossos amores.

"Sinhazinha viu Zezinho?"

"Sinto muito, Tetê. Mas veja pelo lado bom: pelo menos Zezinho está vivo... já Joaquim..."

Tetê me poupou lhe repetir a história: Iza já havia contado. O que eu tornei a dizer não foi porque queria que ela soubesse, mas por uma necessidade enorme de falar sobre o meu amor, minha paixão, a estrela, a noite mágica...

"Ele pode não ter morrido", Tetê disse, com aquele jeito de quem sempre queria me proteger.

"Uma espada na garganta?"

"A ciganinha disse que ele num morre, não. E o curandeiro da ilha já curou até picada de cobra cascavel, sinhazinha tranquiliza seu coração."

Obviamente, imaginar Joaquim vivo era um alívio. E, conforme pensava naquela possibilidade, fui me convencendo de que, talvez, apenas talvez, por uma fração de segundos, a espada não houvesse o atingido o suficiente para parar seu coração. Ou talvez, apesar da profundidade da lâmina, seu órgão principal estivesse coberto por uma adrenalina poderosa que lhe conferisse o dom da regeneração: o amor.

Três dias se passaram sem que eu saísse da cabine. Mamãe veio me ver, mas papai sequer pronunciou meu nome – Iza me confidenciou que havia declarado minha morte na hora do jantar, "Não se fala mais de Leah nesta família!"

O enjoo que tomou conta de mim desde que eu voltei a bordo era resultado do descompasso do balanço do mar com meus próprios sentimentos, como se minha alma estivesse torcida feito uma camisola após ser lavada.

Era noite de lua cheia e, depois de ter permanecido trancafiada na cabine, eu tinha duas ideias fixas na cabeça: enviar uma mensagem numa garrafa para Joaquim e assistir à morte de Dom Diego. As notícias de que o suboficial já estava delirante me encheram de coragem. Vesti um belo vestido de musselina drapeada, arrumei os cabelos, passei perfume e até mesmo *poudre de riz*.

Escondida debaixo da saia, levei uma antiga garrafa de vinho do Porto com um bilhete lacrado por uma rolha. Num pedaço de pergaminho eu havia escrito:

"*Joaquim, fui apanhada por Dom Diego e estou a caminho de Lisboa - mas vou voltar. O mar que nos separa um dia irá nos unir. Me espera, não sai da ilha. Me espera, não morre .*
Tua Leah, 8 de outubro de 1824."

O convés estava vazio, era a hora do jantar. Joguei a garrafa no mar junto com parte de meu amor, esperando que aquilo, de alguma forma, fosse nos unir. Mantê-lo vivo. Ou me manter viva.

Ouvi o barulho que o vidro fez ao bater na água e acompanhei, até onde pude, seu trajeto, pedindo um grande favor para o mar: que levasse a minha mensagem até Joaquim.

Pouco depois, escutei um grito vindo de dentro do salão principal do navio. Eu já sabia o que era, corri para o salão. Todos estavam de pé, as mulheres abanavam-no com leques rendados enquanto Tetê corria para fora com minhas irmãs mais novas. Iza permaneceu imóvel, quase sorrindo, enquanto uma espuma branca saía da boca de Dom Diego. Logo caminhou em minha direção e disse, bem alto, pegando em meu braço, "vamos, pode ser contagioso".

Apesar de tudo ter saído como o planejado, eu me senti mal. Até o momento de vê-lo no chão, espumando, aquilo não passava de uma fantasia mórbida. Com o fato consumado, a realidade me chocou, assim como a frieza de Iza.

De volta à cabine, permanecemos caladas: ela bebendo o vinho que havia roubado da mesa. Eu, enjoada e pálida, sem conseguir tirar o rosto do moribundo da cabeça. De madrugada, quando escutamos Maputo e outros dois escravos jogando o corpo do suboficial ao mar, causando um estrondo horripilante, Iza suspirou.

"Teve o que mereceu."

⁓

Duas descobertas subverteram minha vida ao chegarmos a Lisboa. O tal filho do marquês, por quem eu nutria tanto pavor, tinha se casado com outra. Isso era o maior alívio do mundo, e, assim que papai me informou, voltei a respirar como se tivesse renascido. Fiz planos de voltar a Noronha e reencontrar Joaquim.

Até que, um dia, minha mãe entrou em meu quarto como um raio:

"Eu não sei como, Leah Sylvia, e não quero saber. Mas tenho certeza que isso irá destruir esta família. E a culpa é tua!"

Assustei-me. "Como? O que a senhora quer dizer, mamãe?"

Mamãe era uma mulher baixa em estatura mas alta em confiança. Enfrentava todas as tormentas da vida sem reclamar – como havia feito, por exemplo, com o doutor Lázaro. Então, quando reclamava, podia-se esperar coisa séria.

"Minha filha, não adianta esconder de mim! Está visível!"

Do lado de fora, minhas irmãs e Tetê grudavam os ouvidos na porta.

"O que está visível, mamãe? Ora, acabe logo com este mistério!"

"Leah, você está grávida!", falou com tanta raiva que me assustou.

"Como é, mamãe?"

"Embaraçada, menina! Esperando um bebê bastardo!"

Bateu a porta, saindo, sem levar entretanto sua raiva, que permaneceu ali, pairando, me espetando e acariciando, ao mesmo tempo. Eu havia notado uma diferença no apetite e peso. Estava, também, mais sonolenta. Mas grávida? Aquela possibilidade não havia me cruzado as ideias.

Sorri, sozinha, enquanto uma felicidade desconfortante me invadiu: havia, dentro de mim, um pedaço de Joaquim. Ele não estava morto!

Obviamente, minha família não pensava assim. A começar por meu pai, que, depois de ser comunicado sobre o fato, decidiu me expulsar de casa. Duas semanas após as suspeitas de gravidez terem sido confirmadas pelo médico, ficou resolvido que eu partiria para Sagres, onde uma tia me hospedaria até eu dar à luz. À sociedade, que eles tanto temiam, diriam que eu havia ido passear. Em dez meses estaria de volta e o bebê ficaria com titia.

Estes eram, obviamente, os planos de meus pais. E nem eram tão ruins: eu odiava Lisboa, sentia falta da brisa morna de final de tarde e do céu tropical. Portanto, a ideia de Sagres, que estava milimetricamente mais perto do Brasil, poderia amenizar minhas saudades. E, após dar à luz, eu fugiria com meu filho.

Mamãe pediu que Iza me acompanhasse, e assim minha irmã despediu-se de Maputo com tristeza nos olhos, sabendo que ficariam separados por algum tempo.

A carruagem partiu antes do sol. Meu pai não veio dizer adeus, minha mãe mal me olhou nos olhos, mas Tetê e minhas irmãs choraram. Durante parte do trajeto, Iza veio cheia de ideias e planos, falava como se fosse ficar muda no dia seguinte. Lá por Setúbal, entretanto, minha irmã entendeu que eu não prestava a menor atenção e, finalmente, calou-se.

O trajeto percorria o recorte do mar que eu não queria, jamais, perder de vista. Dentro de mim, revivi tudo, cada momento da nossa breve história. Além de estar sob o embriagante efeito dos hormônios maternos, o amor ainda permanecia forte o suficiente para dominar meu corpo. Eu, tola, deixava minha imaginação ultrapassar os limites da realidade, fantasiando que o curandeiro e a cigana haviam cuidado de Joaquim e que, em breve, ele me procuraria.

Paramos duas vezes para comer, e quando a noite já nos escondia das outras criaturas, finalmente chegamos a Sagres.

Fernando nasceu em 25 de junho de 1825. O trabalho de parto começou dois dias antes, Tetê e Iza estiveram ao meu lado a cada contração. Minha tia, Mariequita, ela mesma uma grande parteira, não se cansou de manipular meu ventre e encorajar-me a expulsar o bebê.

Quando meu filho nasceu, não chorou. Veio ao mundo azul como o fundo do oceano, seus olhos fechados pareciam cobertos de vergonha. Seus punhos, igualmente cerrados, mostravam sinais de uma guerra que o havia vencido. Tia Mariequita disse apenas, "é um menino", e o massageou por mais de uma hora, enquanto eu chorava. Por fim, me entregou um embrulho apertado, um cueiro que o mantinha quente, tentando resguardar o resto de calor que se esvaia de seu corpo.

Todas saíram do quarto e me deixaram sozinha com meu filho natimorto. Uma luz violeta entrava pela janela e a poeira brilhava como purpurina. O quarto cheirava a jasmim e sangue, minha pele transbordava suor e banzo. Examinei-o com cuidado, desdobrei o paninho que o envolvia e toquei cada pedaço de seu corpo sem vida. Longe de mim, escutei o sino da igreja dobrar sete ou oito vezes.

Fernando se parecia com Joaquim. Era possível enxergar, por detrás de seu rosto amassado, traços em comum. Possuía as minhas cores: era loiro e de pele clara. A cor de seus olhos eu nunca saberia.

Nunca me foi possível calcular o tempo gasto com meu filho. O quarto abafado me privou de tal noção. Meus sentidos apagaram as sensações daquele dia, apenas lembro que me tiraram Fernando e eu adormeci. Acordei com meu pequeno sendo velado na mesa da sala, poucos amigos vieram dar adeus ao infante.

No dia seguinte, não acompanhei o tímido cortejo que levou o caixão branco até o cemitério. Eu ardia numa febre bubônica. Tetê permaneceu ao meu lado, secando minha testa e as lágrimas, tratando de mim com receitas proibidas.

Por dois ou três dias, fiquei desenganada. Minha mãe chegou para despedir-se, trazendo consigo minhas irmãs. "Eu sempre lhe disse que Deus castiga", sussurrou, ao pé do meu leito, achando que eu não a escutava.

Realmente, se me houvesse sido permitido morrer, naquele momento eu teria partido. Sem saber da proibição da morte, me entreguei. Parei de comer, esperando que logo a entidade vestida de preto entrasse voando pelo meu quarto e me ceifasse.

Na quarta noite após o parto, Tetê penteava meus cabelos, depois de um banho de toalha, quando falou:

"Sinhazinha, eu tive um sonho... Se alembra que a cigana disse que eu era bruxa? Então, ela me falou pra acreditá nos meus sonhos que eles me diriam o futuro."

Me ajeitei na cama, esperançosa, "você sonhou que eu vou morrer, Tetê?"

Ela tampou seu rosto com um lencinho de algodão, como se tivesse vergonha.

"Eu sonhei com a cigana, ela mandava um recado pra sinhazinha. Que vai viver pra sempre, num vai morrê, num adianta tentá.

E vai encontrá com o seu Joaquim só quando o mundo acabá. Lá naquela ilha, de novo."

Olhei para fora do quarto, onde o vento dobrava os carvalhos.

"Então Joaquim está vivo?"

Tetê aquiesceu.

"E tem outra coisa, ela disse que ocê não tem mais filhos, com nenhum homi, só com o mesmo Joaquim."

Uma coruja voou entre uma e outra árvore enquanto eu tentava entender o que fora dito. Me lembrei de Fernando, chorei um bocado. Seu nome era em homenagem à ilha mágica.

No semana seguinte caminhei lentamente, sob minha sombrinha de seda, até a beira da falésia da Fortaleza de Sagres, onde os soldados me olharam como se eu fosse louca. A maré baixa escondia-se atrás da areia. E, de lá, com a força que eu já havia recuperado (uma força que, apesar de eu ainda não suspeitar, era imortal), arremessei a minha segunda garrafa ao mar.

Dentro, havia colocado um desenho de Fernando, feito a carvão. Atrás do desenho, poucas palavras:

"Joaquim, este é Fernando, nosso filho. Veio ao mundo e dele partiu no mesmo dia, 25 de julho de 1825. Lastimo com todo meu coração. Leah"

Vi quando a garrafa caiu no vazio, e o tempo que demorou para atingir o mar. Tive medo que ela se partisse ao meio com o tombo. Mas, não: para que iria se partir, se dentro dela havia, já, uma, duas, três vidas partidas?

Nos anos seguintes permaneci prisioneira de mim. De Fernando. De Joaquim. Minha irmã e Tetê regressaram a Lisboa, mas meus pais não fizeram questão da minha presença. Nas poucas cartas enviadas, onde mamãe dizia que papai ainda tentava digerir o "mais baixo golpe de toda sua vida", havia sempre a promessa de um novo casamento arranhando o horizonte. "Conhecemos o filho de um barão, muito distinto, o rapaz. Acaba de chegar de Coimbra, um bom partido, minha filha", ela escrevia. Eu já não chorava ao ler aquelas cartas. Tampouco as respondia – usava meu tempo livre para ler e desenhar. Jane Austen continuava a minha predileta: me sentia, cada vez mais, uma personagem de seus livros.

Tia Mariequita não me perturbava. A solteirona da família de minha mãe havia passado por uma história similar à minha, um amor impossível e uma gravidez interrompida. Saía cedo, ia à igreja, onde ajudava o padre. Visitava suas grávidas e sempre havia partos nas noites de lua cheia. Tocava piano muito bem, e falava pouco.

Aperfeiçoei meus traços de desenho – retratei soldados, pescadores, moradores e visitantes. Gostava de usar ângulos inusitados, se fosse pintar um canhão, por exemplo, seria para que servisse de moldura ao mar deitado à sua frente.

Cozinhava todos os dias, aprendi receitas que chegavam da fronteira espanhola, cuscuz marroquino, gratinados, peixes, cozidos, *panelletts*. No começo, o que eu sentia na cozinha era apenas um prazer que me privava de pensamentos obtusos. Eu cozinhava o tempo.

Três anos se passaram como se nenhum dia me separasse da dor de perder meus dois homens. Aliás, eu já não contava o tempo (sem sequer imaginar que ele também não me levava em conta).

Visitava a fortaleza diariamente, sempre antes do nascer do sol. Era meu ritual particular ir ver o mar àquela hora em que o breu é substituído pelo azul. Havia uma esperança boba de ver surgir no horizonte daquela ponta setentrional a caravela de Joaquim.

Naquele dia cinza de janeiro fazia frio e eu tinha a impressão de que o vento me cortaria ao meio. O mar estava revolto e nenhuma gaivota ousava sobrevoá-lo. Resolvi sentar-me ao abrigo, atrás da mureta do forte. O local estava vazio: ainda eram cinco da manhã.

De um canto fora da minha vista surgiu um homem montado em seu cavalo negro. Ele veio aproximando-se lentamente, sua capa voava, deixando à mostra a camisa branca que ondulava como uma bandeira.

Seu cabelo escuro, um tanto mais longo do que a cabeça, emprestava-lhe o ar de fugitivo. O guarda lhe acenou um adeus desde a sentinela, o cavalheiro retribuiu e chegou-se.

"A senhorita está bem?"

Balancei a cabeça, notando que seu nariz era bastante grande, tinha traços duros e costeletas cobrindo as orelhas.

"Posso lhe ajudar?", insistiu.

"Estou esperando o sol nascer, senhor."

Eu estava encolhida, sentada em cima das minhas pernas, como uma dama não costumava fazer.

Ele olhou para cima e para os lados. Saltou do cavalo, "parece que hoje ele não vem."

"O senhor é novo na região?", ele devia ter a minha idade. Achei-o mais bonito de perto.

"Estou de passagem."

"Já partindo?"

"Sim, tenho um longo caminho até Paris."

"Paris! Quanto tempo se leva até Paris?"

"Dez, doze dias, se não houver muita chuva."

"Nunca estive em Paris."

"A senhorita é brasileira, não é?"

Aquiesci. Os portugueses sempre notavam o sotaque.

Ele sorriu. Tremi de frio. O mar, zangado, mandava respingos que nos molhavam como sereno. Ele colocou seu casaco, grosso, em meus ombros. Estendeu sua mão, levantei-me com a ajuda.

Caminhamos até o forte, onde sua entrada foi permitida: depois soube que ele havia pernoitado lá. Um soldado tomou conta do cavalo, ele me levou até a sala de leitura, onde uma pequena biblioteca ocupava a parede do fundo.

"Sente-se", ordenou, apontando uma cadeira de carvalho junto à mesa.

Obedeci e só então notei que estava encharcada.

Saiu e demorou-se um pouco. Voltou trazendo um chá fumegante.

Agradeci e tomei, devagar. Nossos olhares pareciam trancados num fascínio que eu não pensava ser possível reviver com outro homem que não meu Joaquim. Uma coisa descabida me passou pela cabeça – um pedido que soaria muito natural vindo da Leah que eu tinha deixado para trás em Fernando de Noronha (uma mulher corajosa e destemida, quase rebelde que queria tomar meu ser de volta).

"Posso pedir-lhe um favor? Um grande favor?"

"Quer mais chá?", ele era charmoso e simples. Possuía seus mistérios, via-se logo que era um homem sedutor.

"O senhor me levaria para Paris consigo?"

Arregalou os olhos. Sorriu. Em silêncio, serviu-me mais chá e bebeu de minha xícara.

"Arrumo um cavalo e vou no lombo, lado a lado. Não preciso de carruagem."

"A senhorita mal me conhece."

"Já conheço o suficiente para saber que quero ir para Paris consigo."

Ele sorriu, "gostei de ti".

Foi assim que eu deixei Sagres, as lembranças de Fernandinho, a cozinha de titia e meus tristes desenhos a carvão, encerrando uma fase de formigamento. Após despedir-me de Tia Mariequita, levando meus poucos pertences, parti ao lado de António José Ávila. Ele me contou, durante nosso longo trajeto, que era açoriano, filho de um sapateiro e uma lavadeira, um menino prodígio que havia se formado aos 19 anos em filosofia pela Universidade de Coimbra, e que estava a caminho de Paris para estudar medicina.

Nicolau chegou de Las Vegas com um presente – como sempre fazia. Era uma fotografia de Toulouse-Lautrec com a modelo Mireille, ela admirava um de seus quadros no salão na rue des Moulins.

Nicolau sempre me presenteava com fotos originais de meus artistas prediletos, que arrematava em leilões, oferecendo somas astronômicas para me agradar. Uma vez, passeando por Nova York, vimos na vitrine de uma galeria uma fotografia de Helmut Newton autografada pelo próprio. Uma mulher vestida de homem, fumando um cigarro. Fiquei fascinada pela imagem, que fazia parte do acervo da galeria e não estava à venda. No dia seguinte, pela manhã, acordei com os beijos de Nicolau e a enorme impressão emoldurada.

Nicolau tinha vários defeitos (sendo o pior deles o recém-descoberto fato de ser filho de Joaquim) mas entendia, como ninguém, a importância que a fotografia tinha para mim. Compreendia que eu precisava, na vida, filtrar as imagens, usando ângulos diferentes para interpretar fatos ordinários e entender expressões genuínas.

Após ter-me dedicado a desenhar praticamente durante todo o século XIX, eu (junto com o resto do mundo) havia descoberto a câmera fotográfica, a reprodutibilidade técnica, o instante congelado – para alguns, desprovido de aura. Para mim, detentor dela e de seus traços invisíveis. E isso Nicolau entendia.

Naquele penúltimo dia de 2012 seu gesto me desconcertou. Não somente pelo afeto ali contido, mas porque, de maneira bizarra, aquela foto falava sobre o passado que eu havia escondido dele. Quando foi tirada, em 1894, não apenas eu estava em Paris como era amiga de Lautrec e conhecia o fotógrafo, Maurice Guibert.

"Sylvia, que saudades!", e me beijou, abraçou, novamente beijou.

Eu estava vazia e triste, ele veio transbordando, pronto para me encher, sem saber que a osmose já não funcionaria entre nós.

"Que presente incrível, Nicolau!"

Por um momento, me deliciei com a foto. Era extraordinária.

Nos abraçamos, me deixei confortável em seu colo, sentindo seu cheiro (tão diferente do de Joaquim). Onde eu iria conseguir arranjar forças para contar a verdade?

"Você quer descansar?", perguntei, tentando ganhar tempo.

Ele me jogou um olhar carente, como se quisesse muito repousar dentro de mim.

"Quero, com você", sorriu.

Deixei que me beijasse um pouco, logo me levantei, "temos o almoço de final de ano da empresa, esqueceu?"

Eu o evitava, e não era de agora. Desde outubro, da data que, por acaso, marcava seu aniversário e coincidia com a queda da estrela mizar – desde então não fazíamos amor.

Nicolau olhou seu relógio, "ainda são dez da manhã!"

"Então, descanse, eu preciso passar no ateliê, e na volta vamos almoçar..."

Levantei e coloquei a fotografia em cima de um aparador de madeira marfim. Havia mais duas fotos ali, fiquei olhando e recordando aqueles anos desenfreados em Paris – quando fui mais independente e inconsequente, minha fase mais louca, talvez.

Nicolau não se moveu do sofá, chutou o tênis para fora, cruzou os braços atrás da cabeça, e, finalmente, reagiu aos meses de seca.

"Você tá tendo um caso, não tá?"

Aquela frase arranhou meus ouvidos, senti como se um alfinete me atravessasse.

"Não!", menti, descobrindo, naquele momento, que eu estava viciada em mentir para ele.

"Você não me deixa te tocar há meses, Sylvia. Por pior que essa TPM seja, não explica... cê só pode estar tendo um caso."

Meus beija-flores internos despertaram. Cheguei perto dele.

"Não estou, não."

"Então o que tá acontecendo?"

Fiquei calada, olhando para fora com uma expressão que ele não conseguia decifrar, pois ela emergia de Leah – e não de Sylvia.

Sem querer, e na melhor das intenções, Nicolau me apontou a saída, "então o que é? Por acaso você está deprimida?"

Depressão? Aquilo era perfeito, servia como uma luva, e, tecnicamente, era mais uma omissão de negação do que uma mentira de verdade!

Acenei com a cabeça, positivamente. "Estou, sim. Estou sofrendo, Nicolau", e conforme fui dizendo aquilo, percebi que não era, de todo, mentira. Eu estava deprimida, não dessas depressões modernas e chatas que todo mundo acha que se cura com pílulas coloridas. Um mal do século, um romantismo besta, contraído como febre amarela: a depressão de ter concluído a minha busca, sem que me encontrasse no final.

Ajeitou-se no sofá, "mesmo, Sylvia? Por que você não me disse nada?"

Olhei para a nossa varanda, percebi a luz opaca das dez da manhã, a quentura de uma São Paulo abafada e deserta.

"Vergonha?", agora eu estava mentindo desbragadamente.

Ele me abraçou, "meu amor, você não precisa ter vergonha de mim, não, viu?"

A merda era que Nicolau era um cara legal, muito legal, e eu estava me enrolando cada vez mais.

"Vou tomar um banho", anunciei, e o deixei de abraço vazio. Voltei meu rosto para o aparador marfim, "amei a fotografia, não podia ter escolhido um melhor presente." Pelo menos isso era verdade.

Atravessei nosso longo corredor, alcancei meu banheiro branco, tirei as roupas, me examinei no espelho: tinha emagrecido. Meus pentelhos cresciam irritantemente, como seu eu tivesse dezessete anos. Eu jamais havia atingido a maturidade: seios duros demais para uma mulher feita.

Entrei embaixo da água gelada tentando pensar em alguma coisa. Qualquer coisa que pudesse me dar uma pista sobre qual caminho tomar.

O almoço, na Granja Viana, foi alegre. Nicolau se divertiu. Eu tentei tirar minha cabeça das angústias, mas não parava de pensar em uma maneira de parar de mentir. Teresa, irmã materna de Nicolau, uma das diretoras da holding, estava presente com Helena, sua companheira.

Olhando de longe, como faz uma fotógrafa, percebi que ali havia um novo ângulo para uma antiga história: o Estrela Associados era um grupo fundado pelo pai de Nicolau na década de 70. Possuía um jornal, várias revistas (eu trabalhava para três delas), duas rádios e até mesmo um canal televisivo. Nicolau era o maior acionista da empresa, e Teresa era a diretora de expansão – e, pelo que eu sabia, seu setor estava gerando mais lucro do que a parte midiática, com a construção de shoppings e cinemas. Era muita grana e muita empresa e, até então, eu não achava que nada daquilo tinha a ver comigo. De repente, aquele nome, "Estrela", fez todo sentido. Era uma homenagem à nossa estrela!

Pela primeira vez na vida eu comecei a vislumbrar o verdadeiro passado de Joaquim. Como ele havia erguido aquele império? Era admirável que tivesse feito algo com seu inabalável tempo. Senti orgulho e vergonha. Eu não tinha construído nada, todas as perdas haviam me ferido de tal maneira (começando pela perda de Joaquim) que eu jamais conseguira somar. Tudo significava extravio, dano, ruína, subtração. A vida me furtava as pessoas queridas. Os anos me surrupiavam a maturidade e a velhice. Eu tinha a sensação de ser uma árvore muito frondosa, cujos frutos eram sempre arrancados pelos ventos, mas as raízes, fincadas a sete palmos do chão, jamais pereciam.

"Você está bem?", Helena me ofereceu um cigarro. Eu e ela éramos as últimas fumantes do mundo.

"Acho que sim, um pouco mexida."

Saímos caminhando pelo gramado verde. Helena era, tecnicamente, minha concunhada – esposa de Teresa, as duas haviam se casado na Holanda. Mas era muito mais do que isso, tinha se tornado uma grande amiga e conhecia alguns segredos que nem sua mulher ou meu namorado conheciam.

"Como foi em Noronha?"

"Foi mais louco do que eu podia imaginar", contei. Ela sabia que eu tinha um grande amor do passado – mas não que eu era imortal, nem que ele se chamava Joaquim.

"Encontrou o carinha?"

Sorri, em resposta.

"Ih...", ela riu de volta. "E agora?"

"Não sei, confesso que estou perdida. Nicolau é tão especial, tão querido..."

Helena era muito direta, "especial? Querido? Isso a gente fala quando sente pena dos caras! Olha, não sei, não. Já faz um tempo que..."

"Que o quê?"

"Que você está se enganando. Desculpa a sinceridade, Sylvia, mas tá na cara que você não sente por Nicolau metade do que ele sente por você. Aliás, cá entre nós, você nunca amou o cara de verdade, né? Sempre foi essa coisa aí morna, carinho, ternura..."

Ela tinha razão, assenti sob seu olhar. Teresa a chamou, apagou o cigarro e se afastou, "me liga quando precisar falar, vou entrar". Eu fiquei ali, com uma guimba de cigarro nas mãos e um monte de palavras soltas pelo ar. Estava me sentindo estranha – uma nova sensação tomava conta de meu corpo, mas eu ainda demoraria a descobrir o que era.

A volta do almoço foi em silêncio. Nicolau logo adormeceu no banco do carona, embriagado pela mistura de fuso-horário com cerveja. Eu fumei quatro cigarros em 25 quilômetros, sem conseguir afastar da mente a sensação de farsante que me corroía por dentro. A voz de Helena se repetia, me lembrando que eu não o amava.

Chegando na nossa garagem, um dos porteiros veio falar comigo.

"Dona Sylvia, um parente da senhora passou aqui."

Parente? Eu estava tão perdida em devaneios que nem me surpreendi, apesar de não ter nenhum parente vivo há centenas de anos.

"Seu Joaquim, veio direto do aeroporto."

Olhei para o lado, assustada como se alguém tivesse gritado "é um assalto!" Deixei o carro morrer. Nicolau dormia pesado. Sim, era um assalto, uma invasão: eu havia deixado instruções para Joaquim não me procurar. O que ele queria?

Agradeci o porteiro, ele sorriu, "quando ele ligar eu posso dizer que a senhora chegou? Ele pediu o telefone daqui, estava bem aflito."

"Não! Não diga nada. Diga que estamos viajando."

Quando religuei o carro, estava engatado e pulou para frente. Nicolau acordou e eu reparei que tremia toda.

"O que houve, linda?"

"Nada, não, o carro morreu."

Estacionamos, senti um calor terrível, como se eu fosse uma águia voando perto demais do sol. Subimos calados, Nicolau bocejava e eu rezava para que ele se jogasse no sofá da sala e continuasse a dormir.

Felizmente, ele foi direto para o quarto. Respirei aliviada, passei um café muito forte no coador de pano, na esperança de acordar para uma realidade que parecia me adormecer, e fui para a varanda fumar mais um cigarro.

Qual parte da carta Joaquim não havia entendido? Por que ele tinha deixado a ilha para me buscar? Fiquei com raiva da teimosia masculina, da certeza que os homens têm de suas bússolas internas, tentando sempre estabelecer a nossa direção.

Um vento me acalmou, espalhando o mormaço do final da tarde como uma fada madrinha que solta seu pó mágico. Escutei pessoas felizes rindo: o mundo não havia acabado e aquele ano estava indo embora. Mais um dia apenas e entraríamos em 2013.

Eu jamais tinha passado um *réveillon* com Joaquim. Todas as minhas viradas de ano haviam sido na dor da separação. E de dor eu entendia bastante. De repente a vontade de largar tudo e ir procurá-lo me golpeou: o que poderia haver de mais importante do que o nosso amor?

Minha fuga para Paris trouxe tudo que eu, sem saber, precisava. Um novo sopro de vida. Foi como se tudo tivesse sido meticulosamente planejado. António era um homem completo e logo descobrimos tantas semelhanças que nos encantamos. Primeiro, um pela história do outro. Em seguida, um pelo outro.

Aquele homem de costeletas firmes e olhar doce também estava fugindo, não de um amor, mas da política. Era um liberal, um pedrista _ como chamávamos os que apoiavam D. Pedro I do Brasil. Naquele ano de 1828, D. Miguel havia acabado de usurpar o poder de sua sobrinha (e noiva) D. Maria da Glória e reinava soberano em Portugal. Assim, os irmãos estavam em pé de guerra.

As tramas eram rocambolescas, e eu não tinha interesse em acompanhar aqueles desdobramentos políticos, porque me doía pensar em Brasil e Portugal apartados: era o retrato da distância que me separava de Joaquim. E, desde a minha chegada às terras lusas, minha infância e vida passada pareciam a lembrança borrada de um doce e irresgatável sonho. Eu havia ficado naquele país que era meu, ainda que eu não fosse dele. Assim, eu sentia o sereno de Portugal me gripar diariamente.

António havia me ajudado a sair daquele transe quando, sem querer, cruzou o meu caminho em Sagres.

"Com D. Miguel no poder vamos afundar", ralhou, quando deixamos para trás a fronteira portuguesa. Riu sem parar, a barba emoldurando cada gargalhada que dava, de pura felicidade, ao pisar na Espanha.

"Para mim, foi D. Pedro que afundou o Brasil", respondi, mergulhada em minha própria ignorância.

"Libertou o Brasil, queres dizer, minha cara."

"Tive que deixar o meu país por causa de seu ato, e isso foi péssimo."

António riu mais, ele parecia enfeitiçado com toda minha burrice, prestava uma atenção paciente ao que eu lhe contava.

"Pois o ruim foi o senhor seu pai ser miguelista e voltar para cá. O Brasil está bem melhor agora. Nós é que perdemos D. Pedro."

"Eu e minhas irmãs sempre brigamos, mas os irmãos Bragança e Bourbon se odeiam com tanta força que estavam afundando os dois impérios. Por que não se matam logo, os dois? Resolveria tanto! D. Maria da Glória reinaria absoluta e com certeza faria os povos mais felizes!"

"Acredito na força das mulheres, se é isso o que a senhorita quis insinuar", falou, enquanto enxugava a testa cheia de suor. Era pleno verão e o calor nos cozinhava por dentro.

Certo dia, ao laçarmos nossos cavalos às árvores para descansar e comer, percebi, pela primeira vez, o efeito de António em mim: eu já não pensava o tempo todo em Joaquim. Ao contrário, gostava de escutá-lo discursar animadamente sobre política, suspirando com sua eloquência. Até que, sem me dar conta, lá por Valladolid, entendi que o que estava acontecendo era uma mágica: meu coração finalmente se abria para outro homem. Sem expulsar Joaquim, apenas engavetando memórias descabidas e sentimentos agudos debaixo de algum tapete interno. Era a serenidade tomando conta de mim.

⌒

António teria chegado a Paris, a galope, em apenas seis dias. Comigo ao seu lado, saudamos o sol 15 vezes. De manhã, cavalgávamos por duas horas e trotávamos por mais uma. Parávamos para o almoço e para a siesta em algum vilarejo bulcólico do caminho, e, depois, cumpríamos, no mesmo ritmo, mais três horas de percurso.

Os finais de tarde eram meus momentos prediletos, quando os camponeses nos acenavam seus sorrisos abertos e cediam os pastos para piqueniques crepusculares que duravam até o poente. Estendíamos nossos corpos moídos lado a lado, olhando o céu mudar de cor e nos guiando pelas estrelas.

Num desses finais de dia, sob um teto de vinhas no sul da França, António me beijou.

"És tão linda e frágil, deixa-me cuidar-te, Leah", sussurrou, ao desunir sua boca da minha.

Seus olhos concordavam com suas palavras, ele queria me colocar no colo e levar para si. E eu precisava daquele carinho com tanto afã que não poderia negá-lo. Mas eu precisava ser verdadeira.

"Eu tenho um passado, e um amor", confessei.

"Um passado todos temos..."

"Não sei se consigo superar o meu, António."

Virei meu rosto. Uma coruja piou, anunciando a chegada da noite.

"Tive um filho..."

"Um filho?", surpreendeu-se, "onde está?"

"Em Sagres", falei, relembrando o pálido rosto de Fernandinho.

"Deixastes um filho para trás?"

António sentou-se, estarrecido com a minha provável irresponsabilidade.

"Sim, meu caro, deixei", abaixei a cabeça, "enterrado no cemitério. Fernando nasceu morto."

Depois de um momento de compreensão, ele me abraçou cheio de reconforto.

Eu poderia ter me calado, mas queria que ele soubesse de tudo, se nós fossemos adiante. Pelo menos, tudo o que eu sabia.

"Eu amei um homem e ainda o amo. Seu nome é Joaquim e acredito que ele esteja morto, um capataz de meu pai lhe furou a garganta com a espada e me arrancou de seus braços."

"Perdestes o contato com ele?"

Assenti e calei. "Não sei se poderei, jamais, amar outro homem. Preciso que tu saibas disso."

Estava tudo dito: ele havia entendido que eu não era uma donzela, que não estava pronta para amar, que possuía o coração dilacerado e um triste olhar de paisagem. Ainda assim, eu estava ali, com ele, aceitando seus beijos e abraços, querendo me entregar quando estivesse pronta.

"És linda, jovem, e possuis duas qualidades encantadoras: a honestidade e a liberdade. Se me permitires, te farei feliz, Leah.

Mais feliz do que imaginas que possas ser."

E me beijou com delicadeza e medo, como se eu fosse um cálice de cristal muito fino que pudesse quebrar e lhe cortar a boca. E daquele gesto sem paixão brotou um carinho tão grande que senti um poço sendo cavado dentro de mim. Um poço ligado a uma fonte que, sozinha, eu jamais seria capaz de acessar. Um reservatório grande o suficiente para sermos... felizes.

―

Duas semanas após termos deixado Sagres, chegamos a uma cidade borbulhante chamada Paris. António alugou um modesto casebre na comuna de Belleville, no Pantin, fronteira norte da cidade, onde passaríamos três anos.

As primeiras semanas foram tímidas: prontamente ele começou a cursar medicina na recém-criada Academie Royale de Medicine. Eu me encarreguei de conhecer a vizinhança. Logo descobri onde eram vendidos legumes e verduras, quem entregava lenha em casa e quais os dias da feira para comprar uma galinha – que tinha seu pescoço quebrado no momento da venda.

Escrevi a Iza e Tetê contando as novidades, mas me recusei a corresponder-me com meus pais. Queria que todos soubessem que eu estava bem, mas a rejeição à minha gravidez havia sido tão forte que dificilmente seria remendada.

O fato é que naquele primeiro inverno eu encontrei uma versão plausível de mim mesma. Não era quem eu almejava ser – Paris estava longe de uma praia deserta e António não era o homem moreno que me causara tremor nos joelhos ao simples cruzar de olhar. Nada disso. Apenas algo possível.

Demorei a me entregar a ele. Como um cavalheiro, aguardou. Às vezes eu me perguntava se ele não gostava de sexo. "A paciência é muito amarga, mas seus frutos são doces", me respondeu citando um filósofo, certo dia, quando o confrontei a respeito de sua espera.

Com o tempo, porém, entendi que não era bem isso. António tinha uma paixão maior, a política, e todo o resto era (e sempre seria) secundário. O que não me feria, ao contrário, estava de acordo com a vida que eu podia levar naquele momento.

Todas as noites, ao voltar para casa, ele me trazia uma flor arrancada de um canteiro alheio. No inverno, colhia folhas congeladas. No outono, folhas vermelhas. Me beijava a face, jantávamos juntos, e, enquanto contava sobre seu dia na universidade, acariciava minha mão como se segurasse um sabonete.

Da primeira vez que fizemos amor, António fez questão das luzes apagadas e do silêncio. Foi cerca de três semanas após chegarmos a Paris, e eu havia bebido vinho suficiente para ficar nua diante dele – mas ele não estava interessado em observar as reentrâncias de meu corpo, apenas em esquentar-se o suficiente para liberar seu gozo. Descobri, aos poucos, que para ele sexo era um ato mecânico, sem preliminares e atrasos, que acontecia duas vezes por semana, sempre na calada da noite.

Minha energia sexual tampouco havia sido despertada, e durante aquele tempo fomos o casal perfeito. Aprendi a conhecer e gostar do homem que escondia atrás das sobrancelhas pesadas um olhar doce e a confiança de quem sabe aonde vai. António tinha planos e ia cumpri-los. Um a um. Caminhava lendo, com o dedo em riste e uma lente de aumento beliscando um dos globos oculares. Falava baixo, mas fazia ouvir-se. Citava Rousseau em todas as discussões (até mesmo comigo) e admirava o iluminismo que havia derrubado a Bastilha. Usava uma capa esvoaçante preta – não por causa dos ditames da moda, mas porque se considerava, secretamente, um super-herói do liberalismo. E era: teve força para me transformar e, muito mais, para melhorar seu país. Seu lema, uma frase do iluminista, era sua síntese: "A razão forma o ser humano, o sentimento o conduz."

Logo entendi que a vida não me havia colocado frente a ele por acaso. Eu, para sair daquele limbo, precisava me enroscar num casulo que já não possuía forças para tecer. António era meu engenheiro, arquiteto, operário. Tudo o que eu tinha que fazer era ficar quieta enquanto ele produzia a teia invisível.

Todas as manhãs eu ia caminhar sozinha pelas vinhas que bordejavam os arredores de Paris. Aos poucos, os rostos estranhos foram ficando familiares, e moças da minha idade passaram a girar suas sombrinhas de cetim para me cumprimentar, enquanto os cavalheiros tiravam seus chapéus. Havia uma moça em particular que me chamava a atenção com seus olhos translúcidos e cachos plantados no alto da nuca – ela estava sempre rindo, como se aquele fosse o dia mais divertido de todos. Sempre acompanhada de um homem diferente.

Sem me dar conta, passei a segui-la quando descia até a rue Rebeval e desaparecia dentro de uma grande casa verde, com a porta decorada no estilo *isfahan*, detalhes dourados e grossas maçanetas de ferro dourado.

Lá dentro havia mais mulheres como ela: rindo e se divertindo. Eu me deixava ficar na calçada, perdida na alegria alheia, pensando se um dia teria coragem de entrar – não apenas na casa, mas naquela dimensão onde tudo era motivo de riso.

Não percebi quando aproximou-se.

"Estás me seguindo?"

Enrubesci. Que diabos, eu era tão tonta que era incapaz de seguir uma pessoa sem ser vista!

"És nova na cidade?"

Aquiesci.

"Irene", estendeu a mão.

"Leah, prazer."

Ofereceu-me um doce que segurava numa bandeja, "madeleines frescas, prove"

Desmancharam-se em minha boca, trazendo-me um sorriso aos lábios.

"De onde vens?"

"Do Brasil", respondi, abrindo o braço como se pudesse apontar o país.

Ela sorriu, sem graça. Não sabia onde ficava aquele país, não tinha sequer escutado seu nome. Ajudei-a.

"Era uma colônia portuguesa até bem pouco. Fica nas Américas."

"Ah, Amériques! Genial!", e me olhou nos olhos, "por que estás tão triste, e sempre passeando sozinha?"

Fui pega de surpresa, "a senhorita reparou?"

Ela fez que sim com a cabeça, e gargalhou alto, "seja o que for, tens que mudar isso. A vida é muito curta, *ma belle*!"

Por um momento, fiquei pensando que precisava mesmo de alguém para me dizer aquilo. A vida era curta e (eu achava) passava rápido, e eu havia (literalmente) enterrado anos numa dor superada.

Me puxou pela mão, "*venez*, quero lhe mostrar algo."

Pensei bem. O frango do jantar estava depenado e as batatas eu descascaria rapidamente. António voltaria muito após a primeira estrela despontar no horizonte e eu não havia nenhum afazer, a não ser continuar lendo as obras de Shakespeare. Então a segui, quase que aliviada por ter sido convidada.

Quando Irene escancarou aquela porta foi como se plantasse, delicadamente, uma semente dentro de mim. Um mundo desconhecido começava a se revelar – não imediatamente, aos poucos, em etapas, de maneira que me devolveria o prazer de viver.

Escutei risadas vindo dos cantos de uma larga sala, composta por um pequeno palco com cortinas de veludo cor de cereja, um bar de madeira escura e muitos sofás com almofadas e tecidos. O cheiro de charuto saía das paredes, escalando o teto e subindo as escadas. No canto da sala, um objeto me atraiu, imediatamente: um piano.

Moças e mulheres mais velhas deslizavam de espartilhos e saias de algodão, sem vergonhas. Eram bonitas e alegres – imediatamente eu soube que seríamos amigas. Fumavam e bebiam vinho àquela hora da manhã. Madame Lili, a cafetina, parecia a melhor amiga de todas.

"O que queres beber?", Irene perguntou.

"O que fores beber", respondi, me afundando no canto do sofá e sentindo logo um estranho conforto.

Irene me serviu uma taça de vinho tinto e acendeu um cigarro. Me ofereceu outro, eu recusei – jamais havia fumado. Fiquei pensando em como Iza iria gostar daquele lugar, as meninas se pareciam muito com ela. Não em *ressemblances* físicas, em seu modo de ser.

"Moras aqui?", perguntei.

"Sim, com as outras. Formamos uma grande família. E você, vive com os parentes das Américas?"

"Eu vivo com um homem."

"Não precisa ser cigana para saber que você não é feliz com ele."

"Estou me recuperando de uma perda."

"Quem morreu?", Irene era muito direta.

"Bem, o homem que eu amava e depois o nosso filho nasceu morto."

Ela deu um gole grande, acabando o vinho, "já perdi dois filhos", falou, sem desconforto, "com o tempo a gente se refaz. O importante é ser feliz, aqui e agora."

Saiu para pegar mais bebida. Fiquei admirando aquela mulher que eu havia conhecido minutos antes. Ela tinha uma força que eu identificava em meu passado, mas não possuía no presente. Tive vontade de roubar-lhe um pouco do brilho do olhar. Deixei-me ficar bebendo e conversando, bavardando até a noite chegar.

Não me lembro como voltei para o nosso pequeno casebre, apenas não consegui preparar o frango e nem assar as batatas. Caí dura na cama, num sono pesado. Quando António chegou, me encontrou dormindo de roupa, cheirando a álcool e cigarro:

"O que houve contigo, Leah? Estás bem?"

Emiti o som mais próximo de "sim" possível e percebi que ele despia minhas botinas.

"Onde estiveste?"

"Fiz uma amiga."

"Que ótimo, estavas precisando! Ela é francesa?"

"Sim, ela é uma modelo. Posa para pintores. E mora com outras mulheres, algumas cortesãs, outras dançarinas, no café da rue Rebeval."

Ele riu. Aquilo não o incomodava, nem um pouco!

"Acho muito bom para ti, minha querida, que aproveites tudo o que puderes, que sejas feliz. Me farás um homem mais feliz se fores feliz!"

Sem forças para responder, adormeci com um sorriso que há muito tempo fugia de meus lábios.

O que António havia entendido, antes mesmo de mim, é que eu precisava estar cercada de mulheres. Ele percebera que eu fora criada numa casa com muitas conversas ao pé do ouvido e emoções compartilhadas, e disso carecia. Eu própria não notara que a companhia feminina me fazia, àquela altura, mais falta do que Joaquim.

António era um liberal por natureza, "o ser humano verdadeiramente livre apenas quer o que pode e faz o que lhe agrada", falava, citando seu filósofo querido. De fato, nunca se importou com minhas idas diárias ao prostíbulo: não havia ninguém a dar explicações, e, se tal pessoa houvesse, as daria com a maior naturalidade, pois era assim. Também não lhe passava pela cabeça que fosse traí-lo, António era confiante demais para temer besteiras.

Eu e Irene ficamos muito amigas. Apesar de já ter trabalhado para diversos artistas – e Paris estava lotada deles – agora ela só posava para o seu amante, o pintor Jean-Auguste, mais conhecido como Ingres.

"Foi discípulo de David, morou em Roma e Florença", explicou.

Eu não sabia quem era David, me soou como um nome incompleto.

"É muito aclamado e um perfeccionista... é *chef d'école*, tem muitos estudantes – eu só poso para ele", ressaltou sua importância.

"Vão se casar?"

Irene tinha os olhos castanhos e redondos, emoldurados por cílios e sobrancelhas escuras. A pele, muito alva, ruborizava sem que ela quisesse – assim como seus dentes amarelos temiam aparecer toda vez que sorria. Não era uma mulher clássica, e talvez por isso aquele pintor a tenha amado tanto. Era apenas uma *femme d'esprit*, fogosa, acesa, cativante.

"Os homens não se casam com suas amantes, Leah. E tem um detalhe: ele já é casado" esclareceu, sem diminuir-se. "Sou feliz desta maneira. Ele me sustenta, eu trabalho e sou amada. Não te preocupes comigo", afagou minha cabeça.

Confidenciamos tudo uma à outra: ela me contou dos homens e dos filhos mortos pouco após nascer. Da miséria de sua infância, do descaso da família, e dos maus tratos que sofrera. Falava com naturalidade e sem remorsos, como se tivesse tido o privilégio de viver aquilo tudo. Às vezes, eu tinha vergonha de lhe falar sobre a minha infância, e só assim fui me dando conta de quão afortunada havia sido.

Irene virou uma espécie de irmã. Não havia um dia em que não estivéssemos juntas, rindo e passeando. Todas as tardes eu seguia para a rue Rebeval, tocava piano, bebia e dançava. Via senhores distintos entrarem – e muitas vezes tinha vontade de conhecê-los. Mas ainda estava presa, amarrada ao passado. Não tinha medo de trair António – era a Joaquim que eu era fiel.

Uma tarde que não se diferenciou das outras por nada (era novamente verão, o sol brilhava no alto e um vento sorrateiro balançava as cortinas), eu estava com Irene em seu *boudoir* quando Ingres, o pintor-amante, entrou. Me olhou sério, era alto, magro e moreno – o que de alguma maneira torta me lembrou Joaquim.

"*Bonjour.*"

"*Monsieur* Ingres", estendi a mão.

"*Mademoiselle la brésilienne*", falou, mostrando que sabia de mim.

Sentou-se de frente, olhando-me fixamente, e preparou-se para acender um charuto que retirou do bolso da *chemise*.

"Gostou dela, *mon loup*?", Irene perguntou.

"Que beleza extraordinária. Quero pintá-la", respondeu, sem piscar.

Não cheguei a ficar sem graça, nem lisonjeada. Me pareceu certo ser retratada.

"Quando?", perguntei.

"Agora."

Irene não reagiu – não demonstrou ciúmes, mas sentou-se em seu colo, beijou-lhe o rosto, "eu te disse que era linda demais, que seria perfeita para ti", e me olhou, "queres, Leah?"

"Sim."

E, assim, momentos depois eu estava nua, na frente daquele desconhecido, sobre um lençol branco estendido na cama de veludo vermelho de Irene. Mantive meus cabelos presos, mas ele pessoalmente veio soltá-los. Em seguida, percorreu seus dedos pelo meu corpo, fazendo meus seios franzirem, meus olhos fecharem, meus pelos bailarem.

Aquele breve toque havia causado em mim algo de Joaquim. Algo que António era incapaz, com o maior de seus esforços, de provocar. Irene olhou e sorriu, parecia satisfeita em dividir-me – ou dividi-lo?

Nada mais aconteceu. Adormeci, tomada pelos calores das pinceladas. Quando acordei ele havia ido embora. Anos mais tarde, quando voltei a Paris, vi meu retrato exposto em um museu com o estranho nome de "A odalisca adormecida". Jamais voltei a encontrá-lo.

Nossa vida passou-se tranquilamente até o final de 1834. António ausentava-se por longos períodos, fora eleito presidente da Câmara Municipal da Horta e praticamente já não morava em Paris. Tampouco estava conseguindo terminar seus estudos. Eu ficava com Irene e as outras amigas, sem o menor interesse em deixar minha vida mundana. Joaquim me assombrava os sonhos com uma constância cada vez mais forte. Era como se ele estivesse vivo e me buscando, mas a única maneira de nos encontrarmos fosse através daquele mundo dos olhos fechados. Irene achava que eu devia procurá-lo, mas eu ainda me sabotava em dúvidas e medos.

Recebia notícias periódicas de minha família, havia voltado a me corresponder com mamãe e minhas irmãs. A grande novidade era a gravidez que Tetê tentava esconder – estava apaixonada por um serviçal "branco" (nas palavras de minha irmã) da quinta vizinha à nossa.

Elza estava de casamento marcado com um austríaco pretendente a nobre e, infelizmente, acreditava naquele conto de fadas. Therezinha crescia bem e concordava com tudo que nossos pais planejavam.

Isso era tudo o que eu sabia até António chegar de viagem trazendo uma carta que encerraria nossa vida em Paris.

"Tua mamã enviou, é urgente."

Meu coração veio à boca. Dei as costas, sentei na cama, e abri a carta – quase que telegráfica.

"Minha filha, por favor regresses a Lisboa. Teu pai vendeu o escravo Maputo para brasileiros e tua irmã, que lhe nutria uma paixão descabida, está definhando numa tristeza enorme desde que ele partiu. Temo por sua saúde, por favor, vem ajudá-la!"

Dobrei o envelope e António continuou a me fitar. De certa maneira eu vinha me preparando, internamente, para aquele momento: Maputo e Iza estavam juntos há quase uma década.

"Vou consigo a Lisboa", anunciei. Fazia anos que eu não via minha família, e, apesar da raiva que ainda sentia por ter sido abandonada e enviada a Sagres, não deixaria minha irmã desamparada.

"Acho sensato que tu vás com a tua família, minha querida", e olhou para mim com brilho nos olhos, "e podes me apresentar..."

"O que queres dizer, António?"

"Bem", ajoelhou-se, "apresentar-me como teu noivo. Leah Sylvia, queres casar-te comigo?"

Aquilo me pegou desprevenida. O que eu queria, de fato, era viver o meu grande amor – se ele estivesse vivo. Eu tinha escrito cartas não respondidas, e o silêncio de Joaquim era (devia ser) uma resposta. Mas dentro de mim havia uma certeza – e havia, também, o eco das palavras da cigana e de Tetê dizendo que eu não teria filhos com outros homens, que eu não morreria... que o meu fim era com ele, na ilha. Seria capaz de traí-lo com António?

Sem me dar mais tempo para pensar em meu passado, António alcançou, no bolso do paletó de veludo verde-musgo, um papel dobrado.

Meu coração palpitou.

"Não tenhas medo, minha bela Leah. É um presente."

Devo ter demorado para desdobrar o papel e ver que não se tratava de um pedido formal de casamento, mas de um título de posse em Lisboa.

"É a nossa quinta, acabo de adquiri-la. Estava visitando um secretário de estado nas vizinhanças, ele me falou deste sítio vago no mesmo bairro, o das Janelas Verdes, e fui visitar. Na mesma hora nos vi ali, juntos, recebendo os amigos em jantares e saraus. Vi-te grávida, na cadeira de balanço que colocaremos na varanda. Vi nossos filhos correndo pelos jardins e banhando-se na fontana que há na entrada. Vi-os crescendo, nos vi envelhecendo. Vi-os partindo, nos vi morrendo. Ali é o nosso lugar, meu amor, e quero que aceites e sejas a minha esposa."

Seu pedido me comoveu. Tentei, conforme António falava, imaginar nosso futuro juntos, mas havia uma nódoa borrando aquela projeção. Eu tinha que ser sincera, esta era a qualidade que mais o encantava – mas como dizer a verdade para um homem ajoelhado, fiel, corajoso, entregue, carinhoso, bonito, agradável, enfim, um homem perfeito (a não ser pelo detalhe de eu não amá-lo)?

Ajoelhei-me junto a ele.

"Te gosto tanto e com tanta força, meu querido. E quero estar ao teu lado, viver este futuro que tu viste. Ser tua mulher. Mas lembra que eu te disse que aquele amor seria difícil de ser esquecido? Pois ainda não estou certa de tê-lo colocado em meu passado. Preciso de mais tempo." Suspirei, "ainda assim, não gostaria que nada fosse diferente entre nós. Absolutamente nada. Que tudo siga igual, o meu crescente apreço, o teu carinho... e... a minha liberdade."

António não pôde disfarçar a frustração no olhar úmido. Eu não tive como fingir que não reparei em sua reação. Mesmo assim, nos abraçamos com carinho, nos envolvemos em beijos e acabamos fazendo amor de uma maneira diferente.

Na semana seguinte fomos embora de Paris. Dei adeus à Irene, Madame Lili e suas adoráveis meninas. Deixei para trás as ruas abarrotadas de Paris, a pequena casa de Belleville, os passeios pelos vinhedos e o piano.

No momento em que subimos na carroça que nos conduziria de volta a Lisboa, eu talvez tenha sentido algo que não soube explicar. Algo como uma necessidade de romper meu casulo e voltar a voar.

Acordei com o barulho do interfone tocando. Tinha adormecido com a brisa da tarde. Nicolau ainda dormia, aparentemente.

"Dona Sylvia? O seu Joaquim está aqui na portaria", o porteiro anunciou. Joaquim, será que eu havia escutado direito?

"Diga a ele para esperar", falei, subitamente sem fôlego, com medo de Nicolau acordar.

Vesti os chinelos, peguei minha carteira e esqueci o celular. Entrei no elevador sentindo minhas asas internas tentando rasgar meu casulo duro, verde, prematuro para aquele parto. Me olhei no espelho: Sylvia ou Leah?

Enquanto eu me aproximava dos portões do prédio, vislumbrei Joaquim lá fora. Ele tinha a cabeça baixa, os cabelos desarrumados como se estivesse perdido em pensamentos. Sua tez caramelo brilhava sob os holofotes da rua. Ele já me olhava diferente, provavelmente por causa das cartas que eu tinha deixado: estava certo de que eu era a Leah.

Quando todas as barreiras físicas acabaram, tive que me conter muito para não abraçá-lo. Joaquim sorriu como fazia antigamente: sorriu com a alma. Com medo de cair em seus encantos, andei reto e sussurrei, "anda comigo". Ele obedeceu, parecia confuso.

"Eu pedi pra você não aparecer assim, Joaquim", estava com muita raiva – não dele, da situação.

"Como assim?"

"Você não leu minha última carta?"

"Não, li apenas as quatro primeiras. É muita coisa para eu digerir de uma só vez", seu olhar ficou perdido no horizonte inexistente daquela cidade.

"Como conseguiu meu endereço?"

"Na pousada."

"Tem instruções na última carta, Joaquim. Você devia ter lido antes de me procurar!", falei, rispidamente.

Notei suas mãos nervosas, dobramos a rua e subimos mais alguns metros e então eu senti que ia explodir.

Segurei em seus dedos, úmidos, e alguma coisa me percorreu dos pés à cabeça. Nossos corpos se alinharam e eu encostei minha cabeça em seus ombros, tentando evitar um beijo. Então Joaquim passou um braço por detrás das minhas costas e alcançou meu ombro, sem me deixar escolha. Nossos lábios se tocaram e nos beijamos, pela primeira vez, tendo a certeza de quem éramos.

Pessoas passaram atrás, nossos olhos fechados virados para dentro: éramos um só. Éramos o casal do Doisneau no meio de uma rua de Paris, éramos uma estrela cadente subindo de volta aos céus. Como me descolar da minha metade? Como não me entregar, agora e para sempre?

"Eu te amo tanto, Joaquim", sussurrei.

"Eu também, Leah, muito, muito, eu preciso estar contigo, por favor, não fuja novamente", pediu, com os olhos pequenos e sinceros.

Nos abraçamos e percebi uma vizinha vindo em nossa direção. Joaquim me beijou novamente e ela me olhou com espanto e reprovação. Aquilo me trouxe de volta à realidade, como se um muro de concreto me atingisse na testa. Peguei sua mão, "preciso ir até a padaria."

"Precisamos conversar, precisamos de muitos dias e muitas noites, eu tenho tantas perguntas..."

"Joaquim, você precisa ler aquela última carta, é tudo o que eu peço. Não tenho como explicar agora, leia a carta."

"Por que você não me conta tudo? Por que não vamos para o meu hotel, conversamos, jantamos, ficamos juntos?"

"Eu tenho que voltar para casa, meu namorado está me esperando, eu realmente não posso agora", falei, já me arrependendo das palavras, e, na tentativa de consertar aquilo, inventei ainda mais, "estou com parentes em casa, eu realmente não posso deixar tudo e fugir contigo. Se você tivesse lido a carta, me entenderia."

Entramos na padaria.

"Sylvia, não estou te entendendo. O que pode haver de mais importante que o nosso encontro? Faz quase duzentos anos!", rosnou, indignado.

Me encostei no balcão, "uma dúzia de pãezinhos", cochichei para ele, "nada é mais importante do que o nosso encontro, você sabe disso, sabe o quanto eu te procurei e sabe que o único motivo para estarmos juntos aqui e agora é porque eu fui até Fernando de Noronha te procurar de novo. Eu te procuro há quase dois séculos, Joaquim!"

Joaquim reparou que eu estava incomodada e me avisou, com o olhar, que esperaria do lado de fora. Consenti e fui para a fila do caixa. A vizinha antipática entrou atrás de mim, torcendo os olhos como quem aponta um dardo. Pedi dois maços de cigarro, precisava fumar. Paguei e saí, não lhe dei as mãos, ocupando-as propositalmente com as sacolas.

"Eu te procurei tanto quanto você, Leah. Mas você me enganou", ele estava magoado e eu entendia, apesar de não poder fazer nada a respeito. Poder, eu podia, poderíamos fugir, ir andar de balão na Capadócia ou fazer amor no Havaí. Mas meus pés estavam cravados no chão.

"Por favor, decide como vai me chamar, se de Leah ou se de Sylvia."

"E você, decide quem vai ser: se Leah ou se Sylvia! Eu sou o mesmo Joaquim, morto de amor e de saudades, procurando a mulher da minha vida que... bem, que está com outro homem."

Era verdade, eu estava no meio do caminho, não era nem uma, nem outra.

"Quantas vezes você se casou? Ou passou este tempo todo me esperando?"

"Não me casei nenhuma vez depois que te encontrei."

"Ah, nem eu, quando te reencontrei já estava com ele, tentando reconstruir a vida, mais uma vez, sem saber se te acharia algum dia! Agora preciso de tempo para desfazer o que tenho sem magoar a pessoa com quem estou."

Vi Joaquim irritado como nunca o havia visto, "não acredito no que eu tô escutando, melhor eu ir embora. Talvez eu leia a carta, talvez eu desapareça para sempre. Não sei se você consegue se colocar no meu lugar para entender, mas está doendo demais escutar isso tudo."

Me entregou um embrulho que continha sua história, detalhes que eu havia imaginado tantas vezes e que agora poderia, finalmente, conhecer, "aqui está, se um dia você quiser saber o meu lado da história."

Abracei o pacote, ele virou as costas e foi indo embora. Por um momento, eu o deixei partir: precisava sentir nossos corpos se descolando para poder temer sua ausência. Então alguma coisa incontrolável (a combinação mortal de amor e paixão?) me fez segui-lo e puxar sua mão.

"Desculpa, estou sob uma pressão muito forte, você precisa entender..."

"Não, eu não preciso nada, eu não preciso entender a não ser que você me explique", respondeu.

Era verdade, eu tinha que confrontar Joaquim e Nicolau.

"Amanhã à tarde eu vou ao teu hotel. Vamos conversar. Por favor, leia a carta antes. Por favor, Joaquim. Só quero que você entenda uma coisa. Você sempre foi a coisa mais importante da minha vida, você é o meu grande amor, e acredito que, tanto eu quanto você, só possamos viver juntos. Não aguento mais este limbo, não posso mais me arrastar pela vida. Estou sem forças, e agora que te encontrei preciso fazer a coisa certa, da maneira certa: preciso me preparar para ficarmos juntos. Para sempre, Joaquim."

Puxei-o para mais um beijo, sem me preocupar com a vizinha ou com o resto do mundo. Todos morreriam, apenas nós dois ficaríamos ali, parados no tempo como na foto do beijo.

Nos abraçamos e nos separamos. Não olhei para trás, desci aquela ladeira deixando a gravidade me puxar e só virei para mirá-lo quando atingi a esquina da minha rua. Joaquim era um espectro luminoso, pude ver seu coração galopando por debaixo da roupa. Aquela era a nossa última despedida. Tinha que ser: da próxima vez que eu o visse, seria para sempre dele.

Chegando de volta ao apartamento, o silêncio me tranquilizou: Nicolau ainda dormia. Fui até o escritório e guardei o pacote com os diários de Joaquim atrás de meus livros. Queria ler tudo com calma, sem Nicolau por perto.

Olhei para todos os livros que já havia lido. Somadas, minhas histórias não poderiam ser contadas apenas naqueles volumes. Tirei a roupa e deitei no sofá, tentando me distrair com o balé das cortinas. Senti minha pele queimar. A brisa me tocou trazendo ainda mais calor, eu fechava os olhos e pensava, excitada, nos beijos. Repeti esta imagem tantas vezes que adormeci com um sorriso nos lábios.

Acordei com Nicolau brincando com meu cabelo.
"Bom dia, minha linda", sorriu com mais felicidade do que de costume, "tenho uma surpresa para você."
Esfreguei os olhos, a imagem de Joaquim e de nossos beijos veio à minha mente. Encarei Nicolau e comprovei que não havia traços do pai nele. Os dois eram muito, completamente diferentes. Ainda assim, eram pai e filho.
Nicolau me estendeu duas folhas de papel impresso, "isso vai te fazer bem. Por favor, aceite."
Eram dois bilhetes eletrônicos para Roma. Primeira classe.
"Vamos passar o *réveillon* voando!", falou, entusiasmado, "você adora voar, e está precisando se sentir feliz, meu amor. Quero te ver curada desta depressão, você é tão, tão especial."
Me senti péssima, ordinária e suja.
"Vamos sair daqui um pouco, mudar os ares. Quero que conheça a mamãe."
Apesar de Nicolau não me deixar tempo para reagir, a ideia de fugir dali e postergar a resolução dos problemas me pareceu perfeita.
"Embarcamos em menos de cinco horas!", completou, "Roma no inverno é magnífica, Sylvia."
Abracei Nicolau, "que presente lindo!"
Tomamos café da manhã, o pão francês que eu havia comprado com Joaquim já estava murcho. Nicolau, ingenuamente, comeu dois.

Me tranquei no banheiro e rabisquei um bilhete num pedaço de papel. Não havia tempo e nem espaço para explicações, mas eu precisava sinalizar que aquilo não era outro abandono. Então escrevi:

"Desculpe, não pude ir ao teu encontro. Preciso de mais tempo. Te procuro quando voltar, em Noronha. Tudo continua igual: estou apenas me preparando para o nosso futuro. Sylvia."

Fizemos as malas para o inverno europeu e partimos antes da hora, por insistência minha. Quando o táxi chegou na portaria e Nicolau carregou as malas, corri para entregar o bilhete ao porteiro.

Assim que o avião levantou do solo, me senti bem. Flutuar sempre me deixava mais leve. Fora isso, eu tinha evitado o pior dos encontros: Joaquim e Nicolau.

Da janela oval e estratosférica eu vi São Paulo diminuindo e imaginei Joaquim angustiado, procurando por mim. Seu olhar de névoa na portaria do meu prédio enquanto o porteiro explicava que eu havia viajado e lhe entregava o bilhete. Seus olhos úmidos lendo as palavras impensadas que eu lhe havia destinado. E lembrei do ditado que minha mãe vivia repetindo – sem jamais conseguir aplicar à própria vida: "é sempre mais simples dizer a verdade, minha filha." Ela tinha razão.

Mamãe me recebeu de braços abertos, aliviada. Por pior que o passado tivesse sido eu estava de volta, com saúde, enamorada de um bom partido e pronta a tomar conta de Iza. Eu sabia que seria difícil para meu pai aceitar António: era um liberal, um pedrista, anti-miguelista ferrenho. A Guerra Civil havia terminado e os liberais haviam ganho. Entretanto, mamãe achava que era uma questão de tempo até que papai se dobrasse à riqueza e posição ascendente de António na sociedade.

"Quando vir esta quinta, com certeza ficará orgulhoso", profetizou, na sua primeira visita à nossa nova casa. "Quando será o casório?"

Aquela pergunta estava no ar não apenas para minha mãe, mas também para António.

"Quando Deus quiser", respondi, para seu desgosto.

Decidi me ocupar de Iza, que imediatamente levei para morar comigo. Ela passava a maior parte do tempo dormindo e esperando por uma carta de Maputo. Mal comia e não conversava. A única coisa que se notava era que estava melhor em nossa quinta, que logo apelidamos carinhosamente de "Ilha".

Tetê, que também foi morar conosco, dera à luz um menino que chamou de José (em velada homenagem ao seu Zezinho), de quem eu era madrinha. Naquela quinta, éramos iguais, escravos e senhores – tanto na ausência quanto presença de António. Todos sentávamo-nos à mesma mesa para as refeições e isso gerava comentários maldosos pela vizinhança.

Portanto, papai continuou sem me dirigir a palavra, tampouco me pagou uma visita. Para ele, eu era uma *cocotte*, uma mulher sem vergonha ou virtudes, descasada e sustentada por um plebeu com vontades de fidalgo, ainda por cima liberal!

Todas as semanas eu ia até os correios checar se a correspondência de Maputo havia chegado – com medo de papai rasgar a carta, Iza tinha pedido que ele enviasse as correspondências para a Posta Restante. Geralmente Iza me acompanhava até o centro, mas naquela tarde fria, preguedada de nuvens que flutuavam no céu de Lisboa, minha irmã preferiu ficar em casa.

Assim que o condutor puxou as rédeas dos cavalos pude ler a placa "Conservatória do Registro Central". Atravessei os portões de ferro esmaltado quase correndo; as paredes, de meio palmo de mármore, sopravam um vento frio que me chegou às entranhas. Havia um único funcionário com o nariz grande demais para o delicado rosto. A sala estava vazia. Preenchi um formulário com o sobrenome de minha irmã e aguardei que ele fizesse a busca. A espera durou não mais do que quatro minutos, marcados pelo grande relógio dourado que adornava a parte superior ao mármore. Acompanhei as quatro voltas que o ponteiro deu, deslizando, quase mudo, pelo inocente círculo numérico.

Do lado de fora, como num filme, o céu se fechou e começou a se zangar. O funcionário retornou com dois envelopes nas mãos.

"Há uma carta do Rio de Janeiro e outra vinda do senhor Fernando de Noronha para a senhorita Porto Leal", falou.

Meu ar faltou, cambaleei como se o próprio Joaquim estivesse, naquele momento, diante de mim.

Mais do que rápido, assinei o formulário de retirada e parti sem me despedir ou agradecer, já imersa num passado que se abria como futuro. Procurei um banco ali mesmo, no grande prédio da Conservatória, e me sentei com borboletas e beija-flores debaixo do vestido.

A carta datava apenas de três meses antes, e isso provocou uma festa em mim.

"Ilha de Fernando de Noronha, 30 de julho de 1834.
Minha querida Leah,

Parece que estou preso a esta ilha. Como uma âncora que permite ao barco dançar sobre o leito marítimo, eu balanço mas não consigo partir. Sei que é tarde, passaram-se anos e jamais obtive da senhorita amada nenhuma resposta. Imagino-te já com os filhos, casada e feliz, talvez ainda cultivando a doce lembrança de quem fomos sem podermos ser mais. Se este for o caso, peço-te as mais sinceras desculpas, pois jamais tencionei cortejar-te. No fortuito caso de ainda seres livre e desimpedida, suplico-te que me escrevas, mande-me um sinal e imediatamente tomarei a próxima nau. Necessito apenas de uma pista para ir ao encontro do amor da minha vida. Com toda a minha estima, à amada senhorita,
  do sempre saudoso Joaquim Henrique Castro Nunes."

Senti respingos da chuva trazidos pelo vento entrarem pelas janelas daquele corredor grande e deserto. Percebi que as velas lutavam para manter suas chamas da mesma maneira que o meu coração lutava para segurar o sangue. Em estado de choque, dobrei a carta e saí dali.

De volta à quinta, tranquei-me em meu *boudoir*, chamei Iza e entreguei a carta de Maputo. Ela leu em silêncio, eu aguardei.

"Minha irmã, preciso partir!", sorriu.

"Vamos para o Brasil, mas paramos em Noronha! Veja, minha irmã, recebi uma carta de Joaquim!", e mostrei-lhe meu maior tesouro.

Me abraçou, esperançosa, "Joaquim está vivo?!"

Animei-me, "Joaquim está vivo!"

"Nossos amores nos esperam, partamos logo!"

Na mesma semana, ao voltar com António de um jantar no Chiado, na casa de um comendador, compartilhei com ele meu desejo.

"Quero levar Iza até o Rio de Janeiro. Viajar lhe fará bem, meu amor."

"Rio de Janeiro?"

"Sim, António, para onde Maputo foi enviado. Deixo-a por lá se for melhor. Mas tenho que ir com ela, sabes que estou muito preocupada com sua saúde!"

António mirou meus olhos com ternura. Eu e ele sabíamos que havia espaço, naquela doce relação, para que lhe contasse a verdade: que eu também queria ir porque precisava saber de Joaquim para poder me decidir sobre o nosso casamento. Que ele poderia, sim, me perder após aquela viagem; da mesma forma como poderia, finalmente, ter-me.

Afagou meu rosto, "entendo a tua preocupação, meu amor. E concordo com essa viagem, sim. Mas na volta nós iremos resolver a nossa situação. Preciso de alguém ao meu lado. De verdade", e me beijou.

O que mais me agradava em António, além da temperatura interna morna e da política fervente, era sua inteligência. Estava sempre atento e não era preciso verbalizar coisas postas – ele as apanhava no ar, nas golfadas de vento, nas tempestades de verão.

Recostei minha cabeça em seu ombro, sorrindo por dentro e por fora, e pensei: vamos a Fernando de Noronha e ao Rio de Janeiro. É um encontro marcado, e verei meu amor.

A alegria de estarmos a bordo para a travessia Lisboa – Recife em uma cabine de luxo (que António fez questão de reservar) foi um dos melhores momentos de nossas vidas. Quando me lembro de Iza é sempre durante essa viagem, onde estivemos livres, jovens e cheias de esperança. A cada légua marítima, construíamos planos e devaneios para viver um conto de fadas na terra dourada. Encontraríamos nossos amores e jamais voltaríamos a Lisboa. Moraríamos em casas coladas, ou na mesma quinta e, se não pudéssemos ter filhos, teríamos uma à outra. Mandaríamos dinheiro para Tetê juntar-se a nós, com José.

A viagem passou num remendo de planos, os sóis colaram-se um ao outro e nós duas, insones, com o sangue a correr mais forte do que o navio, não dormimos. Éramos personagens de Jane Austen, Elizabeths e Darcys, admirando a beleza dos detalhes, das gaivotas e dos golfinhos que nos seguiam, dos casais com filhos, dos marinheiros desdentados. Iza voltou a comer bem, engordou, a tristeza evaporou. Foi como se minha irmã tivesse deixado de ser sua sombra para voltar a ser ela mesma.

Desembarcamos no Recife numa manhã de muito sol e nem deixamos o porto: esperamos pela próxima corveta que sairia para a ilha, e demos sorte de ter uma partindo no mesmo dia. Tudo conspirava a nosso favor: eu encontraria Joaquim e ela, Maputo.

Ver surgir Fernando de Noronha me fascinou, a ilha cantava como uma sereia, me embriagando com lembranças antes lacradas: o som dos beijos deixados por nós dois sob a abóbada estelar, as palavras saídas da boca da cigana, o crepitar das folhas varrendo as praias desertas, o cheiro das amarelinhas já secas, o incansável vai-e-vem dos pássaros nas destemidas escarpas. E, finalmente, o rosto de Joaquim, como eu não enxergava há muito tempo. Seus olhos obtusos, a boca polpuda, os pelos do rosto cobrindo centímetros preciosos de sua pele dourada, seus abraços marinhos, seu coração que me pertencia.

Iza notou minha emoção, "é demasiado comovente estar de volta, minha irmã."

"Pela primeira vez, desde que conheci António, me lembrei dos traços de Joaquim. Seu belo rosto..."

"E estás a um passo de revê-lo, querida irmã", me sussurrou, num abraço.

Assim que desembarcamos, comecei a procurá-lo pelo pequeno ancoradouro, pela casa de peças, pelo estoque de cargas. A vontade era de gritar: Joaquim, Joaquim, meu amor, cheguei! A espera acabou! Mas meu rosto não encontrou o seu, havia poucos homens e todos olhavam de soslaio para duas damas viajando sozinhas.

"Por gentileza, procuro o senhor Joaquim Castro Nunes", perguntei ao primeiro oficial do Arsenal da Marinha que cruzamos.

"Joaquim não está mais na ilha", me falou com o olhar duro, como se aquilo não o afetasse de forma alguma.

"Não?"

"Partiu."

"Quando?"

"Alguns meses."
Minha mão gelou, senti um afogamento interno.
"Deixou a direção?", Iza perguntou.
"Só disse que voltava para o Rio de Janeiro."
"E seu escravo, Zezinho?", Iza insistiu.
"Deste não tenho notícias, senhoritas. Temo jamais tê-lo cruzado."
Deixei-me cair num caixote de madeira, murcha. Iza acariciou minha mão. Um escravo veio trazendo mais caixas, "a que horas chega a corveta, capitão?", perguntou, enquanto depositava o peso na terra batida e vermelha que parecia tingir-lhe as canelas.

"Essa mesmo aí, depois da descarga segue para a capital", falou, apontando para o barco de onde havíamos desembarcado, cheias de esperanças, momentos antes.

Um medo me percorreu e eu apertei a perna de Iza, "vamos embora daqui, minha irmã, agora!"

Ela não pestanejou: queria ir atrás de Maputo, e sabia que eu também precisava concluir minha busca por Joaquim. Combinou com o marinheiro a viagem e, assim, partimos de Fernando de Noronha sem ao menos saborear as lembranças pulverizadas pela ilha. Aquele ânimo infantil da viagem foi assombrado por um pressentimento que nos dominou tacitamente, deixando claro, às duas, que se tratava de um mau agouro.

"Será que a cigana ainda vive aí?", indaguei, quando a ilha já diminuía diante de nossos olhos.

"Joaquim está no Rio, não precisas de cigana alguma para lhe contar o que já sabes, e estaremos lá em alguns dias", Iza tentou me animar.

Tudo bem, eu pensei, melhor ter vindo do que não ter vindo. Para quem esperou onze anos, o que há de errado em algumas horas?, concluí, ingenuamente, sem ter a menor ideia de que aquele encontro demoraria não apenas horas, dias, meses, anos ou décadas. Mas quase dois séculos...

Nossa chegada ao Rio foi vertiginosa – melhor dizendo, desde que ancoramos em Fernando de Noronha as coisas foram acontecendo de uma maneira abrupta. De fato talvez eu e minha irmã tenhamos sonhado demais – e por isso caímos de tão alto.

Não ter encontrado Joaquim na ilha mágica foi apenas a primeira peça que derrubou todas as outras. Meus olhos mudados mal reconheceram as montanhas que interrompiam o plano infinito da capital brasileira. Havia um cheiro insuportável, não cheiro de coisa estragada, nem de calor: era o cheiro das fezes jogadas nas ruas. A capital havia crescido sem planejamento. Para mim, parecia fosca e amarga, e algo me dizia que o meu Joaquim não estava lá.

Desembarcamos, nos instalamos num pequeno quarto do Hotel de France, com a janela debruçada sobre o Largo do Paço, e, sem tempo para estabilizarmos nossos corpos do enjoativo balanço do mar, seguimos direto para a quinta onde Maputo estava trabalhando. Na carta que ele havia enviado, escrita por um padre, pedia a Iza que trouxesse 300 mil réis para comprá-lo de volta.

O silêncio nos seguiu. Enquanto a tipoia se embrenhava por aquelas ruas outrora familiares, eu mirava todos os rostos indiscretamente à procura do de Joaquim. Onde haveria de buscá-lo? Como começar?

Os cavalos pararam diante da entrada de uma casa bastante simples, com quatro janelas emolduradas por um azul gasto e uma porta de madeira da mesma cor. Um friso amarelo, logo abaixo das telhas, cortava como um raio de sol as paredes brancas, um tanto encardidas.

Iza saltou, eu me deixei ficar, imaginando que poderia ser muito feliz numa pequena quinta como aquela. Olhei para o gramado verde-limão e fantasiei nossos filhos correndo por ali, talvez a mangueira que abraçava parte do terreno aguentasse um balanço de madeira, para divertir os pequenos. Com certeza serviria para piqueniques à sua sombra, e para namorarmos observando o doce farfalhar das folhas. Esse pensamento me levou longe, senti um futuro guardado para mim e para Joaquim – sem saber quando.

Fui interrompida por um grito de Iza. Nervosa, tropecei ao sair da cabine e caí. Machuquei o joelho, as mãos, e não tive como segurar minha irmã, que partiu para cima da dona da casa, puxando-lhe os cabelos e rasgando-lhe a roupa.

O condutor me ajudou, a senhora atacada gritou que chamaria a polícia, metemos Iza de volta na tipoia e saímos a todo. Em seus olhos ardia uma mistura de raiva e dor.

"Mataram Maputo, minha irmã. Mataram-no a chibatadas, no pau, porque tentou fugir para o porto para me encontrar", e deitou-se, soluçando, em meu colo.

De repente, o céu azul da capital estava cinza e pesado, nossos sonhos haviam sidos triturados e era certo que o passado, o feliz companheiro das horas amargas, jamais voltaria.

Iza adormeceu após tomar várias xícaras de tisana com água de melissa, preparadas pela cozinheira do hotel, uma negra sem idade que sabia muito sobre perdas de amor.

Eu passei a noite em claro, ouvindo uma tempestade aproximar-se da cidade pelo mar, acompanhando os clarões dos raios e sentindo a melancolia da noite entrar pela janela. O que faria com minha irmã?

Verdade que sua relação com Maputo já tinha ido muito além de qualquer expectativa, sendo tão proibida e tendo se consumando nas fuças de nossos pais, sem levantar suspeitas (ou sem incomodá-los?). Mas era tão injusto que eles não pudessem ser felizes, e mais ainda que Maputo, aquele homem companheiro, fiel e risonho, que trocava com minha irmã um amor puro e único, tivesse morrido no pau. Isso me enchia de ódio, nojo e desprezo pelo homem branco.

Além disso, como eu poderia, com aquela tormenta instalada, seguir com meus planos de busca? Eu precisava de tempo para encontrar Joaquim, mas agora, de um segundo para o outro, me percebia afogada em preocupações.

Minha irmã dormia, encharcada de suor. Gemia. Sentei-me ao seu lado e rezei para que nos sonhos ela e Maputo estivessem juntos.

E assim adormeci no meio da tempestade, para acordar sozinha, com o barulho das ferraduras dos cavalos deslizando no molhado das pedras portuguesas do Largo do Paço. Iza não estava no quarto.

Olhei ao redor, nenhum bilhete no móvel repleto de *bric-à-bracs*, nada, apenas sua ausência e o prenúncio de uma tormenta ainda maior. Desci à sua procura: não estava no salão, no café e nem na entrada. Peguei uma sombrinha emprestada, que não me protegeu em nada das gotas grossas, e sai à sua busca, sem saber que direção tomar.

Andei a esmo e então bati os olhos em uma coisa estranha: uma borboleta preta, com pesadas asas de veludo, traços finos e brancos. Quase não se deixava notar, pousada na entrada da Igreja da Ordem Terceira do Carmo, escondida debaixo do detalhe do medalhão central onde São Francisco ajoelhava-se para a Virgem e seu menino. Os anjos observavam a paisagem, sem interferir na cena – o que me provocou calafrios.

Ali entrei, na pequena igreja de pedra, diferente de todas as outras igrejas coloniais, construída sob uma escuridão medieval. Avistei Iza caída numa das capelas laterais. Aproximei-me e percebi que, como um camaleão, minha irmã adquirira a cor da pedra do assoalho – e sua temperatura. Na mão, o lenço com traços do amansa-senhor do índio de Fernando de Noronha, que ela havia mastigado para suicidar-se.

Levei três dias para arranjar a viagem de volta. E, apenas quando o navio deu seu derradeiro beijo no mar do Rio de Janeiro, afastando-se irremediavelmente, entendi a gravidade de tudo. Entendi a borboleta preta.

Por longas horas, viajei sentada no caixão lacrado de minha irmã, sangrando por dentro como um hemofílico, pensando que, enfim, o tempo havia passado – e levado as coisas boas. Minha irmã era uma das melhores coisas de minha vida. Lembrei-me de seu sorriso acanhado e do brilho em seu olhar. Do amor que tinha pelos homens, negros ou brancos, pelas revoluções, pelo Brasil. De seu caminhar flutuante quando estava feliz. Das sardas que povoavam suas bochechas contraídas como um par de aspas. Dos dentes retos por onde toda razão do mundo lhe saía da boca. Do que havia me ensinado e do que havia aprendido comigo.

Minhas reflexões marítimas trouxeram conclusões claras e necessárias: depois da morte de Iza a ideia de encontrar Joaquim me pareceu um capricho bobo. Se ela não tinha direito à vida, como eu poderia ter direito ao amor? Como? Ser feliz seria o ato mais egoístico de toda a minha vida – eu evitaria tal luxúria.

Além do mais, em breve eu completaria 28 anos, e, apesar de ainda possuir o frescor da juventude estampado em meu ser, já havia vivido o bastante para saber que as marcas da morte não desaparecem. E que há mais desencontros do que encontros na vida. Nada traria de volta o que as comportas do tempo estavam deixando ser levado.

E assim, quando desembarquei em Lisboa, envolta por um luto pesado tal qual o veludo negro da borboleta, pedi a António que aceitasse aquela relação morna por um tempo, evitando falar em casamento. Meu pai caiu doente, e um luto foi se emendando no outro, como numa colcha de retalhos.

Ajudei minha mãe no que pude. Além de perder a filha, assistiu uma doença desconhecida beber o sangue de papai até deixá-lo mais magro do que o pau onde Maputo foi morto, pouco após a perda de Iza.

Em seu leito de morte, naquele quarto escuro de paredes suadas, ele me chamou. Não para fazer as pazes, mas para revelar um segredo que me encheu de tristeza:

"Perdoe-me, minha filha, por eu ter interceptado todas as cartas que enviou a Joaquim. As queimei. Aquele homem desgraçou a vida de todos nós. Se não fosse por ele, sua irmã não teria conhecido aquele escravo e estaria viva. Você teria feito um bom casamento... toda essa desgraça começou com aquele reparador naval", disse, delirando as palavras com a boca torta.

"Não, papai, Joaquim não teve nada a ver com Maputo. Ele conheceu Iza na casa de repouso. O culpado por tudo o que aconteceu não foi ele, mas não importa, o senhor tem que partir em paz", respondi, reticente, sentido bicadas de pássaros espetarem meu estômago.

A vontade de dizer que o culpado era ele, que havia nos arrancado do Brasil, tornou-se uma névoa muito fina no meio daquela tempestade que havia começado mais de um ano antes.

Em seu leito de morte, eu só queria que meu pai descansasse em paz, com seus erros e méritos. A morte de minha irmã já havia sido dura o suficiente, castigando-o ao seu próprio fim.

Poucos dias após a conversa, o enterramos ao lado de Iza. Minha mãe jamais voltou a ter qualquer ponta de brilho no olhar. Jamais sorriu novamente. Sequer cozinhou ou comeu suspiros, seu doce predileto. Apenas esperou, calmamente, por quase vinte anos, a visita da sua borboleta negra.

Levei-a para morar na quinta comigo após a partida de Thereza para Viena, onde foi morar com Elza, que havia se casado com um fidalgo austríaco. Tetê e José também continuaram conosco aqueles anos, formando uma família um bocado triste.

Enquanto eu não consegui dar filhos a António, ele passou de deputado a ministro da Fazenda e ministro dos Negócios Estrangeiros. Por algum motivo que nunca abordamos, António jamais voltou a me pedir a mão em casamento – eu tampouco insinuei o assunto. Aparentemente, estávamos bem daquela maneira, e eu não me importava com os mexericos da sociedade lisboeta, moralista e enxerida. Mas sabia que, em algum momento, António teria que casar-se.

Em 1849, Thereza voltou para Lisboa trazendo a filha de uma amiga austríaca, Emilie, que, por alguma incompreensível razão se parecia mais comigo do que minhas próprias irmãs. Tinha os olhos azuis como as piscinas naturais da ilha de meus sonhos; os cabelos desabrochavam fartos de sua cabeça, como uma cachoeira; seus lábios pareciam conter a história do mundo. Falava muito e com propriedade – ainda que não falasse português. Tinha vinte anos e virou, imediatamente, minha melhor amiga. Procurava um marido – como a grande maioria das meninas daquela época – e eu imediatamente meti na cabeça que seria a esposa perfeita para o meu companheiro.

"Vou casá-la com António", declarei, durante um chá da tarde com Tetê e mamãe no jardim da quinta.

"Ainda está em tempo de te casares com ele, minha filha! O tempo está a passar, mas o relógio ainda não bateu..."

"Passando pra mim, pra senhora, mas a sinhazinha não envelhece, num é estranho?", Tetê pontuou, abrindo os olhos como se eu fosse um fantasma.

Eu já havia notado, sim, estava com 42 anos e ainda parecia aquela menininha virgem de Fernando de Noronha. Entretanto, a tristeza me borrava a visão, e quando me olhava no miroir de toilette vislumbrava o fundo oco de minha alma, sem me fixar na beleza intocada pelos anos.

"Também acho", mamãe disse, "então tens mesmo é que aproveitar que ainda possuis este ar jovial e podes arrumar um marido, e que António te ama com tanto carinho, minha filha!"

"Não é bem assim, mamãe. António gosta de mim, e eu dele. Mas não há amor verdadeiro. Não seria justo, depois desses anos todos, eu fazê-lo um homem infeliz, sem poder dar-lhe filhos..."

"Disto não sabes!", zangou.

"Pois em breve vou secar, mamãe!"

Eu esperava a menopausa e o irremediável declínio de meu corpo, quando deixaria de desejar a carne de Joaquim e me poria a esperar pelo fim; remediada por ter tido um grande amor, e um grande companheiro. Entretanto, não sequei naquele ano e nem nos muitos que vieram. Todos os meses meu corpo obedeceu ao mesmo ritual de sangrar.

Concentrei-me, então, na felicidade alheia. Notei que Emilie imediatamente apaixonou-se por António e seguia-o com os olhos pelos cantos da casa assim que ele voltava de suas constantes viagens. Quando ele partia, eu a percebia, de vista triste e longa, a olhar através das janelas para um horizonte invisível, esperando que ele retornasse logo.

No início do inverno seguinte, pouco antes de António voltar de uma viagem – ele havia, pela segunda vez, assumido a Fazenda – chamei

Emilie para uma conversa. Mamãe e Tetê tinham partido para Sagres, onde passariam uma estação mais amena, fazendo companhia para a tia Mariequita.

"Gostas de António?"

Corou e respondeu, sem timidez, "muito! Não entendo por que não se casam, Leah. Ele é tão perfeito!"

"Não vem ao caso o motivo de não nos casarmos – aliás, se eu for pensar bem, talvez este motivo seja o fato de eu não ser a noiva ideal."

"Como assim?"

"Amo outro homem."

Calou-se por um tempo, olhando as próprias mãos.

"António sabe?"

"Sempre soube. Não guardo segredos."

"E não se aborrece?"

"Está ocupado demais com a política. Mas é certo que precisa casar-se, ter uma esposa que o acompanhe, que receba em casa."

"E?", Emilie era direta, o que me agradava.

"Tu és a esposa mais do que perfeita. Terei muito prazer em arranjar essas bodas."

"Estou confusa agora."

Segurei a mão de Emilie na minha, "não posso dar filhos a António, não posso engravidar. Quero que você construa com ele uma família. É isso. E, em breve, eu partirei em busca de minha própria vida, das respostas que vêm me assombrando..."

"Assombrando? És tão linda. Tens a vida perfeita, e queres me dar tudo, assim?"

"Com a minha beleza, eu fico", falei, rindo, "mas o homem é teu. A quinta, também. Só preciso de abrigo, para mim e para minha família, por mais um tempo."

Emilie me abraçou com carinho. Ela me entendia, de alguma maneira, sabia do que eu estava falando. Vinha de uma família humilde e tinha pela frente uma grande oportunidade.

Dias mais tarde, quando António chegou de viagem, deixei-os sozinhos, dando claras instruções do que ela havia de fazer. Passei a tarde com Therezinha, que tinha voltado da Áustria e se instalara numa grande casa na Rua São Paulo. Tomamos vinho e cosemos por muitas horas, e quando eu voltei para a quinta, Emilie e António dormiam na mesma cama.

Três meses depois os dois subiram ao altar. Eu mesma planejei as bodas como se fossem para mim – se, por um lado, eu havia entregue António a Emilie, ela me devolvera uma certa leveza, e a capacidade de entrever uma liberdade tardia mas necessária. A raiva pelos desencontros, assim como a dor do luto, estavam dando lugar a uma vontade crescente de sair em busca de mais.

Quando soube do casamento, mamãe decidiu não voltar de Sagres, e por lá permaneceu com Tetê e o pequeno José. Dizia, em suas cartas, que era por causa do clima – o que era aceitável – mas eu sabia o quanto lhe incomodava meu status de marafona, meretriz, amante.

Não podia tirar-lhe a razão, eu deveria ter saído da "Ilha", ido morar com minha irmã, voltado ao Brasil, partido para qualquer canto – tudo menos permanecido no lar de um novo casal. Mas deixei-me ficar, íntima demais dos cantos da quinta, amiga das plantas e confidente dos estalidos que a madeira do assoalho reverberava à noite.

Toda vez que António queria, me procurava. Emilie consentia nossos encontros, curiosa, desejosa, sem segurar suas vontades, espiando, às vezes, por detrás de uma porta mal fechada. Nunca ousou adentrar os cômodos maculados por nossos gemidos, também não ousei trancar as portas. Aquilo era, mais do que um jogo de sedução, um jogo de divisão. E, sem sequer suspeitar, foi uma lição que eu levaria para a minha infinita vida: o amor realmente multiplica. Basta saber amar.

Seis anos se passaram vivendo sob o mais doce pecado, e então certa tarde me apareceu, sobrevoando a figueira do jardim, a borboleta negra, encapada de veludo, pesada, mensageira da morte. Eu sabia o que ela vinha me contar: estava reaberta a temporada de perdas.

No dia seguinte chegou a notícia. Mamãe e Tetê, a caminho de Lisboa, haviam sofrido um acidente fatal de carruagem. Os cavalos se assustaram com a passagem de um cavaleiro no sentido contrário, partiram em disparada para lados opostos, fazendo tombar a carroça e provocando a morte das duas e do condutor. Ficaram lá, perto de Setúbal, até que um comboio de carga passasse para constatar a tragédia.

Lembro-me como se fosse hoje do mensageiro trazendo a desgraçada notícia. O céu apresentava-se amarelo; o ar, apesar de gelado, pesava como se estivéssemos dentro de uma sauna, dificultando o trabalho dos pulmões. Eu retratava, a carvão, essa paisagem através da janela quando o portador chegou. Larguei o pincel e jamais retomei aquela canvas.

Minha mãe havia sido a mais duradoura amiga de minha vida. Tínhamos as nossas diferenças – mas, para uma mulher do século XVIII, devia ser tão difícil entender as nossas libertinagens que eu não a culpava. Ela havia feito o que podia, e tinha sido batalhadora, carinhosa e fiel. Seria impensável seguir sem ela ao meu lado, e eu jamais poderia imaginar a quantidade de dias que se passariam em sua ausência.

Para piorar, Tetê, minha irmã de criação, também havia partido, deixando o vazio ainda mais amplo. Fiz questão que ela fosse enterrada no jazigo da família, apesar dos comentários preconceituosos que percorreram a cidade. A Gazeta de Lisboa, o diário do governo, estampou um artigo anônimo com o título "Marafona enterra escrava com a mamã". Rasguei-o antes de ler.

A dor de perder minha mãe era parecida com a que eu havia sentido quando Fernandinho nascera morto. Era tão vasta que me impedia de enxergar minhas próprias fronteiras. Eu sabia que apenas uma coisa me faria superá-la: tempo. Então, por tudo, pelas perdas que espremiam meu coração, retendo o sangue que devia irrigá-lo, pelas dores que não me deixavam, pela confusão de quem eu era e o que estava acontecendo comigo, pelas vozes indistintas nas ruas escuras da cidade – por isso tudo, eu me recolhi.

Jamais estive novamente na cama com António. Jamais passeei de tipoia aberta pela cidade, ou fui a Cascais, ou planejei viagens. Apenas deixei o tempo escorrer, passar por mim como um vendaval que leva tudo, mas não varre a estátua de bronze do meio da praça.

Aos poucos, calada e fechada, comecei a desenvolver a louca ideia de que Joaquim, talvez, estivesse vivo e, talvez, jovem, e, talvez, aquela estrela fosse a explicação para a minha juventude, e, talvez, aquela cigana estivesse certa, e, talvez, aquela ilha fosse mágica.

Mergulhada nessas ideias, me confinei a um pequeno quarto da "Ilha", onde muito li, muito pensei e muito me examinei. Cada vez mais estarrecida pelo fato de não envelhecer, fui me perdendo na dolorosa ausência dos traços das minhas experiências. Eu era incapaz de produzir sulcos que fossem me curvando, meu viço parecia uma doença incurável. Me sentia um pássaro condenado a voar sem parar e sem saber para onde ir.

Passei anos que não passaram por mim, mas para os outros. Infelizmente, Emilie não conseguiu dar filhos a António, e ambos envelheceram. Quando ele, então Duque de Ávila, faleceu, aos 75 anos, cada uma de nós segurava uma de suas mãos. Choramos juntas pelo único plebeu agraciado com tal título. António foi ministro da Justiça, dos Negócios Estrangeiros, da Fazenda, mas foi, sobretudo, ministro das amantes.

Depois de enterrar quase todos meus ancestrais – exceto por Therezinha – me despedi da velha Lisboa. Emilie e eu não nos separamos: vendemos a quinta e fomos juntas para Paris, de onde a saudosa Irene me escrevia notícias sobre uma bela época que iluminava a cidade. Eu, apesar dos meus 74 anos, ainda tinha ares de moça. Emilie, ao contrário, aparentava seu meio século de vida, e já se cansava.

Partimos da nova estação ferroviária, a Santa Apolônia, trocamos de comboio na Espanha e, sem sabermos ao certo o que seria da vida, desembarcamos na Gare d'Austerlitz. A única certeza que eu tinha era a de que estava pronta para recomeçar.

Mormaço

O voo até Roma me acalmou. Era mais uma fuga, sim, mas o pior é que eu me sentia aliviada – mesmo vendo os olhos ingênuos de Nicolau piscarem de esperança enquanto me fitavam. Eu ganhara tempo, o que, no meio daquela confusão lacrada, ainda me parecia a melhor saída.

Durante o voo uma sensação de dormência foi me dominando, e assim eu relaxei. O tempo traria as soluções, no momento certo. Ao desembarcarmos, sorri ao ver a placa *Uscita* Roma, na mera esperança de encontrar, ali, de alguma maneira, uma saída.

Nicolau me abraçou:

"Você está me fazendo o homem mais feliz do mundo, Sylvia!"

Suspirei, desejando poder evitar fazer dele homem o mais infeliz de todos.

Enquanto esperávamos nossas bagagens e Nicolau checava suas ligações e emails, pensei em quantas vezes na vida eu gostaria de ter deixado as minhas malas transbordando de sentimentos e esperanças para trás, correndo nas esteiras da vida até virarem objetos esquecidos. Até serem recolhidas pelos achados e perdidos e alguém fazer bom uso de seu conteúdo.

Agora, no entanto, tudo o que eu queria era recuperar aquela bagagem gasta e chamuscada: o amor, amarrotado como uma blusa, no fundo de uma mala; uma história resumida em pequenas cartas amareladas; a esperança de um reencontro extraviada durante séculos de vida.

Senti as mãos de Nicolau me abraçarem por trás, "mamãe já está nos esperando."

As malas, arrumadas às pressas para aquela fuga, chegaram. Deixamos o *ritiro bagagli* para eu conhecer, pela primeira vez na vida, não apenas a mãe de Nicolau, mas um dos grandes amores da vida de Joaquim – o maior?

Marina possuía as feições fortes, olhos grandes e alegres coroados por grossas sobrancelhas. Preservava os cabelos muito longos, escorregando pelos ombros como uma cortina de *voile* escuro. Sua carne, fina, mal cobria os ossos e escondia-se por detrás de uma roupa de linho bege. Os dentes amarelados não me enganavam: ela ainda era e tinha sido muito bonita. Uma intelectual, a cabeça sempre fervendo em engenhos. Filósofa de antropologias que eu também havia vivido, sem que ninguém ali soubesse.

Me abraçou como se me amasse, eu a abarquei de volta e selamos, imediatamente, algum tipo de cumplicidade.

"*Benvenuta*, Sylvia!", falou, piscando para Nicolau, o aval de mãe aprovando o recinto onde o filho havia depositado seu coração. A voz rouca, um tanto consumida pelo vício, soprou nos meus ouvidos como um canto de sabiá. Gostei de Marina, de cara.

Eu nunca estivera em Roma. Meu corpo havia varrido vários lugares durante os longos anos de vida, mas por algum capricho do acaso eu jamais pisara ali. Vidrei meus olhos na janela do carro, enquanto deixávamos o Fiumicino, e a sensação de liberdade quis me cingir como a névoa que varre uma estrada deserta.

Gostei da cidade: de alguma forma ela estava (como eu) presa em seu passado milenar. Ouvia-se vozes de outras épocas e, para quem achasse que era delírio, bastava abrir os olhos e ver. Ali repousavam os restos da era de ouro, guardiões de um passado que pertencia a todos os romanos, um sentimento de perpetuação que eu entendia.

Talvez por isso Roma tenha me calado. Me jogado para dentro como um caracol recolhido durante uma bruta tempestade, tentando atravessar uma várzea encharcada. As questões que precisavam de tempo para ser analisadas vieram, todas, tão fortes quanto aquele coliseu enorme parado no meio do caminho. Será que eu teria que entrar lá e matar os leões de outras épocas?

Marina e Nicolau prepararam um almoço enquanto matavam as saudades com taças de vinho tinto. Eu passeei pela cobertura bem decorada e cheia de plantas que dava de frente para o Rio Tibre, me deixei cair na rede nordestina que, de alguma forma, parecia estar ali para me lembrar de Fernando de Noronha.

Tive saudades da época em que os dias corriam lentos. Era tão óbvio que eu estava cansada, exaurida, sentia que segurava meu definitivo voo com a ponta de um dedo do pé, de cabeça para baixo: estava prestes a cair no vazio, sentir medo e ser salva por uma golfada de ar que me levantaria; minhas asas se alongariam com precisão, e eu abandonaria, definitivamente, aquela prisão que havia sido minha vida. Encontrar Joaquim era, sim, a liberdade total. Não poder ficar com ele significaria a prisão perpétua.

Assim, no balanço da rede, sentindo um vento soprar do oeste, adormeci – e permaneci num estado onírico durante o resto da viagem. De alguma maneira, Roma me conectou com uma energia passada – na verdade, não foi apenas a cidade que me proporcionou visões, como eu vim saber mais tarde. Foi o processo pelo qual meu corpo já se submetia, um momento absolutamente único.

Naquele primeiro sonho me transportei para um corredor sem fim, onde havia várias portas abertas, ligando salas à primeira vista vazias. Espaços testemunhos de histórias já consumidas, guardiões apenas de algum cheiro passado. Então, à medida que eu ia saindo, tentando, em vão, fechar as portas, algo passava voando, mais rápido do que meus olhos, e desviava minha boba atenção, me puxando dali. Me lembro de seguir uma coruja branca num quarto translúcido, uma borboleta negra por paredes cinzas e uma libélula vermelha pousada num teto verde feito selva. A última porta estava fechada e, por mais que eu tentasse, não conseguia abri-la.

Acordei com o sol mais fraco e Nicolau me beijando. Meu corpo pesado demorou para receber meu espírito de volta. Sim, a viagem tinha sido para dentro de mim, meus próprios labirintos erguidos em despenhadeiros.

"Vamos almoçar, amor?"

"Acho que dormi demais", desculpei-me.
"Quer continuar descansando?"
"Mais tarde."
"Sylvia, estar contigo ao meu lado, aqui em Roma, me deixa tão, mas tão feliz!", e me abraçou. Em seguida, Nicolau ajoelhou-se, tinha o olhar nervoso e sacou do bolso do casaco uma caixa de veludo negro, como se feita das asas daquela borboleta que rondava a minha felicidade. Seu gesto foi muito rápido e o sono me dificultou entender o que estava, de fato, acontecendo.
"Sylvia, você me completa de todas as maneiras. Você é a mulher que eu quero ao meu lado, para o resto da vida. Casa comigo?"
Meu coração sentiu-se violentado. Eu estava perdida. Escutei Marina chegando por trás e observando a cena. Não havia nenhum "não" possível naquele momento. Comecei a chorar – não podia acreditar em quão frágil eu estava!
"Casa comigo?", repetiu.
Fiz que sim com a cabeça – mas não fui capaz de pronunciar as três letras que eu tanto precisava dizer: não! Tampouco as que Nicolau queria ouvir.
Abracei-o, ele achou que meu choro fosse de emoção, talvez tenha imaginado que eu estava realizando o sonho de minha vida. Queria gritar: é tudo uma grande mentira, não, não me caso; não, não te amo; não, não posso te enganar. Vá ser feliz com alguém que te ame! Eu sou uma farsa!
Colocou um lindo anel de diamante quadrado em meu anular. Tantas mulheres estariam felizes com seu amor, sua bondade, sua beleza, sua simplicidade, seu anel. Eu, não.
Marina veio nos abraçar, todos muito emocionados, por motivos diferentes. Abriram um champanhe. Bebi para poder sorrir, fingir, trapacear. Me enrolei em mais mentiras, sabendo que o novelo de enganações é perigosamente invisível e inesgotável.
Ao fundo daquele terraço, consegui enxergar a cúpula da Capela Sistina e lembrei que guardava os traços delicados de Michelangelo e seu Juízo Final. Ali ele havia conectado criador e criatura à sua maneira.

E eu sabia que também estava conectada, do meu jeito, ao universo, através daquela estrela. Por isso eu tinha, lá dentro, a certeza ímpar de que toda e qualquer mentira seria, sempre, inútil.

Chegar a Paris significou deixar para trás a borboleta negra que me seguia, encerrar a temporada de perdas e iniciar uma nova fase. A vida me encharcava os poros e meu compromisso, ao saltar naquela cidade esfuziante, era vibrar com a mesma força.

O tempo havia marcado Irene: por fora, pouco lembrava aquela menina alegre com os olhos translúcidos, cabelos em cascata e vida pela frente. Por dentro, era apenas uma ex-prostituta decadente – depois de ter sido deixada por Ingres, passou de modelo a mulher da vida. Ainda morava na mesma casa verde de Madame Lili (agora Maison Lili) – que morrera há um par de décadas. Agora o recinto era comandado por uma de suas netas, Melanie, cafetina e dançarina de cancan.

Ao me ver, gritou, *"C'est impossible!"*, forçando os olhos mais do que podia, como se eu fosse um holograma. "Eu estou louca, Leah!, ou você parece uma dessas pinturas do salão de recusados?" Deixou-se cair no sofá, logo todas as meninas vieram me examinar.

Emilie tomou a frente, "calma, meninas! Não há nada de errado, Leah não envelhece, apenas isso!"

E foi o bastante para que todas as mulheres da casa, em busca da juventude eterna, formassem um círculo ao meu redor. Me tocaram, beliscaram, sentiram meu cheiro, meus cabelos, levantaram minha saia. Eu ri, inerte, secretamente adorando cada um daqueles carinhos.

"Como? Como? Eu pareço uma uva merlot após ser pisoteada, tu és um cacho virgem!", Irene bradou.

"Eu lhe disse que havia algo de estranho comigo, já suspeitava naquela época. Não envelheço..."

"Quantos anos tens?", alguém quis saber.

"Setenta e quatro", Emilie rapidamente respondeu, "mas acho que não morre tampouco".

"Então és a mulher mais feliz do mundo!", Melanie exclamou.

"Antes fosse. É uma boba, fica chorando pelos cantos, por causa de um homem que certamente já não passa de um monte de ossos enterrados embaixo da terra!", Emilie vociferou.

"Você vai ganhar muito dinheiro aqui, *ma puce*, com esse corpo, essa pele, essa história incrível! Vai ficar rica! Deixe os homens saberem que há cá uma experiente virgem de 17 anos!", Melanie continuou. Ela era mais intensa do que a falecida avó, "fora isso, darás uma excelente dançarina, estás pronta para o cancã?"

Dei de ombros, olhando a cena toda como se eu fosse uma estrangeira de mim mesma. Era a primeira vez que eu ficava exposta daquela maneira.

"Você nasceu assim?", uma ruiva, com sardas protegendo-lhe a pele, perguntou.

"*Mais non!*", respondeu Irene, "ela foi agraciada por uma estrela mágica que caiu do céu e lhe transferiu a vida eterna!"

Por um instante eu fiquei pensando naquela interessante teoria de Irene – seria verdade? Teria a estrela mágica me tornado imortal? Se fosse isso, então era certo que Joaquim também estaria vivo em algum canto, com os mesmos traços que eu já havia perdido na memória.

Depois de muita especulação e bebidas, instalamo-nos no quarto de Irene, onde só havia uma cama. Emilie murchou, com o olhar mais opaco do mundo. Logo me chamou num canto, "Leah, não vou ficar aqui, não posso. Sou uma mulher velha, não tenho o frescor da tua juventude e não quero viver entre prostitutas..."

"Que preconceito, Emilie! Fostes tão fogosa com António..."

"Pois ele foi e continuará sendo meu único homem..."

"E então?"

"Amanhã parto para Viena. Já é tempo de eu voltar para lá. Com a herança de António posso abrir um comércio e viver da renda. Ficarei com minhas primas."

"De verdade?", perguntei, desfalecendo um pouco ao ver seu olhar decidido. Emilie era minha ligação com toda a vida passada. Eu não queria perdê-la.

"Podes me visitar... Viena é uma cidade encantadora...", e me abraçou sem deixar dúvidas de que aquela era mesmo uma despedida.

No dia seguinte, bem cedo, acompanhei Emilie, a mulher que passou trinta anos de sua vida comigo, à Gare de L'Est. Foi como se estivesse me despedindo de uma de minhas irmãs – pior, como se eu me despedisse de mim mesa. Sim, um pedaço de quem eu fora, e jamais voltaria a ser, partia naquele trem rumo ao leste.

Chorei ao escutar o apito, chorei pelo tempo que havia passado e não voltaria, por todos que eu havia perdido, pelo medo do que me esperava: imortal? Como eu viveria sozinha no mundo? Me sentia como uma libélula, o inseto mais antigo de todos.

O trem foi sumindo pelo pórtico de ferro da gare. Emilie acenou através da janela, e levou consigo meu passado embalado em sua doçura.

Meu luto durou pouco. Não sei se foi Paris, que estava no momento mais dourado de sua história, ou se as meninas da casa. O fato é que dois dias após a partida de Emilie recebi meu primeiro convite para posar.

"Posastes para Ingres uma vez e tens que ver que tela linda! Agora, *ma belle*, segue com a carreira. Há um homem que frequenta a casa, hoje à noite deve estar aí. Chama-se Jules Cherét e busca modelos para anúncios."

"Anúncios?"

"Esses cartazes colados nos postes e muros da cidade, informando hora e local de eventos."

"Ah, sim, vi um na entrada da *gare*, acho que falava de uma nova ópera."

"São a febre parisiense. Anunciam cigarros, bailes, jogos, *folies-bergère*, até óleo para lamparina!"

"Me agrada a ideia."

"Prepara-te para a noite!"

Jules era um homem grande – enorme – de olhar intenso, bigode amarelado pelo fumo e cabelos despenteados. Da primeira vez que pegou em minha cintura, apenas para certificar-se de que eu poderia posar para o cartaz do baile de máscaras do Opéra, senti a força de suas mãos e não pude conter-me: com alegria, foi o terceiro homem com quem fui para cama. Ele ria de minha história de sete décadas de vida, sem se importar com a verdade, achando graça que uma menina tivesse tal ideia de dizer que não envelhecia.

"Vou lhe apresentar amigos, o Lautrec ficará extasiado com teus contos!"

"Não são contos, são a mais pura verdade! Mas ninguém realmente acredita..."

"Talvez Balzac, se estivesse vivo."

"Quem era?"

"Ah, um grande escritor! Retratou nossa sociedade como ninguém, com certeza adoraria conhecê-la!"

"Não, obrigada, já tenho mortos demais em minha vida!"

Foi Jules quem me levou para conhecer a Paris dos bares e do entretenimento. Posei para muitos cartazes e, sempre que o fazia, íamos para cama após sua pincelada final. Ele pagava pelo meu trabalho de modelo, e eu retribuía da maneira que queria, com sexo.

Ele fazia questão de me levar para passear todos os dias. De mãos dadas, íamos às praças, aos panoramas, aos bailes e óperas, até ao necrotério – onde enormes filas de curiosos aguardavam para ver os mortos.

"Ao necrotério?", estranhei, da primeira vez que ele me convidou.

"É a maior atração, *ma puce!*"

"O que há para se ver?"

"Ora, mortos! É uma oportunidade única, pois depois que morremos já não podemos nos ver assim!", concluiu, alisando o bigode.

A princípio eu achei que fosse odiar aquele passeio, mas logo entendi que algo nos ligava. Os mortos eram como eu; parados no tempo. Faltava-lhes apenas o detalhe da vida.

Nessa época, uma morte específica me intrigou. O corpo de uma menina de quatro anos que fora encontrada morta no vão de uma escadaria na rue Du Vert-Bois. Não havia sinais de agressões e ninguém foi identificá-la. Nos dias seguintes, o necrotério recebeu uma multidão que fez parar a cidade. O jornal Le Matin dizia que 150 mil pessoas haviam passado pelo necrotério. Insisti com Jules para voltar lá, pois o rostinho triste da menina não me saía da mente. Ele caçoou de mim, "é ou não é a maior atração?"

Retornamos. A criança continuava lá, mais azul do que nunca, amarrada na mesma cadeira, aguardando em vão que um olhar caridoso a reconhecesse. No sexto dia de exposição, voltei sozinha, fascinada com aquilo. Ela me lembrava de Fernandinho, e isso enchia meu coração de tristeza – ainda assim eu queria vê-la. Era mórbido, mas ninguém se importava – nem mesmo eu.

Nunca me esqueci dos olhares alheios, abismados, sobre seu semblante calmo. As pessoas não se conformavam com o abandono daquela criança. Uma semana depois foi enterrada sem identificação. Os médicos determinaram a *causa mortis*: havia se engasgado com uma minhoca.

Durante semanas, partilhei com aquela menina sentimentos adormecidos – eu também me sentia abandonada e engasgada. Parada no tempo. Vista por todos. Exposta. Uma criança crescida, menos 17 anos.

Foi uma época confusa, pelejei calada contra aquelas sensações. Durante o dia, quando eu não estava posando para Jules ou ensaiando com Melanie o cancã, permitia que a melancolia me invadisse. Deitava com as janelas abertas num canto da Maison e deixava a luz amarela de Paris me beijar. E então eu via desfilar todos os rostos subtraídos de minha vida, começando pelo de Joaquim, com o sangue jorrando da garganta; passando pelos olhos sem cor de Fernandinho e pelo semblante de dor de Iza; pelo corpo magro de papai; pelos machucados de Tetê e o rosto intacto de mamãe; até ver António e seu olhar cansado e, por fim, a pobre menina da minhoca.

Apesar disso, a minha relação com a morte havia evoluído – o que me causava arrepios não era ver os mortos, mas escutar o delicado pousar da borboleta negra, mensageira da desgraça, perto de mim.

Jules era sensível e notava meu pesar. Não era de discutir assuntos, apenas sorria, afagava meus cabelos e me arrastava para fora dizendo "há sempre algo a ser visto". E havia, não apenas uma coisa, mas a cidade toda.

Me levou ao Musée Grévin no dia de sua inauguração, e logo que entrei percebi que aquele seria meu novo universo particular para divagações. Inúmeras vezes voltei sozinha e escondida. Naquelas figuras de cera o relógio também havia parado, e eu podia percorrer a costura do tempo entre meus verdadeiros semelhantes, os imortais. Victor Hugo estava presente, diante de meus olhos, escrevendo um romance que jamais teria fim. Assim como Jean-Paul Marat, que ocupava a banheira real de seu assassinato. Eu tinha a impressão de que poderia me sentar entre os bonecos de cera de Napoleão e os atores da Comédie Française e permanecer, como um artigo de coleção – poderia?

De alguma forma, o museu, o necrotério, os panoramas, Paris e seu lusco-fusco me ajudaram a refletir melhor a respeito daquela condição tão estranha que me afligia: a de não envelhecer. Agora, eu precisava mudar o foco. Precisava aceitar e aproveitar a minha eterna juventude.

Certa noite, quando Jules e eu acabamos de fazer amor e eu me sentia leve, esvaziada pelo prazer, ele comentou, enquanto contava as pintas que povoam meus omoplatas, "tenho amigos que te acham tão, tão linda que gostariam de tê-la por uma noite apenas. Poderias ficar rica, *ma chèrie*, rica."

"Estás falando sério?"

"Nunca pensaste em ser cortesã?"

Não, eu nunca havia considerado, de fato, aquela possibilidade.

Mas vivia entre prostitutas felizes que ganhavam dinheiro, joias, bebidas e flores para deitarem-se com os homens. "De qualquer maneira, Leah, se o fazes de graça, podes fazer por um bom preço!"

"De graça? Não é de graça, há uma troca entre nós, Jules!"
"Entendeste o que eu quis dizer, não foi?"
"E tu não terias ciúmes?"
"Para que ciúmes? Além do mais, sabes que durmo com várias mulheres, queria que fôssemos exclusivos?"

Senti uma ponta me espetar no fundo. Poderíamos, sim, ser um do outro! E eu precisava ter coragem para assumir aquele pequeno querer e fazer dele o centro de minha vida, mas... eu não podia, não conseguia me comprometer com homem nenhum sem ter a nítida sensação de que estaria traindo Joaquim.

"Ah, não!", respondi, rindo. E vi, em seus olhos, o mesmo tipo de decepção que vi nos olhos de António quando recusei casar-me com ele. Mas rapidamente me deu uma palmada e me jogou de novo na cama, "então vem cá, que neste momento és minha!"

Enquanto fazíamos amor, pensei: se eu não posso me comprometer com um homem, vou ter todos! Ou melhor, todos me terão! Viva a juventude!

Naquela mesma noite, depois da apresentação de cancã, pedi emprestado a Melanie um novo espartilho para usar.

"Para que queres?"
"Vou me vender essa noite."

Melanie deixou-se cair na *chaise* de seu *boudoir*.

"Todas aqui se vendem, até mesmo tu. Por que não eu?"
"Tu és especial, *ma puce*, não podes!"
"Quero experimentar. Além do mais, se não envelheço e vivo sempre jovem, preciso começar a guardar dinheiro de verdade."
"E vais conseguir dinheiro vendendo a alma?"
"A alma já está tomada, sabes disso, Melanie. Vou vender apenas meu sexo!"
"Com quem vais te deitar?"
"Não importa, o primeiro que entrar pela porta da Maison. Não escolherei. Apenas o receberei de braços abertos!"

Melanie riu, alto. Estava nervosa, "de pernas abertas, queres dizer!", e me jogou um espartilho negro com detalhes em cetim vermelho.

Apanhei no ar e fui saindo, "aonde vais?", perguntou.

"Me vestir?"

"Veste-te aqui, te ajudo com os laçarotes."

E, então, naquele mesmo dia em que decidi que venderia meu sexo, senti, pela primeira vez, o toque sexual de Melanie. Ela me ajudou a tirar as saias apertadas e o *corset* do cancã, deslizando suas mãos por minhas costas. Tocou pontos já despidos por pura necessidade. E não evitou meu olhar, me contando, sem palavras, quanto me desejava.

Não falamos sobre aquilo. Deixei que ela me vestisse, que apertasse com força os laçarotes vermelhos na tola esperança de que ninguém, apenas ela mesma, os desfizesse. Permiti que penteasse meus cabelos como se tocasse harpa, e que passasse *poudre de riz* sobre as minhas maçãs do rosto. E, quando me estendeu a mão, descemos juntas as escadas para o *rez-de-chaussée*, em silêncio.

Naquela noite tomei absinto e obedeci ao homem cujo rosto, inexpressivo, não se fixou em minha mente, mas de quem jamais esqueceria a voz aveludada, sussurrando, *"voulez-vous coucher avec moi ce soir?"*.

"Não vais conseguir sair dessa", proferiu Irene no dia seguinte.

Dei de ombros – se não saísse porque me faria feliz, que mal havia naquilo? A única coisa contra a qual eu queria lutar era a minha infelicidade.

"O que vais fazer agora?"

"Vou dançar, rir, fazer sexo, ganhar dinheiro e me divertir!"

Irene bufou, "Viveste como uma monja sofredora a maior parte da vida, estás certa! Tenho inveja de ti!"

"Pois agora decidi que chegou a hora de eu me entregar, querida Irene."

"E Melanie?"

Dei de ombros, sem entender que ela havia percebido.

"Está apaixonada por ti."

"Está?"

"Espero que a tua experiência com sexo te traga um pouco de esperteza, menina! Só tu não sabes que és a protegida dela?!"

Durante semanas aquelas palavras ficaram reverberando, e quanto mais eu estudava seus movimentos, mais me convencia que eram verdade. Melanie não tirava o olho de mim, me tocava quando era supérfluo, e me enchia de cuidados que não emprestava às outras. Fingia me dar espaço, mas me queria muito perto. Não demonstrava ter ciúmes dos homens, mas sim de todas as mulheres ao meu lado – até da septuagenária Irene.

Certa noite, quando subi ao meu quarto após uma noite de cancã e sexo, havia outra menina no meu lugar, dividindo a cama com Irene.

"Quem está dormindo com Irene?", perguntei, enquanto ela fechava as janelas da Maison, como todas as madrugadas.

"Sandrine. Você agora fica no meu quarto."

"Pour quoi?"

"Leah, todas as noites você se deita com dois, três – até quatro homens! Irene está cansada de esperar você terminar para poder ir dormir..."

Aquela era a pior das desculpas – obviamente isso acontecia com todas as meninas, em todos os quartos.

"Então Sandrine não terá clientes?"

E deu de ombros, levando, para a cozinha, uma bandeja com copos marcados de batom.

As primeiras noites foram estranhas: como em todos os quartos, nós dividíamos a cama – cada um virada para um lado, com os pés na cara da outra. Até que um dia eu acordei com Melanie ao meu lado, me abraçando por trás – como um homem! Me virei com cuidado para não acordá-la. O calor balançava ligeiramente as pesadas cortinas, a parede transpirava, estávamos em plena *canicule*, uma onda de calor insuportável que varria, com seu bafo maldito, as sombras de Paris.

Melanie abraçou-me. Virei para ela, um filete de suor me descia pelas costas. Os lençóis estavam molhados, como se propalassem fluidos de noites passadas.

"*Bonjour*".

"*Coucou!*", respondeu, brincando de passarinho de relógio, anunciando que a hora era chegada.

Melanie ajeitou-se no travesseiro, limpou minha testa ensopada de suor, e beijou minha bochecha. Tudo o que eu tinha que fazer era virar em sua direção e encontrar sua boca, mas uma repulsa nos separava. Levantei da cama e afastei-me.

Melanie reagiu mal à rejeição. Aos poucos fui notando que controlava minha vida. Horários, clientes, saídas. Roupas, bebidas, gargalhadas. Tentava me beijar quando eu dormia, e pretendia me transformar, para sempre, em algo que eu não era: sua.

Ao contrário do que Irene havia previsto, meus clientes logo começaram a me aborrecer. Tudo neles incomodava: tinham sempre bocas que não se encaixavam na minha. Seus corpos eram povoados por pelos segundo critérios de mapeamentos que me entediavam. Quase nunca sabiam usar seus instrumentos primários. Num moto contínuo eu fechava os olhos e repetia, mecanicamente, os atos. Quase todos gozavam rapidamente – havia os experientes, com quem era possível trocar mais do que pernas e braços. Mas, ao notar meu interesse por eles, Melanie fazia o possível para atendê-los ou passá-los para outras meninas fogosas.

De uma maneira inconstante, meus anos em Paris foram distribuídos entre os braços de Jules, inúmeros homens e a possessão invejosa de Melanie. Não sei quem foi mais importante – não é possível precisar. Com Jules sempre ri, mas nunca nos pertencemos. Com Melanie entendi que, obviamente, o amor pode cruzar as fronteiras dos gêneros, ainda que crie repulsa. Com as dezenas de homens com quem eu dormi juntei dinheiro, orgasmos e muita experiência. E, embora tivesse conquistado aquilo tudo, eu havia percebido que não atingira o principal: ser feliz.

Joaquim nunca estivera tão distante – não porque não estivesse mais dentro de mim, mas porque eu o havia depositado no futuro, certa de que em algum momento deixaria Paris, meus clientes e amigos, e partiria à sua busca. O dinheiro eu já tinha: contava obcecadamente cada centavo ganho e escondia dentro de um vidro de mostarda, num buraco do assoalho. Faltava apenas a coragem.

Aquela ideia impalpável tomou forma em minha cabeça quando chegou à Maison uma romena, alta e magra como uma enguia. Os olhos pintados de kajal e os cabelos cor de cereja enganavam quem não prestasse atenção. Sonja era uma bruxa. Não ficaria na casa por muito tempo, era uma cartomante nômade. Prestaria seus serviços e depois partiria.

Eu a estudei. Falava pouco, a voz era baixa e o sotaque terrível. Ainda assim, tudo que saía de sua boca não apenas era compreensível, como fazia sentido.

No quinto dia, me chamou.

"Tu és a que mais precisa tirar as cartas e ainda não me procurou. Vais querer?"

"Sim", respondi. "Por que sou a que mais precisa?"

"Porque não entendeste ainda quem és. Todas as outras meninas sabem ou estão descobrindo suas missões. Tu, menina velha, não sabes."

"E tu sabes?"

"Eu não sei de nada, sou apenas um instrumento."

Sentamo-nos em meu quarto, ela acendeu um incenso, abriu um tecido estampado com fios dourados e deitou as cartas muito gastas.

"Embaralhe."

Obedeci.

"Agora coloque aqui, nesta ordem", apontou, "onze cartas."

Sem hesitar, fiz o que ela pediu.

Começou a virar as cartas e foi lendo, como se fosse uma partitura musical.

"A menina viveu até ser enfeitiçada pelo amor de um homem.

Faz muito tempo."

A essa altura, Sonja já sabia que eu não envelhecia, porque isso era comentado abertamente na casa.

"A menina tem o poder da vida, não morre."

"Nunca?", exclamei, como se, ao contrário, aquilo fosse uma sentença de morte.

"Nunca não existe, menina. Vida longa, muito longa. Tem a força do universo."

"Me fale dele, por favor."

"Do universo?"

"Não, do homem!"

"Ele também a procura. Os dois estão muito infelizes, mas há um reencontro, quando o calendário virar. Quando os dias, como sabemos, forem deixados para trás."

"Como assim?"

"Na passagem do século, quando entrar 1900."

"Onde?"

Apontou a carta, "atravessa oceano grande."

"Numa ilha? Ele está numa ilha?"

"Está perto do mar, é tudo o que sei. Ah, e menina vai ter um filho com esse moço do mar."

"Obrigada", resignei-me a dizer, sentindo a cabeça pequena demais para conter todos aqueles pensamentos e anseios.

Coloquei as moedas na mesa, mas ela segurou em minha mão.

"Espera! Tenho mais recado das cartas."

"Recado dele?"

"A menina sabe voar."

"Como assim?"

"Desde que a estrela caiu a menina se tornou um pássaro, um inseto. O seu homem virou peixe, ser do mar." Sonja apontou para uma carta com uma estrela cadente cortando o céu em direção ao mar, como se fosse uma ilustração exata de minha vida.

"Voar? Pássaro?"

"Não é simples, não tem asas, mas faz parte desta família."

"Não estou entendendo", murmurei

"Menina, eu sou da floresta. Sou bruxa, abraço árvores e plantas e sinto, ouço as histórias. Não tenho raízes, não tenho sementes, não dou frutos, meus cabelos não balançam ao vento como as copas das árvores e nem os bicos dos pinheiros. Mas eu sou floresta, terra. Tu és ar. Te comunicas com pássaros, e quando voas fica mais leve. Tua família é alada."

"E a de Joaquim?"

"O moço é do mar, entendes, menina? Todos que têm conexão com o divino são parte de um dos quatro elementos..."

Ficamos nos olhando em silêncio por um tempo, ela guardou o baralho, apagou o grosso incenso, e embrulhou tudo no tecido dourado. Pegou as moedas e colocou no bolso. Não disse mais nem uma palavra.

No dia seguinte, Sonja partiu da Maison, sabe-se lá para onde. Deixou comigo todas aquelas palavras que eu tinha que significar. Aos poucos, vieram as figuras que me acompanhavam sem que eu percebesse, e as coisas começaram a fazer sentido: os beija-flores, as corujas, as borboletas negras, as libélulas e os ventos.

Se antes de Sonja eu já tinha vontade de ir buscar Joaquim, aquelas cartas catalisaram o meu querer. Calada, planejei tudo nos mínimos detalhes. Meu relógio interno soou exatamente na primavera de 1900, quando a Torre Eiffel já não era novidade e tampouco me aprisionava. Quando tudo que brilhava em Paris me irritava: o esplendor excessivo parecia artificial.

Eu seguiria primeiro para Lisboa, precisava despedir-me de minha irmã, Therezinha, que estava à beira da morte. Elza havia falecido anos antes, sem que eu pudesse vê-la, agora tinha que dar adeus à minha irmã caçula.

Naquela noite, dancei o cancã pela última vez. Melanie estava alegre e não desconfiava de nada. Recusei um cliente e subi até o quarto de Irene, que, por causa dos joelhos, já não podia descer as escadas.

Encontrei-a dormindo. Fiz-lhe um carinho e deixei, na penteadeira, uma carta onde eu dizia que iria para as Américas procurar Joaquim. Agradecia todo o amor e paciência que tivera comigo. Pedia que não contasse nada a Melanie.

Consegui atravessar o salão principal despercebida. Sandrine foi a única que me acenou adeus, como se pressentisse a despedida.

Fechei, pela última vez, aquela porta *isfahan* cansada, que tantos anos antes eu havia aberto para mim mesma. Seus sulcos profundos estavam repletos de histórias, gozos e pequenos dramas. Peguei minha trouxa e não olhei para trás: a casa verde da rue Rebeval fazia, agora, parte do meu passado.

Durante a refeição, que agora tinha se transformado em um jantar de noivado, Marina notou minha melancolia. Aquela exilada de voz arranhada e sobrancelhas grossas sabia, muito bem, que tipo de mulher eu era. Sabia que tínhamos mais coisas em comum além do fato de sermos as "mulheres" da vida de Nicolau – coisas que jamais chegaríamos a compartilhar. Tínhamos as lutas socialistas, as perdas dos verdadeiros amores e o preço da vida arranhando o brilho nos olhos.

E, como se entendesse isso, me deixou em paz. Cedeu espaço para eu ficar tranquila, calada, comprimida a vácuo dentro das questões que – ela também suspeitava – eu não podia dividir com ninguém. Marina me respeitou e entendeu, silenciosamente, como poucas pessoas o haviam feito.

Calada, fingi que admirei minha aliança e recebi os carinhos de Nicolau. Terminada a refeição, pedi licença para deitar e adormeci novamente. Havia sono demais e pouca coragem para resolver problemas complicados.

E ali, naquela cama, tive o segundo sonho romano. Não, não foi sonho: pesadelo. Todos foram. Aquele foi o pior, não por ter sido o mais impressionante mas porque não era um simples encontro com Morfeu, mas um aviso, claro como a luz da estrela mizar.

Joaquim nadava ao redor da ilha, sozinho, suas lágrimas desfazendo-se no sal do mar, seu coração triste batendo cada vez mais fraco, desistindo de tudo; as pernas deixando de socar o manto azul, os braços entregando-se ao piso do mundo e, finalmente, seu corpo todo boiando no fundo, por entre dentões e sabarés, sem vida.

Antes de Roma acordar eu me arrastei em silêncio até a varanda da sala, onde a rede me esperava. Vi a aurora boreal riscar, por poucos segundos, aquele céu misterioso criando uma luz azulada. O dia de inverno levantava-se frio, mas eu tinha dentro de mim uma espécie de mormaço que me aquecia, como se um pedaço de brasa ardesse lá dentro.

Não percebi quando Marina se aproximou trazendo duas xícaras de café. Puxou uma das cadeiras para perto da rede e sentou-se. Ela se protegia do frio com um poncho de lã colorida. Acendeu um cigarro, que bebeu enquanto tragava seu café. Ficamos longamente em silêncio, até o sol descobrir a linha do horizonte, enchendo a cidade de sombras.

"Nicolau te ama muito, Sylvia."

"Eu sei." Mentir para ele era uma coisa, mas para a sua mãe (para a mulher que havia dado a Joaquim um filho!) me era impossível.

"Te vejo triste."

Abaixei a cabeça, pensando que às vezes dava tanto trabalho esconder meus buracos e dores que...

"Estou cansada."

"De Nicolau, ou de viver?"

Encarei Marina. Ela me entenderia – entenderia? – se eu contasse a verdade.

"De mim", e aquilo saiu com um sorriso bobo, quase um alívio por eu ter identificado o que me perturbava.

"Eu sei bem como é. Quando Nicolau nasceu, comecei a me sentir assim. E deixei esse sentimento, essa canseira, tomar conta de mim. Tanto que fui levada ao extremo e fiz a pior das coisas: larguei meu filho. Fugi. Vim atrás de mim, Sylvia. E a coisa mais dolorosa que uma mulher pode fazer não é dar à luz, mas fugir dela."

Então Joaquim havia criado o filho sozinho?

"Eu não amava o pai de Nico, nossa relação sempre foi de muito, muito carinho. Mas não de amor. Jamais nos amamos. Eu estava apaixonada por outro homem – que ele conheceu. Ele amava outra mulher. Joaquim foi um grande homem em minha vida – talvez o maior. Mas jamais o meu grande amor."

Sem que Marina percebesse, comecei a chorar. Disfarcei como pude: abaixei a cabeça, tentando alterar o curso das lágrimas. Puxei a camisa para cobrir a ponta do nariz – e, assim, as lágrimas correram para dentro de mim.

"Vim para cá com outro homem, o pai de Teresa. Vivemos felizes durante muitos anos, mas eu sabia que ainda estava no movimento da fuga. E que havia um furo dentro de mim, então toda a felicidade que eu bebia escorria por aquele buraco, e nunca era suficiente para me deixar completa."

A sinceridade de Marina me fez perder o controle ou a vontade de esconder o choro. Estava à flor da pele, o reencontro com Joaquim havia balançado todas minhas forças.

"Você me lembra demais de mim. A gente tem a mesma alma esburacada...", e afagou a minha cabeça.

"Me conta um pouco do pai de Nicolau?", pedi. "Ele nunca fala nada sobre o Leo."

Marina levantou-se, sem pressa, entrou na sala abarrotada de livros e móveis rústicos.

Eu acabei meu café, mas nada descia direito – apenas aquelas estranhas lágrimas. Sem saber de nada, quase como uma fada madrinha, Marina chegou com um álbum de fotos e sentou-se ao meu lado naquela rede.

"Léo é apelido. O nome dele é Joaquim."

Então estava confirmado... Joaquim era, misteriosamente, o pai de Nicolau!

Abriu a primeira página: era o melhor de todos os presentes que poderia me dar naquele momento.

"Quando o conheci eu namorava Tiago, éramos estudantes revolucionários, íamos mudar o mundo. Joaquim era um advogado entediante, doido para viver fora de sua vida. Era sozinho, cinza, envelhecido. Ele nos salvou da prisão quando fizemos parte do encontro de estudantes de Ibiúna."

Ali havia uma versão de Joaquim com a qual eu sequer sonhara: um homem preso à caretice da década de 60! Cabelos penteados para o lado, um bigode horroroso, terno bege e gravata fina. Ainda assim possuía, nos olhos, a esperança.

Havia outras fotos mostrando a desconstrução de um Joaquim, o momento exato da passagem de uma fase para outra. Como era lindo ver aquilo!

"Conseguimos tirá-lo daquela mesmice, eu e Tiago fomos morar com ele. Joaquim tinha dinheiro, largou o escritório, deixou a barba crescer, doou os ternos. A gente viajava muito para as atividades do partido – éramos comunistas", isso, ela falou com uma tonelada de orgulho, e eu quis dizer que tinha lutado na Revolução Russa, mas não era o momento de compartilhar minha essência.

"Joaquim ficava sozinho em casa, e então se metia nos cinemas, todos os dias via dois, três filmes, eu brincava com ele perguntando se estava procurando alguma personagem. Ele sorria e dizia que estava, sim, buscando a mulher dos sonhos dele. E que, no cinema, ficava mais fácil sonhar."

"Que poético!", falei, imaginando o olhar fixo de Joaquim no escuro do cinema.

"Foi assim que ele começou esse império aí, o Estrela Associados. Fundou uma revista sobre cinema, depois outra, e um jornal, estações de rádio, uma concessão de TV. O grupo nunca parou de se expandir, Joaquim é um homem de muita visão, e Nicolau herdou isso dele."

"Ele não fala quase do pai..."

"Ele o ama muito, mas Joaquim sempre foi esse ermitão. Deixa as pessoas se aproximarem por um tempo, e depois as afasta, como se lhe incomodassem a alma."

Marina foi virando as páginas e havia fotos dela grávida. Quis perguntar se Nicolau era mesmo filho de Joaquim, porque eu possuía o secreto desejo de que ele não pudesse engravidar outras mulheres. Assim como eu jamais havia podido gerar filhos de outros homens.

"Nicolau não tem irmãos por parte de pai?"

Marina negou com a cabeça e eu senti que era, por algum motivo, uma daquelas perguntas capciosas. Então me calei. Talvez Marina também fosse imortal. Mas como, se estava tão envelhecida?

Ver Joaquim era recobrar o meu ponto de equilíbrio. Fui ficando mais calma. Havia fotos de diferentes fases – a casa onde moravam, as roupas que usavam, o cigarro que ele fumava, a maneira como sorria.

Quando Marina fechou o álbum, eu tive vontade de lhe agradecer por ter tomado conta de Joaquim para mim.

"Sylvia, eu vou te dizer uma coisa que jamais, jamais deveria falar. Porque você faz o Nico feliz, e toda mãe quer ver seu filho feliz", acendeu outro cigarro, "você é inteligente, não preciso dizer muito, vou apenas citar uma frase de Voltaire, que eu adoro. Você veja bem o que irá fazer, está bem?"

Marina era realmente uma mulher muito diferente, avançada – éramos, já, amigas de alma. "Eu preciso dessa frase, Marina, você já entendeu isso, não é?"

Estávamos lado a lado, ela pegou minha mão e disse, "a felicidade é a única coisa que podemos dar sem possuir, minha querida." Se levantou, levando o álbum, e me deixando sozinha com aquelas palavras tão pungentes.

Sim, eu podia fazer Nicolau feliz sem ser feliz. Mas nós duas sabíamos, simplesmente por termos vivido assim nossas vidas, que não éramos mulheres capazes de não fazer tudo ao nosso alcance para... sermos felizes.

Em poucas horas eu consegui fugir novamente. Marina me conduziu ao aeroporto enquanto Nicolau ainda dormia. Em cima do móvel de mogno da sala, que expunha seus veios, deixei um bilhete violento e o anel de noivado.

"Nicolau, não posso mais te enganar. Há, sim, outro homem. Desculpe minha covardia por não ter te dito isso antes; desculpe fazê-lo sofrer, mas

eu não posso ser feliz ao teu lado: haverá dois infelizes. Eu, porque não te amo. Você, porque eu não te amo. Quando voltar, conversaremos. Desculpe a fuga, desculpe tudo – ou não! Me culpe! Mas não há saída, é preciso romper. Sylvia."

Nos despedimos como se fôssemos antigas amigas. Marina estava aliviada porque seu filho não iria cometer o erro de se casar com uma mulher de alma conturbada como a própria mãe.

"Não dizem que os filhos buscam as mães nas mulheres?", foram suas últimas palavras para mim, no embarque de Fiumicino.

Durante a viagem eu pensei muito se Marina saberia de algo – da imortalidade de Joaquim ou de mim. Preferi achar que não, que era apenas uma mulher sensível que havia passado por tantas perdas que obtivera o dom de ler, em qualquer entrelinha torta, os sentimentos de outras pessoas.

Consegui pegar um voo que daria a volta na Europa, cheio de escalas e trocas, e aquilo me acalmou. Eu voaria por muito tempo, durante o qual pensaria em como agir assim que aterrissasse em Fernando de Noronha: estava indo ficar com Joaquim, de vez. Agora toda a verdade seria dita e o amor, aceito.

Lisboa estava igual: para mim jamais mudaria. Minha relação complicada não era com a cidade em si, mas com seus significados. Passei pelas ruas sem fixar a atenção em nada, simplesmente ignorando a beleza das construções e o vento gelado trazido pelo Tejo.

Subi de bonde até a Rua de São Paulo e bati na casa de Therezinha, sem poder prever qual seria sua reação quando me visse jovem. Eu sabia, pela troca de cartas, que ela estava muito doente.

Ninguém veio atender. Empurrei a porta, aberta, como de costume.

Minha irmã tinha dois filhos homens que moravam fora de Lisboa. Sua filha, Maria José, sem conseguir traçar um caminho próprio, vivia extremamente impressionada com a vida alheia. Eu queria, a todo custo, evitá-la: se minha sobrinha me visse mais jovem que ela, com certeza espalharia aos ventos que vira uma assombração.

Entrei na ponta dos pés, o assoalho de madeira antiga rangeu. Depositei minha trouxa atrás da porta.

Atravessei o corredor cujas paredes, encardidas, lembravam o século anterior. Cheguei ao quarto onde minha irmã caçula descansava em sua cama de viúva. As cortinas, pesadas, não deixavam o ar ventar. O perfume que escapulia dos poros abertos de Therezinha enchia o ambiente de torpor. Para meu espanto, vi uma senhora muito azulada e enrugada, como se seu sangue corresse devagar demais e seu coração, zangado por ter que continuar, liderasse um motim.

Sentei-me ao seu lado, "Therê?", seus cabelos estavam curtos e brancos. Sobrancelhas cinza, pele opaca. Tinha perdido qualquer sinal de viço. Estava indo, a caçulinha.

"Leah?", murmurou, como se estivesse sonhando, sem abrir os olhos.

"Vim te ver, minha irmã. Tenho muitas saudades."

Voltou-se para mim e forçou as pálpebras pesadas a descolarem-se, nossos olhares se encontraram.

"Morri, minha irmã?"

"Não, querida, estás viva, em tua casa. Eu é que vim de Paris prestar-te uma visita..."

"Como estás jovem! Morrer te fez muito bem, Leah, estás jovem! Quando eu morrer também ficarei assim?"

Peguei sua mão frágil e a beijei.

"Vou rejuvenescer quando morrer?"

"Sim, vais, minha querida."

"Então posso morrer em paz! Peça a Maria José que me leve a Sagres, quero morrer de frente para o Brasil. Vou lhe dizer que estou pronta, já que vieste me buscar. Espera até que eu chegue lá, sim, minha irmã?"

Acariciei sua mão enquanto as lágrimas deslizavam pelo meu rosto. Ela era meu último elo com um pretérito que, apesar de ter me açoitado, era a razão da minha existência. Em breve, aquela realidade se restringiria a pedaços soltos de vida: às vezes lembranças dolorosas como cacos de vidro espalhados pelo chão; outras vezes apertos inexplicáveis no coração em forma de nuvens engraçadas.

Therezinha adormeceu. Olhei para ela, pela última vez, e vi nossa história. Nossa família. Nossa infância. O Rio de Janeiro colonial, a capital imperial, a Lisboa miguelista. As convicções de meu pai, o amor ilimitado de mamãe, a paixão doída de Iza. A subserviência de Tetê, o conformismo torto de Elzinha, a alegria que agora ia se apagando dos olhos de Therê. E, conforme revia aqueles que me fizeram quem eu era, ia vendo a minha imagem se apagar. Sem Therezinha eu ficaria sem reflexos no mundo.

Angustiada, busquei uma mala de couro no maleiro. Escutei a criada nos fundos da casa, cantarolando um fado e lavando roupa no tanque. Acomodei minhas roupas na valise, enxuguei as lágrimas na casa de banhos e me olhei no espelho. Seria a última vez, eu sabia.

Atravessei o corredor de volta para a porta de saída, ele me expulsou de lá como uma sanfona. Quando deixei a casa, Lisboa estava triste e o céu chorava finas gotas de dor.

Atravessei o Oceano Atlântico num ligeiro navio a vapor – uma novidade para mim. Desembarquei em Salvador e segui até Fernando de Noronha, mas todo o ânimo desfaleceu quando encontrei apenas tristes lembranças. A ilha me causou arrepios, fiquei alguns dias para buscar-me com mais calma, tentei encontrar Joaquim, aquela estrela, seu rastro, alguma resposta. Jamais imaginei que teria que esperar mais de um século.

A ilha estava tomada por norte-americanos que instalavam um cabo transoceânico entre o Brasil e o continente africano. Aquele paraíso que antes servira como cenário para meu momento mais romântico era, agora, habitado por homens, presidiários e carretéis gigantes de cabos que ligariam pedaços de terra distantes milhares de quilômetros.

Nem os oficiais brasileiros nem os técnicos americanos sabiam nada sobre meu Joaquim. Ele era apenas um nome perdido, como uma onda no mar. Sem alternativa, tomei um vapor até a capital. Cheguei ao Rio de Janeiro fragilizada, e assim que pus os pés na cidade a imagem de Iza morta me assombrou. Quis partir, imediatamente. Mas para onde? Fazer o quê? Eu me sentia tão imensamente sozinha e cansada! Como procurar por Joaquim?

Por sugestão do gerente do hotel onde me hospedei, desta vez no bairro de Botafogo, tomei um bonde que cruzou o novo túnel da cidade, cortando o Morro de Vila Rica, e me levou para a lindíssima praia de Copacabana. O céu estava rosa, como não se vê em outra parte do planeta. As nuvens, altas, davam conta de me lembrar que eu era apenas um ser debaixo daquele manto invisível.

Caminhei pelas dunas e fui me embrenhando por um local ainda muito deserto chamado de Villa Ypanema. Não havia ninguém. Fui em direção ao mar, despi meu vestido, fiquei apenas de corpete e entrei naquela água tão familiar e gelada.

Nadei para o mar aberto até meus músculos mordiscarem a pele. Boiei. Havia gaivotas ao meu redor, me lembrando da condição alada.

Rezei para que, de alguma maneira, o universo me apontasse a direção de Joaquim, da felicidade, do amor.

Quis morrer, me afogar dentro daquele mar frio do Rio de Janeiro. Submergir em mim mesma, com o desejo de voltar a ser mortal. Por mais que eu tivesse todo o tempo do mundo, dentro de mim estava claro que eu não tinha – e não podia ter – mais tempo a perder.

Apesar da minha vontade, durante os mergulhos eu era puxada para cima como um balão a gás, leve, e voltava a flutuar. E essa coreografia durou até o dia escurecer e eu desistir de brigar com o mar.

Estava longe, muito longe da arrebentação. Fechei os olhos e me deixei levar, de barriga para cima. O mar parece ter se aberto para mim, como o fez para Moisés. Em segundos pude sentir a areia me arranhando os calcanhares.

Aquele mergulho tinha sido um ritual. A Leah antiga havia morrido, sim. A partir daquele momento eu me reinventaria, mergulharia em todas as histórias que surgissem. Aproveitaria o dom concedido, o da vida eterna. E nada do que eu fizesse deveria soar como traição a Joaquim.

Me vesti e costurei a areia até uma rua chamada Visconde de Pirajá. Me sentia, como havia dito a cartomante romena, extremamente conectada com o céu. Observei um senhor sentado numa cadeira de balanço, em sua varanda, entre dois cajueiros, fumando um charuto. Apesar do breu já ter tomado conta daquele pedaço da terra, seu ar sábio me atraiu. Me acenou com o chapéu, acenei de volta. Por um segundo, pensei em ir conversar com ele. Fui me aproximando, enterrando pé na frente de pé naquela areia fofa que não me prendia no chão. Quando cheguei à beirada de sua casa, o senhor havia sumido pela porta que abria-se para a sala. O mais estranho foi que senti o cheiro de Joaquim pairando no ar: como se ele estivesse muito perto, mas fora de alcance.

Encostei no muro da casa, onde uma placa indicava: "Consultório Médico". Suspirei. Estava decidido: eu não iria mais procurar Joaquim. Iria, sim, encontrá-lo – quando fosse a hora. Quando o céu nos aproximasse. Sem cruzar mares ou sofrer por dentro. Sem buscá-lo.

Antes que o senhor voltasse à varanda, saí andando de volta em direção a Copacabana, em direção à minha vida. Não iria mais me anular ou matar meu tempo com homens insignificantes. Ia me engajar na vida, vibrar, fazer valer a dádiva divina que eu havia recebido. Apaixonar-me todas as vezes que o coração mandasse: pelas pessoas, pelas coisas, pelas ideias. Eu não estava sozinha – estava livre. Não estava presa – estava viva.

Vendaval

A **felicidade que tomou conta de mim ao chegar** a Fernando de Noronha eu não sentia há muitos e muitos e muitos anos.

Não era uma simples felicidade composta por esperança, desejo ou realizações. Era uma felicidade bruta, pronta para ser lapidada, fruto de um material vulcânico guardado durante todas as minhas fases. Meu tempo de colheita tinha, finalmente, chegado.

Fui direto à casa de Joaquim, na Floresta Nova, imaginando como nos abraçaríamos e faríamos amor antes de eu contar sobre Nicolau. Escorregaria meus dedos por sua pele de azeitona, sussurraria infinitas vezes em seus ouvidos coisas incompreensíveis, cobriria seus lábios com os meus, calando-me pelo tempo necessário.

No portão da casa apenas o gatinho tomava conta do espaço vazio. Um cheiro de queimado pairava no ar, dando mostras do que havia ocorrido. Bati palmas, apertei a campainha, nada. Sentei-me no meio-fio e tentei fumar um cigarro, mas apaguei na segunda tragada, enjoada. Joaquim não estava. Pulei o portão. Meu coração não podia mais elaborar esperas ou desencontros.

A porta estava aberta; a sala, chamuscada. Marcas de labaredas assombravam as paredes, marcas do caos que as havia dominado. Senti meu ar faltando, "Joaquim? Joaquim?", chamei. Não houve resposta. O sofá tinha sido reduzido a cinzas. "Joaquim, Joaquim!", berrei. A mesa e as cadeiras eram esqueletos feios de si próprias. "Joaquiiiiim", gritei com desespero. Assustei o pequeno gato que parecia prestes a me contar um segredo. "Joaquim não está", seu olhar, triste, confirmou.

Veio um aperto no peito, me sentei na varanda, rezando, repetindo para mim mesma que não havia motivo para preocupação: Joaquim era imortal. Se ocorresse um incêndio ele mesmo seria o seu hidrante, apagando, de dentro para fora, qualquer chama que se pronunciasse em sua pele.

O tempo passou e eu adormeci numa almofada indiana. Estava exausta da viagem e, principalmente, do desgaste emocional das últimas horas. Bem, não era só isso, eu estava mudada. Eu era uma foto em preto e branco que vinha ganhando cor – o que era muito complicado. Como colorir meus traços internos? Onde ia o vermelho. E o azul? Com que intensidade eu poderia aplicar o lilás, símbolo da transformação? Como fazer para não me tingir por inteiro?

Uma mulher com os braços gordos e o olhos escondidos por duas cavernas me chamou.

"Menina?", odiava isso, que me chamassem de menina, "o que você está fazendo aqui?"

Boa pergunta, eu pensei.

"Você não é a Sylvia?", emendou.

"A gente se conhece?"

"Eu sou a Zelda, mulher do Marujo, tá alembrada?"

"Que houve aqui? Cadê o Joaquim?"

"Um incêndio" e calou-se, como se pudesse evitar a resposta que não queria me dar.

"E onde está o Joaquim?"

Os olhos de Zelda, sombreados, iluminaram-se: não com luz, com água.

"Eu te levo, então, menina."

"Leva onde?"

"No hospital."

"Ele se queimou?"

"Não, a casa estava vazia quando pegou fogo. Foi outra coisa."

Chegamos ao Hospital São Lucas menos de cinco minutos depois, sem trocar nenhuma palavra. Eu com medo de perguntar, ela sem coragem para responder. Os pequenos corredores que nos levaram ao quarto de Joaquim pareceram apertados demais para conter minha ansiedade.

A princípio eu não entendi o que havia acontecido. Ele estava perfeitamente intocado, sem queimaduras. Não havia tubos atravessando suas vias nem cateteres furando-lhe as veias. Mas era estranho: o lençol branco que o cobria até a altura do braço estava esticado demais para que ele tivesse, em algum momento, se mexido. E sua pele exalava um cheiro estéril que eu não reconhecia.

"Joaquim?", sussurrei, tocando-lhe.

Nada nele se importou com a minha presença ou voz. Beijei sua mão. Ele permaneceu dormindo, mergulhado num mar de placidez.

Zelda ficou observando meu espanto da porta do quarto, sem falar nada.

"O que houve com ele?"

"O doutor está chegando aí", anunciou, e logo surgiu um residente bocejando.

"Boa noite", estendeu a mão, "doutor Fernando."

"O que houve com o Joaquim?"

"Ele se afogou. Está em coma."

"Afogou? Está em coma?"

"Precisamos fazer exames complementares para saber se houve danos, mas ainda é cedo para tirarmos ele daqui. O quadro é estável, ele é o que chamamos de comatoso responsivo – ou seja, seu corpo está funcionando."

"Funcionando?"

"A mente está mergulhada num buraco negro, mas ele é jovem e tem chances de sair dessa."

A frase ficou ecoando dentro de mim, "ele é jovem, ele é jovem."

"Sylvia, eu tenho que ir. Cê pode ficar lá no Joaquim, viu, ele vai gostar. Toma aqui a chave", Zelda me estendeu a mão. Eu a abracei, na falta de ter com quem dividir minha perplexidade, "obrigada, Zelda."

Doutor Fernando me explicou com detalhes a condição de Joaquim. Deixou claro que a taxa de sobrevivência era de 50%, no máximo, e que menos de 10% dessas pessoas tinham recuperação completa. Eu queria revidar dizendo para ele que Joaquim era diferente, que ele acordaria em perfeito estado em breve, sorrindo, doido para surfar ou dar um mergulho no mar, mas não tive coragem.

Voltei andando para casa. Uma ventania varreu a Transnoronha, levando areia aos quatro cantos da ilha e enchendo meu corpo de incertezas. Como é que Joaquim poderia estar em coma? Será que ele havia perdido sua imortalidade? Teria o nosso encontro zerado os cronômetros cansados? Quebrado os relógios biológicos perdidos em contas que não poderiam, jamais, ser arredondadas?

Passei parte da noite com o gatinho no colo, olhando para o rejunte do céu com o mar, pensando que ali, naquele exato ponto se dava o meu encontro com Joaquim: na dobra do mundo. E então três imagens me vieram à cabeça. Primeiro, eu tentando me afogar na praia de Ypanema, no Rio de Janeiro. Ali eu havia descoberto ser impossível a minha morte – então, como Joaquim, um ser do mar, havia conseguido?

Segundo, me lembrei de quando escapei de um incêndio em Nova York – a única sobrevivente. O cheiro de queimado da casa de Joaquim trouxe de volta relâmpagos internos daquele passado tão sombrio. Se eu havia sobrevivido ao fogo e a um voo de nove andares, como é que Joaquim estava em coma?

Terceiro, o sonho que eu havia tido em Roma, onde Joaquim entregava-se ao mar. Exausto de tanto sofrer, ele simplesmente virava peixe.

Presa nesses pensamentos, sozinha na cama de Joaquim, finalmente o sono veio me levar. Talvez nos sonhos eu pudesse me encontrar com Joaquim, e ele me explicaria tudo.

E*mbarquei no primeiro navio que deixou o porto* do Rio de Janeiro. A manhã fresca de julho não me dava pistas sobre o futuro: as gaivotas conversavam com o mar calmo; as montanhas sorriam, incansáveis, para o céu anil; os negros reluziam, carregando sacas pardas de café.

As pessoas acenavam felizes para seus parentes, balançando euforicamente chapéus e lencinhos, distribuindo brilhos nos olhares, risos escancarados, lágrimas de felicidade. Eu não tinha de quem me despedir. Entretanto, olhando bem para o cais do porto jurei me ver dando adeus para uma Leah adolescente que era deixada para trás naquele instante.

Senti um alívio enorme por estar partindo daquela cidade. Se, por um lado, meu coração ainda ardia com vontade de reencontrar meu eterno amor, por outro eu sentia que aquela busca toda tinha produzido uma sensação de cansaço extremo, multiplicando o peso dos anos. Se meu corpo não se curvava à passagem do tempo, eu sentia em dobro o acúmulo de emoções, ansiedades e angústias. E minha crescente solidão.

Eu tinha tentado de tudo, esgotando assim culpas futuras. Havia enviado inúmeras cartas, mensagens em garrafas boiando em mar aberto, apelos contidos em rezas, desejos lacrados, pensamentos em voz alta, sonhos reais. Havia esperado a hora certa (a virada do século), enfrentado os medos internos, atravessado oceanos à sua procura, revisitado a ilha mágica.

Vendo o oceano engolir o enorme navio, entendi o que faltava: faltava eu me encontrar. Entender a minha essência, me envolver, viver como se não houvesse amanhã. E parar de me anular naquela espera louca e descabida.

Então, como parte daquele novo pacto, joguei uma última carta ao mar, dentro de um frasco de remédio antigo.

Oceano Atlântico, 13 de novembro de 1900.
Meu querido Joaquim,
deixo o Rio de Janeiro, onde vim buscar-te. Mas não é porque se procura algo que se encontra, e parto sem ti. Façamos o acordo do tempo: que ele nos ponha frente a frente quando julgar necessário, como fez em nosso primeiro encontro. Que ele nos una dentro de cinco, dez, cem, mil anos. E que tu estejas feliz e vivendo essa dádiva da imortalidade. Ainda te amo como sempre e com tal afã. Guardarei este amor com cautela, para que ele fique melhor ainda quando for resgatado.
Tua Leah.

De joelhos, joguei a garrafa num canto do navio e me prometi que só voltaria a procurar Joaquim na próxima virada de século. Só então a angústia voltaria a queimar o meu peito. Um século de liberdade imortal. Quem poderia querer mais?

Finalmente entrei no navio e acomodei meus pertences numa das camas da cabine de terceira classe feminina. Havia três beliches e eu escolhi um embaixo, já prevendo os enjoos que sofreria. Felizmente, a viagem duraria apenas três semanas – tempo exato de eu me recolher em casulo e brotar, pronta para começar vida nova. Do zero. Uma vida onde eu engajaria minha paixão, minha força, meu ser. Lutaria por coisas que ainda não conhecia, mas iria até o fim em tudo o que fosse feito.

Estar naquele navio já parecia uma garantia de nova vida: o mais difícil tinha sido embarcar. Naquela mesma manhã, quando eu havia chegado ao cais do porto para comprar minha passagem, uma coisa interessante se passara.

"Vai para onde, senhorita?"

"Vou no próximo navio para fora do Brasil, não importa para onde vá!"

"O próximo está repleto", me olhou o bilheteiro, espantando os bigodes.

"Repleto?"

"Sim."

"E amanhã?"

Levantou seus óculos gastos e apertou os olhos procurando vagas. Consultou o bloquinho de notas "amanhã tenho passagem para Lisboa."

"Lisboa?"

Esmoreci e afastei-me, olhando os informativos, os cartazes dos incríveis navios e suas chaminés a suar o vapor do progresso. Uma hora mais tarde uma senhora claudicante aproximou-se. Pude escutar sua conversa. Ela deveria embarcar no navio repleto, mas não se sentia bem, achava melhor não partir naquele momento, estava com "a temperatura elevada, nada demais, mas o senhor sabe que para o alto mar devemos embarcar apenas com a saúde perfeita! Gostaria de trocar para a semana que vem."

Meus olhos brilharam, era a minha saída!

"Já está quase na hora do embarque, minha senhora! Não posso lhe conceder uma troca, mas aquela senhorita ali quer uma passagem para este paquete", o bilheteiro explicou, apontando para mim.

A senhora deu dois passos em minha direção e me fez uma oferta irrecusável: "A senhorita deseja ir a Nova York?"

E assim, eu tinha conseguido estar a bordo daquele vapor – o maior que eu já havia conhecido. O *SS Booth Line* faria paradas em Manaus e Belém, depois Galveston e, finalmente, a cidade sobre a qual eu muito ouvira falar: Nova York.

Pouco conheci minhas companheiras de cabine, todas pareciam simpáticas e sonhavam com a América. Três eram amigas e seguiam para fazer seus enxovais de casamento. Uma senhora ia reencontrar a filha e tentar se estabelecer por lá. A quinta passageira jamais pronunciou uma palavra e desceu em Belém.

Foi nesta parada que eu conheci um marinheiro que me levaria, sem que eu notasse, à minha nova vida. Seu nome era James, seus olhos muito azuis pareciam dois neons acesos. Trazia tatuagens com nomes de mulheres, "Fany", "Deborah", "Melissa".

"*My girls*", ele disse, enquanto dividimos um cigarro no convés.

"Suas filhas?", meu inglês era bom – ótimo até. Mas eu não havia entendido.

"*Ex-girlfriends*"

"Devem ter sido importantes!"

"Todo mundo é importante. Toda mulher é a mais importante enquanto se está com ela", completou, antes de jogar a guimba ao mar e desaparecer pela escotilha.

No dia seguinte nos encontramos novamente. Havia um fumódromo masculino dentro do navio, e um salão para as senhoras. Mas eu preferia passar a maior parte do tempo ao ar livre: tinha voltado a desenhar e a linha do horizonte me hipnotizava.

"Vamos ao baile comigo?", perguntou, enquanto eu rascunhava mais um pôr do sol.

"Ainda nem sei o seu nome!"

"James, a seu dispor", sussurrou, beijando minha mão.

"Leah, prazer"

"Leah, *you are so beautiful!*"

Claro que ele dizia isso para todas, o que não me impediu de aceitar o lisonjeio e o convite.

O baile aconteceu duas noites depois. Eu nunca vira nada parecido: as pessoas pareciam sob o efeito de loucura, dançavam polca, scottisch, chorão; suavam, se tocavam, como num carnaval; e bebiam, sorriam, gargalhavam. As músicas eram animadas, James me ensinou os ritmos do ragtime e do blues, e à noite acabamos escondidos na proa, aninhados no compartimento da âncora gigante.

A lua estava crescendo e com ela eu florescia: uma nova mulher, pronta para experimentar, lutar, inventar. James disse que não podia se apaixonar por mim, senão teria que estampar meu nome em sua pele. Ele era um marinheiro, e "nenhuma menina com a cabeça no lugar deve se apaixonar por um homem do mar", me aconselhou. Eu não tinha medo: sabia que havia, dentro de mim, espaço para tesão, paixão, sexo e outros sentimentos vitais que eu havia guardado a vácuo.

Eu queria estar com James a todo momento. Nem Madame Bovary, o livro que eu começara a ler com tanto desejo, importou mais. Flaubert que me desculpasse, mas aquela mulher vivia presa a relações infelizes ou impossíveis, e a valores burgueses que já pertenciam ao meu passado. Sim, eu tinha tido minha fase de Emma Bovary com António, mas agora estava livre da sociedade, da família, da sombra do matrimônio e dos bens materiais.

Após três semanas de dança, amor e bebidas surgiu na minha frente aquela estátua gigante da mulher coroada pelo poder, pelo saber e pela luz. Foi quando eu soube que eu estava no lugar certo. Se aquela era a terra da liberdade, e se a liberdade era uma mulher, eu já pertencia a Nova York.

―

Durante alguns dias, dormi com James num quartinho perto do porto. De manhã, ensebávamos a pequena cama com nossos fluidos até a fome nos levar a ganhar as ruas atrás de um *sandwich* com *coffee*. James me mostrou Wall Street, o Central Park e Times Square. Me fez provar coca-cola, *hot-dog* e me viciou em *chiclets*. À noite, caminhávamos de volta para o quarto encardido com uma garrafa de uísque debaixo do braço e fazíamos sexo às gargalhadas.

No dia de sua partida, James me levou, muito cedo, até um bairro no Lower East Side onde uma senhoria russa alugava quartos. O prédio era velho e no portal de entrada havia uma mezuzá, que ele beijou com os dedos antes de entrar.

"O que é isso?"

"É proteção. Beije também!"

Imitei seu gesto, ainda sem entender do que se tratava. Subimos as escadas apertadas e vi portas curiosas se abrindo para nós, espiando. James cumprimentou um homem grande que apareceu de um apartamento do quarto andar.

"Bom dia, Paul. Trouxe a nova inquilina, Leah."

O homenzarrão não esboçou nenhuma reação, apenas nos deixou entrar. A sala era escura e gasta. Havia colchões empilhados num canto, um sofá velho, uma mesa com material de costura e uma poltrona. As cortinas estavam rasgadas; suas franjas, duras, já não balançavam ao capricho do vento. Da pequena luminária a querosene irradiava uma luz insuficiente, mesmo assim uma senhora muito curvada, com os traços talhados como se fosse uma escultura barroca, cosia uma saia.

"Bom dia, Olesya", James disse.

A senhora imediatamente se levantou e o abraçou. Era muito pequena e torta, mas com um coração bem mais quente do que o homem grande, que, eu logo soube, era seu marido.

Me mostraram o minúsculo quarto onde mal cabia uma cama. Havia uma pequena cômoda com duas prateleiras, uma ocupada e a outra livre.

"A senhorita tem uma prateleira e a cama das 8 da noite às 8 da manhã. Outro *roommate* dorme no outro horário!", Olesya falou, mastigando o inglês.

Puxei James pela manga da camisa, "como assim, das 8 às 8?"

"Eles sempre alugam para duas pessoas. Os *roommates* têm que fazer turnos. Você terá o melhor *shift*, o noturno. Eu geralmente pego o diurno, *baby*", explicou, rindo. Ele sempre ria.

Então era ali que começaria minha nova vida: eu teria um teto por doze horas, uma prateleira para guardar pedaços da minha identidade e o resto do tempo para me reinventar.

Me despedi de James com um beijo ardente debaixo da mezuzá. Ele me deu um leve tapa na bunda, sorriu, partiu. Fiquei vendo aquela rua amanhecer. Dois meninos atravessaram para a escola, com seus quipás flutuando sobre suas cabeças. Um leiteiro cheio de sardas passou de bicicleta assobiando uma canção irlandesa. Uma mãe com seu bebê no colo procurava os primeiros raios solares. Era tudo absolutamente diferente do que eu já havia vivido.

Subi novamente até o apartamento e fui direto até o único WC do andar, que estava fechado. Esperei um pouco, mas não havia movimento dentro da cabine, então abri a porta e descobri, encolhida, deitada no chão, sobre um cobertor, uma moça. Me olhou assustada, os olhos vermelhos, o sono aparente. Levantou rápido e pude vê-la: o branco de seus dentes contrastava com a pele roxa. A boca tinha o desenho de uma gaivota, os cabelos negros e ondulados descobriam sua longa nuca. Era alta – grande demais para aquele chão. Não se acanhou.

"Já vou sair, você está muito apertada?"

"Eu te acordei, desculpe!"

"Que nada, estou atrasada para o trabalho!", calçou a botina, ajeitou o cabelo, "Estou bem?"

Apontei sua sobrancelha, despenteada, ela molhou o dedo com saliva e a penteou para cima. E num segundo viramos melhores amigas. Seu nome era Rachel, tinha 16 anos e era filha de Olesya.

Naquela manhã a acompanhei até seu trabalho, ela tinha pressa em falar, não podia se atrasar – trabalhava como costureira num pequeno ateliê.

"Meu patrão é um monstro, não podemos nem ir ao banheiro, temos que engolir o almoço em quinze minutos e as mais novas, como eu, ganham por semana – e não por peça costurada!"

"E por que você trabalha lá?"

Ela parou no meio da rua, "em que mundo você vive, *meidale*?", em seguida retomou suas passadas de gigante.

"Estou vindo da Europa, mas antes morei no Brasil... ninguém trabalha tanto assim lá!"

"Pois bem-vinda à América, *darling*, aqui as mulheres trabalham 16 horas por dia, é a nova escravidão!"

"Sério?"

"Estamos tentando mudar isso, fundamos uma *union*, mas não é fácil!", falou com os olhos ardendo em revolta.

"O que é uma *union*?"

"Um sindicato, sabe o que é? A nossa ainda não é oficial, mas estamos ativas, você deveria vir a uma reunião!"

Rachel era muito intensa, tinha uma energia extraordinária que lhe saía pelos olhos, pelas pontas dos dedos, pelas palavras que disparava como uma metralhadora. Continuou falando sobre coisas que não se dispunha a me explicar, como WCTU, marxismo, sionismo, anarquismo. Raciocinava na mesma velocidade que caminhava.

Me enfiei no prédio, atrás dela, e chegamos a uma sala grande, com quatro fileiras de bancos de madeira onde duas dezenas de mulheres estavam sentadas, curvadas como se fossem entrar nos buracos das agulhas que usavam para costurar.

"Isso é hora de chegar?", ralhou um homem baixo e careca, de quipá na cabeça e sem pestanas.

"Bom dia pro senhor também!"

"Vai ser descontada!"

"Não vou, não, seu Samuca!"

O homem pegou a régua de uma das costureiras e bateu na mesa, "não me chame assim, sua pirralha! Ou te coloco na rua!"

Rachel ficou indiferente, tirou seu casaco e depois o meu, pendurou junto com uma pilha enorme e fedida de casacos puídos e abandonados, e se explicou – para a minha surpresa: "vou compensar o meu atraso, trouxe uma mão extra hoje, veja que beleza! A moça é brasileira!"

Todas as cabeças do ateliê se voltaram para mim. Ser brasileira era exótico também em Nova York.

"Senta", o velho disse para mim. "Você sabe costurar?"

Concordei com a cabeça e obedeci.

"Você é gói, brasileira?"

Gói, o que era gói? Antes que eu pudesse perguntar, Rachel me beliscou o joelho por debaixo da mesa.

"Claro que não, o senhor acha que no Brasil, só porque é longe, não existem judeus?", disse, e se levantou, como se fosse cantar um hino, "há judeus no mundo todo!!! Da Lapônia até o Chile, senhor!"

O ateliê calou-se, o assunto morreu. Mais tarde, Rachel cochichou que eu tinha que virar judia, temporariamente, pois depois largaria e seria socialista, que era o que importava.

Trabalhamos das sete e trinta da manhã até a meia-noite, com apenas duas pausas para almoço e café. O banheiro, como ela já havia dito, também só podia ser utilizado durante os breves intervalos. Minha coluna formigava, as mãos tremiam, os olhos lacrimejavam. Eu não conseguia entender como as mulheres aguentavam o massacre diário, a humilhação, as condições subumanas.

Naquele primeiro dia, não me passou pela cabeça que aquela seria a minha realidade pelos próximos anos: eu, as agulhas, Rachel, Nova York, e o sindicato de mulheres que iria começar a mudar o mundo.

No dia seguinte, quando Olesya veio me acordar, às seis da manhã, o corpo não obedecia, dolorido como se toda a linha gasta horas antes tivesse me perpassado um milhão de vezes. Eu não precisava me submeter àquela tortura, não fazia sentido, pensei, enquanto atravessava o corredor em direção ao WC.

Para minha surpresa, encontrei Rachel novamente adormecida no chão imundo e frio. Ela se levantou, sem graça. Ajeitou o cabelo por detrás da orelha. Bocejou, recolheu o cobertor. Entrei, levantei minha saia e me sentei no vaso sanitário gelado.

"Está cansada?"

"Por que você dorme aqui?"

"Te espero na cozinha, *meidale*."

E saiu.

Caminhamos para o trabalho.

"Por que você não dorme na sala? Vi uns colchões empilhados."

"Você é muito curiosa, Leah, todas as brasileiras são assim?"

Dei de ombros. Não era apenas curiosidade, eu tinha que admitir que já me importava com ela.

Apenas meses depois de uma rotina massacrante de trabalho e conversas rápidas sobre religião e socialismo eu finalmente entendi a razão de Rachel. A confissão aconteceu durante um shabat, o dia de descanso judaico, quando fomos passear pelo Central Park.

"Vou te contar uma coisa, mas não quero que você repita ou julgue. Apenas que me ajude."

Rachel sempre sabia o que queria. Olhou ao redor para ver se ninguém poderia entreouvir seus segredos, depois olhou para a copa de uma árvore que dançava ao vento.

"É por causa de Paul que eu durmo no banheiro todas as noites."

"Paul? O marido da tua mãe?"

Neste momento Rachel finalmente abriu mão do controle que a regia e se permitiu chorar.

"Ele abusa de mim à noite."

Um *flash* me percorreu, lembrei do Dr. Lázaro e minha mãe trancados no quarto de nosso cortiço fedorento no Rio de Janeiro. O rosto malicioso de Dom Diego arrastando Elzinha pela ilha também me veio à mente. Segurei sua mão, não sabia o que dizer. Não foi preciso: Rachel estava tão cheia quanto um rio após a tempestade, e assim foi despejando suas palavras úmidas no meu silêncio.

"Minha mãe deixou meu pai cinco anos atrás, quando conheceu o monstro do Paul. Viemos para a América, contra a minha vontade. Queria ter ficado com papai, e não há um dia em que não sinta sua falta..."

Parou para buscar ar. Um raio de sol iluminou seus cabelos, deixando-os quase avermelhados.

"Assim que minha mãe começou a alugar o quarto dela, eu passei a dormir no chão da sala com Paul. No começo, ele me abraçava por debaixo das cobertas, no inverno, quando ninguém via nada. Acompanhou o crescimento de meus seios e pelos percorrendo com os dedos meu corpo."

Calou-se por um tempo. Havia muita coisa que a incomodava, não apenas Paul, algo como um peso que ela não podia mais carregar.

"Aos onze anos eu comecei a trabalhar fora, cortava os excessos de linha no ateliê onde mamãe costurava. Entrava às sete e meia da manhã e saía às nove da noite. Ganhava um dólar por semana, às vezes um pedaço de torta de maçã...", me olhou confusa, "estou me perdendo no que quero lhe contar e pedir..."

"Não está! Ao contrário, você está, pela primeira vez, me permitindo entender quem você é. Há meses eu quero me aproximar e agora que você sentiu que pode confiar em mim, minha amiga, quero que me conte tudo o que tiver vontade. Desde o início... a começar pelo fim, como preferir", apertei sua mão, "como se chama seu pai?"

Sorriu, "Bóris, Bóris. Ainda volto a vê-lo, minha amiga. As coisas na Rússia vão mudar, é uma questão de tempo, eu vou voltar..."

"Tenho certeza que sim, Rachel. No pouco tempo que te conheço já percebi que você é capaz de conquistar tudo o que quiser!"

Rachel me abraçou. Depois recomeçou.

"Duas vezes eu tentei falar com mamãe sobre isso. Da primeira vez foi quando Paul me fez sangrar – aquilo não estava certo! Não me penetrou com seu pau monstruoso, não – me rasgou com seus dedos imundos. Mamãe me deu dois tapas na cara para eu jamais voltar àquele assunto. Depois descobri que, se Paul bebesse, dormia a noite inteira e me deixava em paz. Passei a comprar, com o dinheiro do meu trabalho, uísque barato, rum, qualquer coisa que contivesse álcool... mas então mamãe começou a dar falta do dinheiro... e Paul voltou a me importunar, desta vez com força, já não percorria meu corpo apenas com os dedos... abaixava a minha calcinha e me penetrava como um animal. Na própria boca ele colocava uma mordaça, para abafar seus gritos animalescos.

Durante cento e vinte e oito noites eu sofri calada. Um dia ele tentou me estrangular, eu gritei forte, "*help me, help me*", mas quando minha mãe chegou ele fingiu que estava dormindo... recebi mais bofetadas. Ela viu o sangue nos lençóis e disse, friamente, "nesta casa você não dorme mais, pecadora!" Tentei alugar um quarto, mas, com a miséria que o Samuca paga, não teria como comer. Então passei a dormir no banheiro e, desde que você chegou, tenho alimentado uma esperança muito forte de que, talvez, você queira dividir um quarto comigo... entende? Preciso sair dali! Mas não posso pagar sozinha!"

Fiquei olhando para Rachel, estupefata. Nada daquilo que eu escutara me ocorrera em nenhum momento. Um sentimento de egoísmo me tomou por dentro como ferrugem: a minha vida, os meus problemas, meu Joaquim, meus anos de vida... meu, meu, meu... e ela, calada, sufocada por dentro, sofrendo...

Abracei-a, "eu sinto muito por tudo isso, estou aqui para te ajudar, nunca, nunca mais aquele monstro irá encostar um dedo em você, Rachel!"

Daquela noite até duas semanas depois, quando conseguimos alugar um flat na 58 St Marks, dividimos minha pequena cama e uma amizade inédita. Eu ainda não sabia, mas já estava apaixonada por ela.

A mudança para o East Village foi simples: nem eu nem Rachel tínhamos muitos pertences. Ela se recusou a levar seu colchão, maculado pelo esperma de seu estuprador. Dormimos no chão por algum tempo. O prédio havia acabado de ser construído, o pequeno apartamento era quente no inverno e frio no verão, um lar perfeito.

Foi o início de uma nova fase: logo deixamos o ateliê do velho Samuca e seus uniformes mesquinhos e conseguimos empregos na Triangle Shirtwaist Factory, fábrica que ocupava os últimos três andares do imponente Asch Building, na Washington Place. As condições não eram tão melhores do que em nenhum outro lugar, mas, segundo Rachel, havia mais chances de mobilização.

"Há quatrocentas mulheres e meninas, todas insatisfeitas. Faremos um trabalho de formiga mas, aos poucos, iremos reuni-las."

Apesar de estarmos morando juntas e já sermos melhores amigas, eu ainda não havia revelado meu passado a ela – não porque quisesse fazer daquilo algum segredo, não. Apenas por precisar me afastar das vidas passadas para viver a presente. Eu lhe havia contado que nascera no Brasil, passara uma temporada em Paris, outra em Lisboa... que tivera um romance forte mas que nada do meu passado me interessava. Rachel respeitava meus mistérios – e me pedia o mesmo. Falar da Rússia era tão doloroso que lhe salpicava espasmos pelo corpo; às vezes chegava a ter febre após revelações de assuntos proibidos. As saudades de seu pai lhe ardiam as palmas das mãos, e escrevia cartas indecifráveis em alfabeto cirílico, sobre assuntos banais: saudades, política, amor.

Devagar fui descobrindo a verdadeira Rachel, escondida atrás da mulher forte e decidida que dormia no assoalho do banheiro frio. Falava beijando o ar, seus lábios formavam corações a cada par de sílabas. As pestanas, grandes e negras, dançavam emoldurando o olhar irrequieto. A junção do nariz com os olhos formava uma curva acentuava que me intrigava. Rachel cruzava as pernas o tempo todo, longas e finas, e uma vez de pé as usava para dar passos largos e ligeiros. Jamais, jamais se desculpava por nada, e tinha sempre um ditado russo para contemplar as questões da humanidade.

Rachel gostava do som da chuva e de vê-la caindo, sentia-se acarinhada pelos raios do sol mas não ligava para a natureza. Não apreciava a delicadeza da brisa soprando as copas das árvores: ela era puro vendaval.

"Escute, Leah, esse autor está entre meus preferidos, escute", me disse, com um livro de capa velha em riste, "assim somos nós, os russos: quando temos que falar de trivialidades, não conseguimos discuti-las de outra maneira que não de um ponto de vista elevado. É uma falta de coragem, de sinceridade e de simplicidade."

"Por que são tão sérios?"

"Não sei se somos sérios, mas preocupados... *uptight*..."

"Não concordo com o autor", sussurrei, sabendo que aquilo podia criar uma discussão.

"Não?", Rachel respondeu, atônita, "vai discordar de Tchekhov?!"

"Veja bem, minha amiga, não sei quem é esse senhor, tampouco conheço outros russos, mas não acho te falte, por exemplo, coragem ou simplicidade!"

"Mas veja só, *meidale*, claro que me falta! Coragem para não levar a vida tão a sério, simplicidade para aceitar as coisas sem mil interpretações... para mim tudo é vital, primordial, necessário..."

Calei-me, porque se nos dávamos muito bem em vários aspectos, na hora de filosofar sempre discordávamos. Rachel sabia me provocar, e gostava das faíscas: era capaz de acender uma discussão com lampejos de pensamentos.

Era assim com todos, em toda parte: mal começamos a trabalhar na Triangle Factory e ela conseguiu levar quase oitenta meninas para a pequena *union* da Stanton Street. Não importava a que horas saíssemos da fábrica, e quão cansadas estávamos, sempre passávamos por lá. Além das discussões políticas, havia palestras sobre higiene, debates sobre os direitos das mulheres (quase todos a serem conquistados), clubes de literaturas (todos os escritores tinham que ser, absolutamente, de esquerda) e uma mesa com doces e quitutes tradicionais que todas se revezavam em suprir. O recolhimento sindical era mensal, apenas alguns *cents* que faziam diferença para a maioria das trabalhadoras. Por isso, Rachel apoiava a ideia de oferecer outras coisas além da união profissional.

Lá conheci duas portuguesas, Conceição e Graça, que ajudavam a traduzir os discursos – e logo fui incorporada ao grupo. As reuniões eram um caos, mas todos se entendiam. O orador principal falava em sua língua natal e pequenos grupos, formados em torno de tradutores, aguardavam que as informações fossem sendo repassadas ao inglês para traduzi-las. Com isso, as reações aos discursos aconteciam em cascatas, quase em câmera lenta. E havia uma ordem tão grande naquela bagunça que jamais um novo membro ficava sem entender. Num dia normal falavam-se pelo menos quatro idiomas – ídiche, português, alemão e italiano.

Não era apenas a diferença de língua que enriquecia, mas de cultura. A católica italiana e a judia alemã queriam os mesmos direitos assegurados, mas de maneira diferente: enquanto o dia de folga deveria ser o domingo para uma, o sábado era sagrado para a outra.

E assim nossa vida foi se desenrolando, entre as jornadas intermináveis na Triangle, onde éramos tratadas como porcos esquecidos num chiqueiro, e as horas extras na efervescência do sindicalismo. Nas folgas, íamos ao Luna Park ou aos *nickelodeons* assistir aos filmetes de Muybridge e Marey – fotografias em movimento.

James passou algumas vezes pela cidade, e revivemos o mesmo sexo tórrido. Rachel nunca simpatizou com nosso relacionamento. Também nunca a vi com um homem, dizia que ainda estava superando o trauma pelos abusos de Paul – se é que iria, em algum momento, superá-lo totalmente. O fato é que estava muito ocupada conectando as *unions*, já não bastava que a pequena unidade da Stanton Street tivesse quase quinhentas trabalhadoras inscritas. Ela queria formar uma corrente maior, percorria desde grupos insignificantes até as aglomerações maiores. "Uma inundação começa com pequenas gotas de chuva, aí forma-se uma poça, a rua alaga e em pouco tempo todos os pés estão molhados", repetia.

Um belo dia, Rachel pediu meu engajamento total.

"Leahtchka, nós vamos parar não apenas Nova York... estamos caminhando para uma greve nacional. Quero você como secretária geral da nossa unidade, *deal?*", anunciou, enquanto desfazíamos o caminho que ligava a Triangle até a union. Havia algo de sedutor quando ela me chamava assim, Leahtchka, que me fazia parar tudo e escutá-la.

Entretanto, o que me despertou para a ação não foi apenas como Rachel me chamou, mas a humilhação diária a que éramos submetidas naquele trabalho dilapidante. Dezesseis horas curvadas, com meia hora de pausa para o almoço que, com o dinheiro que ganhávamos, jamais passava de um pedaço seco de bolo ou de pão com café. O mais triste não era o som das agulhas comendo a cabeça de nossos dedos, sequer das máquinas de corte que eram operadas sem intervalos – mas o silêncio interno ao qual éramos submetidas.

O simples ato de passarinhar nos era proibido, como se as canções de outros mares fossem nos abduzir misteriosamente das salas de costura. Tampouco nos era permitido conversar, rir, levantar para ir ao banheiro mais de uma vez ou tomar o elevador da frente. Na saída, às nove da noite, formávamos uma imensa fila onde éramos revistadas, para terem certeza de que não estávamos surrupiando nenhum retalho velho e inútil. No térreo, entre os elevadores, mais uma ameaça pregada na parede: "Se você não vier trabalhar no domingo, não precisa vir na segunda." Tudo isso para ganharmos até seis dólares por mês.

Ainda assim, a Triangle Factory era muito melhor do que os pequenos ateliês espalhados pela cidade e pelo país – onde não havia, muitas vezes, sequer uma janela para a luz do dia ajudar a marcar as horas. E foi isso que me incendiou por dentro: o desgosto da injustiça, da exploração. Se eu estava viva para presenciar a entrada da mulher no mercado de trabalho, estaria também para ajudar a regulá-la!

Neste período fui apresentada à Clara Lemlich, uma jovem judia que havia sido expulsa da Bessarábia pelo pogrom de Kishinev. Clara era baixa e tinha um dragão escondido na boca, que às vezes lhe saía pelos olhos. Se tornara uma das grandes lideranças e maiores entusiastas da greve geral. Fora presa mais de uma dezena de vezes, debatendo-se contra a polícia sem medo e com uma força russa que só Rachel (ou talvez Tchecov) pudessem explicar e entender.

A essa altura eu já possuía uma identidade falsa, era uma judia brasileira nascida em 1890. Sabia o suficiente sobre a religião para poder fazer parte de qualquer grupo. Tinha aprendido palavras em ídiche que usava com a convicção de quem as ouviu durante toda a infância. E quando fui apresentada para Clara, seus olhos brilharam, "uma judia do Brasil, quer dizer que estamos plantando uma semente no maior país da América do Sul! Isso é genial, venha comigo, *bubbaleh*!"

E assim, até as dolorosas horas de trabalho se transformaram em tempo para planejar os discursos, as demandas e as pequenas greves que tomavam de assalto a cidade. Pela primeira vez na vida eu fazia parte de algo maior do que eu mesma. Eu, Leah Sylvia Porto Leal, cem anos completos, estava, finalmente, servindo o mundo!

Numa noite chuvosa de novembro uma reunião na Cooper Union mudou a história. Como sempre, uma série de assuntos repetidos, gotas perdidas num oceano de injustiças, estava em pauta: cortes nos pagamentos, horas excessivas e terríveis condições de trabalho.

Durante quase duas horas nós escutamos os homens (que ainda comandavam todos os sindicatos) reclamarem e prometerem as mesmas medidas que já não surtiam efeitos. Rachel me acotovelava a cada momento; Conceição, Graça e outras amigas, cansadas do dia massacrante, olhavam para os lados, examinando os homens, e não suas reivindicações. No canto da sala, Clara explodia de raiva pelos olhos e, num momento que não pude identificar qual foi, cruzou o salão e tomou a palavra. Aquilo nos sacudiu – ela era a nossa representante! Antes dela só havia homens no poder.

Em ídiche, gritou, a plenos pulmões:

"Eu escutei todos falarem e minha paciência para essa falação esgotou-se! Luto, constantemente, contra as terríveis condições de trabalho. Mas estou cansada de tanta conversa, estamos aqui para decidir se teremos ou não uma greve geral. E eu sou a favor de nós começarmos a greve agora!"

O burburinho foi grande, as traduções foram realizadas imediatamente em outros idiomas e todas as colegas, antes desmotivadas, escutaram ecoar seus gritos.

"Levante a mão quem é a favor da greve!", ela ordenou.

Dedos trêmulos começaram a surgir por cima das cabeças e logo pudemos contar mais e mais mãos formando uma onda. Quando tivemos certeza da maioria, Clara fez questão de selar o momento com um tradicional juramento ídiche que jamais me saiu da cabeça. "Se eu trair a causa que agora reivindico, que definhe a mão do braço que eu agora levanto!"

Estava convocada a greve geral! A adrenalina escalou nossas veias com rapidez e duração, e toda vez que nossos corpos cansados quiseram esmorecer, houve uma palavra de ordem levantando os ânimos.

Nos dias que se sucederam houve uma epidemia: meninas largando as tesouras e desafiando inspetores e patrões; mulheres encapando suas máquinas Singer e buscando seus melhores chapéus para saírem às ruas; grupos com faixas no peito ou cartazes nas mãos. Aos poucos, nos tornamos donas da cidade, dávamos as mãos e o sangue corria para fora de nossas veias, girando uma corrente mais forte do que aquelas que nos trancavam. O movimento chegou a ser chamado do Levante dos 20 mil e se espalhou por Chicago, Filadélfia, Cleveland e outras cidades.

Na manhã seguinte à declaração de greve, eu e Rachel contagiamos o nosso andar na Triangle Factory – subimos nas mesas e convocamos as meninas.

"Chegou a hora! Larguem seus instrumentos de trabalho, a única ferramenta que teremos agora será a foice do proletariado industrial!"

Escutamos uma salva de aplausos, nenhum deles tímido – ao contrário, eram gritos contidos que agora explodiam.

Os inspetores, surpresos, não sabiam o que fazer quando cerca de cinquenta mulheres começaram a deixar a sala.

Rachel queria mais adesões, "vocês vão ficar aí? Pois são covardes! Nosso lema é para corajosos: é melhor morrer de fome de uma vez do que aos poucos!"

Com isso, mais uma leva de mulheres se animou, deixando os postos para descer às ruas. Os inspetores tentaram barrá-las, moveram mesas para formar barricadas, "eles irão nos trancar aqui, Rachel, vamos embora!", puxei sua mão.

"Há poucas adesões ainda, Leahtchka, temos que convocar outras companheiras, em outros andares!!"

"Sentem-se, voltem ao trabalho ou perderão três dólares de seus pagamentos!", um dos inspetores gritou.

Subi na mesa, "A nossa *union* tem um fundo, ninguém vai morrer de fome! É uma luta de classe, o sindicato está muito forte!", gritei.

Rachel apertou meu braço, "temos apenas dez dólares no fundo, você sabe! As pessoas têm que entrar pela causa, não podemos dar garantias!"

Dez dólares?!, pensei. Que loucura, como iríamos sustentar aquela greve geral com uma quantia tão miserável? Enquanto eu digeria a péssima notícia contei vinte e oito mulheres se levantando e abandonando seus novelos de linha.

Juntas, braços dados, ganhamos a Washington Square. Para nossa surpresa já havia centenas de mulheres que surgiam de todos os ateliês de costura, das fábricas, dos buracos escuros onde passavam a maior parte de suas vidas. Uma chuva leve começou a cair. Prostitutas e comerciantes nos apoiaram. Cantamos alto, em uníssono, a Internacional e a Marselhesa. Uma coisa era certa: ou mudaríamos o mundo, ou morreríamos.

Logo, os policiais desembainharam seus cassetetes e vimos chegarem algumas Black Marias, as charretes da polícia. Não podiam nos prender por causa da greve, então nos atiçavam, esperando um ataque descontrolado. Foi o que aconteceu: uma das meninas pisou na saia de uma senhora, que a empurrou e foi empurrada de volta. Apenas isso e o dominó todo se desfez, levando pessoa a pessoa ao ataque, criando um tumulto digno de desenho animado.

No meio da confusão, o que me levou ao chão não foi nenhum descuido ou excesso de raiva de minha parte. Foi que vi, misturado na multidão, um rosto igual ao de Joaquim. Sim, era ele, seus olhos e seu corpo, meu doce e distante Joaquim. E aquela pequena distração – ou teria sido devaneio? – foi suficiente para me nocautear por dentro. Rachel olhou sem entender enquanto o cassetete de um policial abriu cinco centímetros da minha testa.

Olhei novamente e percebi que não era Joaquim, mas um homem que, enquanto éramos socadas no camburão Black Maria, gritou: "Meu nome é Marcos, sou advogado e vou tirá-las da prisão!". Foi a última coisa que ouvi: desmaiei com a pancada na cabeça e acordei numa cela imunda na prisão Tombs.

O tempo que passamos em Tombs ficou borrado em minha memória – mesmo enquanto estava acontecendo. Suspeitamos que tenham colocado algo na água, para nos acalmar: fazíamos muito barulho, enjauladas nós havíamos descoberto a fonte eterna da adrenalina e cantávamos, batíamos nas grades, gritávamos como animais selvagens. Apanhávamos, algemadas umas às outras e às grades, sem espaço para nos sentar – a não ser umas nos colos das outras, empilhadas como roupas sujas.

Estávamos machucadas, sangrando, nossas entranhas violentadas por uma luta destemida contra a sociedade moralista, machista, tradicionalista. Aguardamos o julgamento – que ocorreu no dia seguinte – e escutamos, uma a uma, as perversas sentenças do juiz:

"Você está em greve contra Deus e contra a natureza, cuja lei diz que cada homem deve ganhar seu pão suando sua testa! O Estado de Nova York a declara culpada."

Clara, que fora bastante machucada, teve forças para acender, mais uma vez, nossas ideias. "Estamos perto da conquista, não podemos esmorecer! A greve segue lá fora. E aqui também terá que continuar: a partir de hoje, entraremos em greve de fome!"

Eu fui a primeira a aderir, "estou contigo, Clara! Já nos custou muito chegar até aqui, não vamos desistir!"

Fui aplaudida, outras meninas se levantaram, senti falta de Rachel, que nesse momento encontrava-se na solitária, por ter cuspido na cara de um guarda. Eu era a única, entre todas as centenas de grevistas, que não poderia morrer de fome.

Por causa do protesto fui jogada na outra solitária, o lugar mais escuro onde eu já havia estado. Não apenas breu, mas úmido. Um filete de água corria pela parede de trás, abastecendo uma família de ratazanas que eram as únicas companheiras. Senti minha cabeça explodir, num acesso de claustrofobia. Queria esticar os braços, as pernas doíam; os olhos, cansados com suas pupilas tão dilatadas ardiam numa fogueira interna. As primeiras horas foram insuportáveis, depois me encolhi muito, e formei um casulo em torno de mim, um casulo de barata.

Pior do que entrar foi sair da solitária. A luz me atravessou como se eu fosse uma imagem católica; o cheiro do vento que varria as ruas de Nova York naquela sexta-feira me penetrou como um tufão. Fui violentada pela liberdade.

Quando me soltaram, eu era um farrapo de mim. Estava imunda, magra e vazia. Na saída de Tombs, Marcos, o advogado que se parecia com Joaquim, me aguardava. Quando me viu, sorriu como se não notasse a minha feiura. Se pelo menos tivesse aparecido no dia seguinte, após o banho de sábado, eu estaria com um uniforme limpo e os cabelos cheirando a glicerina.

"Até agora não conseguimos muitas libertações, mas estamos trabalhando", falou, educadamente.

"Rachel e Clara?"

"A fiança é muito alta, mas Conceição já foi para casa, consegui que a família pagasse."

"E quem pagou a minha fiança?"

"Um compatriota não poderia deixá-la aqui, carioquinha!", disse, em português.

"Você é brasileiro?" Eu não podia acreditar! Esqueci da minha feiura e abracei-o.

Acompanhou-me até em casa, onde pude me banhar, trocar de roupa, dormir. Nos dias seguintes, não nos separamos – tampouco nos misturamos. Andamos lado a lado percorrendo os sindicatos, falando com outros advogados. Eu vendia o New York Call, o único jornal que estava apoiando a greve, nas ruas, e todos os *cents* que juntava serviam para tirar as outras companheiras de Tombs.

Uma amizade enorme nasceu entre nós. Toda noite levava Marcos para tomar sopa no nosso *flat*. A vontade de lhe contar minha verdade cresceu: queria dizer que possuía o elixir da longa vida, que era imortal, que estava pronta para amar de novo. Queria ter a coragem de outrora e abrir o meu passado.

Ele me olhava com desejo e me via melhor do que eu era, mas esquivava-se de me tocar ou ser tocado. Seus olhos apertados e tímidos pareciam sempre voltados para dentro – de si ou dos outros. Enxergava a alma das pessoas, lia Machado de Assis, fumava charutos, usava uma cartola impecável e sapatos lustrados. Marcos tinha dinheiro de família – e, apesar de desejar voltar ao Brasil, não conseguia deixar Nova York. Dividia apartamento com um colega de classe e tinha um segredo que eu descobri quando cruzamos a pacata Madison Square, voltando de um encontro com as sufragistas.

"Leah, tenho que confessar algo...", falou.

Estanquei no meio da rua, a neve de dezembro não demorou a tocar nossos rostos.

"Eu tenho uma namorada. Desde que te conheci não há um dia em que não pense e sinta a tua presença. Estou fascinado! Mas jamais magoaria Consuelo."

Sorri, aquela desculpa significava que, diferente de muitos homens que eu havia conhecido, Marcos era um cavalheiro.

"Tudo bem, Marcos. Eu já desconfiava. A Consuelo é uma mulher de muita, muita sorte", sussurrei, processando as palavras que ele havia dito sobre eu fazer parte de seus pensamentos e sensações diárias.

Duas semanas depois, conseguimos a liberdade de Rachel e de outras. Enquanto as solturas foram acontecendo, o movimento tomou força. Clara demorou mais para sair, mas mesmo de dentro da prisão comandou e conseguiu fechar suporte das sufragistas, senhoras da sociedade que tinham dinheiro para ajudar as *unions* a prosseguirem com as greves.

A pressão cresceu, as mulheres não recuaram – havia piquetes em todas as portas de fábricas e pequenos ateliês. E, finalmente, em fevereiro de 1910, após o pior inverno que eu já havia passado, nós conseguimos parte do que buscávamos: menos horas de trabalho, remuneração melhor, intervalo para almoço e jantar e condições de higiene nos banheiros. Não parecia muito, mas era a maior vitória das mulheres operárias até o momento, em toda história da humanidade. E seria um passo fundamental! O primeiro de uma cascata de conquistas, onde, anos mais tarde, se seguiriam vitórias impensáveis, como o direito ao voto e a invenção da pílula anticoncepcional. Sem saber, eu estaria viva para experimentar cada um dos progressos calcados ali.

Apesar da enorme vitória, a Triangle Factory não assinou o novo contrato e continuou nos tratando como antes. Rachel se fez demitir para poder participar mais ativamente do sindicato – e eu permaneci, empenhada em mudar as coisas de dentro para fora. O processo era lento, já que tantas mulheres aceitavam as condições humilhantes daquela que era uma das maiores fábricas da cidade.

À noite eu ia encontrar Rachel no sindicato, quase sempre levando uma nova trabalhadora da Triangle para filiar-se à nossa *union*. Nos sábados, nós nos reuníamos com outras meninas em piqueniques ao ar livre. Recitávamos poetas românticos, Clara lia Marx, Graça trazia doces portugueses, ríamos e bebíamos coca-cola. Ao final da tarde, algumas corriam para o Luna Park, onde encontravam seus namorados. As solteiras permaneciam até quando a sombra se perdia na escuridão, mas Rachel começou a sair mais cedo.

"Você está namorando, *meidale*?", perguntei num daqueles finais de tarde.

"O que te interessa isso, Leahtchka?"

"Você é minha melhor amiga, claro que interessa!"

"Acho que sim", respondeu, abrindo um sorriso lindo.

Fiquei contente, afaguei sua cabeça, brincando.

"Fico feliz por ti", completei, "eu o conheço?"

"Sim", pronunciou entre os dentes antes de partir.

Durante dias ela me evitou. Evitou meu olhar, nossas conversas, e, quando não havia escapatória, danava a falar sobre o sindicato, novas conquistas, os avanços em relação aos planos sufragistas. Um livro de Gogol em torno da profundidade da alma russa ou os picantes triângulos amorosos de Turguêniev. Mas não me contava sobre o seu próprio romance.

Até que um dia nos esbarramos, ela despedindo-se de seu amor proibido, eu chegando em casa antes do horário usual. Naquela noite de outono, quando subi os degraus do nosso prédio, eu ainda tinha, na mente, a suspeita de que ela e Marcos pudessem estar tendo um caso. Mas ao abrir a porta vi uma cena que teve quase o mesmo efeito que o cassetete do policial quando fui presa: Rachel e Michelina, uma italiana católica e ativista, se beijando ardentemente.

Até aquele instante, eu achava que estava incomodada por não ter, eu mesma, um namorado. James nunca mais me procurara, Marcos estava firme com sua Consuelo. Mas naquele momento eu entendi o que eu vinha tentando esconder de mim mesma: estava apaixonada por Rachel.

Michelina não teve vergonha do flagra, acabou seu beijo, me cumprimentou, *"ciao, bambina"*, e andou por nosso apartamento coletando o casaco e o chapéu com uma intimidade irritante. Rachel sentou-se, cruzou as longas pernas, olhou para fora da janela.

"Agora você sabe quem é".

"Por que não me contou?"

"Está chocada?"

"Nem um pouco", menti. Sentei de frente para ela, tentando entender o que me incomodava tanto naquela cena, certamente não era meu moralismo – em Paris eu havia me acostumado ao amor entre o mesmo sexo.

"Faz sentido, depois de tudo o que Paul fez contigo", resumi.

"Nunca mais quero ter que estar com um homem na vida, minha amiga, nunca", reclamou, e se retirou, encerrando o assunto que ainda pairava sob a luz fosca da lamparina a gás.

Naquela noite eu não dormi, mas quando o sol entrou pela janela do quinto andar eu havia encontrado o sentimento que estava sendo levado do meu coração às extremidades, e de volta até meu centro, espantando o sono. Era ciúme.

E com ele convivi durante os meses de felicidade entre Rachel e Michelina – que praticamente se mudou para nosso apartamento. Era enervante vê-las em suas afinidades, tão grandes, apesar de suas raízes tão distintas. Eu odiava ouvi-las sussurrando, na língua natal, *"amore mio", "hertzalle meine"*.

Procurei reparar se eu poderia me sentira atraída por outras mulheres. Passei a examinar os homens com mais cuidado. Até que num final de tarde Marcos veio me procurar, bêbado e desorientado, olheiras negras comprimindo ainda mais seus olhos diminutos. Eu estava sozinha em casa, as duas haviam ido a um comício, de mãos dadas.

"Leah! Leah", gritou da rua, "Leah, preciso falar contigo!"

Coloquei a cabeça para fora da janela, "suba, homem, o que houve?".

Passei um café forte no coador de pano que eu mesma havia costurado.

"Não tem rum?"

"Você está bêbado!"

"É preciso!"

"O que é preciso?"

"Estar bêbado, ora!"

"Marcos, o que houve?"

"Terminei com Consuelo, carioquinha."

Sentei-me ao seu lado, "ah, meu querido amigo, sinto muito, muito mesmo."

"Não está feliz?"

"Como posso estar feliz te vendo desta maneira?"

"Que maneira?"

"O que aconteceu?", e me levantei para servi-lo.

Marcos soltou um longo suspiro, parecido com o silvo de uma cigarra. Abaixou a cabeça, deu um gole no café, pousou a xícara na mesa e agarrou minha cintura. Como um touro contra seu domador, enfiou a testa na minha barriga, "eu estou muito apaixonado por você, Leah", e finalmente me olhou nos olhos.

Eu me abaixei, confusa, desarmada. Sentei no seu colo, ajeitei seus cabelos e ele me beijou. Esperei ver se um novo Joaquim surgiria, mas seu beijo era apenas morno.

Fomos para o quarto e Marcos continuou me beijando. Levantou a minha roupa, mas eu não acompanhei seus movimentos, insegura daquilo. Entre nós, o silêncio foi tão extenso que eu pude escutar, do lado de fora da janela, meninos brincando com pneus velhos de carroças, a conversa entre duas vizinhas polonesas e até mesmo o apito longínquo de uma barca.

De repente paramos, Marcos me olhou, desesperado, "isso não acontece comigo, nunca!", e examinou seu membro desfalecido.

Ri, um pouco aliviada, "isso acontece com qualquer homem!"

"Sim, quando ele quer demais uma mulher... merda!"

Pouco depois, adormecemos. Eu não estava com raiva ou chateada, a declaração de amor tinha massageado meu ego. A verdade é que ele não havia brochado sozinho.

As semanas se passaram e eu e Marcos voltamos a ser amigos. Enquanto Rachel e Michelina dividiam a sala, nós dois passávamos horas no quarto, conversando. Logo ele voltou para Consuelo, era óbvio que a amava.

Aos poucos, Marcos foi extraindo meu petróleo. Contei a ele sobre Joaquim, Fernando de Noronha, Fernandinho, Sagres, Lisboa e Paris. Revelei minha idade real, mas ele não acreditou. Foi preciso mostrar documentos antigos, cartas de amor e outros pequenos detalhes que estavam se apagando da minha história.

Nossa amizade foi uma das mais belas que eu tive – provavelmente a mais intensa com um homem.

Assim que Marcos voltou com Consuelo eu decidi sair do apartamento. Ia alugar um quarto no edifício de Marcos, ele tinha negociado um dormitório por um preço muito razoável.

Arrumei minhas coisas em duas malas de couro (aquela que eu havia pego de minha irmã em Lisboa, e uma outra que comprara no mercado de pulgas do Brooklin) e no dia de folga, o domingo, faria a mudança com ajuda de uma charrete. Levaria meu colchão, a lamparina e alguns poucos objetos pessoais que ainda teria que colocar num caixote prometido pelo leiteiro da rua.

Na sexta à noite Rachel me deteve quando cheguei em casa. Sentia-se culpada, não queria que eu saísse, tampouco desejava tirar Michelina de lá.

"Está fazendo uma besteira ao deixar esse lugar que nós duas construímos, eu não posso permitir isso, *meidale*!"

"Continuaremos sendo amigas."

"Não entendo o que te incomoda tanto, se somos amigas! Michelina te adora!"

Aquele era o momento do qual eu vinha fugindo.

"O que, Leahtchka?"

"Você é uma mulher tão inteligente, minha amiga, não entendo como possa ser tão burra ao mesmo tempo", ralhei, a raiva jorrando descontroladamente de meus olhos, "eu não posso, Rachel, ficar vendo a mulher de quem eu gosto com outra porque isso me machuca a cada dia. Entende?"

Rachel caiu em sua cadeira como se fosse um coco rolando do alto do coqueiro, com uma precisão natural, apenas puxada por forças maiores do que ela. Entrei em meu quarto e tranquei a porta, insegura com as palavras derramadas.

No dia seguinte, quando saí para o trabalho, as duas dormiam juntas no chão da sala sob uma colcha de retalhos que haviam costurado juntas. Aquilo me aborreceu, eram cúmplices até na hora de fazerem uma coberta! Estava mesmo na hora de eu me mudar.

O dia de trabalho se arrastou na fábrica, eu me sentia pesada e, por um momento, achei que fosse por causa dos ciúmes que me corroíam.

Mas não, tratava-se de um presságio: eu descobriria que era imortal naquele 25 de março de 1911.

Faltavam poucos minutos para o fim do turno na Triangle Factory. O nono andar, onde eu trabalhava, alegrava-se com um murmurinho. O vento soprava forte, nos refrescando e espalhando a notícia de que o descanso tinha, finalmente, chegado. Todos comentavam sobre seus planos para o dia de folga: se o calor continuasse, muitas meninas iriam à praia de Coney Island. Os casais de namorados aproveitariam o ar livre para darem as mãos na Surf Avenue, e as famílias visitariam o parque Dreamland. Não havia, naquele enorme andar, uma pessoa que não tivesse planos.

O primeiro grito passou quase despercebido, abafado: atravessou a sala como uma vespa. E então fez-se silêncio, as cabeças se viraram em direção ao calor e uma labareda iluminou os rostos, revelando que aqueles planos todos não se cumpririam.

Daí em diante foi tudo muito rápido: as línguas laranjas começaram a lamber todas as mesas; os pequenos pedaços de tecido jogados ao chão formaram fogueiras anãs; as linhas soltas pelo assoalho produziram caminhos de pólvora até os grandes depositórios de óleo, nos cantos da sala.

Corremos para as saídas. Umas das escadarias já havia se transformado em portal do inferno; a outra tinha as portas trancadas. Algumas pessoas pularam no vão do elevador. Um barril de óleo explodiu, janelas se quebraram, vozes se perderam.

A fumaça negra gritou em nossos ouvidos: a hora do fim havia chegado. Para a pequena Fannie, que tinha começado a trabalhar na Triangle dois dias antes, vinda da Ucrânia, e que morreu agachada debaixo de sua máquina. Para as primas italianas Concetta e Josephine, que, de mãos dadas, pularam pela janela da frente, tentando ver no relógio central a hora da própria morte. Para Dora, que estava noiva e morreu segurando um retalho branco. Para Ida, que em seus quinze anos de vida ainda não havia encontrado os lábios de um homem e naquele momento recebeu de Jacó o único beijo da vida. Para Michelina, que me disse, antes de pular pelo vão do elevador "sou grata por tudo o que eu tive, bambina, salve-se, e salve Rachel. Ela sempre te amou."

Não pude contar os minutos passados ali. Tudo foi carbonizado, ficaram os esqueletos: das máquinas, das pessoas, do prédio. O calor não me queimava por dentro, mas não havia mais oxigênio na sala. Busquei a janela, encontrei o ar. Seria eu a única sobrevivente? Olhei os corpos espalhados pelo chão e pude ver algumas almas se observando de fora, incrédulas, tentando voltar aos cadáveres, cobrindo de luz aquela escuridão.

Então eu não morreria. Eu, a mais velha de todas – não era justo! Nem comigo, nem com o mundo. A imortalidade era um privilégio insuportável. Jamais me esqueceria daquele massacre e minha condenação seria carregá-lo comigo pelos tempos.

Abaixo de mim uma lagoa de corpos cobria o asfalto. Os bombeiros irlandeses não conseguiam alcançar as chamas dos andares altos com suas mangueiras, tampouco podiam resgatar, com suas frágeis redes de segurança, as pessoas que se jogavam.

Lembrei da cartomante de Paris e confiei em ser mais leve do que o ar. O caos emudeceu, um silêncio a vácuo tomou conta de tudo, a multidão ficou borrada debaixo da minha retina. Dei as mãos para o meu destino.

O calor derretia minhas roupas, minhas costas, os cabelos. Suspirei e levantei os pés do parapeito. Não olhei para baixo – nem para cima. Apenas para dentro. Me imaginei gaivota em cima do oceano azul, e mergulhei. Uma ventania varreu meu corpo, flutuei. Havia, sim, um paraquedas interno me salvando da morte humana.

Senti a rede me tocar: uma borboleta capturada. Senti as mãos fortes dos homens quentes e notei minha temperatura exorbitante. Sorri, abri os olhos e pude ver, lá longe, o céu me protegendo.

Abri os olhos dezenas de horas mais tarde. A luz escura que enchia a sala me confundiu e, por alguns segundos, achei que estivesse no quarto que eu dividia com Iza, no Rio de Janeiro. Imaginei que, talvez, aquele século de vida pudesse ser um sonho. Que o tempo não houvesse passado, que Joaquim ainda não tivesse entrado na minha vida. Que eu não fosse um ser alado e imortal.

Virei-me e reconheci Rachel dormindo ao meu lado, abraçada a um livro de Korolienko. E soube que a vida havia, sim, passado. Foi como acordar, de certa maneira, para um pesadelo.

Levei as mãos à cabeça, descobri que estava careca. O cheiro de queimado me invadiu, lacrando cada poro de meu corpo onde antes havia uma penugem dourada. Eu estava nua, com a alma descalça. Tinha queimaduras por toda a parte – a maioria já cicatrizava, mas dentro de mim enxerguei uma ferida tão extensa que senti saudades de quem eu havia sido. Da felicidade que fora e já não era – nem seria.

Ajoelhei-me de olhos encharcados e rezei. Primeiro, como minha mãe nos havia ensinado, "Ave Maria, cheia de graça, o senhor é convosco, bendita sois vós, bendita sois vós, bendita sois vós. Maldita sou eu. Eu. Eu, que tropeçando nos anos acordo sem saber onde estou. A pele queimada, a alma rasgada. Náufraga, mulher-pássaro, me conceda o voo da felicidade, Ave Maria, o voo, a felicidade. Me conceda o fim. Ou Joaquim?"

Rezei até que o dia se levantou e me respondeu: trago-lhe o sol. O dia. O recomeço. E então eu olhei para aquela mulher que era tudo o que eu tinha na vida, e era também um grande e incompreendido amor, mas num formato que eu ainda não aceitara. E então uma ideia me percorreu: teria meu voo me libertado para a vida? Para os sentimentos? Para eu penetrar meu bosque de bétulas e ser quem eu podia ser?

E assim, naquele momento em que eu estava prestes a me asfixiar em dúvidas e saudades, acabei adormecendo. Uma tristeza me tomou. Depois daquele incêndio, nem eu nem Nova York voltamos a ser iguais.

Não contei quantos meses durou meu luto: Rachel saía para trabalhar, sempre envolvida com o sindicato e pelejando, internamente, para aceitar a trágica partida de Michelina. Me deu carinho e amor, sopas quentes, costurou um *quilt* de lã para o inverno, que logo cobriu a cidade com seu manto branco. Com a desculpa de me emprestar seus livros, me ensinou a ler e falar russo. E aquela língua tão inóspita e sonoramente parecida com o português passou a ser o nosso código. Nossa amizade nunca estivera tão sólida, havia uma simbiose de almas que eu jamais encontraria novamente.

Depois daquele voo eu tinha virado, literalmente, uma crisálida. As queimaduras, o cabelo curto, a pele crescendo, e eu brotando. A seda que me envolvia era o carinho de Rachel. Quando eu renascesse, sairia borboleta? Ou mariposa?

Poucos dias após o incêndio a conversa que eu estive adiando por mais de uma década finalmente surgiu. E, para o meu espanto, Rachel não duvidou de minhas palavras.

"Não entendo, *meidale*, como você foi a única sobrevivente. Cento e quarenta e seis mortos, e você nem parece que esteve lá. Sabe como isso se chama, hein? É um milagre!"

Baixei a cabeça, eu já estava ferida demais para conseguir cutucar machucados purulentos que jamais cicatrizariam – mas aquele era o momento e tudo o que eu quisesse construir com ela passaria por aquela revelação. Ou pela omissão.

"Não foi milagre, eu preciso te contar uma coisa. Sente-se", falei, com os olhos já borrados pela raiva de ter que estragar a nossa relação com revelações incoerentes.

"Eu sou imortal", soltei, enquanto alisava a barra do *quilt*, por puro nervoso.

Rachel largou a colher de pau e tirou a panela de ferro de cima do fogão à lenha. Caminhou até a cadeira ao meu lado sem tirar os olhos de mim ou sequer piscá-los.

"Eu sempre soube que havia alguma coisa de muito diferente contigo, minha amiga. Desde a primeira vez que te vi, abrindo a porta do banheiro onde eu dormia, senti essa coisa."

Foi um alívio enorme ouvi-la dizendo aquilo. Rachel teve calma para me escutar, me deu as mãos quando foi difícil falar, imaginou a cena da minha estrela caída quando a descrevi, suspirou ao me ouvir falar de Joaquim e, apenas no final, quando todas minhas palavras já haviam preenchido o espaço vazio da nossa pequena sala, ela me perguntou, muito curiosa, "e quantos anos você tem?"

Mas essa era uma informação que eu poderia deixar de fora... muitos anos traziam muito peso e, no fundo, eu não queria me lembrar, porque eu precisava perder as contas...

"Você quer mesmo saber?",

"Gostaria, sim, minha querida."

"Cento e cinco anos, Rachel. Eu nasci em 1807, quando o mundo era muito diferente. Sou uma anciã presa no corpo de uma criança... as pessoas acham isso incrível, almejam a juventude eterna, mas há um peso..."

E me abraçou, "deve ser terrível".

Foi a primeira pessoa que entendeu minhas dores reais. Rachel entrou dentro de mim e conseguiu enxergar o que mais ninguém via.

Daquele dia em diante nossa amizade encheu-se de um amor que se refinava constantemente. As coisas estavam claras, e nós tínhamos que viver o que era para ser vivido, mas o medo, o meu medo, permanecia misturado à tristeza dela e outros sentimentos perfurantes que ainda tínhamos que expurgar sem que nos cortassem ao meio.

Meu espírito, machucado, não encontrava as forças necessárias para sair de casa. Passei a aceitar encomendas e costurar para fora. Marcos vinha me visitar duas, três vezes por semana. Trazia literatura brasileira e, enquanto lia com seus olhos diminutos, empesteava o pequeno apartamento com seus charutos. Ele estava feliz: Consuelo esperava um filho.

Já não nos olhávamos mais com desejo, um enorme carinho havia se instalado e, tacitamente, não queríamos que acabasse. Marcos tinha virado meu irmão.

"E Rachel, como está?", ele sempre perguntava, na hora de sair, como se a frase já fosse um prelúdio de despedida.

"Melhor, mais animada, afiliou-se ao Partido Socialista", respondi num dia chuvoso em que o verão aproximava-se de novo.

"E vocês?"

Deixei-me cair no poltrona que eu mesma havia forrado meses antes, com uma sobra de tecido, flores azuis.

"Nós? Rachel cuida muito bem de mim..."

"É verdade, pena que você não cuide tão bem dela..."

Marcos era um homem muito liberal, não achava estranho que duas mulheres estivessem apaixonadas: nos sindicatos feministas, isso era de mais em mais usual. Ainda assim, todas as relações eram veladas.

"Eu e Rachel temos uma afinidade tão grande... tenho medo de estragá-la!"

Marcos riu, "minha cara, você está falando isso para mim? Lembra-se da terrível tentativa de sexo que partilhamos naquele quarto?", falou, apontando para o colchão maltrapilho, "E ainda assim temos a relação mais bela de todas!"

Beijou a minha fronte e saiu, me deixando com a sensação de que eu estivera me boicotando com medos, casulos e fronteiras imaginárias. Coloquei a cabeça para fora e vi as árvores da rua concordarem com ele. Só me faltava coragem.

Todas as noites nos deitávamos juntas e eu contava um pouco do meu passado, respondendo ao que ela quisesse saber. Depois que mostrei meus desenhos antigos, muitas vezes Rachel me pediu para desenhar uma cena que eu narrava ou uma pessoa que me trazia saudades. Assim, eu me sentava com calma, fechava os olhos e relembrava traços que temia perdidos dentro de mim. Quando eu não os encontrava, os inventava. E ela sorria, seus lábios esgarçavam-se como se estivesse no circo.

Até que um dia o inevitável aconteceu: o momento chegou. Foi no final daquele mesmo verão, num domingo não muito cedo. Uma brisa entrou levantando a cortina translúcida que Michelina havia cosido, e me acordou. Rachel permaneceu dormindo, alguns fios de seu cabelo se moveram para o lado, apenas para dar passagem ao vento. Ela estava de bruços e pude ver a trama de seus pelos escuros mapeando sua nuca, esparramando-se sobre a sua clavícula. A alça fina da camisola desmaiada, as pernas longas de fora, a calcinha mal cobrindo a marca muito alva do maiô.

E então seus olhos se abriram, devagar e sem espanto, ela acariciou meu rosto e aproximou-se. Ficamos separadas pelo mesmo tufo de cabelo que teimava em dançar ao léu. Os narizes quase grudados, meu coração trepidando tanto que o colchão absorvia seu ir e vir. E então Rachel recolheu seu cabelo, abrindo, assim, espaço para a minha boca. Tocou-me com os lábios uma, duas, três vezes. E então senti sua língua, a mão em meu rosto. Sua boca encaixava-se na minha perfeitamente. As bocas não tem sexo, ela costumava dizer. São bocas, feitas para espalmar-se, explorar-se, são devassas, feitas para a cópula incansável, são buracos e falos ao mesmo tempo.

Rachel sabia o que fazer, e, apesar de sua sede de deserto, me explorou com uma calma russa. Logo entendi que ela era uma mulher capaz de desviar a direção dos meus ventos.

A única coisa ruim em estar com Rachel era não poder contar ao mundo sobre a nossa felicidade. Não poder beijá-la quando íamos aos parques, não conseguir abraçá-la quando andávamos nas ruas, ter que mentir nas reuniões do Partido. Estava no ar mas não devia espalhar-se: as pessoas nos olhavam como se aquele sentimento fosse contagioso e mortal.

Dentro de mim eu sabia que o amor que sentia não era puro como o dela: havia, guardada em alguma quina do meu mundo interno, um alívio por eu não estar traindo Joaquim. Ele continuava a reinar solitário como o homem de minha vida. Mas Rachel não se preocupava com isso.

Tanta era a sua certeza de meu amor que um dia me anunciou que a nossa vida mudaria – antes da próxima lua encher. Chegou em casa tarde, pendurou seu casaco molhado de neve e me falou, sem pressa nas sílabas:

"*God meine*, chegou a hora!"

Percebi no tom de sua voz uma excitação enorme. Me tascou um beijo.

"O Czar foi deposto!! Chegou a hora da revolução, nós vamos para a Rússia! Vamos lutar com os bolcheviques, vou rever meu *Papochka*!!!"

"Vamos?"

"Sim, partimos na semana que vem, John Reed está indo com Louise!"

John Reed era um jornalista e ativista e sua mulher, Louise, uma escritora feminista de olhos talhados para baixo e fé marxista.

"Que foi, Leahtchka?"

"Nada, nada! Estou emocionada, fazer parte de uma revolução! Mudar o mundo!", rodopiei, leve.

"Então você vem comigo?"

Segurei seu rosto e respondi de uma vez por todas, para que ela não tivesse dúvidas, "Vou onde você for! Quero conhecer a tua terra, o teu *Papochka*, quero lutar!"

"Então partamos, *meidale*! Vamos para a Finlândia e de lá chegaremos a Petrogrado junto com o casal e outras pessoas do comitê norte-americano."

Nos beijamos e fizemos amor pela última vez sob as luzes ardentes da cidade que havia me transformado.

Não foi tão difícil me despedir de Nova York quanto de Marcos, que nos levou ao porto.

"Eu te amo", falei, no último minuto.

Ele ficou sem ação.

"Amo de verdade, com todo o coração. Amei no primeiro momento em que te vi. Pensei que você fosse meu novo Joaquim..."

Gaguejou, "verdade?"

"Juro pela estrela caída."

"Um amor de irmão?", me perguntou, inseguro, suando.

"Sim, agora é um amor de irmão, mas te desejei e estou dizendo isso apenas porque quero que você saiba que... que você é um homem lindo, de um valor tão raro e alto, um homem que uma mulher vivida como eu jamais pode encontrar em outros homens. Esteja certo disso..."

Marcos abaixou a cabeça, o navio apitou. Rachel me acenou, com o chapéu, do convés.

"Não deixe de me escrever, carioquinha. Não me esqueça, e guarde esse amor para o teu Joaquim. Não há homem tão louco neste mundo que não vá atrás de você..."

E ali, sob os olhares de todos, Marcos me beijou, um beijo de despedida, molhado, o beijo final. Um beijo que me fez, por um segundo, querer ficar.

Um vendaval atingiu a ilha, rasgando as janelas da casa e me acordando. Abri os olhos e percebi que estava passando mal, zonza, enjoada, como se a energia de Joaquim, espalhada por sua cama vazia e soprada por aquele vento, fosse uma espécie de gás tóxico. O gato me olhou aflito, pressentindo algo que eu desconhecia. A noite havia caído sobre a ilha mágica e eu perdera noção do tempo.

Corri até o banheiro, meu corpo prestes a inverter o fluxo das coisas. Vomitei tudo o que parecia estar me fazendo mal – ainda assim, o desconforto continuou. Entrei debaixo da ducha, lavei as lágrimas. Deixei-me cair no piso frio e branco. Como era possível que aquilo tudo estivesse acontecendo? Que eu houvesse estado tão perto de Joaquim e agora estivesse a ponto de perdê-lo? Teria a espera toda sido... em vão?

Me vesti e fui até o hospital. Joaquim continuava imóvel, bons sonhos pareciam povoar seu corpo adormecido. Segurei em sua mão quente e desandei a falar, contei coisas que não devia, segredos que estavam fazendo meu corpo se contorcer.

"Meu amor, você precisa me perdoar para poder acordar. Eu fiz tudo errado, eu errei. Nunca devia ter me separado de você, ao contrário, tinha que ter te contado tudo assim que nos encontramos, mesmo depois de descobrir que o Nicolau é teu filho...", baixei a voz, aquela era a parte mais importante, "ele é o meu noivo, o teu Nicolau. Ele, meu amor, e apenas por isso eu fugi de você em São Paulo, porque queria evitar o pior – e veja só, uma mulher velha, como eu, sem a sabedoria de entender que as situações mais sérias só se resolvem com o confronto, jamais com a fuga."

Escutei um barulho e por um segundo pensei que Joaquim tivesse acordado e escutado tudo. Um alívio percorreu o meu corpo.

"Você está bem, Sylvia?"

Mas não, Joaquim continuava imóvel. Era o doutor Fernando.

"Você está bastante pálida", e já começou a me examinar.

"Não é nada, doutor. Estou apenas muito estressada com a situação."

"Não fique assim, o que aconteceu com o teu namorado é um milagre, ele está vivo. Vocês têm muita sorte."

Torci meu rosto para o médico, pensando se eu deveria contar a ele sobre a nossa imortalidade. Não era um milagre, mas sim uma condição, e talvez fosse melhor avisá-lo, por mais louco e estranho que soasse. Me apoiei na cama e levantei, decidida a falar. Uma escuridão tomou conta de mim, os joelhos falharam, os braços dobraram e eu fui direto ao chão.

Acordei meia hora mais tarde num leito, com soro na veia. Abri os olhos ainda mais confusa, "o que houve?", perguntei à enfermeira. Ela chamou o médico, que veio andando devagar, como se o mundo o aguardasse.

"Você desmaiou, Sylvia. Está um pouco desidratada, então te coloquei no soro. Colhemos o teu sangue, só por precaução. Como você está se sentindo?"

"Boba."

"Boba? De jeito nenhum!", revidou.

"Sim, eu venho visitar Joaquim e desmaio... acho que esqueci de comer hoje."

"Assim que o soro acabar eu te levo para comer, que tal?"

Fiquei encarando o médico sem entender se aquilo era uma espécie de cantada.

"Vamos tomar uma sopa quente aqui na frente", apontou para fora do hospital.

"E Joaquim?"

"Na mesma."

Poucos minutos depois nós cruzamos a Transnoronha até o restaurante. Nos sentamos na varanda e deixei que doutor Fernando pedisse para mim. Me senti carente, quis ser cuidada. No entanto, a última coisa que queria era causar uma falsa impressão.

"Você e o Joaquim não têm família? Ninguém que possa ficar aqui contigo dividindo esse peso?"

"Todo mundo já morreu", bufei, por ter que revelar aquilo, "preciso te contar uma coisa que pode mudar todo o tratamento do Joaquim, eu acho que você precisa saber, mas tenho quase certeza de que não irá acreditar."
"Por que não acreditaria?"
"Porque é um homem da ciência..."
"Não sou apenas isso, sou homem com várias outras crenças."
Tomei coragem, "Joaquim e eu, nós dois somos imortais."
Doutor Fernando franziu a testa como se tivesse chupado o limão mais ácido de sua vida.
"Eu não disse que você não ia acreditar, doutor?"
"Eu preferiria se você me chamasse de Fernando."
"Joaquim nasceu em 1797. Eu vim ao mundo dez anos e uma virada de século depois... Nos conhecemos aqui, em 1824, quando uma estrela caiu no mar e um clarão nos cobriu. Desde este dia, nenhum dos dois pode envelhecer ou morrer", resumi.
O homem olhou para os lados, ele me lembrava um jovem Monsieur Hulot, com a ponta do nariz levemente voltada para cima, como se fosse mais arrogante do que era.
"Vocês foram abduzidos por um OVNI?"
Fiz que não com a cabeça, morrendo de raiva por ele não estar acreditando.
"Nenhum chip implantado?"
"Não fomos raptados por extraterrestres!"
"Desculpa perguntar, Sylvia, vocês estão fazendo algum tipo de tratamento? Histórico de esquizofrenia na família?"
Me levantei, "desculpe por fazer você perder o seu tempo. Não tenho como provar nada, mas não sou uma louca. Faça um teste médico, se quiser entender e explorar os nossos limites. E, por favor, não comente da minha 'loucura' com ninguém."
Fiquei tão possessa que consumi minha própria fome. Levantei e sequer olhei para trás, peguei minha moto e dirigi até a casa de Joaquim, me arrependendo de ter falado.

Foi difícil abrir os olhos e levantar da cama quando bateram à porta. Meu corpo estava aninhado e dormente, mas os sons das batidas seguidas me preocuparam. Corri. O coração acordou de seu estado de descanso. Era o doutor Fernando, mais pálido do que eu. De repente, todo o ar sumiu do meu corpo, como se eu estivesse sobrevoando a estratosfera.

"O que aconteceu com o Joaquim?"

"Posso entrar?"

"O que aconteceu?", supliquei, temendo escutar a pior notícia do mundo.

"Joaquim está bem, na mesma. Não se preocupe, Sylvia. Eu vim aqui por outro motivo."

Senti a adrenalina ainda correndo nos meus tubos, deixei-o entrar. Fui até a cozinha, peguei um copo de água gelada e bebi. Ele se sentou na varanda, não havia móveis na sala.

"Caramba! Afogamento... incêndio", disse, olhando para as sombras nas paredes, "dois imortais!".

Respirei fundo, a água me banhou por dentro e resolveu voltar, corri para o banheiro. Vomitei. Fernando veio, segurou a minha testa, molhou meu rosto. Cai sentada, exausta, do lado da privada, "que foi, resolveu acreditar em mim?"

Ficamos calados por um tempo, ele me olhou como se eu fosse uma fada ou uma bruxa.

"Caramba, Sylvia!"

"Desembucha, por favor, porque senão eu vou vomitar de novo."

"Você está grávida."

Eu ri, "não posso engravidar."

"Pois eu nunca vi uma mulher tão grávida quanto você. Aliás, nunca vi uma mulher como você. Teus exames..."

Bloqueei o resto de sua fala, isolei o médico, o ambiente, a luz, e me voltei para dentro: grávida? Grávida? Como, grávida? Saí andando até a varanda em busca de ar. Lembrei de tudo, todas as previsões falando em uníssono, da cigana com sorriso de ouro, da cartomante romena, do mago, da mulher de olhos de vidro – todos dizendo: "você só poderá ter filhos com ele."

Fernando e eu conversamos. Ele estava assustado com os meus exames. Os níveis hormonais eram de uma gravidez atômica, múltipla. Outros marcadores estavam errados – tinham que estar! Então ele achava melhor eu refazer os exames de sangue, sugeriu um ultrassom de última geração num hospital caro de São Paulo.

"Agora você entende que é verdade?"

"Talvez, por mais doido que tudo isso possa parecer. Os exames de sangue do Joaquim também são anômalos, eu já estava estranhando, mas aqui em Noronha temos poucos recursos."

"Vamos levá-lo para São Paulo?"

"Se ele for admitido num hospital de São Paulo vão revirá-lo de cabeça para baixo. Vai chamar a atenção da comunidade científica, vão tratá-lo como cobaia..."

"E então, o deixamos aqui?"

"Vamos monitorá-lo apenas. Vá você, faça os teus exames. Ficaremos em contato, qualquer mudança eu te aviso. É muito importante ter um pré-natal, vou te dar a indicação de obstetra confiável."

Quando o médico finalmente foi embora, me senti flutuando. Apesar de toda loucura, do enjoo e de certo mal-estar, a felicidade me invadiu como a maré crescente que engole a faixa de areia. Fechei os olhos e revi a estrela caindo. Senti o amor de Joaquim, fiquei de joelhos e agradeci – ele estava dentro de mim. Eu tinha um ninho em meu ventre!

Friagem

As águas do Rio Neva corriam em blocos congelados, pedaços de sangue coagulado cortando a cidade como uma ferida aberta. Depois de uma difícil travessia nós havíamos alcançado Petrogrado em plena primavera.

Bóris morava no quinto andar da Stolyarniy Pereulok, num apartamento grande onde os livros brotavam, como bolor, das paredes e outros cantos imprevisíveis. O prédio situava-se nos fundos de um pátio interno e possuía – como quase todas as construções daquela cidade – janelas que buscavam a luz, compridas como se fossem capazes de lamber o céu.

As ruas eram muito diferentes das que eu conhecia: calçadas largas, surgiam debaixo de construções simétricas, e o traçado cartesiano dos bairros parecia alinhar as ideias do povo. Onde quer que as esquinas dobrassem o vento trazia a mesma palavra de ordem: revolução. Tive pouco tempo para me acostumar com a cidade amarela, seus canais românticos e suas cúpulas douradas. O que de fato importava ali, naquele momento, não eram os mosaicos que recobriam os muros das catedrais, mas sim aquele que o povo tecia.

"*Dolói, Dolói,* Kerenski!", era o que todos diziam sobre o homem que estava no comando do poder provisório: fora! Alexander Fyodorovich Kerenski, um menchevique, havia formado, junto com os socialistas revolucionários, um governo de coalizão com a burguesia, perdendo a confiança do povo e criando uma profunda fenda com os bolcheviques – que não paravam de crescer. O tsar havia sido deposto, e agora a burguesia reinava: será que o povo teria, algum dia, o poder?

Nós éramos bolcheviques: Rachel, Bóris, eu, todos do prédio, a rua, o operariado das fábricas, uma parte dos camponeses pobres, enfim, a Rússia que vinha de baixo para cima. Pregávamos a insurreição do proletariado, a divisão das riquezas da terra, naturais e financeiras, e a posse das indústrias. Em outras palavras: ao povo o que era dele, mesmo que nunca tivesse sido. Os líderes dos bolcheviques eram Lênin, Trótski e Lunatcharski, mas, diferente de tudo o que eu já experimentara, naquele grupo todos os cidadãos tinham voz. Falavam e escutavam, suas propostas eram consideradas e votadas.

"Primeiro, o autoritarismo e as aberrações tsaristas. Agora, o golpe dos mencheviques! Só o que faltava!", Bóris bateu com força na mesa, uma raiva lhe saía por todos os cantos do corpo, "você sabe, Leah, que Petrogrado foi construída há dois séculos em cima dos cadáveres dos soldados e camponeses que ergueram a cidade?", Bóris era tão culto que todos os dias, todos mesmo, me ensinava algo.

"Cadáveres?"

"Esse terreno era lamacento, constantemente inundado pelo Neva. Pedro, o 'Grande' filho da puta, não poupou vidas para fazer a fundação em cima dessa areia movediça que engoliu os operários que erguiam a cidade. O que sustenta a nossas ruas são ossos humanos!"

"Que imagem horrível, Bóris!"

"É verdade! Duzentos anos de humilhação do povo! Agora, chega! Este é o nosso momento: ao povo o que é do povo!", disse, de pé, como se estivesse pronto para hastear uma bandeira.

"Como faremos uma revolução se estamos no meio de uma guerra mundial?", Rachel questionou.

"Que nada, minha filha, essa guerra é dos ocidentais, em breve sairemos dela!"

A Europa atravessava a Primeira Guerra e contava com o exército russo para conter o avanço alemão. A Rússia desdobrava-se na frente leste, com metade dos soldados morrendo de fome nas trincheiras, e a outra metade desertando. Enquanto isso, internamente, preparava a insurreição para tomar o poder. Era óbvio que a tarefa de lutar fora e dentro do país seria impossível, o que deixava os bolcheviques absolutamente inseguros.

Apesar de tudo, eu me sentia tranquila: estava incluída num movimento contagiante, uma revolução que logo seria mundial! E, para completar, havia encontrado um novo lar.

No final de maio o esforço do sol começou a surtir efeito e tirou os russos de dentro de suas casas. Rapidamente fiquei apaixonada por tudo: as ruas largas, o frio escaldante, a língua difícil, as causas justas, os trabalhadores desdentados que sorriam sem vergonha, as mulheres desaforadas que seguravam as armas, os intelectuais que nunca dormiam. Eu me encontrava, literalmente, no centro de uma revolução, e aquilo fazia com que eu sentisse pulsar, novamente, toda a vida que estava contida dentro de mim.

Rachel estava sempre ocupada com tarefas no partido ou como representante de organizações sindicalistas. Foi escalada para ajudar na conscientização de massas e viajou grande parte daquele ano de 1917: primeiro foi a Kharkov ajudar trinta mil mineiros a se voltarem contra os *lockouts*, fechamento das fábricas pelos proprietários; depois foi à conferência de operários em Moscou; em seguida convenceu camponeses nos arredores de Kazan a unirem-se ao movimento; finalmente passou semanas cortando o país até o porto de Odessa, onde falou com os marinheiros.

"A Rússia inteira está aprendendo a ler, *meidale*! Ler política, ter opinião, lutar pelos direitos", compartilhou, quando chegou de uma das viagens, extasiada.

Bóris não desconfiava da nossa relação, para ele éramos apenas duas amigas. Aliás, isso era o que nós éramos: Rachel e eu já não namorávamos. De alguma maneira, a paixão havia ficado em Nova York. Agora, ela estava apaixonada pelo partido. Pela causa. Pela possibilidade de escrever história. Viajava o tempo todo e, mesmo quando passava alguns dias na capital, a distância crescia entre nós. Sua ausência abriu uma porta para novos sentimentos em mim.

Rapidamente arrumei um emprego no comitê bolchevique, traduzindo documentos para o francês e o inglês. Todos os dias saía cedo de casa, deixando Bóris lendo seu jornal, e andava até a mansão Kshesinskaya, em Petrogradskaya Storona. À medida que o movimento bolchevique crescia, aquela casa de três andares ficava apertada para tanta gente.

Logo fiquei amiga de Katerina, uma tradutora com quem eu dividia uma máquina de escrever no subsolo. Ela me contou que a mansão fora da amante de Nicolau II, o tsar deposto em fevereiro.

"Matilda Kshesinskaya era bailarina do Mariinsky, agora está exilada sabe-se lá onde. O tsar construiu essa mansão para ela. Aquela porta ali", indicou, "era a passagem de amor do idiota, desemboca no Palácio de Inverno. Ele colocava a mulher e os filhos na cama e vinha aqui foder a bailarina", completou, cuspindo no chão.

Katerina tinha essa boca suja, falava como um homem e não se intimidava com os olhares. Bebia chá o dia inteiro, sempre com uma gota de vodca dentro. Foi ela também que me explicou que eu deveria datar as traduções segundo o calendário gregoriano – que a maioria da Europa já usava há dezenas de anos – por causa da diferença de treze dias em relação às datas julianas, adotadas na Rússia.

Assim que eu acabava de digitar os documentos andava pelo grande corredor até o setor de envios; se fossem mensagens urgentes, eram transmitidas pelo telégrafo que ficava no 1º andar. Era meu momento predileto no dia: passear pela mansão e sentir aquela energia no ar.

Assisti de dentro da mansão todos os calorosos discursos que Lênin fazia, da sacada, para uma multidão crescente e borbulhante. Ficava sentada traduzindo suas palavras para que fossem imediatamente espalhadas aos quatro ventos.

Lênin realmente inspirava respeito e até medo: embora assustadoramente persuasivo, era um sujeito muito grosseiro. Mas quem me chamou a atenção foi Soso, um homem que andava o tempo todo com ele, arrastava um pouco as pernas e tinha o braço esquerdo duro demais, como se não pudesse dobrá-lo. Era redator do Pravda, o jornal do partido, e havia nascido na Geórgia.

"É viúvo", Katerina me contou – não havia nada que aquela mulher de mãos rápidas não soubesse. "Sabe o que o homem falou no enterro da mulher? *Essa criatura amaciou meu coração de pedra! Agora aqui dentro está vazio, inexpressivamente vazio!* E depois pulou na cova e se agarrou ao caixão, teve que ser içado de lá pelos amigos! Ora, veja só se um socialista pode ser tão romântico, *pozor*! Georgianos não são russos!"

Apesar de todos à minha volta estarem consumidos pela insurreição, eu me interessei pelo viúvo. Tinha uma coisa muito bronca dentro de si que me fazia suar por dentro. E, sempre que podia, ele me jogava um olhar comprido seguido de algum gesto intelectual; talvez para disfarçar, talvez porque fosse um tique nervoso. Eu rebatia, e assim nossa paquera evoluiu sem que eu tivesse a menor noção de onde estava me metendo.

Foram semanas de êxtase, eu já não precisava comer, alimentava-me das sementes de girassol e dos cigarros que os desertores vendiam nas ruas. E, sobretudo, de nossas trocas de olhares.

Certo dia, enquanto eu voltava para casa por uma ruela completamente apagada, fui assaltada. Por causa dos ataques aéreos alemães, que sobrevoavam a cidade de Zepelim, após dez horas já não era permitido luz elétrica, velas ou lampiões externos. Naquela escuridão dois cossacos me roubaram a bolsa e o jornal. Tive raiva deles, mas no fundo eu sabia que a violência era reflexo direto da fome que o povo passava: nós tínhamos direito a 125 gramas de pão negro por dia, através de um vale dado pelo governo provisório. Ainda assim, faltava farinha e muitas pessoas passavam horas à toa nas filas das padarias, saindo de lá de mãos vazias.

Após o roubo, eu caminhei tremendo para a Nevsky Prospect, a rua principal, na esperança de ficar mais segura. Dei de cara com Soso, fedora preto na cabeça, pilha de livros debaixo do braço. Me olhou daquela maneira rude que tanto me agradava.

"Camarada Leah?"

Ele sabia meu nome?! Havia centenas de militantes trabalhando diariamente no comitê e aquele homem sabia de mim?

"Ouvi falar que você é do Brasil, é verdade? Como está o movimento por lá?"

"Não sei, deixei meu país há muito tempo..."

Reparou que minhas mãos tremiam.

"Você está bem?"

"Fui assaltada por cossacos. Não foi nada, mas me assustaram..."

Soso estancou, irado, e, para a minha surpresa, me abraçou, quase afetuoso.

"Espere aqui", falou, saindo.

Voltou dez minutos mais tarde com minha bolsa em mãos, "não consegui reaver o jornal, tampouco os rublos, mas a bolsa e os documentos estão aí."

Me entregou a bolsa, fiquei tão sem ação que nem agradeci, "como você conseguiu isso?"

Alisou o bigode, "eu conheço bem as ruas..."

"Eu pensei que você, bem, que você fosse da Geórgia."

"As ruas têm as mesmas leis em todos os lugares", e pegou em minha mão, como se fôssemos um casal.

Andamos algumas quadras, calados. Apesar do breu, Soso se guiava com a naturalidade de um morcego. Segui-o com muita vontade de que me convidasse para um chá e acabássemos na cama, porque não havia um dia nas últimas semanas em que eu não desejasse aquele homem.

E foi o que aconteceu. Soso escondia-se num apartamento térreo atrás do Yusupov Palace, coberto de livros e cheirando a traça. Acendeu uma vela depois de fechar a cortina, penteou os bigodes com um pequeno pente de marfim e me olhou sem discrição.

"Venha até aqui."

Eu fui. Tirou meu lenço da cabeça e alisou meus fios loiros, já longos – não os cortava desde o incêndio. Me beijou. Descobri que ele tinha por mim a mesma atração que eu vinha nutrindo por ele. Arrancamos as roupas rapidamente e caímos por cima de sua poltrona cheia de Gorki e Tchekov; ele sequer teve tempo para tirar as calças.

Nunca soube bem se foi o fato de ter ficado tantos anos sem homem nenhum – o último havia sido James – ou se Soso realmente mexia comigo. O fato é que eu dormi com ele aquela e várias outras noites durante os anos seguintes.

Em julho o comitê foi atacado, destruíram tudo. Lênin teve que se esconder novamente, acusado de traição, espionagem a favor da Alemanha, e passou a comandar os bolcheviques da clandestinidade. Trotski assumiu a frente do partido, que, apesar das perdas materiais, estava ainda mais forte. Fomos transferidos para Smólni, um instituto de educação para meninas, bem maior do que a casa da bailarina. Para mim não foi tão bom: já não dividia a mesma máquina de escrever com Katerina, tampouco cruzava com Soso.

Nas ruas, a verdade estava cada vez mais evidente: o povo morria de fome enquanto a aristocracia continuava vestindo as melhores roupas para ir ao teatro. Se nas trincheiras do *front* os soldados eram ceifados pela inanição, no Palácio de Inverno Kerenski e seus aliados consumiam vinho francês. Era uma revolução pela metade, o tsar havia sido deposto mas o povo era ignorado por um governo corrupto.

"Lênin só sobe ao poder de uma maneira!", gritou Bóris, no meio de uma discussão acalorada com os outros inquilinos, "um golpe armado! Temos que acabar com a raça dos *predateli*, falsos socialistas!"

Este já era o pensamento da maioria dos operários, camponeses e marinheiros e se alastrou ainda mais até o 25 de outubro, quando finalmente chegamos ao poder. Só faltava vencermos as eleições no Congresso dos Soviets e tirar os falsos socialistas do Palácio de Inverno.

Meu último encontro com Soso antes da insurreição me fez ter certeza de que meus sentimentos por Rachel haviam minguado. Estava apaixonada: cada vez que nos deixávamos, eu ficava triste. Antes, quando nos encontrávamos no apartamento que ele dividia com Molotov e outros companheiros; ou quando dormíamos juntos na mansão onde o comitê havia funcionado, tudo parecia mais fácil. Agora já não havia lugar para os encontros, nem horário. E ele com certeza tinha outras amantes – duas mulheres do comitê. Então eu ficava esperando um bilhete chegar debaixo da porta ou na minha mesa de trabalho. E sempre, sempre que Soso chamava, eu ia.

Daquela vez ele estava tenso. Apesar de estarmos nos aproximando da tomada de poder, ele não queria falar sobre aquilo – ao contrário. Queria mergulhar no passado e no prazer.

"Você me lembra a minha mulher, Kato. Algo no teu olhar…"

"A cor dos olhos?"

Ele negou, "não, a profundidade..."

"Ela morreu há muito tempo?"

"Faz dez anos. Eu estava tão desgostoso da vida que meus amigos me tiraram a arma", e riu.

"Do que ela morreu?"

"Tifo. Me deixou aos 22 anos, tínhamos um filho..."

E rolou na cama por cima de mim.

"Eu perdi o amor da minha vida e um filho, contei."

"Somos sobreviventes..."

"E você tem suas cicatrizes para contar", falei, passando o dedo por cima de seus sinais.

Fizemos amor mais uma vez antes de dormirmos, e, quando nos reencontramos, Soso já era um dos quatro homens mais poderosos da Rússia.

Quando um tiro vazio de canhão do Cruzador Aurora, ancorado no Rio Neva, anunciou a tomada do Palácio de Inverno, eu e Rachel estávamos na mesma sala: eu, como tradutora; ela, como delegada – ambas para o partido bolchevique. Juntas, de lados opostos do cômodo. Vimos Lênin chegar disfarçado e presidir o encontro onde camaradas do *front*, de Kronstad, da Ucrânia, da Sibéria e do leste votaram a favor dos bolcheviques, enquanto os mencheviques e seus sociais revolucionários declararam que aquele congresso devia ser anulado e retiraram-se da sala. Lênin sorriu: a vitória acabara de ser garantida com a partida voluntária deles!

Enquanto isso, Kerenski fugia como um porco do Palácio de Inverno, deixando os cadetes guardando o que restava de seu governo. Seus ministros permaneceram reunidos numa sala redigindo manifestos, praguejando contra nós, os "criminosos", "anarquistas", e declarando que a fome iria aniquilar a cidade.

Nos arredores da praça do palácio, o partido distribuía armas para o povo enquanto marinheiros desembarcavam para defender e tomar a cidade.

Assim, durante as 24 horas seguintes, ocupamos a central telefônica, a agência telegráfica e a estação ferroviária. Faltava apenas a tomada do palácio, que a esta altura era guardado apenas pelo Batalhão Feminino e pelos cadetes. Como ninguém ofereceu resistência, a populaça tomou a antiga residência dos tsares e espalhou-se por seus 1100 cômodos.

De madrugada a insurreição estava completa e, pela primeira vez em muito tempo, não houve nenhum roubo ou crime. Todos sabiam que Lênin traria paz, pão e terra.

Eu e Rachel voltamos para casa cantando, de braços dados.

"Você acredita, *meidale*? Nós tomamos o poder!"

"Finalmente minha imortalidade serve à humanidade, de alguma maneira!"

Rachel me encostou contra a parede de uma rua deserta, "Leahtchka, você é uma mulher extraordinária, incrivelmente forte. Você levará essa semente aos próximos séculos, participando de muitas batalhas e conquistas. Verá um mundo socialista, a terra de todos, um tempo de paz! Jamais duvide de seu poder, *my dear*!" e me beijou como não o fazia há muito tempo. Eu fechei os olhos, mas não pude deixar de imaginar Soso me beijando.

Menos de dois dias após a tomada de poder, a onda se espalhava por toda a Rússia: Moscou, Kiev, Kazan, Krasnoiarsk. Encontrei Bóris chorando diante do samovar, o calor escapulindo como se suasse o sofrimento da Rússia.

"Que foi, *Papochka*?", abracei-o por trás. Ele segurava um panfleto com o tratado sobre a terra. Leu emocionado a primeira emenda:

"1. Visando à concretização da socialização da terra, fica abolida a propriedade privada da terra. Todos os imóveis agrícolas são declarados propriedade de todo o povo trabalhador e entregues, sem qualquer indenização,

aos trabalhadores, com base no princípio da utilização igualitária da terra. Todas as florestas, todos os recursos naturais e todas as águas de significado estatal-geral, assim como todos os bens vivos ou mortos, fazendas de espécies e empresas agrícolas são declarados propriedade nacional", limpou o nariz que escorria, *"minha filha, a velha Rússia morreu, não existe mais, nasce uma justa, e ainda estou vivo para ver!"*

Foi um dos momentos mais emocionantes que passei na vida: ver aquele senhor que possuía uma fé gigantesca renovar seu sorriso cansado. Foi como se o teto se abrisse e um raio de sol o iluminasse. De repente, Bóris estava numa ribalta – a ribalta da nova URSS.

Rachel chegou pouco depois, a tempo de tomar o chá ainda quente. Enquanto a nossa relação estava em suspenso para ela, para mim, estava encerrada.

"Amanhã cedo parto, quero que venha comigo! Temos muito trabalho, *meidale*. A Rússia é grande demais..."

"Para onde?"

"O destino final é Vladivostok."

"Não quero ir, Rachel. Vou ficar aqui."

"E nós duas?", espantou-se.

"Nós? Nós estamos muito bem, não somos mais obrigadas a ficar horas costurando, trabalhamos com o que gostamos, estamos fazendo a revolução mais importante da história da humanidade, em plena guerra mundial. Não seja egoísta, o 'nós' agora é muito maior", falei, fugindo do óbvio, tentando amainar as coisas. Rachel já desconfiava que eu estava saindo com alguém, só não sabia quem.

"Entendo", disse, com pouca disposição para discutir o fim daquele relacionamento. A verdade era que a sua paixão pelo partido era maior do que qualquer outra coisa em sua vida.

"Eu tenho que partir, Leahtchka, sou uma delegada! Tenho responsabilidades com o partido", animou-se. "Vou ajudar a convocar as massas espalhadas desde as estepes até o litoral, não apenas pelos centros urbanos! Irei onde o povo precisa, parando, conversando, ensinando..."

Na manhã seguinte nos despedimos cedo. À noite, fui dormir com Soso.

Soso foi nomeado comissário do partido para as nacionalidades (o que, com certeza, seria um trabalho pesado, já que havia cerca de 50 nacionalidades em território russo). Passamos a nos encontrar apenas quando ele estava na cidade. Ninguém jamais soube do nosso caso, nem Rachel.

Eu ansiava por aquelas noites quentes, regadas à poesia sussurrada em meus ouvidos. Gostava de sentir seu bigode pinicando meu rosto, e ria quando ele falava de si na terceira pessoa, usando um de seus pseudônimos "Koba quer te ver pelada, solte o cabelo para Koba, Koba precisa de mais carinho".

Fiquei morando com Bóris e passei a trabalhar na telefônica. O apartamento logo foi dividido pelo partido, enviaram outras três famílias para morar conosco, de forma que aquele espaço generoso por onde outrora Bóris arrastava os chinelos e espalhava os livros ficou apertado.

Aos poucos a vida foi tomando outro ritmo. Para poder transformar o país sob o bastão soviético, Lênin assinou, em março de 1918, a retirada do país da guerra, entregando para a Alemanha e a Áustria-Hungria o controle da Polônia, da Ucrânia e das províncias bálticas. Concentrou-se na guerra civil, instituindo o bolchevismo de leste a oeste, com a ajuda do Exército Vermelho. Nasceram as políticas de controle, o comunismo de guerra e a repressiva polícia secreta, a Cheka, que fuzilaria milhares de pessoas durante os anos seguintes.

Em abril de 1922, Soso passou a ocupar o cargo de secretário-geral do Partido Comunista. Ele estava casado havia três anos e eu já não o desafiava como antes.

"Não entendo por que as pessoas precisam se sacrificar tanto pelo Estado soviético, Soso! Isso é o maior dos contrassensos", falei, enquanto abotoava o meu vestido, jurando para mim mesma que aquele seria o último encontro – uma jura constantemente quebrada.

"Pelo bem do povo, do futuro!"

"O povo está morrendo de fome, já os dirigentes... Veja o caso do Bóris, um homem que contribui de boa fé, dividindo tudo, um marxista ferrenho que não tem o que comer!"

"É inevitável! O povo terá que dar o sangue. Já o deu aos tsares, agora dará a si próprio!"

"Soso!", ralhei.

Ele não gostou, já vinha se transformando nos últimos anos, o poder lhe deixara arrogante, seu olhar bélico me assustava.

"Não me chame mais de Soso, jamais!", bradou, como se estivesse diante de uma plateia, "de agora em diante sou Stalin!"

"É só o que me faltava, você delira, homem, delira!", eu disse, abrindo a porta.

Sai de lá chateada. Soso, o poeta, já não existia. O amante, Koba, perdera o mapa do tesão. Havia, realmente, apenas aquele homem de aço, já completamente impenetrável – que, entretanto, perfurava a Rússia inteira.

Voltei para casa bufando de raiva. Naquela noite Bóris ia preparar um jantar para todos os convivas do apartamento. Ele recebera uma nota de 500 rublos de um sobrinho que fugira para a Escandinávia, e decidiu que cozinharia para todos. Estava animado a ponto de sonhar com uma sobremesa – compota de frutas! Quando cheguei lá, havia uma fatia de pão e um pouco de chá reservados para mim.

"Rodei a cidade toda, não há comida, nada, nada. Nem com dinheiro se come", me relatou, com os olhos murchos, como se sua fé estivesse sofrendo de desnutrição.

"A Rússia está morrendo de fome, de que adianta uma revolução? Pelo menos na época do czar...", comentou a senhora que agora ocupava um dos quartos.

Deitei no colchão, olhando o céu escuro do lado de fora. O cheiro de Soso, empesteado em mim, me causou repulsa. Não consegui dormir. Senti saudades enormes de Joaquim e do homem que ele era.

Com a morte de Lênin, em 1924, Petrogrado foi rebatizada de Leningrado. A cidade já havia deixado de ser a capital da república havia cinco anos, e apesar do "povo" estar no poder, a vida nunca fora tão árdua. Sobretudo para os judeus. Rachel, que fazia dois anos não pisava por lá, nos escreveu, dizendo que era hora de nos despedirmos da cidade. Recebemos uma carta com instruções claras: "Doem tudo ao partido, arrumem as malas e vão para Krasnoiarsk, já os inscrevi num colcoz. Se ficarem aí serão deportados para os gulags e correrão perigo."

Os colcozes eram fazendas coletivas. Já os gulags eram campos de trabalho forçados, a maneira que o partido havia encontrado para modernizar a agricultura, na esperança de fazer a comida chegar aos quatro cantos do país. O problema é que o povo – aquele mesmo que havia feito a revolução – era tratado como escravo.

"Você me leva até Krasnoiarsk, depois vai encontrar Rachel e trabalhar como delegada! Não merece acabar num colcoz", Bóris falou, olhando direto em meus olhos. "Eu te gosto como se fosse minha *Dochka!*", sussurrou.

Eu também já havia me afeiçoado a ele como se fosse meu próprio pai. "Jamais vou deixá-lo, Bóris! O que faremos é chamar Rachel para juntar-se a nós, deve haver algum trabalho para ela no colcoz."

Ele aquiesceu. Estar novamente com a filha era um antigo desejo seu.

Assim, preparamos a nossa partida. Nos meus últimos dias na telefônica, arrisquei meu próprio pescoço fazendo ligações proibidas para tentar encontrar Joaquim. Os momentos de euforia da revolução haviam passado, a paixão por Rachel tinha se desfeito, a relação com Soso estava fora de cogitação – e então, como numa baixa de maré, eu conseguia enxergar o meu próprio fundo. Nele estava refletida a imagem do homem da minha vida.

Consegui falar rapidamente com Fernando de Noronha, mas o único Joaquim da ilha tinha dez anos e era o filho de um soldado italiano. No Rio de Janeiro, falei com a telefonista, mas ela não conseguiu localizá-lo. Eu sentia Joaquim muito longe de mim, léguas e léguas distante, talvez em outro planeta, brilhando onde um dia a estrela mágica havia brilhado.

Assim que chegamos à Sibéria, Rachel, mais uma vez, mandou uma carta dizendo que não tinha como sair de Vladivostok, estava ocupada com outro projeto, "estou feliz, realizada, não se preocupe", escreveu, "se você e o *Papochka* estiverem a salvo, eu ficarei bem. Tenho saudades, mas ainda não é a hora de voltar. Minha *meidale*, sinta-se livre para viver a tua vida." Eu não me sentia livre, mas abandonada.

Eu nunca havia visto nada de parecido com um colcoz, uma fazenda comunitária onde todos repartiam tudo. Juntos, tínhamos que suprir a cota de produção imposta pelo Estado, nos revezando em todos os trabalhos: cozinha, plantação de milho, transporte de toras, seleção de grãos, colheita de palha. Em troca, ganhávamos farinha, sementes de girassol e a promessa de melhorias.

O problema todo não era, em si, o colcoz. Mas a Sibéria, onde o frio congelava até a respiração. Bóris tremia o dia inteiro, surgiram fendas em seus lábios, depois bolhas, no final já não eram mais lábios, apenas feridas abertas num rosto disforme e sem identidade – exatamente como o rosto da Rússia. Eu enrolava jornais velhos e tecidos em volta de seus pés antes de calçar-lhe as botas; esquentava-lhe as mãos, dava-lhe chá e sopa, quando havia. Escondia um pouco de milho, uma beterraba ou meia batata para cozinhar. Ele me abraçava, os cantos dos olhos sempre úmidos, e agradecia, *"Bolshoe spasibo, na samom dele"*.

Numa noite de violento inverno, em que os termômetros marcaram 40 graus negativos, fomos dispensados. Corremos para debaixo das cobertas do dormitório, tentando dormir. Foi quando surgiu uma conversa proibida de consequências irreversíveis.

Eu e Bóris estávamos deitados na cama que dividíamos, abraçados e enrolados como o tronco de um fícus. Todos ali pensavam que éramos pai e filha, uma recomendação de Rachel.

"Não saiu como eu pensava, não. Não é um socialismo justo, não está sendo dividido entre nós, está sendo tirado de nós, minha *Dochka*. Não sonhei com isso. Estou vazio, o meu sonho apagou-se. Sou apenas um judeu perseguido que sobreviveu ao pogrom, deu tudo o que havia ganho e, em troca, virou escravo", sussurrou. O silêncio no dormitório era tão fino que nossas palavras atravessaram alguns ouvidos.

"As coisas vão melhorar", declarei, estupidamente. Todos nós sabíamos que era mentira.

"Queria que Rachel enxergasse que este não foi o comunismo que eu a ensinei a sonhar. Lênin, Trotski, Stalin, nenhum deles é marxista, ninguém conseguiu colocar em prática as verdadeiras teorias. Sujaram o nome do grande mestre! Matam em nome de um ideal que já se perdeu... que tristeza! A Rússia é um desastre, minha *Dochka*".

Escutamos um pigarro de reprovação, vindo de algum leito. O escuro não nos permitia ver quem era. Tapei sua boca. Havia um terrível artigo 58 no novo código penal que transformava em traidor praticamente qualquer pessoa.

Bóris virou-se. Eu senti minhas pernas dormentes, o ar estava tão gelado que era difícil respirar. Não preguei os olhos, com pena dele. Senti saudades dos meus pais e minhas irmãs, do amor de Joaquim, do carinho de António e Emilie, das risadas com Irene, Melanie e Jules. Da amizade de Marcos, Clara, Conceição e Graça. Durante as poucas horas de descanso, abraçada ao meu *Papochka*, eu quis voltar ao Brasil ingênuo, à Lisboa das aparências, à Paris carnal, à Nova York sonhadora. Agora eu estava na Rússia reprimida, doente, assassina de seu próprio povo. Eu e meus incontáveis anos, pronta para mudar um mundo que já não podia ser mudado, pois estava fora do eixo. Só sobrava desilusão e desamparo.

A raiva maior era pensar que eu havia me apaixonado por Soso, permitindo que ele conhecesse meu revés enquanto lia as teorias de Darwin sobre a evolução da espécie. Que me penetrasse enquanto conspirava a favor do autoritarismo. E agora, que eu estava presa ao sistema, sua imagem me perseguia.

Quando os inspetores bateram com o martelo nas grades de ferro de nossas camas, para nos acordar, ainda estava escuro e eu não havia pregado o olho. A imagem que me consumia por dentro era a de Josef Stalin gozando.

Dois dias após o desabafo, Bóris foi preso, junto com vários outros trabalhadores, todos acusados de fazerem "propaganda ou agitação contra o regime soviético". Tratava-se do parágrafo 10 do artigo 58, mas, na verdade, qualquer um podia ser preso – até por espirrar na rua, se o espirro fosse considerado um código de espionagem, por exemplo.

Por ser jovem e representar uma boa força produtiva, eu não fui levada – foi o que o oficial da Cheka disse a todos que não foram presos. "Estão sob observação, mas se falharem com as cotas ou infringirem algum dos códigos, verão seus amigos na prisão", completou.

Antes de Bóris partir, eu forrei, pela última vez, seus pés com jornal. Ele tinha o olhar raso de quem já não acredita na humanidade. Nos abraçamos sabendo que era um adeus, "diga a Rachel para saírem daqui. Voltem para Nova York, vivam uma vida boa, *Dochka*! E, apesar de tudo o que aconteceu, nunca deixem de ler os russos!", cochichou em meu ouvido, me fazendo rir. Sim, a literatura e Bóris! Aquele homem era, no final das contas, um personagem de Korolienko.

Caminhou para o seu destino de peito aberto. Uma carroça o levou, junto com os outros, para a prisão. De repente, minha cama ficou vazia, o frio intensificou-se. O que eu estava fazendo, sozinha, num colcoz, na Sibéria? Minha vida havia perdido o sentido.

Escrevi uma carta para Rachel, pedindo que ela viesse. Chegou três semanas mais tarde, desesperada de tristeza. Tinha cortado seus cabelos, toda vaidade que ainda lhe restava estava escondida. Os dentes, amarelos, já não sorriam. Suas olheiras foram acentuadas pela magreza do corpo. Estava frágil e perdida. Seus olhos não focavam em nada – e quando o faziam, tinham aquela mesma aura de vazio dos olhos de Bóris.

Transmiti a ela a opinião de seu pai, dei seu recado para irmos embora (o que estava, obviamente, fora de cogitação). Na tarde de descanso, conseguimos permissão para visitá-lo na prisão.

"Essa pessoa não existe aqui", nos disse o guarda, após consultar diversas vezes o registro.

"Como não? Para onde levaram o nosso *Papochka*?", ela retrucou, como se fôssemos irmãs.

"E como eu vou saber?", o homem riu.

Rachel fez um escândalo, gritou, apontou o dedo na cara de todo mundo, e, como resultado, fomos imediatamente enviadas para um gulag, e de lá para outro, até acabarmos na mina de carvão de número 2 do Vorkuta Gulag, mais de 5 mil quilômetros a oeste de onde estávamos antes.

⁓

Trabalhávamos das 5 da manhã até as 10 da noite dentro da mina, no mais absoluto breu. Se não cumpríssemos as cotas de trabalho diárias éramos punidas, severamente. Passávamos por uma vergonhosa revista todas as noites, peladas na frente de batalhões de homens, que muitas vezes nos estupravam. Nossas pausas eram dez minutos para o café da manhã e cinco para as demais refeições. Geralmente comíamos mingau de manhã e espinha de peixe frita no almoço. Na sopa da noite sempre havia olhos de vertebrados flutuando. Era de dar ânsias, mas, com a fome que sentíamos, consumíamos tudo. E não havia dia de folga. Ou seja, todas as conquistas desde Nova York haviam sido perdidas. Irreparavelmente perdidas.

Rachel jamais se recuperou da perda do pai. Deixou que o pequeno filete de vida que ainda lhe cabia escorresse pelo canto da boca, sempre entreaberta. Seu olhar oco refletia a destruição da alma, seus ombros carregavam a culpa pelo sumiço de Bóris.

Também já não falava quase – tudo podia ser mal interpretado. Quando estávamos a sós, dentro da mina, escrevia em inglês, com pedaços de carvão, no próprio braço, "eu ajudei na construção desse país", "sou responsável pela morte do meu povo", "sou um monstro." Em seguida, apagava de seu corpo os vestígios da revolta. Repetia esse ritual todos os dias, naquele poço de claustrofobia que nos matava aos poucos. Rachel não queria mais viver.

Nosso último dia na mina do gulag foi parecido com todos os outros. No final do turno o inspetor nos chamou, fizemos fila para subir no pequeno elevador que desembocava na superfície. Fui empurrada para dentro e Rachel ficou lá embaixo, esperando o próximo carro.

Assim que o elevador chegou à tona, eu e outras trabalhadoras escutamos um estrondo.

"Que foi isso? Nossa senhora de Vladimir! *Mater' Vladimirskaya! Mater' Vladimirskaya!*", gritou uma colega, sem conseguir controlar sua fé religiosa – tão proibida no país. O coro de desespero que se formou abafou os berros que vinha do subsolo.

Eu chamei por Rachel, "minha irmã, minha irmã!". Logo soube que não responderia: uma mariposa marrom e pesada atravessou a nossa frente. Era a mensageira, eu já sabia. Impotente, senti as lágrimas chegarem.

Após mais de sessenta mulheres terem subido, finalmente pude voltar à mina. Rachel estava desmaiada, esvaindo-se no líquido da cor da bandeira do país que... que a matava. Uma viga de madeira tinha se partido e o teto da área dos elevadores colidira com sua cabeça. Havia quase vinte vítimas caídas, a maioria imóvel.

Tirei a terra de sua cabeça e a coloquei em meu colo. Sua perna esquerda estava presa debaixo de um pedaço de tora, com uma fratura exposta. Quase sem ar, ela usou toda força para falar.

"*Meidale*, fuja! Vá para o leste, procure Olga, minha amiga, em Vladivostok. Deixei com ela teus documentos antigos, a certidão brasileira e a identidade americana. Você pode sair do país com esses papéis. Bordei o endereço dela no forro do seu casaco."

Um nó em minha garganta já teimava em interromper a passagem de ar, mas eu tinha que ser mais forte. Mastiguei minhas palavras.

"Você vai sair dessa, minha querida, não foi nada, apenas um corte na cabeça..."

"Vou morrer, *meidale*. Eu já sabia, tenho sonhado com papai, ele veio me buscar", olhou para o lado, como se o visse ali, de pé, "poderemos ler os clássicos... e tomar chá... quente". Foram suas últimas palavras.

Abracei-a, seu pulso fraco esvaindo-se sem que eu pudesse revertê-lo. Queria abrir minhas veias e dar-lhe o jorro pulsante da imortalidade, mas seu coração havia desistido.

Limpei seu corpo, afastando a terra que a comeria. E então escutei o elevador descer com os bombeiros, e antes que o luto, a dor ou uma paralisia acachapante tomassem conta de mim, uma ideia louca surgiu: me fingir de morta.

Sujei minha testa de sangue, joguei terra e posicionei uma tora em cima do meu pescoço. Segurei na mão de Rachel, ainda quente. Fechei os olhos desejando, no fundo, partir com ela. Descansar. Acabar.

―

De fato, uma parte de mim morreu – o resto, fugiu. Esperei ser jogada junto com as outras numa pilha de cadáveres e, quando os guardas partiram, me levantei. Peguei, das companheiras mortas, luvas, gorros e meias. Calcei uma bota que estava em melhor condição do que a minha.

Cavei uma cova com uma das pás deixadas ali e enterrei Rachel. Recolhi pedrinhas pelo terreno e as pus em cima da terra, "para você construir a tua nova morada", sussurrei.

Apesar daquele gulag ser altamente vigiado – havia cabines suspensas a cada cem metros – eu consegui passar por entre as camadas de arames farpados sem ser vista. Caminhei a noite inteira pelos locais mais desertos, sem parar: se parasse, a tristeza tomaria conta de mim.

Ao amanhecer, cheguei a uma pequena cidade rural. Parei na porta da casa de um ferreiro que não falava russo, apenas komi, e pedi um copo de água. Sua esposa logo veio com um sorriso no rosto, feliz por ter uma visita. Me deixaram usar a casa de banhos e lavei o sangue e a terra que estavam grudados em meu corpo.

Foi quando descobri que, além de ter bordado o endereço de Olga,

Rachel havia costurado uma nota de 10 chervonetz no forro do casaco. Fechei os olhos e imaginei Rachel me esperando, junto a Olga, na sala do apartamento. Um samovar fumegante, um sorriso enorme no rosto e o porto de Vladivostok ao fundo com suas águas calmas.

No dia seguinte, escondida na carga de milho de um caminhão, segui até a cidade de Perm. Eu não tinha nenhum documento comigo e sabia que, se me parassem, seria presa. Em Perm, comprei meu bilhete para o trem transiberiano e passei uma semana viajando até Vladivostok. Algum anjo da guarda me protegeu, porque em nenhum momento me pediram os documentos.

Enquanto a Rússia passava pela janela do trem, minha alma foi se aquietando. Rachel possuía tantos méritos, fora uma verdadeira guerreira, exatamente como as personagens dos romances que ela adorava devorar. Recordei o dia em que nos conhecemos, uma menina grande demais no chão de um banheiro frio e apertado. Essa era a Rachel que eu levaria comigo, minha amiga, minha mestra, a amante que me ensinou sobre o corpo e me abriu o coração. A mulher que me aceitou como eu era, sem duvidar em nenhum momento.

Entre o soterramento da mina e minha chegada ao maior porto soviético no Pacífico, foram apenas doze dias. Naquele curto período minha vida havia mudado tanto que, mais uma vez, eu teria que reinventar a medida do tempo.

Cheguei facilmente até Olga, que morava perto da ferroviária. Ela era uma senhora alta e cansada. Seus cabelos enrolados ainda lhe emprestavam uns vinte centímetros de altura e, toda vez que se levantava, eu achava que ela ia bater com a cabeça no teto.

Abateu-se muito com a notícia da morte de Rachel.

"Vá para o Japão, imediatamente. Uma nova guerra pode estourar a qualquer momento, há rumores, e irão fechar as fronteiras."

"Outra guerra?" Eu nem lembrava que havia um mundo fora da URSS.

"Escuta, tenho uma amiga que irá te receber, Tomoko. Fique lá, depois volte para a tua terra porque a Europa e a Ásia estão acabando", disse, deixando-se cair na poltrona.

Me hospedou por cinco dias, até a partida do navio que me levaria ao Japão. Ainda de Vladivostok escrevi uma carta a Marcos, contando sobre o comunismo e a morte de Rachel.

"Meu amado Marcos, espero que você e Consuelo estejam bem. Aqui não trago boas notícias – foram anos duros, muito difíceis. Joaquim e eu jamais nos cruzamos, chego a duvidar de sua existência. Na memória, a felicidade que passamos juntos me vem borrada. A coisa que mais quero no mundo é encontrá-lo.
Depois de mais de trinta anos convivendo diariamente com Rachel, tive que enterrá-la. Sigo para Hiroshima, meu caro amigo, porque as coisas na Rússia estão se complicando, e eu não desejo prosseguir sozinha. Estou cansada, preciso morrer, mereço morrer! Todo o meu carinho, Leah!"

Também enviei uma carta a Joaquim, para a posta restante do Rio de Janeiro. Pedi que me respondesse em Hiroshima. A Marcos eu dei o endereço de Olga. Assim, eu tinha duas chances de receber notícias.

Coloquei-as no correio pouco antes de embarcar para mais uma fase. Eu já não queria mudar o mundo, apenas a mim mesma.

Dois dias depois eu desembarquei em São Paulo, fui direto fazer os exames. Não me lembro de ter sentido tamanha emoção em nenhum momento de minha vida como naquele abafado dia do final de janeiro, quando escutei o tamborilar do minúsculo coração de nosso filho no aparelho de ultrassom. Eu havia entrado na clínica sozinha e apavorada, cheia de enjoos e dúvidas. E, quinze minutos depois, estava deitada ali, sem me importar com o fato de a minha vida estar de pernas para o ar. O maior milagre de todos havia me acometido: não o da imortalidade, o da continuidade.

"É um menino, certo?", eu sempre havia sonhado com um menino – talvez por causa de Fernandinho.

"Ainda não dá pra saber, mamãe. O que temos é um coração muito forte que já acelera ao ouvir a tua voz – repare só!"

Meu filho já sabia quem eu era, realmente quando eu falava seu órgão vermelho disparava!

Liguei para Malu, caiu na caixa postal, deixei um recado longo, fui cortada no meio – eu precisava dividir aquilo! Então disquei para o doutor Fernando, que pareceu feliz ao confirmar suas suspeitas – não tanto quanto Malu ficaria – e me disse que o estado de Joaquim permanecia inalterado. Pedi que ele colocasse o celular no seu ouvido e falei sem parar por talvez dez minutos. No final, não aguentei e contei "Joaquim, você vai ser pai!"

No caminho para casa a ficha caiu: Joaquim já era pai. De Nicolau! E eu daria à luz seu irmão! Como isso podia ser perverso?

Abri a porta daquele enorme apartamento com os dois corações que havia dentro de mim na boca. Era a primeira vez que eu pisava ali desde a partida para Roma. Se Nicolau já tivesse voltado aquele seria o momento de contar tudo.

Felizmente, ele não havia chegado – a casa estava igual, parada no tempo desde o ano anterior. Tranquei a porta e fui direto para o escritório, com apenas uma vontade: ler os diários de Joaquim.

Eram três volumes: um velho caderno de couro, certamente da época em que nos conhecemos; um bloco de notas da primeira metade do século XIX; e um caderno espiral com o símbolo da CBF que parecia cobrir os anos vividos após a volta ao Brasil.

Sentei na poltrona com as pernas para cima e passei a mão na barriga, ainda era difícil acreditar que eu estava grávida! Então falei, em voz alta, "meu filho, esse é o começo da história do teu pai. É uma história grande, enorme. O resto ele mesmo vai contar, viu?"

No caderno de couro gasto encontrei a mesma caligrafia que eu conhecia da carta que Joaquim havia escrito ao meu pai, que descobri dobrada numa das páginas. A tinta havia se evaporado, mas o amor estava ali. Li a primeira anotação em voz alta. Datava de 22 de setembro de 1824.

"Hoje conheci a mais formosa senhorita do universo. Seu nome é Leah e seu coração está prometido a um senhor que mora do outro lado do mar – mas tenho esperanças de... esperanças de tudo!"

Na página seguinte havia flores secas e uma seta: *"as amarelinhas de Leah."*

O caderno continha desenhos de mapas e de barcos, restos de bilhetes apagados, anotações sobre o mar, a lua e a política, cartas que a mãe de Joaquim lhe havia enviado, e até mesmo o laçarote de minha camisola!

"Quando tudo parecia perdido, a senhorita dona de meu coração apareceu na minha frente como se fosse uma miragem. Não pude controlar meus impulsos e amei-a como se o mundo fosse acabar. Foi o amor mais lindo e puro que já senti. Depois o mundo enfezou-se e jogou uma estrela contra o mar que nos cobria. Foi a experiência mais absurda de minha vida: o oceano acendeu-se, o céu apagou-se. A água transformou-se numa teia sólida e um instante suspenso no tempo nos atingiu. Na manhã seguinte, quando ainda estávamos desorientados, o pior veio: levaram a minha Leah. Hoje sou um náufrago à deriva."

Então fora assim que ele compreendera a estrela, como punição por nosso amor... pobre Joaquim! Ali ele contava que havia sofrido como eu não imaginava. Me esperara na ilha até 1834 e, depois de um encontro com Charles Darwin, que alcançou Fernando de Noronha a bordo do seu HMS Beagle, Joaquim decidira partir para a capital.

"Na falta avassaladora de minha amada Leah, por covardia e medo de ir procurá-la, sem ter nada para oferecer ao senhor seu pai em troca de sua mão, ingressei na Faculdade de Medicina e Farmácia e casei-me com Berenice, uma mulher triste e lânguida, dona de posses e poses. O problema é que não pode conceber filhos e sua melancolia só aumenta. Talvez o problema nem seja dela – uma escrava feiticeira me disse que eu não posso engravidá-la. Foi um ritual assustador, Nhanhá falou com voz de homem e olhos virados 'sinhozinho não pode ser pai. Sinhozinho está preso. Sinhozinho tem que encontrá a outra parte pra formá uma pessoa; sinhozinho é só metade."

Reli aquele trecho várias vezes. O peso de ser apenas a metade era incalculável, apenas eu podia imaginá-lo. Então ele também soubera de sua esterilidade o tempo todo? Como concebera Nicolau?

Descansei o diário no colo e tentei imaginar Berenice. Agradeci, secretamente, por ter tomado conta dele por mim. E senti pena por ela nunca ter podido realizar o que eu estava prestes a tornar real: ser mãe.

Uma calma invadiu o quarto, atravessou a janela e instalou-se no meu interior. Adormeci, sonhei, e acordei horas depois com Nicolau na soleira da porta, me fitando com seus olhos roxos de dor.

Tentei esconder os diários mas a hora havia chegado. Eu tinha que contar, mesmo que a verdade significasse metralhar aquele homem que me amava.

"Nicolau, quero falar contigo..."

"Não me importa o que você quer, Sylvia! Você é uma covarde, não há no mundo explicação para você ser tão escrota. Vim pegar roupas, ficarei num hotel até que você arrume as tuas coisas e vá embora, para sempre!"

"Eu fui covarde e você está certo em ter toda a raiva do mundo de mim, mas vou te implorar se for preciso, você precisa me escutar!"

Nicolau deu as costas e saiu. Estava tão transtornado que já não era a pessoa que eu conhecia. Rasgou o longo corredor derrubando tudo que havia ficado retido ali: nossas risadas e promessas; nosso sexo apressado e também o atento; o cheiro do nosso futuro.

"Não quero o teu perdão, Nicolau, mas há uma razão forte para tudo isso, uma razão que não faz o menor sentido, uma brincadeira de mau-gosto que o destino nos pregou!"

Nicolau seguiu sem amortecer seus passos pesados – ao contrário, fugiu de minhas palavras com mais pressa. Mas eu gritei mais alto e elas, de alguma forma, o alcançaram do outro lado daquele túnel.

"É sobre o teu pai!"

"O que tem isso tudo a ver com papai?"

"Tudo!", minhas mãos suavam e senti o enjoo voltando, "teu pai já te contou sobre o passado dele?"

"Sylvia, pelo amor de Deus, do que você está falando?", se assustou.

Fui me aproximando, ganhando aquela distância que nos separaria para sempre, "estou te perguntando até onde você sabe da história do teu pai."

"E o que isso te interessa?"

"Bem, eu faço parte do passado dele. E, agora, do presente."

"Como?"

"Eu e seu pai, nós... Nicolau, o teu pai é um homem do meu passado. Nos conhecemos há muito tempo", gaguejei, "e, quando eu te conheci, jamais sonhei ou imaginei que ele e você fossem, tivessem qualquer tipo de relação."

Nicolau franziu a testa como se seu rosto estivesse prestes a derreter, fundindo toda razão que o mantinha de pé até aquele momento.

"Ele já te contou sobre uma mulher chamada Leah, que conheceu em 1824? Pois sou eu."

O corredor encolheu, jogando um contra o outro, e de repente ficou apertado demais para nós. Dei as costas e Nicolau me seguiu até a sala. Meu corpo tremia e minha voz falhava, mas não desisti.

"Vou te contar do começo, mas antes de mais nada quero te pedir que abra o teu coração para essa história."

"Você também é uma *highlander*?", perguntou, como se fosse um menino de dez anos que acredita em super-heróis.

"Sou imortal, se é isso que você está perguntando."

Nicolau levantou-se e socou a parede, "porra, só eu sou mortal nessa merda de mundo?"

Tive paciência de explicar que era, provavelmente, ao contrário. Que eu e Joaquim éramos os únicos imortais – pelo menos que eu soubesse.

Tive forças para contar muitas coisas a Nicolau, e me sobrou um resto para ainda engavetar certos segredos. Não contei sobre a gravidez, também não mencionei o estado de saúde de seu pai.

Nicolau machucou a mão com um de seus golpes, e durante as quase duas horas em que eu falei sem parar, contando com detalhes coisas que jamais haviam sido reveladas, ele ficou massageando o punho como se o tivesse esfacelado em mil partes. Mas eu sabia que não era o punho que havia se desintegrado, mas sua honra. O golpe tinha sido pesado demais.

"Não faz sentido, nada disso faz sentido. Por que o meu pai? Por que você? Como é que eu posso acreditar que você não foi atrás de mim para encontrá-lo?"

"Eu não fui atrás de você! Ao contrário, você é que me achou em Angola!"

"Não faz sentido!", repetiu, já rouco de tanto chorar.

"Nada em minha vida jamais fez sentido, Nicolau. Dá raiva, mas o universo conspirou assim. O que temos que resolver, agora, é como iremos agir..."

"Eu nunca vou acreditar em você, Sylvia. Leah. Seja lá que porra de nome for o teu!", e cuspiu as palavras na minha direção.

"Não preciso que você acredite em mim... mas no teu pai... e, gostaria muito que você ficasse bem!", falei, sinceramente, apesar daquilo soar falso e ilusório.

Ele relinchou, como um cavalo depois de atravessar um pântano, "eu preciso de um tempo..."

"Claro", falei, me levantando. "Vou pegar umas roupas e vou pro estúdio. Você fica aqui, é a tua casa."

"Era nossa", Nicolau sussurrou, antes de enterrar a cabeça entre as pernas. Seus ombros despencaram e ele deixou de ser o homem traído para dar lugar ao menino carente, um órfão da própria história. Tive vontade de abraçá-lo – mas segui adiante, sem olhar para trás. Eu tinha que ser forte.

Escondida no meu estúdio, segui lendo os diários de Joaquim. Descobri que depois da morte de Berenice – sua primeira esposa – ele foi me procurar em Portugal. Mas eu já estava em Nova York, vivendo o começo da minha fase revolucionária. De lá, foi para Paris, onde estudou com Pierre e Marie Currie e se casou com Anne Sophie... uma prostituta!

À medida que ia lendo os diários daquele homem que se encontrava envenenado por Hipnos no leito de um hospital, ia descobrindo que ele também havia tido uma vida intensa. Minhas culpas, ridículas e descabidas, iam desfazendo-se enquanto eu lia sobre suas felicidades,

"Anne Sophie tem os cabelos negros e tão compridos que chegam a beijar-lhe as nádegas. O rosto é pálido como um floco de neve. Não quero que ela seja de nenhum homem: apenas minha!"

Era impressionante como tinha sido fiel às mulheres e ao sentimento que nutria por mim. Ali estava, entre aquelas palavras, Joaquim: um homem de poucas convicções – mas nada as atravessava. Tínhamos tantas coisas em comum! Ele também havia perdido seus amores tragicamente, recebendo doses agudas de sofrimento: Berenice afogou-se. Anne Sophie morreu queimada.

Existia um sentido maior para a nossa imortalidade, mas eu ainda não o havia desvendado. Tampouco ele. Suas anotações traziam frases soltas que pareciam ter saído da minha boca,

"quem é Deus?", "por que fui castigado?", "onde ela está?", "por que não posso morrer?".

Mas o que nos diferenciava é que ele carregava a angústia da dúvida – enquanto eu trazia comigo a da certeza, pois sempre soube que o momento do nosso reencontro chegaria.

A cada nova frase que eu lia, tudo o que queria era pegar o primeiro avião e voltar para o seu lado. Mas eu precisava fazer mais exames e tinha uma consulta marcada com o obstetra indicado pelo Dr. Fernando.

"É a sua primeira gravidez?", perguntou o médico, jovem, branco como um vampiro.

"Não."

"Quando foi a tua primeira gravidez?"

"Dei à luz em 1825, o menino nasceu morto."

A tez do médico tingiu-se de rosa, mas ele ainda tentou disfarçar.

"Quando?"

"Doutor, é o seguinte, a minha história não é para qualquer um. Você vai achar que eu sou uma lunática, mas tenho 205 anos de idade."

O médico ligou para o doutor Fernando e, por entre sussurros, entendeu – ou fingiu – que aquele era um caso "paranormal". Imagino que depois da minha saída de lá eles tenham confabulado sobre uma lista de casos raros citados em livros obscuros da literatura médica.

A consulta demorou quase três horas, o médico me revirou dos pés à cabeça, e saí de lá com um mal-estar que já parecia anunciar algo. Assim que coloquei os pés na portaria do estúdio, senti uma sombra. Era Nicolau. Fazia três dias que não nos falávamos.

"Posso subir?", perguntou, gentilmente. Parecia mais magro, suas olheiras sugavam o brilho que os olhos costumavam carregar. Sua mão estava enfaixada.

"Claro."

Fiz um chá gelado. Ele acendeu um cigarro, me ofereceu outro. Recusei – ele estranhou. Mas não era a hora de dizer que eu estava grávida.

"Vou a Noronha amanhã. Preciso conversar com papai."

"Nicolau, tem mais uma coisa que eu não te contei..."

"Mais o quê?", espantou-se.

"O Joaquim sofreu um acidente, ele... antes de irmos para Roma ele veio me procurar em São Paulo, eu combinei que o encontraria para conversarmos." Minha confusão voltou, comecei a tropeçar nas palavras, "ele não sabe que você é o meu noivo, eu queria, precisava ganhar tempo, estava com medo, muito medo de que vocês se esbarrassem, se vissem, na portaria do prédio e descobrissem tudo da pior maneira..."

"Sylvia, que acidente?"

"Ele voltou para Noronha e foi mergulhar... ainda não sabemos se realmente foi um acidente ou se... se ficou pesado demais para ele e ele tentou se matar."

"Para de enrolar, caramba!"

Ele tinha razão. Eu estava nervosa e prolongando uma notícia que devia ser dada diretamente.

"Ele está em coma. Se afogou."

"Coma? Vamos transferi-lo para cá! O que ele está fazendo num posto de saúde de Noronha?! Puta que pariu!"

"Nicolau, se o teu pai vier para cá vão revirá-lo do avesso e descobrir que ele é diferente. O nosso sangue é diferente, os médicos vão pirar... e a última coisa que queremos agora é que a comunidade científica descubra um casal de Neandertais vivendo em pleno século XXI!"

"Caralho!", não aguentou, xingou e repetiu, e depois socou, com a mão machucada, a parede.

No dia seguinte, voamos até Noronha. Eu sentei na primeira fila, Nicolau, na penúltima. Precisávamos de distância.

Durante o voo, abri o segundo diário de Joaquim e já na capa uma frase, de 1925, quando ele estava em Nova York, me chamou a atenção.

"Não estar com Leah é estar pela metade, não sou eu: sou um pedaço de mim que não me pertence, pois é dela."

Quando aquela agonia iria acabar e formaríamos um todo?

Insolação

Tomoko era baixa, tinha os cabelos negros muito finos e os olhos constantemente fechados. Falava com as mãos, e com elas também esculpia cerâmica, desenhava, andava, sentia e enxergava. Tomoko havia nascido cega, mas isso não a limitava em nada, ao contrário, ela era mais feliz do que eu e meus 130 anos de visão. Me hospedou com uma alegria que eu já desconhecia – não estava presente nos russos nem nos americanos. Talvez sequer nos japoneses, mas apenas dentro de pessoas especiais como ela.

A casa de madeira era de uma simplicidade contagiante. Tomoko morava com o irmão mais velho, um pescador que havia se alistado no exército e agora ajudava o Japão a ocupar Xangai. Foi no tatame dele que eu dormi e onde eu senti, desde a primeira noite, seu cheiro.

Na noite em que cheguei, me convidou para um chá. Ajoelhei-me no tapete de palha enquanto a observava esquentar um pequeno bule de cerâmica. Tomoko tinha um senso de orientação incrível, fazia tudo como se os olhos funcionassem. Me livrei do samovar, pensei, mas em seguida entristeci, isso significava não ter mais Bóris nem Rachel.

Reparei no altar xintoísta, montado numa prateleira alta do canto do cômodo, um *kamidana*. Tentei adivinhar o que estava escrito, ela percebeu a mudança em minha respiração, "é para boa sorte, chama-se *ofuda*", explicou, em russo.

"Seu russo é muito bom", reparei.

"Sim, morei em Vladivostok por treze anos. Dividi um apartamento com Olga. E você, nasceu em Vladivostok?", perguntou, enquanto servia o chá.

"Não, nasci em Leningrado, mas venho de uma família portuguesa", não era totalmente mentira: a minha versão atual havia nascido lá.

"Dizem que é bonito, mas muito longe!", calou-se, "importa-se de eu lhe perguntar quantos anos você tem?"

Não estava pronta para mentir. Tampouco para a verdade. Me lembrar de minha idade era sentir seu peso.

"Completei vinte este ano", respondi.

Por um momento o silêncio reinou na sala, não como se fossemos duas estranhas constrangidas – ao contrário, como duas amigas com intimidade suficiente para se calar.

"Descanse", ela sussurrou, "amanhã conversaremos mais. Sua voz está cansada."

"Meu corpo também...", sorri.

Mesmo que não pudesse me ver sorrindo, ela sorria de volta, porque escutava meus lábios se separando e abrindo, dando mais passagem ao ar.

Tomoko pegou um quimono limpo e dobrado e sandálias de solado de madeira. Eu ainda estava vestindo minha roupa russa, o casaco bordado com o endereço de Olga, a luva e as meias das colegas mortas.

"Esquente a água e tome um banho. O ofurô fica à esquerda, a toalha e o sabonete estão lá. Relaxe, Leah-chan."

Fiquei olhando para o altar e me deu uma vontade enorme de agradecer pelos anos passados, pelas ásperas conquistas que me machucavam agora. Por Rachel, Bóris e todos os outros mortos em nome da causa bolchevique. Agradecer pela imortalidade que tanto me massacrava e também me deixava em pé para assistir ao próximo espetáculo da natureza, ou à próxima calamidade da humanidade. E, sobretudo, por ter Joaquim na minha vida.

Não sabia a quem agradecer nem pedir, se aos *kamis* xintoístas, a Buda, aos santos ortodoxos, ao Adonai de Bóris, ao Jesus Cristo de minha infância, ao Oxum de Tetê...

"Posso rezar um pouco?"

Tomoko sorriu, "Claro, mas precisa tomar banho antes. A água purifica."

Quando entrei no ofurô quente minha pele pareceu se desmanchar, fui sugada por uma sensação de prazer que eu não experimentava há décadas. Fechei os olhos e me senti sob o manto de Iemanjá. Pude perceber, dentro do balde de madeira, o movimento das ondas, o chão de areia, a brisa morna varrendo meu rosto. Adormeci por um instante. Quando acordei eu sabia onde estava, e o que faria: rezaria para a deusa do mar.

Tomoko me ensinou a fazer potes de cerâmica, a enxergar com as mãos, a tomar chá com hora marcada, a ler e compreender o alfabeto hiragana, a escutar os pássaros e a fazer *tsurus*, garças de origami.

Com o tempo viramos irmãs, pouco falávamos sobre a vida ou o passado, era como se já conhecêssemos os limites uma da outra. Com a minha chegada a produção de cerâmica, antes caseira, havia crescido, e passamos a fornecer louça para restaurantes locais. Construímos um novo forno, maior, e diariamente trabalhávamos o barro, enquanto o sol iluminava a terra. Quando fazia calor sentávamos do lado de fora. Quando chovia, abríamos a porta que dava para fora e deixávamos a chuva embalar nossos movimentos arredondados. No inverno, nos escondíamos na sala, e enfiávamos nossos pés debaixo da mesa, aquecidas por mantas e cantos tradicionais. Tomoko foi aprendendo português: ela me imitava quando eu cantava antigas cantigas de minha mãe, seu rosto se iluminava como se tivesse passado a enxergar.

Certo dia, quando eu acabava de decorar um pote de arroz, Tomoko veio me trazendo uma máquina fotográfica, uma Meikai.

"Queria te pedir um favor, Leah-chan. Eu fotografo barulhos. Sons da natureza, ruídos do homem", sentou-se, "às vezes, num dia quente, penso em capturar o calor; no inverno quero colorir o frio", e calou-se, com certa vergonha.

"Que lindo, Tomo-chan!"

"Meu irmão me deu a câmera, disse que era para eu fotografar com a alma. Ele acha que a minha alma vê o que os olhos de muitas pessoas não enxergam."

"Eu tenho certeza disso! Teu irmão deve ser um cara muito sensível."

"Sensível mas solitário. Pescador, agora soldado, tem dificuldades para se relacionar com os humanos."

Sorri ao pensar em seu cheiro solto pelo tatame onde eu dormia.

"Desde que ganhei a câmera fiz muitas fotos, mas não as revelei porque eu precisava de uma alma bondosa... e quando você chegou, eu pensei: ela foi enviada para me ajudar a enxergar!"

Segurei suas mãos pequenas e tortas, cheias de calos.

"Sim, eu recebi esse chamado: numa pequena vila do Japão há uma mulher que vai te ajudar a curar a alma. Todas as noites você irá tomar um banho quente e se purificar. Todos os dias você irá rezar em seu altar. Até que um dia essa mulher, esse anjo, irá te pedir um favor, uma coisa corriqueira, mas muito importante para ela. E você irá retribuir de coração aberto..."

Quando olhei para Tomoko, ela chorava, como se seus pequenos olhos também pudessem ser purificados. Me abraçou, "*arigatô*, Leah-chan, *domo arigatô!*"

Foi assim que a fotografia entrou em minha vida – e nunca mais saiu. As fotos de Tomoko eram assombrosamente expressivas: um bater de asas de um beija-flor, uma gota de chuva descendo do paraíso, os raios do sol perfurando a água, seu reflexo numa janela vazia, a fumaça de uma chaleira perdida no tempo. Fiquei apaixonada por seu trabalho e pela possibilidade de capturar a aura do momento. Comprei uma máquina para mim, e, através da abertura do diafragma pude descobrir uma nova consciência. Limites se expandiram e, de repente, eu tinha olhos novos, descansados, órgãos frescos que não haviam me acompanhado por aquele trajeto todo...

Um ano e três meses após a minha chegada a Hiroshima, no meio de uma madrugada de inverno, quando o frio brincava de congelar almas, entrou pela porta do meu quarto um homem alto e moreno, cabelos fartos, segurando um uniforme do exército e mancando. Ambos tomamos um susto, mas imediatamente ele colocou o dedo sobre seus grossos lábios pedindo silêncio. Examinou-me com muito interesse durante um tempo que escorreu pelos ponteiros do relógio.

"Eu sou Leah, amiga de Tomoko", cochichei, em japonês.

"*Hajimemashite*", prazer em conhecê-la, me reverenciou, "sou Takuro, irmão de Tomoko."

"Desculpe, estive dormindo no seu tatame, mas vou para a sala", me levantei e comecei a recolher minha colcha, mas ele me parou – sem me tocar. Apenas colocou sua mão na minha frente, "eu durmo na sala", e saiu, mais rápido do que um sopro.

A sala e o quarto ficavam colados, e toda vez que um se movia o outro podia escutar. Aquela noite ficou suspensa, eu pensava em seus gestos contidos e educados, em seu rosto lapidado em formato de diamante, seu olhar surpreso.

No dia seguinte, fomos oficialmente apresentados. Takuro pareceu tenso. Logo eu resolvi sair, deixá-lo à vontade para conversar com Tomoko. Talvez fosse sensato, agora que ele havia voltado, eu alugar um quarto na vizinhança.

Passei o dia tirando fotos da cidade, o sol estava quente e as pessoas alegravam as ruas. Fui até o Santuário de Itsukushima e rezei por um longo tempo. Agradeci por minha vida ter tomado um rumo: sem muito sofrimento, eu havia conseguido escapar do gulag e chegar até um lar onde fora muito bem acolhida.

Quando voltei, já tarde da noite, um jantar me esperava. Takuro havia trazido peixe fresco – ele cozinhava muito bem. Também serviu saquê quente e não conseguiu desviar os olhos de mim.

"Leah-chan, Takuro estava em Xangai, na guerra. Foi baleado na perna, mas está se recuperando."

"Já estou melhor, mas não quero voltar...", explicou, murchando os ombros. "Xangai está uma tristeza, acho que as coisas só pioram... queria voltar a pescar, mas se fizer isso o exército descobre que minha perna está boa e vou direto para uma zona de ocupação."

Tomoko veio consolá-lo, "aqui estamos precisando de um braço a mais, mas não de uma perna, não é Leah?"

"De um, não, de dois braços!", respondi, excitada com a possibilidade.

"O *kami-sama* está te dizendo que é tempo de parar. Sair do exército. Encontrar uma esposa", e essa parte ela falou sorrindo, "construir uma família, Takuro!"

Takuro perdeu-se nas palavras da irmã, e, quando pousou os olhos em mim, eu estava suspirando.

Daquela noite em diante uma chama se acendeu, justamente a que eu julgava mais morta: a da paixão. A pequena casa de madeira começou a ficar apertada para tanto desejo, e Tomoko, que sentia cada fiapo de emoção e tensão em dobro, foi nos dando espaço.

Eu segui dormindo no quarto de Takuro – ele fez questão. Montou seu tatame na sala, na saída do meu dormitório, como que para vigiar meus passos. Todas as noites nossos ruídos conversavam, e eu só dormia depois de escutar seu leve roncar.

De dia, eu e ele já não disfarçávamos quando cruzávamos os olhares. As conversas sempre incluíam Tomoko e giravam em torno de política e guerra: o mundo parecia estar de cabeça para baixo, todos brigavam, em todos os lugares. Eu escutava mais do que falava, estava farta de lutar por ideais, queria apenas ficar quieta e fotografar as cerejeiras no verão.

E foi exatamente no calor de 1939, apenas algumas semanas antes do início da Segunda Guerra Mundial, que finalmente a paixão floresceu. Eu estava no parque para fotografar os *sakurás*, perdida entre suas folhas delicadas, quando avistei Takuro abraçado a uma delas. Com a lente da minha nova Leica pude ver que ele conversava sozinho. Fotografei e acompanhei seu movimento delicado: inclinou-se até o tronco indefeso da cerejeira e cochichou algo comprido num buraco da árvore. Depois afastou a boca e tapou com a mão o ouvido do *sakurá*. Buscou no bolso um lenço cheio de areia branca. Encheu o buraco com os grãos, limpou as mãos e reverenciou a guardiã de tal confissão.

Fiquei imóvel, fotografando cada passo, completamente apaixonada por seu gesto. Foi como se tudo se apagasse, minha vida passada, meus amores regressos, as mortes e os encontros. Só havia Takuro e sua boca farta sussurrando para a árvore, suas mãos perfeitas segurando a areia que escorria.

Revelei as fotos no quarto escuro que eu havia montado. Quando pendurei as fotos, ainda pingando, comecei a tremer: o que será que ele havia confidenciado à cerejeira?

A maneira oriental derrubava a lógica de meus anos, forçando minha alma a se abrir e a mudar. Ali havia um sincretismo maior emoldurando tudo:

a árvore escutava, o imperador era deus, as flores eram festejadas, a cega enxergava, o soldado não queria guerra.

Naquela noite, Tomoko foi jantar fora. Takuro grelhou um atum vermelho salpicado com gergelim, estava nervoso, queimou um pouco o fundo da posta.

"*Gomennasai*", desculpou-se.

"Está muito bom."

"Eu queria que estivesse perfeito, e não muito bom."

Takuro era exigente, como a maioria dos japoneses.

"Para mim tudo o que você faz é perfeito. Te vejo com olhos adocicados", finalmente revelei.

Ele corou, "eu também te vejo assim."

Coloquei minha mão por cima da mesa, sem saber como deveria me comportar para não estragar aquele momento. Como agia o japonês? Como agia aquele homem da década de 30? Como um pescador, que joga a rede e puxa para junto, ou como um soldado, que atira de longe?

Logo descobri: Takuro fixou o olhar em minha mão até que eu a virei para cima, minha palma convidando o seu toque. Finalmente ele largou seu *hashi* e a segurou. Pegou nela como se tivesse segurando uma flor, a cheirou, a beijou, alisou como se nunca mais fosse deixá-la escapar. Levantei-me e dei a volta na mesa. Me sentei em seu colo, ele se assustou com a intimidade. Fiz carinho nos seus cabelos, olhei fundo em seus olhos. Enfim Takuro aproximou os lábios, ainda reticentes, e selamos o beijo.

Levou um tempo até nossas bocas se entenderem, mas daí em diante caímos sobre o tatame e ficamos enrolados por talvez duas horas, apenas entre beijos e carinhos. No final, ele sussurrou em meu ouvido: "Leah--chan, você quer se casar comigo?"

Seus olhos rasgados tremularam ansiosos durante os segundos em que eu fiquei sem ar. Nós havíamos acabado de nos beijar e ele queria se casar? Permaneci calada, sentindo o pulsar daquela possível vida me correndo pelas veias. Aquele pedido era o que de melhor poderia acontecer comigo! Não havia espaço para dúvidas, eu tinha que ser feliz!

"Hai", cochichei, e rolamos mais ainda pelo traçado de palha de arroz. Tentei tirar a minha roupa, com uma vontade urgente de me entregar. Ele me olhou assustado, "casamento primeiro", disse.

Takuro estava excitado debaixo da calça azul-marinho, mas não se movia, com vergonha. Abaixei uma alça do quimono até que meus seios ficaram minimamente expostos. Ele os olhou com adoração, mas se recusou ao toque. "Casamos amanhã?", eu sorri.

⁓

Apenas no verão seguinte, à sombra de novas flores de *sakurá*, nos casamos no santuário de Itsukushima. Tomoko fotografou a simples cerimônia. Convidamos vizinhos e amigos, os donos dos restaurantes para quem fornecíamos porcelana e dois tios com suas esposas e filhos, seus únicos parentes na cidade. Os pais de Takuro e Tomoko haviam morrido dez anos antes, num acidente de barco.

Vesti um quimono branco com um grande lenço cobrindo a cabeça; o de Takuro era preto. A emoção de casar foi algo que me encantou, ser noiva era finalmente estar começando uma vida sem sustos, sem medo de largá-la no meio. Eu estaria ali para sempre, até que Takuro e Tomoko não existissem mais. O meu temor de compromisso havia sido vencido pelo pavor de ficar sozinha, de perder mais gente, de não estar presente em minha própria vida. De uma maneira, foi minha primeira grande traição a Joaquim.

Na noite de núpcias, finalmente fizemos amor. Apesar de velado, tudo foi muito sensual. Primeiro Takuro me levou para o quarto de banhos e me despiu por inteira, desfazendo sem pressa os laços do quimono, retirando minhas meias e meu chapéu. Depois, sugeriu que eu fizesse o mesmo, e foi quando descobri seu peito rijo, quase sem pelos, seus braços torneados, a marca do projétil em sua coxa direita. Seu membro era grande e moreno demais para nunca ter visto o sol – era o excesso de sangue que o bronzeava.

Ficamos frente a frente, os dois nus. Ele buscou uma toalha de mão e molhou no ofurô, que estava repleto de pétalas para o banho das núpcias. Começou a me lavar: primeiro o rosto, depois o pescoço, omoplatas, costas, nádegas, seios e braços. A barriga e as coxas. Os pés. Então molhou novamente a toalha na água e afastou minhas pernas, lavando meus esconderijos. Comecei a ficar muito ofegante, e queria logo lavá-lo, eu também, queria que ele me possuísse com uma pressa ocidental – mas não. Takuro largou a toalha e começou, então, a beijar cada lugar que havia lavado. Aquilo não era apenas uma noite de amor, era um ritual de núpcias.

Deixei Takuro acreditar em minha versão russa: nascida em Leningrado 23 anos antes. Não desmenti nada, permiti que me reinventasse (quem melhor do que o meu marido para me definir naquele momento?). De tanto me reinventar, redescobri o que era ter um homem ao lado: a dedicação, o amor, o calor, os ciúmes, o simples fato de deitar ao seu lado a cada noite.

Então fui a esposa que nunca havia sido. Quando começamos a vender nossa cerâmica para outras cidades, Takuro passou a viajar. Quando chegava, cansado, eu me ajoelhava e lavava seus pés na bacia com água quente, como uma gueixa. Me sentia estranhamente bem e desejava passar o resto de minha vida cuidando dele.

Tomoko continuou morando conosco e completava nosso equilíbrio. Nunca houve uma briga ou um grande desconforto que não pudesse ser contornado: ela sabia exatamente quando era preciso sair ou participar. Nos finais de semana, íamos fotografar juntas a cidade: nascimentos, casamentos, funerais, namoros, brigas. Tudo era pretexto para nossas lentes.

No café da manhã, enquanto eu servia arroz branco, missoshiru e chá, Takuro lia o jornal em voz alta e discutia política com a irmã. Era um dos meus momentos prediletos do dia, me sentia numa família:

me lembrava de meu pai lendo as notícias da corte e comentando com minha mãe enquanto eu e minha irmãs brigávamos pelos pãezinhos e bolos.

E, tal qual em minha infância, eu preferi me concentrar mais nas comidas do que nas notícias. Tudo não passava de um sussurro incompreensível que eu escutava anestesiada: havia outra guerra mundial acontecendo.

"Não está certo, essa aliança com a Alemanha e a Itália!", Tomoko bradou certa manhã.

"*Tenno Heika Banzai*", respondeu Takuro, referindo-se à palavra de ordem dos soldados, "vida longa ao imperador".

"Você não vai nos deixar e ir lutar nesta guerra estúpida para ser morto a troco dos caprichos do imperador, não é, meu irmão?"

"Rezo todos os dias para não me convocarem novamente..."

"Continue mancando nas ruas, jamais se esqueça disso!", ela resmungou.

Takuro havia se recuperado totalmente dos ferimentos, mas para fugir da guerra andava com uma bengala, e quando passava na rua, todos falavam, "lá vai o veterano ferido, levou um tiro em Xangai". A bengala impunha-lhe respeito e lhe salvava a vida.

Eu vivia numa constante felicidade, não havia um dia triste. Quando notícias ruins chegavam, eu simplesmente sorria e pensava, "comigo já aconteceu tudo de ruim que pode acontecer a alguém, essa é a cota de outra pessoa. Sinto muito, mas não irei sofrer", e pegava minha câmera para fotografar as coisas belas da vida. Somente as belas.

Todas as noites eu tomava banho de ofurô, e lá, secretamente, fechava os olhos e me transportava para aquela outra ilha distante milhares de quilômetros. Era meu momento de devaneio, onde eu praticava aquele longo luto que jamais se consumia: a perda de Joaquim. No Japão, pela primeira vez desde a nossa separação, não queria estar com ele, queria apenas relembrar.

Um ano após nosso matrimônio ter sido firmado, aquela vida perfeita começou a sofrer pequenas infiltrações.

"Leah-chan, preciso te perguntar uma coisa, mas é muito íntimo, sabe?", Tomoko falou enquanto fotografávamos *tsurus*.

Claro que ela podia perguntar tudo o que quisesse, era minha irmã!
"Você e Takuro se relacionam à noite, certo?"
"Como assim? Sexo?"
Tomoko enrubesceu, tudo era muito velado na terra do sol nascente.
"Todas as noites, Tomoko! Seu irmão é muito carinhoso!"
Ela sorriu, mas entre os dentes abertos me fez a pergunta que não lhe saía da cabeça: "e você nunca engravidou, Leah-chan?"
Ali, no meio dos pássaros elegantes que se exibiam, minha maior impotência foi revelada. Imediatamente, ela percebeu que a pergunta me desestabilizara, me abraçou por trás, "não é sua culpa, é que ainda não é a hora", mentiu.
"Estou preocupada, Tomoko, já penso nisso há muito tempo...", confessei.
"Nossa família é tão pequena, precisamos encher a casa, mas tudo virá na hora certa!"
"Eu queria ver um médico, você pode me ajudar?", pedi.
"Claro que te ajudo, minha irmã!"
Dois dias depois Tomoko me levou até a casa do *Mahoutsukai*, o mago. Como eu descobri assim que entrei lá, ele não era um médico, mas uma espécie de feiticeiro xintoísta.
"Vou esperar na casa de chá, do outro lado da rua", Tomoko disse, me deixando sozinha com aquele senhor de estatura de anão e barba de ancião.
Ficamos em silêncio, ele me serviu chá com folhas. "*Banchá* de Outono, tome", ordenou.
Bebi tudo, devagar. A água ainda queimava e meus lábios arderam. Eu sabia que aquele chá era o último do outono feito com folhas frescas – no inverno não havia colheita. Devolvi minha xícara e, para a minha surpresa, ele a examinou como se estivesse me lendo.
"Menina é mais velha que eu, como pode?", espantou-se.
"Sou?"
"Hah!", gemeu, contando em voz alta, "hah!", levantou-se. "134 anos, impossível!"
Fiquei translúcida, como ele podia ter acertado a minha idade?
Andou pelo pequeno tatame gasto, enxugou a fronte com um lenço, tomou água. "Eu já havia escutado falar nos filhos da mizar, mas nunca

havia visto nenhum! Hah, hah! Filha da mizar!"

"Mizar?"

"Estrela zeta, smilodon do céu!"

"*Senpai*, o que o senhor está falando? Me explica direito, por favor? O que é mizar?"

"Mizar é estrela do céu, estrela dupla. A lenda diz que manda raio para casais apaixonados, ficam imortais, vivem até o reencontro."

Suas palavras foram tão incompreensíveis que eu desmaiei. Quando acordei, já estava de noite.

"*Senpai*, o que houve?"

"Emoção forte. Vai passar noite aqui, mizar."

Mizar, então era isso?

"Meu nome é Leah, *senpai*."

"Sim, seu nome na terra, mas no céu é mizar. Homem que estava com você é *mizaru*."

"Eu quero ir embora, *senpai*, o que o senhor está me falando é muito perturbador."

"Não tenha medo, nada de mal irá lhe alcançar... apenas a dor da separação."

Junto com aquela enorme angústia que eu estava sentindo havia um alívio por alguém me dar uma explicação – por mais louca que fosse – do que eu era.

"E *mizaru*, onde está?"

"Longe."

"Quando vou vê-lo?"

"Hah, só quando outra mizar jogar seus raios na terra!"

"E quando é isso?"

Deu de ombros, "vamos descobrir. Vamos descobrir. Agora, descanse."

Saí de lá com o coração muito apertado. Eu preferia não saber, aquele não era o momento da verdade, fosse ela qual fosse. Eu tinha um marido, uma vida em paz. E, de repente, aquele mago havia surgido para me desconstruir...

Não pude disfarçar meus sentimentos quando voltei para casa. O mago havia dito a Tomoko que o tratamento para engravidar seria semanal, e que eu ficaria de "mau-humor", "triste", "calada". Foi o que aconteceu, mas não houve tratamento.

Na semana seguinte tentei arranjar uma desculpa para não ir. Mas Tomoko me esperou na sala, "não se falta a um encontro com o *Mahoutsukai*", e de novo tive que enfrentar o olhar pasmo do mago. Tomei o chá, ele leu as folhas.

"Mizar teve filho morto com *mizaru*. Não vai engravidar de Takuro, menina. Só engravida do teu escolhido."

"Tem certeza, *senpai*?"

"Folhas não mentem!", zangou.

"Não quero que Takuro nem Tomoko saibam..."

"Não conte se não quer que saibam!"

"*Senpai* promete não contar?"

"Claro que não vou contar, menina!", ralhou. Estava nervoso.

"Quando vou encontrar com *mizaru*?"

"No final dos tempos."

"O mundo vai acabar?"

"Várias vezes, menina. Mundo acaba e recomeça. Não sei em qual ciclo você encontra com ele, tem um fim muito próximo, dois ou três anos."

"A guerra vai acabar com o mundo?"

"Sim, destruição. Vai piorar...", olhou triste para o pequeno *kamidana* que ficava em seu altar. "Agora vá, volte semana que vem."

No nosso terceiro encontro o mago não me ofereceu chá.

"Vou partir no final da semana para o oeste. Preciso informar aos outros da tua existência."

Fiquei calada. Ao mesmo tempo que estava tentada a descobrir mais sobre sua teoria, queria que o nosso encontro jamais tivesse acontecido e eu pudesse seguir, ingenuamente, minha vida com Takuro. Adotaríamos uma criança, eu sempre lia no jornal que havia muitas meninas chinesas para adoção.

"Antes de partir, preciso pedir a tua permissão para te marcar."

"Me marcar? *Senpai* não acha que eu já fui marcada demais?"

"Sim, alma muito marcada. Mas não há sinal por fora. Está nos textos que você deve ser marcada, menina!"

"O que o senhor quer fazer, *Mahoutsukai?*", ele não gostava quando eu lhe chamava assim, de mago.

"Conhece ta-tu-a-gem? Marca guerreiro?"

"Conheço tatuagem, esses desenhos que cobrem os braços dos marinheiros e criminosos, não quero isso na minha pele, *senpai!*"

"Vou escrever o nome em árabe, na tua cintura, é o significado da palavra", pegou um papel e rabiscou: منْذِر "é isso que eu vou escrever, apenas isso! Pequeno!"

Levantei e fui embora sem dar satisfação. Não ia deixar aquele lunático escrever para sempre, na minha pele, uma coisa que eu nem sabia se fazia sentido!

À noite não consegui dormir, só preguei os olhos quando Takuro me acordou, agitado, na manhã seguinte.

"Atacamos Pearl Harbor, a Malásia e Hong Kong. Declaramos guerra aos Estados Unidos e à Inglaterra! O mundo vai acabar!"

"Como assim, Takuro?"

"Em que plano você vive, *tsuma*?", falou, zangado, com toda a razão. Estávamos em plena guerra mundial e as notícias do oeste eram perturbadoras. O Japão estava desmoronando feito um castelo de areia.

"Desculpa, *otto*!", quase nunca eu o chamava de marido, ele gostava deste predicado. "Sinto muito, odeio essa e qualquer guerra."

Não era apenas a guerra que o preocupava, eu sabia. Era como se falássemos em código sobre ter um filho. Via em seus olhos que já tinha dúvidas: se o mundo continuasse assim, como ter filhos? Mas Takuro jamais falava as coisas, deixava-as no ar para a colheita.

Me vesti e fui até o *Mahoutsukai*. Ele já estava com as malas prontas para partir. Me olhou com alívio.

"Estou pronta para a tatuagem. Mas que seja pequena e que eu possa esconder do meu marido."

"Mudou de ideia rápido", sorriu, satisfeito.

"É que o mundo vai acabar", respondi.

Sem falar mais nada, pegou uma agulha muito fina, um martelinho e um pote de tinta preta. Perfurou minha pele na altura do rim esquerdo. Sangrou e me irritou estar fazendo aquilo, mas eu sabia que não dormiria mais nenhuma noite sem ter sido marcada.

O mago limpou e buscou um espelhinho pequeno para eu ver. A tatuagem era delicada: مئْزر

"Quando nos vemos novamente, *senpai*?"

"Não nesta vida, mizar."

"Não? E quando eu precisar falar com o senhor?"

"Reze."

"E quando não tiver a quem contar meus segredos?

"Procure um buraco no tronco de uma cerejeira, e conte para ela. Depois feche buraco. O segredo sai do peito mais fica guardado."

Aquiesci, grata por ele me ter revelado um pouco sobre o ato de Takuro, que eu presenciara.

Aquele homem minúsculo, que me entendia como ninguém, abriu a porta e estendeu sua mão. "Vá embora. Alguém poderá te procurar, ou alguém poderá te encontrar sem te procurar, e saberá quem você é por causa da tatuagem. Agora, vá!"

Hesitei, queria abraçá-lo. Mas ele não era exatamente amigável. Era apenas um mago.

"*Sayonara*", disse, enquanto fechava a porta.

"*Arigatô, senpai*", falei. E fui embora.

Nunca mais o mago retornou. Os anos se passaram e Tomoko jamais voltou a falar sobre gravidez. Vivemos tranquilos na suspensão de várias realidades: a de que aquela família não crescia, a de que o imperador japonês tomava as decisões mais estúpidas, a de que a fome ceifava metade do mundo, a de que um homem chamado Hitler cometia barbáries muito piores do que as de Stalin. Havia política demais no ar, então fechávamos as portas e vivíamos a cerâmica, a fotografia, o amor e a culinária.

Takuro saia para pescar todas as semanas, me ensinou a fazer peixes crus, assados, cozidos, grelhados. Cozinhar era a sua terapia, lhe fazia bem em momentos como aquele, quando estava tenso. A dimensão da guerra no Pacífico exigia que ele voltasse ao *front*. Estavam recrutando todos os homens, as baixas eram enormes, o país perdia territórios conquistados a cada nova batalha, mas a insanidade do imperador não o fazia parar – e a subserviência dos japoneses tampouco dava sinais de fraqueza.

Em novembro de 1944 foi formado o primeiro esquadrão camicase e dois amigos de Takuro se apresentaram. Morreriam em nome do imperador e do país, enquanto ele continuava fingindo precisar de uma bengala.

"Eu sou um covarde, não presto!"

"Você tem uma família que depende de você!"

"Você acha que os outros não têm *kazoku*? Pior, Yoki, meu amigo desde a escola, tem esposa e quatro filhos..."

Sim, aquele era o xis da questão. Não a guerra nem a falta de comida. Não as medidas absurdas do soberano, tampouco o medo da destruição. Era o simples fato de eu não poder ter lhe dado filhos. Sem descendentes ele não se sentia apto a ir morrer na guerra.

"Eu falhei contigo, *otto*."

"Não é sua culpa", levantou-se, deixando claro que o assunto era pesado demais para aquele momento, "vou me despedir dos meus amigos", e saiu.

Os ataques aéreos em todo Japão escalaram, bombardeios na região já haviam atingido Iwakuni, Tokuyama e Kure. Diariamente, éramos sobrevoados pelos B-29, e todas as noites os alarmes soavam, enchendo a indefesa Hiroshima de temor.

Estávamos nos preparando para as bombas incendiárias, construindo diques que saíam dos afluentes do Rio Ota, abrindo faixas de contenção de fogo entre as casas de madeira, levantando abrigos, racionando ainda mais a já escassa comida.

Uma tarde de verão Tomoko me chamou: "junte todos teus pertences mais importantes, documentos, cartas, vamos enterrá-los no caso de um bombardeio aéreo." Obedeci, os documentos eram minha única ligação com o tempo. Também enterrei a certidão de casamento com Takuro e alguns dos desenhos que eu havia feito em Sagres; as melhores fotos tiradas naquela temporada, as cartas que jamais havia enviado a Joaquim e o forro do meu casaco onde Rachel havia bordado o endereço de Olga. Colocamos tudo em pequenos potes de cerâmica e abrimos um buraco nos fundos da casa. Tomoko contou os passos até ali, eu finquei um comprido galho de cerejeira, "se morrermos, um dia, quando escavarem esse solo saberão que estivemos neste planeta, mesmo sem deixarmos descendentes", falou, dura.

Na verdade, havia dois anos que uma vontade crescente de revelar minha história ardia em mim. Não queria que Takuro ficasse esperando uma gravidez impossível, não era justo com um homem tão íntegro, que eu amava intensamente. Mas depois que a Guerra no Pacífico havia se exacerbado, eu decidira calar novamente aquela coceira. Não era hora para se pensar em ter filho.

O mês de agosto foi insuportável, o calor varava as noites e renovava-se junto com o sol. Dormíamos com as portas abertas e a pele encharcada. De manhã, eu gostava de ficar olhando para o móbile de origamis coloridos ainda incompleto, pendurado em cima do nosso tatame. Queria chegar a mil garças de papel. Tomoko havia me contado uma antiga lenda japonesa que pregava que uma longa vida seria concedida a quem dobrasse mil *tsurus* de papel. Eu comecei a pensar que, talvez, meu pedido pudesse se realizar: já que eu tinha vida longa, me seria concedida a vida curta.

Na manhã do dia 6 de agosto, como em todas as outras, Tomoko saiu cedo para ir ao mercado. Enquanto Takuro dormia, eu observava o balé das garças de papel, que dançavam ao sopro de uma fina brisa. Lá fora o alarme antiaéreo, que vinha tocando desde sete da manhã, indicando perigo no céu azul, finalmente cessou. E então fez-se silêncio, não havia aviões nos sobrevoando e todas as vozes pareciam suspensas.

Levantei para fazer um chá mas estanquei quando um origami negro se desprendeu do móbile e pousou em cima dos cabelos de Takuro. Imediatamente me lembrei da borboleta negra e seus avisos sinistros, meu coração foi tomado por um volume de sangue mais forte do que podia aguentar, e passou a bombear mais rápido em meu peito, bombear, bombear... e a bomba chegou.

Fui jogada longe, voei cinco ou seis metros com a força de algo invisível – ou seria indizível? Não houve tempo para mais nada, uma luz enorme, como aquela que eu só havia visto a estrela mizar produzir, cegou os céus. Não houve barulho de explosão, sequer de um avião cruzando os céus. Apenas tudo se acendeu, uma luz infinita entrou pelas frestas dos objetos, transpassando as divisórias de papel de arroz, desmantelando cada molécula que se colocasse à sua frente. Um calor que eu jamais sentira tomou conta da atmosfera e derreteu toda forma de vida que havia ali. O teto, o altar e os origamis vieram abaixo. A viga de madeira caiu fervendo na cabeça de Takuro, justamente onde o *tsuru* negro havia pousado segundos antes. O sangue espirrou, deixando seu corpo, incapaz de encontrar seu caminho de volta. Eu desmaiei.

Não faço ideia de quantos minutos se passaram, mas quando acordei a poeira impedia meus olhos de se abrirem. Em meio aos escombros e à confusão, lutei para atravessar o espaço que nos separava e abracei meu marido. Seu pijama branco tinha se colado ao corpo como se fosse uma pasta sobre a pele queimada.

Takuro morreu dormindo, sem saber de nada, sem ter feito, pela última vez, amor comigo. Sem ter aberto os olhos para ver nascer o dia em que o nosso mundo acabaria. Sem ter voltado para a guerra, ou para o mar. Sem ter tido filhos.

Abri espaço por entre os escombros para seu corpo quente. Pousei sua cabeça no chão, beijei-lhe o rosto ainda morno. Senti o golpe daquela perda tomar conta de meu corpo, cada músculo sendo contraído, amassado, enegrecido, como num último e perverso orgasmo.

"*Aishiteru*, eu te amo" falei, beijando seus lábios, pela última vez.

E foi então que tive a impressão de ver sua alma conversar com a minha.

"Eu fiz um pedido...", o espírito de Takuro falou.

"Eu vi. Fotografei. Achei extraordinário você conversar com a árvore."

"É um costume, meu avô fazia isso. Quando se tem um segredo, só uma árvore é confiável".

"Vai me contar o segredo?", perguntei, pensando se aquela árvore ainda estaria de pé.

"Sim, preciso contar. Disse à cerejeira que estava apaixonado por você. Pedi ao *kami-sama* que não me levasse à guerra porque não queria morrer."

"Sinto muito, Takuro", sussurrei.

"Mas a guerra veio até mim", falou, "e eu morri, porque era o meu destino e não se muda o destino."

Ao terminar a frase sua alma foi-se apagando, sugada por uma luz maior, até sumir da minha frente.

Levei um tempo para me recompor, ver seu corpo sem vida me trouxe a lembrança de todos os corpos vazios que eu já havia segurado, mas, pior, me trouxe a certeza de que eu jamais teria forças para combater o meu próprio vácuo.

Levantei e sai andando, já não havia paredes e nem casas. A cidade onde eu morava não existia mais. Constatei o que o mago dissera: o mundo havia acabado, coberto por uma poeira densa e pesada que apagaria a vida. Negro, breu, nuvens de fumaça, blocos de poeira, uma humanidade reduzida ao mais desnecessário pó. Só isso, mais nada.

Caminhei desorientada pelo cenário sombrio, procurando por Tomoko, "Tomoko, Tomoko", eu gritava, sem voz. Tudo o que eu escutava eram os abafados pedidos de socorro, presos debaixo dos escombros, *"Tasukete!"*, e eu ia parando para ajudar pessoas sem pele, sem membros, sem dedos, sem vida.

O mais estranho é que não havia um incêndio, apesar de todas aquelas pessoas com a carne queimada. Rostos deformados, órbitas oculares explodidas em faces sem respostas, dedos colados em mãos espalmadas, roupas claras transfiguradas em segunda pele. Era o cenário mais aterrorizante que eu jamais vira ou sequer imaginara. A bomba não era, definitivamente, incendiária. O que seria aquilo?

Algo em meu estômago se fechou e vomitei. Percebi muitas pessoas vomitando, como se todos estivéssemos nos revirando de dentro para fora. Não sei se foi o cheiro elétrico, misturado com o odor de carne queimada, mas aquele enjoo forte me perseguiu por vários dias e jamais me saiu da memória.

Ventos fortes começaram a soprar, varrendo poeira para os meus olhos. Divisórias de papel de arroz planavam pelas ruas como se fossem penas, e com elas vinha o fogo, que lambeu tudo o que encontrou pela frente. Se a bomba que havia atingido Hiroshima não era incendiária, agora o sopro dos céus era um dragão gritando zangado em nossas nucas.

Aquele entulho espesso barrava o ar, deixando o ambiente abafado como imaginamos que só o inferno é. O chão queimava os pés como lava de vulcão. Um lixo único e contínuo atulhava as ruas: telhas de casas, madeiras de cerejeiras, cetim dos quimonos e fios eletrocutados juntavam-se a cem mil defuntos espalhados, derramando um sangue radioativo que corria como seiva da terra. Tudo era pó, menos eu.

Andei à procura de Tomoko, gritava preocupada que ela não reconhecesse nenhum cheiro ou toque. Gritava na esperança de acordá-la, mesmo que estivesse morta. Foi quando percebi que Hiroshima inteira estava cega.

Depois de passar por dezenas de cadáveres, cheguei à ponte Kannon. Como eu, milhares de desorientados vagavam a esmo, procurando seus familiares ou uma resposta. O fogo já se espalhara, fiz então o que todos ali fizeram: me joguei no rio, enfiada até o pescoço na água.

Nos sete afluentes do rio que corta Hiroshima, o rio Ota, jazia a alma da cidade. Inúmeros corpos derretidos, fundidos com o concreto desmanchado, boiavam. Depois de poucos minutos não aguentei aquela visão e saí correndo por entre as labaredas. Não era o meu primeiro incêndio – seria o último? Eu queria que fosse, queria cair morta ali, entre todos os corpos, apenas mais uma vítima de um mundo totalmente enfermo.

Cheguei ao Parque Asano, onde várias pessoas se aglomeravam. Vizinhos, filhos, avós, todos em busca de suas famílias dizimadas. Uma chuva grossa, como se fosse chumbo, começou a cair do céu.

"Estão jogando gasolina!" um homem com os braços queimados gritou.

"Vão jogar uma bomba e explodiremos todos!", uma ingênua moça, com a perna fraturada, retrucou.

"Já fizeram isso! Já destruíram tudo! Em nome do imperador!", rebateu uma mulher mais velha.

Quando o parque silenciou, a natureza gritou: um redemoinho varreu o resto do verde e das matas, jogando troncos de árvores contra as pessoas.

Adormeci e acordei no final da tarde escutando aviões aproximando-se. Houve mais medo e terror. Uma criança chorou, "mamãe, mamãe, cadê você"? E foi então que o fogo atingiu o Parque Asano, expulsando a maioria de nós de lá.

O dia foi escurecendo e não havia luz em nenhuma parte. Algumas torneiras quebradas espirravam água encanada. Muitas pessoas, sedentas, se aproximavam dos rios para beber água insalubre – pouco depois, morriam.

Andei bordeando os afluentes do rio e vendo aquela cidade em forma de mão com seus cinco dedos amputados. As águas começaram a subir e logo levaram para o fundo todos que haviam se alojado em suas margens. Não bastava uma bomba, os incêndios, a fúria da natureza ou a enchente do rio. Era o caos total!

Nunca encontrei Tomoko. Andei por dias, praticamente sem comer, mascando folhas envenenadas de chá, vomitando, dormindo em uma carcaça de automóvel no meio da rua. Várias vezes, me peguei procurando por Joaquim entre os rostos dos mortos-vivos, mas então escutava um gemido ou um pedido de socorro e me concentrava em ajudar os outros. Levei crianças perdidas a centros de recuperação. Transportei doentes até o hospital da Cruz Vermelha. Dei água aos moribundos espalhados pela cidade. Da única vez que consegui um pouco de arroz, levei até o Parque Asano, onde famílias resistiam às intempéries.

Quando finalmente voltei para casa, o corpo de Takuro não estava mais lá: equipes de jovens sobreviventes cremavam os cadáveres. Desenterrei meus documentos e juntei alguns pertences de meu marido. De Tomoko, peguei a câmera e dois rolos virgens de filme.

Saí fotografando a destruição da cidade que já não era minha – não era de ninguém. No dia 15 de agosto eu finalmente estava pronta para deixar aquele pântano funesto. Fui caminhando até a estação ferroviária de Hiroshima e reparei no impensável: um tapete muito verde recobria tudo. As cinzas e os restos estavam tomados por esse capim, e das ruínas das casas brotavam oleandros rosas e brancos. A radioatividade matara tudo, mas dera força à natureza – o que podia ser mais perverso?

Na ferroviária, escutei os alto-falantes ecoarem nos sistemas de rádio a voz do imperador Hirohito, "Decidimos lançar mão de uma medida extraordinária para resolver a situação atual." Era o fim da Segunda Guerra Mundial – mas quando seria o meu fim?

Depois de perambular como uma mendiga por algumas cidades do Japão, fui resgatada e classificada como uma *hibakusha*, literalmente "pessoa afetada pela explosão". Me enviaram para uma instituição mental em Tóquio, onde eu dividi um enorme dormitório de tatames que me lembrava um pouco o colcoz onde havia estado com Bóris.

Ali, pela primeira vez em meus longos anos de vida, eu perdi o controle. Se antes todas as perdas haviam sido passíveis de recuperação, daquela vez eu tinha me jogado no poço e decidido: seria louca. Desvairada. Talvez todos os imortais fossem loucos, afinal é o que resta a quem não tem descanso. Eu não queria mais a razão, nem a conta dos anos, nem a soma dos mortos, nem o peso da vida. Ia enlouquecer, viver em outra dimensão, me abandonar.

E assim, como uma indigente, vivi durante semanas, meses, anos. Por muito tempo eu pensei que fosse realmente ficar presa dentro de mim, jogada naquele manicômio interno, imaginando Joaquim como fruto da minha loucura. Com o tempo, os médicos achariam estranho eu não envelhecer, talvez desenvolvessem paralelos entre a radioatividade e minha imortalidade. Talvez. Não me importava: nada importava.

Nos poucos lampejos de sobriedade que eu tinha, ficava indignada: não entendia a maneira como os japoneses encaravam a bomba, como se fosse parte de seu destino, quase como um desastre natural.

Eles praticavam, diariamente, o exercício da resignação, do aceitar, do sofrer, como se nada pudesse ter evitado aquele absurdo. Pareciam não se importar nem com o fato de que, a qualquer momento, os sobreviventes ou descendentes das bombas A fossem adoecer ou morrer.

Isso me dava raiva. Eu não era japonesa, jamais seria. Como tampouco havia sido russa a ponto de concordar com os abusos que testemunhei. Aliás, eu não sabia mais quem era, após tantos anos e tanta busca. Essa era, com certeza, a pergunta mais difícil de todas.

Foi em torno dessa questão que passei anos, mergulhada na escuridão de minhas dúvidas, no lusco-fusco das perdas, do *nonsense* da vida. Não me afeiçoei a ninguém, não sorri, não fiz sexo, não me engajei em conversas, não cortei os cabelos, não reparei se o céu havia voltado a ficar azul ou se alguma estrela se aproximava trazendo esperanças.

Fiquei dopada: pela vida e pela dor. A única lembrança que tenho do período é de uma enfermeira cujo nome eu jamais soube, que certo dia me trouxe uma caixa de lápis coloridos e três folhas de papel, "desenhe, será bom", me disse. E, assim, abriu uma porta convalescente em minha alma desfigurada.

⁓

Minha cura chegou no meio da década de 50, quando, para o meu assombro, Olga veio me visitar. Sim, Olga, a russa de Vladivostok.

"Leahtchka?", me abraçou. Eu estava sentada no banco de madeira do jardim da instituição.

Por um instante contive a respiração, como se ela fosse mais uma bolha de sabão criada pela minha imaginação.

"Lembra-se de mim? Olga, amiga de Rachel... e de Tomoko!"

"Rachel morreu. Tomoko morreu", me limitei a falar, esperando que minha loucura tomasse conta de mim.

"Eu sei, minha querida. Eu sei. Mas você está viva, isso é um milagre!"

Caçoei de suas palavras, "milagre, isso é a maior das punições, você não tem noção! Castigo divino!"

Olga segurou minha mão e minha calma. "Leah, trouxe uma coisa boa. Vai te fazer feliz..."

E buscou, em sua mala, um envelope grande. A princípio fiquei confusa, sua aparição fantasmagórica me causava um sentimento contraditório. Mas o envelope, quando segurei nas mãos, me tirou daquele lugar escuro onde eu estava presa desde a bomba atômica. Havia várias cartas enviadas de Nova York por Marcos, meu querido amigo brasileiro! Emocionei-me o bastante para sorrir, enquanto dedilhava os envelopes.

E foi então que algo de absolutamente extraordinário aconteceu: havia uma carta de Joaquim! Joaquim! Joaquim! Datava de 1939 e trazia, junto com uma página de texto, uma foto sua no ano de 1924.

"Joaquim!", exclamei, "é o Joaquim! Ele está vivo!"

Dei-lhe as costas e sentei sobre a grama para ler, minhas mãos tremiam tanto que mal consegui segurar as folhas finas e amareladas.

"Minha amada Leah,
conheci um homem em Nova York que te conhece. Marcos, é um advogado brasileiro e me forneceu o teu endereço em Vladivostok – apesar de já saber que você se mudou para o Japão. Minha esperança jamais cessará, não sei mais quantas cartas eu espalhei pelas postas-restantes do mundo...
Até a guerra estourar, eu tinha planos de ir buscá-la no Oriente. Mas agora tornou-se impossível e tenho que conviver com este enorme fardo. Tua falta é sentida todos os dias. Te amo tanto, tanto...
Eu estive morando na Europa, primeiro em Paris, depois em Viena, finalmente em Dresden e Berlim. Foi um período terrível, a Guerra trouxe marcas profundas, desejei morrer... como desejei morrer! Sobretudo ao ver meus amigos e mulheres partirem deste mundo... por que me foi concedida a imortalidade? Não a pedi, não a desejo – a não ser que seja para estar ao teu lado.
Agora vivo em Nova York, voltei a trabalhar com reparação naval mas também tenho uma rede de diners com um sócio. Moro com Sara, a quem considero uma irmã, e com Joseph, seu filho – que é também meu filho de

criação. Somos uma família, mas nunca serei completo e feliz sem ti. Se você receber esta carta, por favor responda para o meu endereço. Esperarei todos os dias a chegada do mail, como um menino ansioso. Eu te amo e te amo e te amo e te quero e preciso de você.
   Teu Joaquim.
   p.s.: a foto tirei assim que cheguei a Nova York, em Coney Island, para você."

Observei a foto, ele estava arrumado, de terno e gravata, e seus olhos refletiam a esperança de que eu precisava para me reerguer. No verso, estava escrito *"Não estar com Leah é estar pela metade, não sou eu: sou um pedaço de mim que não me pertence, pois é dela."*
Quando consegui me refazer, voltei até Olga e a abracei com muita força e gratidão. E assim, saí da minha loucura, depois de tantos anos, para voltar a me encantar com as coisas da vida e a enxergar Joaquim em cada esquina de Tóquio.

Olga estava na cidade a trabalho, e logo voltou para Vladivostok. Ela havia sido chamada pela enfermeira cujo nome eu jamais soube depois de encontrar o forro do casaco bordado por Rachel.
Após uma nova avaliação médica, eu consegui ser transferida para uma casa de repouso nos arredores de um grande templo budista. Comecei a pintar sistematicamente e até a receber encomendas de *portraits*. Ia até a casa das pessoas e pintava suas famílias. Com o dinheiro, comprei uma câmera nacional, Nippon, e voltei a fotografar. Em pouco tempo eu estava misturando fotografia e pintura: tirava fotos de paisagens ou pessoas, colava em uma tela e continuava as cenas com tinta, crescendo os traços para fora da fotografia.
Apesar de tudo o que eu havia passado, aquele anos foram calmos e progressivos. Consegui vender uma série de *photo art* para uma galeria,

aluguei um apartamento pequeno que usei como estúdio – mas jamais deixei o retiro onde eu morava. De manhã cedo ia até o centro budista e meditava, à noite repetia o ritual. Era uma vida regrada e muito limitada, mas foi assim que comecei a redescobrir os pequenos prazeres da vida.

Enviei várias cartas a Joaquim. Mandei minha foto, que eu mesma havia feito, numa delas. Jamais obtive resposta. Marcos, ao contrário, passou a corresponder-se comigo avidamente. Em uma de suas cartas ele havia narrado o estranho encontro com Joaquim: os dois se esbarraram em Coney Island enquanto ele lia um livro de Machado de Assis. Viraram muito amigos, mas Marcos jamais tocou no assunto da imortalidade.

"Foi um grandíssimo prazer conhecê-lo e entender todo o amor que eu havia visto você sentir por ele. É de fato um homem extraordinário, mas muito infeliz sem você. Tinha uma namorada irlandesa e sem graça, mas é completamente devoto a você, minha querida",

escreveu em uma das cartas. E completou dizendo que Joaquim havia partido em 1954 para o Brasil, e que assim que tivesse seu novo endereço me mandaria – coisa que jamais fez.

A foto de Joaquim ficava pendurada na minha sala, no centro, como se ele fosse um santo digno de adoração. Quando aprendi a técnica da serigrafia, comecei a transpor as fotos para as telas. Assim surgiu uma série que teve Joaquim como tema. Fiz 134 gravuras com a sua imagem: uma para cada ano que passamos separados. Algumas enviei a Marcos, que conseguiu vender para um galerista de São Paulo.

Àquela altura eu já estava longe, totalmente afastada de Hiroshima. Minha alma ainda não encontrara um pouso definitivo, mas pairava calma por entre lampejos artísticos e meditações budistas. Os prazeres da carne ainda não haviam retornado ao meu convívio: nem o sexo, nem a comida, sequer a preguiça me contagiavam. Mas eu tinha deixado o campo da loucura e caminhava pelo da serenidade.

No ano de 1962, recebi um convite para expor minha série de telas *lost spirits*, produzidas em cima das fotos de Hiroshima pós-ataque, na costa oeste dos Estados Unidos, em São Francisco. O *marchand* que me convidou chamava-se Tom e foi muito insistente que eu estivesse presente no dia de abertura. Mas deixar meu lugar seguro, do lado do templo, era ameaçador demais. Eu já não queria conhecer gente nova, nem arriscar meu coração a voltar a amar. Declinei o convite. Duas semanas mais tarde me chegou uma passagem aérea Tóquio – São Francisco, e, apesar de tudo o que me prendia no Japão, uma coisa foi mais forte: a vontade de voar.

Fiz as malas e embarquei na maior e melhor sensação da vida. Eu já sabia que não voltaria a Tóquio, mas ainda não fazia ideia do que me esperava em São Francisco. Só sabia que voava para mais perto de uma nova Leah.

Nicolau foi embora dois dias após chegarmos à ilha. Deixou claro que pagaria tudo, qualquer despesa, que gostaria de transferir o pai para os melhores hospitais do mundo. Eu fui fria, como tinha que ser. Infelizmente não podíamos nos unir naquela dor – já estávamos milhas e milhas distantes.

Com o passar dos dias, eu criei uma rotina: de manhã e após o almoço eu visitava Joaquim, e no fim de tarde ia caminhar na praia da Conceição, onde as ondas estouravam alto e havia sempre um *happy hour* cheio de jovens. Um campeonato de surfe estava para começar, e eu gostava de ficar vendo os surfistas droparem as ondas, sem medo do mar. Depois, caminhava até a imagem de Iemanjá e rezava para ela, pedindo saúde a Joaquim e ao nosso filho.

À noite eu me sentava na generosa varanda e lia os diários de Joaquim. Descobri muito sobre aquele homem que, eu temia, tivesse alcançado seu limite, desistido de mim e partido de si. Suas palavras me davam forças, provavam o contrário, que ele era corajoso e resiliente. Mesmo das piores perdas ele havia se recuperado: depois do incêndio que matou Anne Sophie, a prostituta com quem fora casado, Joaquim havia entrado em uma profunda depressão.

"Não consigo sair de casa. Minha mente vaga sem respostas, como se já não funcionasse. Fico olhando para o teto e vejo como incide a luz nos diversos momentos do dia. Penso onde estará Leah. Henri, sem saber o motivo real de minha tristeza (achando que estou apenas me recuperando da perda de Anne Sophie) é sempre complacente com minha dor".

Em janeiro de 1913, Joaquim foi para Viena com o amigo Henri, e durante este período pouco escreveu. Anotações vagas davam a entender que ele havia se recuperado da perda de Anne Sophie. E, mais adiante, uma revelação que me surpreendeu.

"Henri declarou seu amor. Por mais que eu já estivesse desconfiado, não imaginava que ele fosse capaz. Ou que seu amor fosse real. Se eu permitisse, teríamos nos beijado e sabe-se lá o que mais. Foi estranho, pois senti um misto de atração e repulsa."

Então Joaquim também tinha sentido um amor proibido? Por que não havia mergulhado de cabeça? Por que a repulsa? Com Rachel eu jamais sentira tal aversão, ao contrário, nosso amor sempre fora doce.

Por mais que eu lesse e relesse todas as anotações, Joaquim ainda era um enigma para mim. Eu simplesmente não conseguia conceber as cenas descritas. Seria preciso que ele se levantasse e me contasse cada detalhe, entre beijos e afagos.

Às vezes, após eu ler um trecho marcante de seu diário, pegava a moto e rasgava a noite até o hospital, onde me punha ao seu lado e me sentia melhor pelo simples fato de poder segurar sua mão e sussurrar o quanto o amava. Então eu falava de amenidades e lia frases em voz alta. E, quando percebia, lá estava o doutor Fernando, no batente da porta, de pé, entreouvindo, como na madrugada em que li sobre a declaração da Primeira Guerra Mundial, *"estar em Viena neste momento não é bom. Luna quer que sigamos para Dresden, onde sua família mora. Eu queria ficar aqui, pelo menos até encontrar Leah. Mas isso é mais ilusório do que a guerra não acontecer!"*

Descobri que Joaquim havia vivido com Luna, uma mulher ríspida e ciumenta, e sua família, em Dresden. Mais tarde um terrível crime o fizera fugir da cidade com outro amigo, Günter, para Berlim, onde passara os anos de derrota da Alemanha fumando ópio. *"A única coisa que posso fazer é lidar comigo, e isso é muito cansativo. O ópio me ajuda na tarefa"*, escreveu.

Se Joaquim tinha sobrevivido aos vícios, perdas e depressões, não fazia sentido ele não voltar de um naufrágio interno e acordar para viver o nosso amor!

Voltei para São Paulo ao cabo de três semanas para realizar minha segunda consulta médica. Zelda, que havia cuidado de mim como uma mãe, veio se despedir.

"Cê tá com cara de prenha!"

"Tô?", disfarcei.

"Vixe, se tá. O nariz parece que vai saltar do rosto, tá ficando esticado", exagerou.

"Por favor, não conte para Joaquim!"

"Como, se o homem está dormindo?"

"É que eu quero dar a notícia..."

"Mas é dele, não é? O filho?"

Eu ri, "sim, é dele, de quem mais seria?"

"Nem acredito que o Joaquim vai ser pai!"

Obviamente, ela não sabia quem Nicolau era.

"Zelda, quero te pedir um favor. Qualquer mudança em Joaquim, se ele piscar um olho ou mover o dedo do pé, quero que você me ligue, por favor!"

"Oh, menina, mas é claro!", disse, afagando minha cabeça. "Vá tranquila, Sylvia. Joaquim vai ficar bem cuidado!", me abraçou.

Durante toda a viagem de volta fiquei pensando em suas palavras. Estaria meu nariz assim, tão grande? E se alguém notasse que eu estava grávida? E quando a barriga começasse a crescer? Uma coisa era certa: eu não poderia esconder por muito tempo a verdade de Nicolau. Ele me conhecia bem demais para não notar mudanças que uma desconhecida já havia percebido.

Cheguei a São Paulo numa tarde cinza, prestes a receber uma assustadora chuva de verão. Durante dois dias encaixotei meus pertences, amplamente espalhados pelo apartamento de Nicolau. Me lembrei de quando tudo o que eu possuía cabia em um pote de cerâmica enterrado atrás de casa, em Hiroshima. Talvez fosse a hora de eu voltar a viver assim, mais leve. Ao mesmo tempo, cada objeto tinha sua história e, naquele momento, era para eu ser inteira, poder carregar comigo todos os pedaços de um passado que não precisava mais anular, nem esconder.

Todos os dias eu falava com Zelda, pela manhã, e com o doutor Fernando, à noite. Joaquim permanecia na mesma e com isso me deixei ficar em São Paulo. Pedi demissão das revistas, me despedi dos colegas, organizei a mudança. E decidi que eu manteria o ateliê na capital, com minhas pinturas e fotografias.

Uma tarde, quando comecei a embalar os quadros, senti vontade de pintar. Montei o cavalete rangendo de velho e pincelei rostos do passado. Talvez com isso eu pudesse contar a minha história ao meu filho, com detalhes. Ia mostrar os retratos a óleo, como se fossem fotografias, e dizer "esses são os teus avós, eles se casaram em 1804, em Lisboa, e depois se mudaram para o Rio de Janeiro. Eu tive três irmãs de sangue, e muitas outras de coração."

Assim, cronologicamente, e sabendo que teria mais seis meses pela frente, fui pintando uma galeria com os personagens mais queridos de minha vida, percorrendo todas as fases, montando minha própria comédia humana, como Balzac.

Quando não estava pintando, eu avançava lentamente nos diários, tentando compreender o que estava sendo dito. Não queria devorar todas as informações que possuía sobre Joaquim, eu tinha um desejo louco e secreto: antes de acabar de ler o terceiro diário, Joaquim acordaria para me contar o resto, pessoalmente. Mas o medo do plano falhar me fazia prolongar suas páginas.

Debrucei-me sobre o período entre guerras. Joaquim havia partido para Nova York em 1923, e lá havia conhecido Marcos, nosso amigo em comum!

"Conhecer Marcos foi como encontrar um oásis no deserto. Meu momento predileto da semana é ir visitá-lo, degustar de uma boa comida mexicana e escutar música brasileira. Pensar que ele é uma testemunha de que Leah continua viva me faz voltar para casa sorrindo para os estranhos. Um dia a polícia vai me parar e interrogar: por que o senhor está tão feliz? E eu responderei: por que sei que, um dia, reencontrarei a mulher que amo!"

Joaquim me fez rir, tive vontade de ligar para ele e dizer: ora, você me encontrou, vamos ficar juntos, chega de esconde-esconde, está na hora – passou da hora! Mas tive que me contentar com o sabor daquelas palavras, e segui lendo, a cada dia, um pequeno trecho.

"Minha vida é um castelo de cartas – ou será de areia? Quanto mais alto eu chego, quanto mais eu conquisto, mais chances eu tenho de ruir e ir abaixo. Pensei que as coisas fossem mudar em Nova York, não por nada, mas porque eu tinha uma família. Criei Joseph para ser meu filho, para sempre. Ganhei dinheiro para vê-lo crescer e alimentá-lo, mas então veio a vida, com sua impetuosidade. Já passei por dias muito tristes, mas este me parece o pior. Uma carta chegou, de Batáan, nas Filipinas, onde meu filho servia com orgulho ao seu país."

Abri a carta, amarelada e soturna, senti o perfume de Joaquim e o imaginei lendo aquelas palavras, assombrado.

"Joseph lutou com dignidade até o fim, mas nos negaram água e comida, nos bateram. O calor, a malária, o cansaço e os maus-tratos mataram muitos companheiros, e Joseph tentou ajudá-los antes de ele próprio sucumbir à doença que o levou à morte. Suas últimas palavras foram o pedido para eu escrever esta carta: 'Diga à minha mãe, Sara, e ao meu pai, Kim, que os amo para toda a eternidade'. Joseph foi o melhor soldado que eu e meu pelotão conhecemos."

Então ele também perdera um filho de criação! O havia criado para que, de alguma maneira, ele fosse sua continuação, assim como eu criara Nikka.

De repente essa lembrança me encheu de saudades. Peguei meu cavalete e comecei a pintá-la: eu tinha fotos suas, mas queria recriá-la em minha memória. Me perdi em seus traços e voltei até São Francisco e aos anos de amor quando Nikka foi concebida.

Espectro

Assim que São Francisco apareceu na janela do avião eu soube que seria feliz novamente. Voar tinha, de alguma maneira, me devolvido o equilíbrio. Enviado todos meus medos para fora da estratosfera, dando espaço a uma elevação que não era apenas física, mas espiritual. Eu havia descoberto a melhor sensação do mundo – bem, não exatamente a melhor, mas a mais extraordinária.

Me esperando no aeroporto estava Tom, um homem marcado pelo sol e pelo riso. Os bigodes grossos e os cabelos longos não escondiam sua beleza: ele era diferente de todos os homens que eu havia conhecido. Parecia um ser etéreo, sem sexo definido. Vestia-se de maneira diferente, uma calça jeans apertada demais, botas que não o faziam parecer um *cowboy* e uma camiseta branca que revelava seus contornos.

"Leah?", me chamou, finalmente com o sotaque americano que eu, sem saber, sentia falta.

"Tom, *right?*"

"Você fala inglês?"

"Me dá um cigarro?", pedi. Ele abriu o maço de Salem *menthol fresh*, um tabaco mentolado que eu nem sabia que existia. Dei a primeira tragada e me lembrei de como era bom fumar, "estou feliz por estar aqui", falei.

"Bem-vinda!", se limitou a dizer.

As telas da exposição já haviam sido enviadas por navio, mesmo assim eu tinha muita bagagem – pela primeira vez na vida. Trazia meu material de trabalho, centenas de fotos e coleções de coisas menores que, sem me dar conta, eu tinha começado a juntar nas ruas e restaurantes de Tóquio: folhas secas, moedas, *hashis* usados, origamis rasgados. Em minha atual fase artística, eu gostava de colecionar sujeiras urbanas para compor as telas.

Tom tinha um fusca, um carro pequeno e preto com o motor atrás, moderno, onde, depois de meia hora, conseguimos enfiar todas minhas coisas. Quando ele acelerou e eu senti o vento frio vindo da Baía de São Francisco reparei que ele não era o único homem vestido daquela maneira, tampouco seu carro era raro: o ocidente havia mudado demais enquanto eu estivera do outro lado do mundo.

Mas foi ao entrarmos numa rua específica, a Haight Ashbury Street, que eu me senti penetrando outra dimensão: tudo era colorido, havia jovens sentados nas esquinas, alguns cantando, outros empunhando violões ou dançando. Cabelos compridos, bolsas trançadas, vestidos esvoaçantes, sorrisos nos rostos. Fiquei encantada: gente feliz! Há quanto tempo eu não via gente feliz!

Tom reparou, "legal aqui, não é? É o centro do movimento."

"Que movimento?"

"O movimento hippie, você não conhece?"

Neguei com a cabeça, "estive longe do mundo por bastante tempo..."

"Então bem-vinda ao centro de tudo. Aqui as flores brotam das nossas cabeças, estamos expandindo as percepções."

Expandir minhas percepções: era tudo do que eu precisava!

"E o que é este movimento?"

"Basicamente, paz, amor e unidade. Isso é o que importa. Aceitamos tudo – menos a guerra."

"Mas a guerra acabou há quase vinte anos", falei, ingenuamente supondo que depois da Segunda Guerra a paz reinava em absoluto.

"Meu Deus, no Japão não se fala em nada? Então nunca ouviu sobre a Guerra do Vietnã?"

Eu não podia responder, simplesmente não sabia se havia ouvido falar ou escutado a respeito, porque nos anos que passei em Tóquio tudo sempre soou estranho e externo.

"Andei muito trancada em meu processo criativo. E os japoneses não falam sobre o que acontece fora do Japão", resumi.

Depois de me mostrar um pouco mais da cidade, Tom me deixou num hotel central e pomposo, o The Westin St. Francis, localizado numa das quinas da praça Union Square.

Hotéis me causavam frio na espinha desde que Iza deixara o nosso quarto no Rio para morrer.

"Escute, Leah, quanto tempo você pretende ficar? Nós fizemos uma reserva de uma semana."

"Está ótimo", respondi, sem ter a menor ideia do que eu faria.

"Você volta pra Tóquio depois? Precisamos emitir a passagem..."

"Para lá, eu não volto. Mas ainda não sei para onde vou..."

"Ok! Amanhã cedo te busco para visitarmos a galeria. Se quiser, te levo para comprar umas roupas", falou, me olhando com estranheza.

Subi para o quarto. Eu sempre fora uma mulher atraente e, naquele momento, sentia-me andrógena, como se todos os vestígios de sensualidade houvessem explodido junto com a bomba A.

Despi-me, atrás da porta do banheiro havia um espelho grande. Entendi, então, o que Tom havia visto: uma mulher oca. Um instrumento sem vida, preso em convenções que já não lhe serviam. Cabelos desmaiados, o pescoço sem arco, os brincos de pérola opacos. Até mesmo o vestido de cetim brilhante com gola fechada me abotoava por dentro, impedindo a passagem do ar. E o batom vermelho gasto, desfalecido, já não falava coisas interessantes.

Virei de costas e me despi. Sim, eu estava em algum lugar, flutuando, solta – ou estaria presa dentro de mim? De uma forma ou de outra, precisava me reencontrar.

Fugi daquela imagem, tomei um banho, e dormi dezoito horas.

A *vernissage* foi uma das festas mais loucas que eu presenciei. A galeria ficava em um galpão grande e decorado com luzes coloridas, música alta, muita comida sem gosto e litros e litros de álcool. Os convidados, em sua grande maioria, pareciam habitar uma realidade paralela, onde risos escandalosos, olhos miúdos e roupas extravagantes eram o uniforme.

Dois irmãos vestidos de jeans e sem camisa filmavam tudo com uma câmera enorme, fazendo muitas perguntas que eu não sabia responder.

"O que sua arte representa?", me perguntou o mais cabeludo.

"Representa a minha visão do mundo!", respondi.

"E qual é a tua visão do mundo?"

"Tá nos quadros."

O câmera focou um de meus quadros, por acaso uma foto PB onde a grama verde recobria os destroços de Hiroshima, e eu havia pintado com verde limão uma grama imaginária.

"Transformação? Transcendência?", o repórter voltou a perguntar.

"Sim."

"Quer dizer que você é a favor das guerras? Que entende que a partir do Vietnã pode brotar verde e amor?"

"Não tem nada a ver com o Vietnã", esquivei-me.

"Como pode, então, o verde surgir dos destroços?"

"Não sei, mas aconteceu, eu retratei e interpretei", aquele pessoal podia ser muito cabeça, mas sua insistência era careta. "Com licença", pedi, fugindo.

Pessoas totalmente diferentes estavam igualmente doidas naquela festa. Mas não havia sinais do movimento hippie, ao contrário, havia burgueses fingindo que eram alternativos. Uma mulher subiu numa das mesas de centro e tirou as botas brancas de cano alto e seu vestido. Tom a beijou na boca e a levou para o banheiro, assim como estava, de calcinha e sutiã. Um cheiro de incenso sufocava o ar. A coisa menos importante de toda a festa eram as minhas telas.

Tomei duas doses de uísque e pensei que era a hora de voltar ao Brasil. Por mais que os bruxos e magos e fadas dissessem que havia hora marcada para o nosso reencontro, eu estava num daqueles limites, e o simples fato de ir procurar Joaquim me faria bem.

Ninguém notou quando eu deixei o recinto. Peguei um táxi e pedi a ele que passasse pela Haight Street, queria ver os jovens. Nunca eu havia me sentido tão velha e sozinha. Ali havia vida pulsando, mas não me contagiava. Eu precisava me abrir novamente para o mundo, mas tinha dúvidas: eu ainda seria capaz de rejuvenescer? Ou a idade tinha, finalmente, tomado conta de minha alma?

De longe vi as luzes da rua brilhando, grupos de jovens tomavam as calçadas, havia fumaça e música. Aquela rua jamais dormia.

"A senhora vai descer?", o motorista me perguntou.

"Não, vamos até o final da rua e depois para Union Square, vou ficar no The Westin."

E então, antes de chegarmos ao Golden Gate Park vi uma placa "aluga-se" no alto de um prédio de três andares, com um número de telefone.

"Pare, por favor", pedi. O motorista obedeceu. Era um prédio simpático, um *coffeeshop* colorido funcionava no andar de baixo.

"Deve ser caro morar aqui", observou.

"Será?"

Ele deu de ombros, eu toquei o interfone, já era de madrugada, ninguém atendeu. Anotei o número e entrei de volta no táxi.

"Tudo bem, amanhã eu ligo", falei.

"Você está procurando lugar para alugar?"

"Ainda não sei, não sei mesmo. Mas gostei dessa rua..."

Ele riu baixo. Percebi que era um homem bonito, tinha uma barba muito grossa escondendo a face, óculos quadrados por cima dos olhos e uma doçura que lembrava Takuro. Me ofereceu um cigarro, aceitei pensando que eu devia começar a comprar maços e fumar sempre, porque me fazia um bem danado. Quando me deixou no hotel, me entregou um pedaço de papel com seu telefone e seu nome, Sean.

"Se precisar de qualquer coisa, me ligue. Posso levá-la para ver casas e apartamentos", falou, despretensiosamente.

Sentei na janela do quarto e fiquei olhando a praça apagada. Uma tristeza tomou conta de mim, chorei como há tempos não fazia. Reparei no sinal de trânsito que trabalhava incansável durante toda a madrugada, a cada vez que piscava era como se uma luz interna latejasse em mim, indicando a falta de alguém. Senti a perda de todas as pessoas que eu havia tido e perdido, mas finalmente entendi que aquele luto era por outra perda: a minha. Quem eu era, quem eu havia inventado ser durante as diferentes fases, quem eu fora. Agora só sobrava aquela moldura sem vida e uma pintura desbotada e fora de época.

Deitei no chão, encolhida, rezei, chorei e pedi para Joaquim voltar para o meu lado. Eu não queria mais previsões de fim de mundo, nem um amor eterno mas impossível. Queria apenas ser humana, sem o abominável peso da existência perene. Precisava de um porto seguro, de gente me amando, gente que não fosse desaparecer de minha vida. Era estranho pensar que justo eu, a imortal, tivesse uma vida tão partida – capítulos soltos de um livro sem fim onde eu era a única costura real.

Fiquei assim por talvez duas horas e me ocorreu que eu tinha um amigo no mundo. Pedi à telefonista que me conectasse com Marcos Abrantes, dei seu endereço antigo em Nova York e aguardei o retorno ao lado do telefone. Adormeci, cansada de mim, e quando o telefone tocou eu estava distante, num sonho estranho onde encontrava Joaquim no meio da Haight Street vestido como Tom e fumando seu cigarro mentolado.

"Madame, your part is on the line", me disse a voz aveludada da telefonista.

"Si, con quién quieres hablar?", escutei do outro lado.

"Marcos Abrantes, por favor."

"Un rato. Marcooos!", a voz de Consuelo me encheu de alegria!

Pouco depois vieram passos pesados, "Alou?"

"Marcos, Marcos", me enchi de emoção.

"Leah?!", ele soltou uma gargalhada, "minha querida, você!" Sua voz tinha mudado muito, agora ele era um senhor de idade.

"Marcos, como é bom falar contigo. Estou em São Francisco!"

"Que coisa boa, minha amiga querida! Como penso em ti! Recebeu minhas últimas cartas?"

"Sim, recebi, me encheram de alegria, me deram uma força que nada no mundo poderia me proporcionar!", suspirei, "estou tão sozinha, Marcos. Quero muito te ver, irei visitá-lo!"

"Aqui estamos todos bem, já tenho dois netos!"

"Parabéns, meu querido. Eu nunca tive filhos..."

A ligação picotou, mas se não fosse isso um silêncio incômodo nos interromperia, precedendo a pergunta que eu precisava fazer.

"Marcos, e Joaquim?"

"Ele foi embora para o Brasil em 54. Não tenho notícias, perdeu a família aqui, queria te encontrar. Acho que deve estar a tua procura, pelo mundo... o amor de vocês é tão bonito, Leah. Tão vivo!"

"Preciso tanto encontrá-lo!"

"Vou buscar informações com Jack, que era seu sócio. Ele ficou de me escrever, mas sabe como é a vida..."

A telefonista nos interrompeu dizendo que precisávamos vagar a linha. Nos despedimos e prometemos ficar em contato. Senti minha alma vibrando, ainda que por debaixo das camadas grossas que teimavam em me esconder.

Vi a luz do sol encher de cor aquela praça, trazendo recomeço para inúmeras vidas. Todos os dias os que vivem recomeçam, pensei. Eu também.

Eu tinha mais um dia no hotel e dinheiro suficiente para alugar um apartamento ou voar para Nova York. Meus quadros tinham sido vendidos e havia novas encomendas. Tom queria que eu produzisse mais, disse que poderia alugar um galpão para mim. Mas eu não estava nem um pouco tentada a ficar naquela cidade. Tirando os jovens da rua colorida, nada me atraía. Sentia uma nova urgência de ir buscar Joaquim, nem que fosse através de Marcos.

Acabei comprando uma passagem para Nova York, deixaria minhas telas com Tom e depois resolveria onde me estabelecer. Liguei para Sean, o taxista, ele apareceu dirigindo um carro conversível e riu quando me viu, "você sempre se veste de japonesa?"

Todos os meus vestidos eram japoneses.

"Para onde quer ir?"

"Dar uma volta... amanhã parto para Nova York, quero conhecer um pouco da cidade. O *concierge* do hotel me falou sobre uma ponte vermelha, uma rua em forma de ziguezague e o mercado dos pescadores."

"Deixa comigo!"

Sean me levou para ver os pontos turísticos, e, por um segundo, me encantei. Ali havia um pouco de tudo: o sol do oriente, o vento de Leningrado, o cheiro de Nova York, a topografia do Rio de Janeiro. Paramos para tomar um café, fumamos dois cigarros olhando a baía da cidade.
"Você vai voltar?"
"Não sei."
"São Francisco irá te fazer bem."
Sorri para ele. Sean tinha um espírito à procura de liberdade.
"O que você faz quando não está atrás do volante?", inquiri.
"Toco violão e fumo maconha."
"Hum, queria experimentar isso!"
"Posso te levar para jantar mais tarde, o que acha?"
"Acho ótimo! Me deixe na..."
"Haight Street", ele completou.

No trajeto, Sean me contou que trabalhava na firma do pai, possuíam nove táxis, três carros de passeio e duas limusines. Adorava dirigir, mas odiava o trabalho e a mediocridade das pessoas que buscava e levava. Para fugir do alistamento na guerra, se escondia naqueles veículos. Foi o que me contou até me deixar na esquina da Haight com a Ashbury.

Dei adeus a ele e segui caminhando pela rua que tanto me impressionara. Todos os jovens me olharam com carinho, um homem me deu uma flor branca e duas meninas vieram falar comigo, queriam saber onde eu havia comprado aquele vestido japonês.

"Eu morava em Tóquio", expliquei, "mas estou justamente procurando uma loja de roupas, quero me vestir como vocês."

"Então você veio ao lugar certo!", me disse a menina ruiva, traços fortes e sardas apagadas. Seus cabelos compridos e cheios emolduravam o rosto pincelado por algum artista renascentista, "eu sou Elizabeta"

"Leah, prazer."

"Essa daqui é Joan", falou, referindo-se à menina muito loira, com os cabelos quase brancos e tão lisos que a faziam parecer um fantasma. Ela me abraçou, intensa, "eu te amo, nós te amamos", cantou.

Não pude evitar, ri um pouco da cena. Elizabeta notou e se juntou a nós, "sim, nós te amamos, a terra te ama, o sol te ama, sinta isso, sinta esse abraço".

Naquela esquina surrealista, me deixei ficar rodeada pelas hippies. Um amigo delas, que andava com uma Kodak pendurada no pescoço, registrou a alegria do momento. Outros se uniram ao abraço, me deixando no centro, e aquilo me fez sentir um calor capaz de me degelar. Havia amor. Havia amigos. Havia um lugar com flores e música e eu estava nele!

Elizabeta me deu as mãos, "venha". Chegamos a uma loja dois quarteirões depois, era uma *charity shop*. Araras com roupas usadas, divididas por tamanho, lotavam a grande sala abafada. Imediatamente, as meninas começaram a separar peças, e, sem vergonha nenhuma, tiraram as roupas, ficando de seios de fora. A senhora atrás do balcão riu, achando graça, "ah, se eu ainda tivesse um corpo desses!"

Elizabeta vestiu uma saia bordada e longa, um casaco de couro gasto aberto, e começou a bailar, seus seios balançando sem vergonha. Joan experimentou um vestido *tie die* violeta e me trouxe uma blusa bufante com flores amarelas, "Ponha!"

"Aqui?"

"O que tem?"

"Alguém pode ver!"

"Leah, nós nascemos assim, qual é o problema?"

Virei de costas, sem graça, vesti a camisa, "e o sutiã?"

"Somos livres, nossos peitos são livres, balançam ao vento" Elizabeta explicou, pulando, "você quer uma saia?

"Não, quero uma calça azul, aquela", apontei para um jeans, "é linda, eu nunca vi nada assim!"

Saímos de lá de roupa nova. Tudo custou apenas quatro dólares e eu dei, em troca, o vestido japonês. Também troquei o sapato formal de bico quadrado por uma sandália de couro. Seguimos para o parque – sim, havia um lindo parque ao final da rua, o Golden Gate Park, onde mais jovens se reuniam.

Sentamos com um grupo, dois homens tocavam violão, outros cantavam e todos fumavam. Um casal dançava como se estivesse em transe. Logo chegou até mim um cigarro de maconha, que eu jamais havia provado – possuía o odor de um incenso. Já provei de menta, vou agora provar de erva, pensei. O gosto não era extraordinário, e também não era feito para ser fumado inteiro: era para se tragar e passar à pessoa ao lado.

Dez minutos mais tarde eu tive meu primeiro acesso de riso, "eu nunca tinha fumado isso!", gritei, entre uma e outra gargalhada. Reparei que os movimentos do casal que dançava agora me pareciam hilários.

Um menino cheio de cachinhos dourados na cabeça e com um colete de couro abaixou para falar comigo, "quantos anos você tem?"

"Que pergunta mais careta", Joan falou.

"Cento e cinquenta", respondi, achando uma graça que jamais havia me ocorrido.

"Putz, que louco deve ser viver assim, tanto...", outro menino disse.

Ri mais ainda, "muito, muito louco!", e me lembrei de quando havia chegado em Paris e dos rostos incrédulos das meninas me olhando como se eu fosse uma aberração (e eu era!). Aqueles hippies não me julgaram por nenhum segundo.

"Então você nasceu em 1807!", Elizabeta falou, contando nos dedos. "Nunca conheci ninguém tão velho por dentro... e tão novo por fora!"

"Foi uma estrela mágica que caiu e pof", gargalhei, "transformou tudo. Eu e meu namorado..." Pausei, eu não me lembrava de jamais haver chamado Joaquim de namorado, aquela erva já estava mesmo expandindo minha percepção.

"Você e teu namorado?", o menino dos cachos dourados insistiu.

"Do que é mesmo que eu estava falando?", desandei a rir.

Demorei meses para contar a história toda. Aquele grupo, que eu cruzara na Haight Street, seria minha nova família em São Francisco. Perdi o avião para Nova York e o jantar com Sean, mas assim que recobrei minha lucidez, busquei minhas as malas no saguão do hotel e liguei para ele. Veio me apanhar de carro.

"Deixa eu adivinhar, você foi engolida pela Haight Street?"

"Fumei maconha e perdi a hora", expliquei, enquanto colocava as malas no conversível caramelo.

"Que bom, né! Gostei do seu visual!"

"Adivinha, consegui alugar aquele apartamento", eu disse, "e você será o primeiro convidado!"

Ele dirigiu até lá, me ajudou a levar as malas escada acima, acendeu dois cigarros, me passou um. O apartamento tinha dois quartos e pouca mobília. Pela janela da sala, subia o burburinho da Haight Street.

"Tenho uma proposta para te fazer", falou, sério.

"Qual?"

"Quero alugar um quarto. Dividir o apê, o que você acha?", encarou o chão, "não aguento mais morar com meu pai!"

Eu estava pronta para aceitar o que a vida me oferecesse, e Sean parecia um cara legal. *"Deal"*, estendi a mão.

"Não tenho muita grana, sabe como é..."

Abri os braços e nos abraçamos. Foi um bom começo.

Sean passava a maior parte do dia fora, trabalhando como motorista, à noite voltava reclamando que não aguentava mais seu pai e o trabalho careta. Apertava um cigarro de maconha, pegava o violão e sentava-se para tocar músicas dos Beatles.

Elizabeta, mais conhecida como Beta, e Joan também eram presenças assíduas em minha casa. Quase sempre apareciam acompanhadas de rapazes de cabelos longos e calças apertadas. O menino de cachos dourados, Ben, estava namorando Beta, mas também namorava Joan, e era extremamente complicado entender como as coisas funcionavam naquele reinado da liberdade. Tom sempre aparecia sozinho e nos olhava como se fôssemos a última gota d´água do deserto. Checava os meus quadros e deixava uma sacola cheia de maconha para que "as ideias não parassem de fluir".

O apartamento tinha dois quartos, um deles eu havia transformado num ateliê, e, no outro, havia apenas um colchão de casal e almofadas espalhadas. Muitas vezes, enquanto eu pintava, as meninas usavam meu quarto para cochilar ou namorar. E, quando eu dormia, assavam bolos e brownies, ferviam macarrão integral e inventavam sanduíches na pequena cozinha de fórmica cor de laranja. Sean, que jamais teve dinheiro para realmente 'dividir' o apartamento, instalou-se num colchão no canto da sala.

A rotatividade da casa era tão grande que eu nem trancava a porta. E, por mais estranho que aquilo pudesse parecer, ter uma casa aberta e sempre cheia afastava os medos de perda, a carência e as dolorosas recordações de outras vidas.

Todos os dias eu acordava feliz e escutava, "eu te amo, Leah", de pessoas que não me amavam especificamente, mas que amavam o mundo e todos os seres, amavam o amor e o fato de serem amadas. Com um sorriso nos lábios e saias longas eu respondia: "eu também te amo, seja bem-vindo!"

Por um longo período, arquivei Joaquim. Também não procurei mais Marcos, apenas enviei-lhe um cartão com o símbolo de *peace and love*, dizendo que a viagem a Nova York teria que esperar, pois eu estava num momento de reencontro espiritual. Era a mais pura verdade: não eram as drogas que eu vinha experimentando, nem os dramas que eu colocava para fora na minha arte. Era minha alma que volitava de alívio: eu estava me reinventando.

Sean comprou uma kombi amarela que, numa tarde de segunda-feira, nós enfeitamos com flores e símbolos de paz e amor. Passamos a chamá-la de *groovy*, pois era o carro mais 'maneiro' das redondezas. Em agosto de 1969, nos espremamos dentro dela e pegamos a estrada cortando dez estados, até chegarmos ao de Nova York. O destino final era a pequena cidade de Bethel, mas eu convenci a turma a passar pela capital: precisava ver Marcos. Fazia alguns anos desde o nosso telefonema e eu me culpava, constantemente, por não procurá-lo.

Paramos na frente do seu prédio, não o que eu havia conhecido no começo do século, mas um endereço novo, luxuoso, perto do Central Park: o número 234 da East 68th. Estacionamos a kombi florida na frente do edifício terracota. Meus amigos rumaram para o famoso parque, eu tomei coragem e subi os degraus até a porta de entrada. Procurei pelo nome 'Abrantes' e respirei aliviada quando o encontrei. Toquei a pequena campainha uma, duas, três vezes. Ninguém atendeu. De repente, a porta abriu-se e uma mulher saiu com uma criança no colo.

"Por favor, você conhece o Marcos Abrantes?", perguntei.

Me examinou de forma estranha. Tinha os olhos estranhamente familiares. "Quem é você?", perguntou.

"Uma amiga dele."

A mulher arqueou as sobrancelhas, desconfiada. "Meu avô morreu há anos!", disse, sem o cuidado necessário.

Fui atrás dela, degraus abaixo. "Espera, por favor."

A menininha em seu colo sorriu para mim, "*Mommy*, ela está te chamando". Finalmente, a mulher estancou no meio da escada.

"Quando?", quis saber.

"Ele e minha avó morreram faz cinco anos."

"Os dois?"

"Vovô morreu dormindo. Vovó não aguentou a solidão e, duas semanas mais tarde, teve um derrame. Sinto muito, estou atrasada", virou as costas e foi embora. A criança acenou para mim enquanto deixei-me cair nos degraus da escada com um terrível sentimento derrota.

Como eu podia ter deixado Marcos para trás? E, talvez ainda pior, como a morte podia ter me deixado para trás?! Marcos havia cumprido sua missão, até bisnetos herdariam os ensinamentos de um homem que havia sido... feliz! Completo! Intenso! Mas eu... nada, ninguém! O que podia haver de mais perverso do que permanecer suspensa pelo fio do tempo?

Quando chegamos em Bethel, a cidade já estava apinhada de carros, kombis tão floridas como a nossa. Milhares de mochileiros hippies chegavam para o Festival de Música de Woodstock. A partir de certo ponto, só se avançava a pé. Estacionamos no meio da rua e ouvimos o eco de uma voz convocando a todos com palavras indecifráveis.

Havia alegria e flores por toda parte, sorrisos, abraços, amor. Mas eu estava com a alma doída, triste e zangada com a vida, com uma vontade urgente de ir embora – para lugar nenhum.

"Deixe dissolver na língua", me disse Beta, enfiando um pedaço de papelão colorido na minha boca. Todos ao meu redor tomavam ácidos, mas eu ainda tinha medo daquilo me levar para algum lugar onde borboletas negras ficassem rondando a minha cabeça. Ali, eu desisti de resistir: a revoada interna de mensageiros da morte já estava a solta. Ficar lúcida não iria me ajudar, melhor mesmo seria encontrar uma realidade paralela.

Foi o que aconteceu. Comigo e, aparentemente, com todos por ali.

Eu escutava Joan Baez cantar Joe Hill no palco, a dois ou três quilômetros de distância, quando o efeito lisérgico me alcançou. A letra da música dizia: *Eu sonhei que vi Joe Hill noite passada, vivo como eu e você. Então eu disse, "mas Joe Hill, você está morto há dez anos". "Eu nunca morri", ele disse, "eu nunca morri", ele disse.*

Segurei a mão de Beta, "Joe Hill é Joaquim. Joe Hill é Joaquim."

Ela me acarinhou, "Joaquim está vivo, nós sabemos, nós sentimos! Sinta a terra abaixo de nossos pés e saiba que Joaquim pisa sobre esse mesmo solo!"

Quando olhei para baixo, vi o gramado se abrir, enxerguei através da crosta terrestre a nossa ilha de Fernando de Noronha e vi Joaquim num barco, sozinho. Voltei meu olhar para cima e tudo me pareceu mais bonito: as pessoas ao redor brilhavam e Joan Baez emitia raios que atravessavam nossos corpos.

Mais tarde, rumamos para uma espécie de lago, estava escuro e havia muitas pessoas se banhando, crianças brincavam e apenas um rastro de luz de um dos holofotes do palco iluminava a beleza da cena. A intensidade das coisas foi demovendo as barreiras entre realidade e delírio, percebi que tudo o que eu havia vivido tinha valido a pena. Era como se ali, com aquele ácido vagabundo de papelão, eu conseguisse enxergar as minhas escolhas pregressas. Eu havia optado, o tempo todo, pela intensidade dos momentos e relações, sem dormências, sem fugas, e tinha que – precisava! – me orgulhar disso para poder remover a anestesia de minha alma.

Quando o The Who começou a cantar *"see me, feel me, touch me, heal me"*, eu realmente escutei aquela voz vindo de dentro de mim, e todas as palavras fizeram um sentido absurdo. Consegui me ver por dentro: havia toneladas de lembranças boas. Sorrisos, beijos, abraços; amor, crescimento, sensações; paisagens, gestos, rostos. Senti minhas lágrimas lavando meu rosto, comecei a gritar, "eu sou feliz, eu sou feliz!", e fui abraçada por várias pessoas – meus amigos já não estavam ao meu lado, havia outras pessoas: todas me amavam, e eu as amava. Rodei, dancei, e dei de cara com um homem de sorriso largo, boné, jaqueta camuflada, calça jeans e coturno. Não era um hippie. Nos olhamos por duas músicas, até que ele estendeu a mão para mim e me puxou para dançar à moda antiga, colado. Cheirava a madeira, era alto e tinha cabelos curtos, barba e bigode falhos e malfeitos.

"No percas jamais ese brillo en tu mirada", passou a mão pelo meu rosto, puxou meu corpo junto ao seu.

Olhei atônita para ele. Seu olhar me perfurou como se pudesse escutar dentro de mim. Das quinhentas mil pessoas que havia em Woodstock, aquele argentino chamado Sergio estava ali para me alegrar!

Não nos desgrudamos mais, atravessamos a chuva grossa que caiu e cantamos de mãos grudadas com Joe Cocker *With a little help from my friends*. Ele me olhou recitando parte do refrão, *do you need anybody?* e eu respondi com o cantor e a multidão que sim, que precisava de alguém para amar, *oh, I need someone to love*.

O festival durou três dias de total libertação. Quando cheguei lá, eu era um depositório de perdas e frustrações. Mas Woodstock me possibilitou a verdadeira libertação. Entendi que eu não podia deixar de ser quem eu havia sido, tampouco podia ficar presa no passado. Eu era, e seria, sempre, um espectro de mim.

Sergio voltou conosco para São Francisco e começamos um relacionamento diferente de todos os que eu já havia vivido: calmo, sem expectativas, um dia a cada vez. Nosso namoro se deu da maneira mais careta e *old fashion* possível: com exclusividade.

Sergio havia conhecido Che Guevara e se considerava um verdadeiro revolucionário, então as minhas histórias de engajamento político o faziam pirar de emoção. Cerebral demais, ficava reverberando as coisas, num lento processo digestivo. De quando em quando, soltava frases exclamatórias, ainda incrédulo sobre o meu passado.

"Inacreditável você ter presenciado a independência do Brasil!!!!", falou um dia, enquanto tomava banho.

"Então você é uma semente do movimento sindicalista, conheceu as sufragistas! Putz, Leah, isso é demais!" soltou, enquanto lia jornal, como se acabasse de ouvir aquilo.

"Não, você não pode ter transado com o Stalin!", gritou de emoção um dia enquanto caminhávamos.

Apesar das histórias, nós éramos muito diferentes: Sergio respirava política, e eu não queria mais vivê-la, de maneira nenhuma. A Guerra do Vietnã incendiava discussões, mas eu não estava interessada nas fronteiras dos países, apenas naquelas da percepção.

"Você não pode fechar os olhos. Kennedy, Luther King e Malcom X foram assassinados! Nixon cagou tudo! No mundo inteiro os estudantes estão sendo mortos e perdendo força, você não pode se alienar – não você, Leah! Não você, que ajudou a construir a URSS, puta merda, como pode cruzar os braços depois disso?", discursou certo dia, enquanto tomávamos café. "Eu não entendo como você pode fechar os olhos para isso e ficar se anestesiando com maconha e LSD."

"Não, você não entende e jamais irá. Ninguém entende. Ninguém passou pela bomba de Hiroshima. Ninguém viu uma estrela cair do céu. Tampouco atravessou a cavalo do sul de Portugal ao centro da França, ou foi prostituta na época em que expunham cadáveres ao público. Ninguém foi queimado num incêndio e seguiu a vida sem sequelas externas para então trabalhar numa mina", me sentei, tentando me acalmar, mas eu não conseguia controlar tudo o que falava, "não é só o comunismo que faz parte de mim, Sergio, é tudo... eu sou uma anciã que devia ter morrido há muito, muito tempo. Sou uma aberração que já parou de contar os anos! Você não sabe como é cansativo ser imortal", disse. E chorei.

Sergio permaneceu plantado durante um tempo, naquele lento processo de digestão verbal que lhe era tão peculiar, então me abraçou e pediu desculpas. Seu abraço me envelopou e, depois de um tempo, eu adormeci em seu peito.

Desse episódio em diante, nós criamos uma regra: tirávamos um dia por semana para nós dois. Para um encontro possível, quando as convicções e as lutas partidárias ficassem para trás, e os abraços falassem mais alto. Saíamos de carro escondidos para fazer coisas burguesas: voamos de balão pelo Nappa Valey, velejamos pelos rios de Portland, fomos à praia em San Diego e aos cassinos de Las Vegas. Nosso amor foi brando porém firme, ele sabia que eu buscava outro homem e eu sabia que ele precisava encontrar uma mulher que pudesse lhe dar filhos e envelhecer com ele.

Logo deixamos a Haight Street para morar em Berkeley, onde um forte movimento estudantil surgia. No mesmo ano em que nos mudamos para lá, uma ocupação ao campus fora fortemente reprimida pela Guarda Nacional, ganhando as manchetes dos jornais e virando exemplo para outras rebeliões estudantis.

Com as vendas dos quadros, consegui comprar uma casa antiga. Sean alugou o imóvel ao lado para viver com Beta; Ben e Joan sublocaram um quarto de estudantes. Assim, fomos formando uma comunidade que batizamos de Spring Days. Todas as casas e coisas eram compartilhadas pelos 28 companheiros. Trabalhávamos com o que podíamos e dividíamos a grana e os parceiros. Nunca faltava nada, sempre sobrava amor.

Beta e Sean continuaram amavam-se loucamente, mas não cabia, em suas filosofias, exclusividade.

"Quero engravidar", ela me confidenciou certo dia, enquanto preparávamos o quintal de minha casa para uma festa – todas as semanas havia comemorações.

"Minha querida, ter filhos é o sentido da vida, se teu coração te pede..."

"Ah, desculpa, minha linda, eu não devia tocar nesse assunto contigo..."

"Tudo bem, eu já me acostumei com a minha esterilidade", menti para ela. Não ter filhos era um dos piores castigos de minha vida. Não ter podido dar herdeiros a António ou Takuro, e agora a Sérgio, me machucava diariamente. "Sean será um superpai, tenho certeza!", completei.

"Ele não quer ser pai, não quer ter filhos. Mas eu parei com a pílula...", e piscou para mim.

De fato, no ultimo ano da década de 70, todos ganhamos um presente: nasceu Nikka, filha de Beta e Sean. Eu, Joan e outras companheiras ajudamos no parto daquele bebê de Spring Days. Quando uma criança nascia na nossa comunidade, era filha de todos.

Vê-la sair do útero de Beta foi uma experiência poderosa, me trouxe de volta aquela vontade enorme de maternidade. Nikka era ruiva como a mãe, mas tinha os olhos azuis do pai, era o bebê mais lindo do planeta. Fizemos uma grande festa no dia de seu batismo, o mestre da comunidade, Pujya, veio dar a benção e ela passou de colo em colo: todos beijaram sua cabeça redonda. Nikka bocejou e mamou. Estávamos apaixonados. Mal imaginávamos que, na surdina, trabalhava um vírus maldito que faria daqueles dias os mais saudosos de todos.

A partir da década de 80, as coisas foram se desfazendo sem que pudéssemos rejuntá-las. Todos, de uma maneira ou de outra, decidiram ou tiveram que partir. Era o fim da comunidade e dos anos de paz e amor.

Tom fez uma visita – ele havia cortado o cabelo e seu rosto estava liso, usava um terno bege e uma gravata listrada. Mal o reconheci quando veio andando em direção à nossa casa; eu tomava uma xícara de chá na varanda da frente, com Sergio.

"Estou indo embora para Nova York, vim me despedir." Havia meses que ele já não vendia nenhum trabalho meu.

"Vai trabalhar de terno?"

"Vou, no mercado financeiro. Novos tempos!"

"Tá vendo como o mundo está acabando?", Sergio comentou, "virou um *yuppie*! A porra do Tom virou *yuppie*! Vai ganhar dinheiro à custa do Reagan e da Thatcher!"

Tom riu, "foi bom te conhecer também, Che Sergio", disse.

"E os quadros?", perguntei. Meu dinheiro era o que sustentava parte do que havia sobrado da comunidade, os outros viviam de artesanato e amor.

"Quer um conselho? Esqueça teus quadros. Vire fotógrafa. Você é esperta e vai se sair bem!" Me deu um abraço quente e foi embora.

Duas semanas depois, Sean reuniu o grupo e seu discurso também teve tom de despedida. Mas era pior do que isso. Tirou a camisa, seu tronco apresentava cinco ou seis manchas roxas, tipo hematomas.

"Vocês estão vendo isso?"

Beta chegou perto e o abraçou. Eu peguei Nikka no colo.

"Você sofreu um acidente?", alguém perguntou.

"Não. Alguém mais tem essas manchas?"

"É uma epidemia?", Joan arriscou.

Antes que ele dissesse mais nada, todos haviam tirado as camisas e se examinavam, e três apresentaram as mesmas manchas.

"Vai me matar. E matar a maioria de vocês. Talvez todos!", baixou a cabeça. Houve um silêncio que não foi apenas a falta de som, ao contrário, foi o excesso de ruídos internos que anulou todas as possibilidades de fala.

"Isso é uma síndrome, estão chamando de aids, não há cura e tudo o que sabem é que é transmitida em relações sexuais e por usuários de drogas injetáveis."

Segurei forte Nikka, foi como se uma revoada de borboletas negras cobrisse o céu. Formamos uma fila e abraçamos Sean. Todos se perguntaram o que era aquilo, e como podíamos ser vítimas de algo que era da vida? Como era possível que o sexo fosse condenado?!

Em pouco tempo Sean definhou, tinha dores excruciantes nas pernas e tomava mais de vinte comprimidos por dia. Eu praticamente me mudei para a casa deles para ajudar com Nikka. Depois do dia da revelação, todos fomos testados e Beta descobriu que também era portadora do vírus destruidor. Eu, Sergio, Joan e apenas mais dois do grupo não havíamos sido infectados.

Era o fim não apenas da Spring Days, mas de um era.

Numa noite fria de inverno Sergio anunciou que ia embora. Até na Argentina era o fim de uma era: a democracia havia voltado.

"Você vai mesmo me deixar?", perguntei, angustiada.

"Claro que não", sentou-se ao meu lado, tomou minha mão, "vou te levar comigo!"

"Como? Eu não posso ir, Sean está morrendo, Beta também foi contaminada, tenho que criar Nikka!"

"Eu preciso voltar..."

"Eu preciso ficar... Nikka é como se fosse minha filha. É muito importante para mim..."

"Não se esqueça que eu sempre quis ter filhos...", completou, como se a minha decisão fosse, apesar de aceitável, uma traição.

Silenciei, examinei os traços de Sergio de perto, alguns pelos de seu cabelo já nasciam brancos, e aquele pequeno detalhe me lembrou do abismo entre nós – o abismo da existência eterna. Nos abraçamos e as lágrimas tomaram conta de meu rosto. Eu sabia que estava, mais uma vez, ficando sozinha.

Dias depois, levei-o ao aeroporto com Nikka. Ela e eu não desgrudávamos.

"Me promete apenas uma coisa", pediu, "que quando você acabar esse período aqui irá para Buenos Aires. Só me prometa isso, pode ser? Traga Nikka e cuidaremos dela."

Concordei com a cabeça, "é um alívio saber que terei um lugar para ir."

"Te amo, *mi amor*... cuida dessa menina direito!" Abraçou Nikka, "e você cuida da Leah!"

Nikka sorriu, daquela maneira como só ela sorria, escondendo os olhos, "*Goodbye uncle* Sergio!"

Imóvel, o deixei partir. Nikka percebeu minha tristeza, me abraçou com força.

"Eu vou te fazer muito feliz, viu?", sussurrei ao pé de seu ouvido.

"Você tem biscoito?", ela respondeu, conseguindo – como somente uma criança conseguiria – arrancar uma franca gargalhada de mim.

Beta e Sean estavam fracos para qualquer coisa, então, com ajuda dos poucos amigos que restavam, eu os trouxe para morar comigo. Nikka escolheu seu quarto: queria um céu cheio de estrelas, e aquilo me pegou desprevenida. Parecia que, no fundo, ela me conhecia. "Sem lua, tia Leah", anunciou, "quero apenas estrelas!"

Poucos meses depois a minha pequena estrelinha perdeu o pai. Sean morreu de pneumonia – a aids, como logo descobrimos, era apenas a porta de entrada para outras doenças, debilitando o corpo. Fizemos uma pequena cerimônia preenchida de um desgosto que parecia não ter fim.

"Nossos corações estão repletos de tristeza e dúvidas, muitos estão se questionando: por que esta doença está nos acometendo?", Pujya, nosso mestre, falou – ele era o único que ainda trazia compreensão.

"Mas nós temos que nos lembrar que a vida é como um rio, a água que passa por aqui jamais retornará – e isso serve para os bons momentos, e, felizmente, também para os ruins. Sean cumpriu seu carma e está mais perto do darma, sua evolução espiritual. Nos deu Nikka, e através dela está entre nós."

Fiquei olhado ao redor e já não senti a dor de antes. Talvez todas as perdas houvessem, finalmente, me ensinado a maior e mais rebuscada de todas as lições: a morte faz parte da vida. Eu havia resistido a entender isso, talvez por ter vivenciado mortes estúpidas e violentas. Mas agora entendia que a hora da morte é única e, independente da forma, ela sempre chega. Para tudo e todos. Exceto eu e Joaquim.

O caixão baixou com o corpo de Sean e me lembrei de seu sorriso, de quando o conheci, na saída da *vernissage*, cabisbaixa, quando ele me ofereceu um cigarro. Dei um passo à frente. Beta estava em uma cadeira de rodas e Nikka dormia em seu colo. Pedi a palavra.

"Quando cheguei aos Estados Unidos, Sean foi o primeiro a me fazer sorrir. Ele tinha uma paixão enorme pela vida e se permitiu viver com intensidade, descobrindo o mundo, tocando seu violão, atrás do volante. Não vamos chorar por ele, por favor, uma salva de palmas para Sean, que viveu dez anos a mil", gritei.

Beta reuniu forças e se levantou, "Que privilégio eu tive de conhecer, amar e ser amada por Sean! Vejam o que ele me deu!", e levantou Nikka, que despertou.

À essa altura, restavam apenas três casas na rua com membros do Spring Days. Joan havia voltado para a casa da mãe, em Massachussets; Ben caiu doente e foi se tratar perto da família. Eu passei a fotografar estudantes no campus, festas de formatura e montei um estúdio para fotos de família. Era muito cansativo cuidar de Beta e Nikka, mas eu me sentia amada com elas, e tranquila por saber que veria Nikka crescer.

Quando chegasse a hora de Beta, eu a levaria embora para Buenos Aires, onde ficaríamos com Sergio.

Até que meu mundo desmoronou. Era um domingo à tarde, Beta dormia. Segundo os médicos, ela deveria ser internada. Entretanto, havíamos combinado que ela morreria em casa e combateria a dor com morfina e outras drogas.

Enchi a banheira com espuma, como Nikka gostava. Ela completaria sete anos em alguns meses, era a menina mais esperta e doce que eu já conhecera, tinha os sentidos aguçados, o raciocínio rápido, os olhos abertos para aquela vida que corria tão sem sentido ao seu redor.

"Gosto desse cheiro", me falou, enquanto tirava a roupa.

"Erva-doce, é bom, não é, minha fadinha?"

"Hum-hum", falou, e virou as costas. E então lá estava o início do fim, estampado em sua pele como uma tatuagem do próprio destino.

"O que foi, tia Leah?"

Não percebi as lágrimas descendo de meu rosto, "nada, estou um pouquinho triste, só isso."

Nikka entrou na banheira e sua mancha desapareceu embaixo da espuma, como se aquele vislumbre fosse apenas um pesadelo.

"Então acho melhor você chorar mesmo. Minha mãe diz que faz bem chorar quando estamos tristes. Eu choro de saudades do papai."

A abracei e senti sua luz me atravessar, eu podia ser imortal mas ela era, com certeza, um espírito muito mais evoluído.

Alguns meses após a morte de Beta, os médicos ainda realizavam exames em Nikka. Já haviam me explicado que ela era portadora do HIV, que havia sido passado através do sangue da mãe, mas não entendiam como ela permanecera saudável por tanto tempo. Geralmente, os bebês soropositivos morriam até os dois anos de idade. Ela sequer havia sido testada – por incompetência nossa. Jamais podíamos imaginar que aquele anjo houvesse nascido com a marca da morte. Beta morreu sem saber da doença da filha.

Infelizmente, o quadro progrediu rapidamente. E a própria Nikka já sabia que iria encontrar com os pais em breve, "numa grande festa de aniversário", já que seus sete anos haviam sido comemorados sem eles.

Eu já não trabalhava mais fora, queria passar o máximo de tempo possível com ela. Fazia apenas as fotos no pequeno estúdio de casa, e nos dias em que ela ia à escola ou brincava na casa de amigos, eu corria para minhas terapias alternativas: ioga, terapia do grito primal, do renascimento e cabala. Era a maneira que eu havia encontrado para enfrentar aquilo.

Foi numa tarde de céu inteiramente azul, quando nos sentamos no campus da Universidade de Berkeley, que ficava a poucos passos de casa, que uma ideia louca me ocorreu. Estava gastando cada centavo economizado nos últimos anos e em breve teria que vender a casa para continuar a nos sustentar – mas eu iria até o fim por Nikka.

"Nós vamos fazer uma viagem, Nikka", anunciei.

"Você também vem comigo, tia, encontrar papai e mamãe?"

"Não, minha fadinha, por enquanto eu não vou poder ir à tua festa... queria muito, mesmo, mas eu tenho muitas coisas para fazer aqui."

Como explicar para minha Nikka que eu não podia morrer? Um cheiro de grama me invadiu.

"E aonde nós vamos, então?", perguntou, segurando minha mão.

"Vamos para o lugar mais lindo de todo o mundo. Uma ilha chamada Fernando de Noronha. A ilha das estrelas..."

Nikka me abraçou, "eu quero muito ir nessa ilha, tia Leah! Muito!"

Um mês depois, e apesar de todas as restrições médicas, nós duas vimos nascer o sol na Baía do Sueste. Todas as noites contávamos quantas estrelas nos coroavam, e então nos perdíamos e começávamos tudo de novo. Noronha não era mais a ilha de minha adolescência, quando um rapaz chamado Joaquim me marcou para sempre a alma. Era um santuário onde eu podia me ajoelhar e rezar para Iemanjá, era o limite do mundo no qual eu alcançava os céus e falava com os pássaros, ou podia mergulhar no infinito e me purificar.

Subi até o alto do Morro do Pico para pedir que uma mizar viesse ao encontro de Nikka, mas nenhuma das estrelas cadentes que nós vimos passar mergulhou nela. Sentamos à noite na praia da Conceição e contei a ela uma lenda.

"Era uma vez dois namorados que se conheceram numa ilha..."

"Nesta ilha?"

"Nesta praia!", sussurrei, segurando minha voz embargada. "Durante uma noite quente eles decidiram tomar banho de mar. E quando estavam dentro da água, no meio do escuro, uma coisa extraordinária aconteceu: uma estrela caiu do céu."

"Caiu, como assim, se as estrelas são pregadas no teto do universo, tia Leah?"

"Ah, ela queria dar um mergulho no mar e conseguiu se soltar..."

"E?"

"E a estrela provocou um clarão, deixou tudo muito, muito claro."

"Até o mar?"

"Sim, até a água, tudo debaixo dela brilhou, e, pela primeira vez no mundo, o escuro virou claro, e o claro, escuro."

"E os namorados? Se beijaram?", falou com sua voz doce. Tive que me segurar para não chorar quando pensei que Nikka jamais chegaria a beijar ou namorar...

"Ficaram assustados, se abraçaram!"

"Tia, a menina era você, não era?"

"Como você é tão esperta assim?"

"Teus olhos brilharam que nem uma estrela quando você falou."

"Eu te amo muito, minha fadinha!"

"Eu também, tia, muito, e agora que você é minha mãe eu te amo mais ainda... um tanto que nem esse mar aí."

Nos abraçamos e de alguma maneira, naquele exato momento eu aceitei o que a vida havia me dado: uma filha maravilhosa. Não importava a duração, mas a intensidade de sua passagem, a delicadeza de suas palavras, a sabedoria dos seus ensinamentos e sobretudo... seu amor.

Fomos muito felizes durante os dias que ficamos lá. Nikka mergulhou com as tartarugas e golfinhos, misturou-se com as raias e tubarões e, sem que eu percebesse, começou a se desfazer, já deixando um pouco de si nos grãos de areia e nas ondas do mar. No décimo dia, acordou com febre e eu soube que seu tempo na terra estava acabando. Partimos, deixei a ilha sabendo que, quando eu voltasse para lá, tudo seria, mais uma vez, completamente diferente.

Em 17 de agosto de 1987 minha fadinha foi encontrar com seus pais. Tenho certeza que fizeram uma linda festa de aniversário, com algodão doce feito das nuvens, como ela queria. Não fiquei deprimida e nem revoltada com sua partida, apenas imensamente triste, uma tristeza de chorar durante dias, semanas, sentindo saudades de seu carinho, de seu cheiro, de tudo.

À noite, sozinha naquela casa vazia que não engolia a minha solidão, eu sonhava com Nikka sorrindo, mãos dadas com Sean e Beta. Ela me mandava beijos, mas toda vez que eu tentava abraçá-la, desfazia-se no ar. Eu sabia o que aquilo significava: era hora de ir embora. Vender a casa e tomar outro rumo. Eu havia passado vinte e cinco anos nos Estados Unidos, muitos deles na mais absoluta felicidade. Era hora de recomeçar, buscar Joaquim novamente, e eu já sabia quem me ajudaria: Sergio.

Marquei minha passagem para uma semana depois e comecei a me organizar. Fui me despedindo de todos que ainda moravam na área, cozinhei para alguns, com outros dividi uma torta com uma xícara de café – e assim fui praticando aquele ritual tão doloroso da despedida. Finalmente, vendi a casa e encaixotei as poucas coisas que eu realmente levaria comigo.

Num dos últimos finais de semana, quando o dia caía, eu me sentei na escada da cozinha que dava para o quintal enquanto aguardava a água ferver para um chá. Me lembrei de quantas festas haviam acontecido ali, sorri, e então fiz as contas: eu completaria 180 anos em setembro, ainda assim tinha os mesmos traços e vigor de minha juventude.

Escutei a campainha mas não me movi: andava escutando muitas coisas ultimamente, sobretudo o riso de Nikka. Tocou novamente, e mais uma vez, até que eu me levantei, certa de que o som era real, e fui abrir.

Era Nora, uma mulher do meu grupo de estudos da cabala. Ela tinha olhos tão azuis que pareciam de vidro. Era uma daquelas pessoas de idade indefinida: podia ter 30 ou 50 anos. Sua energia era mais forte do que sua forma, e por isso era confuso interpretá-la.

"Leah, posso entrar?"

"Sim, claro, estava fazendo chá de hortelã, você aceita?"

Aquiesceu e entrou. Fui para a cozinha pegar a chaleira.

Sem cerimônias, Nora se instalou confortavelmente na mesa da sala e abriu um dos livros do Zohar.

"Leah, ontem eu recebi uma comunicação de Beta. Ela me pediu que eu viesse até aqui falar contigo."

"Beta falou contigo?", me emocionei, "ela está aqui?"

"Não, ela já partiu."

"Por que eu não posso ver os espíritos para tranquilizar o meu coração, Nora?"

"É uma correção que você tem que fazer nesta vida, Leah. Por um lado você é muito desenvolvida, tem a imortalidade, mas ainda não tem o dom de ver o mundo da luz."

"Quer trocar de dom comigo, por favor?", perguntei, brincando.

"Busque isso e você terá. Lembre-se que as respostas todas já estão aí antes mesmo das perguntas serem formuladas. Basta saber encontrá-las."

"Eu encontrei uma resposta sem sequer ter feito a pergunta! Recebi a imortalidade sem tê-la pedido."

"Você a recebeu porque desenvolveu um trabalho espiritual merecedor!"

"Eu tinha 17 anos, não desenvolvi nada quando me tornei imortal!"

"Em outras vidas, menina!", Nora ralhou.

A chaleira apitou, eu nos servi, "o que você tem a me dizer?", perguntei. Já estava cansada de previsões, carregava aquela tatuagem escrita mizar sem saber para quê, ainda tinha pesadelos com a cigana e escutava os ecos da voz da cartomante romena nos momentos de maior angústia.

"Você sabe que a Cabala significa?"

"Recebimento", respondi.

"Recebimento da vida eterna."

"A possibilidade é real, e você está aí para confirmá-la. Entre os grandes cabalistas, alguns jamais morreram... A imortalidade é a graça maior", sussurrou.

"Para quem é mortal, sim. Apenas para quem é mortal. Você não faz ideia de como é difícil viver tanto... não há dádiva nisso, é um fardo enorme..."

Ficamos em silêncio. A noite chegou, estava frio. Ela não se moveu de sua cadeira, fechei a porta que dava para o jardim e voltei para o chão da sala, segui embalando os últimos pertences. Passou-se uma hora, e mais. Nora não se mexeu, baixou a cabeça e continuou lendo o Zohar.

"Você não vai embora?", perguntei.

Ela fez que não.

"*Come on*, aqui é minha casa, você tem que ir... estou cansada..."

"Vou depois que você me deixar te dar o recado."

"Achei que você já tivesse dado o recado", aproximei-me.

"Está pronta para escutar?"

De repente, senti as mãos úmidas. Eu sabia que precisava escutar aquela mulher, por mais que fosse doer e me corroer por dentro.

"Beta disse que o teu encontro com Joaquim irá ocorrer no final do calendário maia. No exato dia em que ele termina, no final de seu último ciclo, quando um longo período de dor e de desgaste terá fim."

"E quando é isso?"

"Não entendo nada de cultura maia. Sei apenas que já estamos no quinto milênio e realmente nos aproximamos do período no qual todas as correções da humanidade serão feitas. Você terá que pesquisar. Eu sou apenas a porta-voz."

"Ela disse onde? Onde nos encontraremos?"

"No local onde se conheceram, mesmas coordenadas."

Suspirei.

"O que mais ela disse?"

"Que não adianta você tentar encontrá-lo antes. Toque a tua vida até o final dos tempos e então prepare-se que, mesmo que você não queira e não planeje, o encontro irá acontecer", falou, levantando-se.

"Onde você vai?"

"O recado foi dado, desejo muito sorte a você e que não se esqueça da cabala", acenou adeus e partiu.

Não consegui dormir: meu encontro estava marcado com Joaquim!

No dia seguinte, esperei a biblioteca abrir e, após duas horas de pesquisa, encontrei a resposta que havia me corroído durante a madrugada: o calendário maia terminava no dia 21 de dezembro de 2012. Eu ainda tinha um quarto de século sem Joaquim – apenas um quarto de século!

"**Joaquim acordou**", Zelda gritou, ofegante, ao telefone. No mesmo momento, uma chamada em espera entrou, era o doutor Fernando, desliguei com Zelda.

"Ele está ótimo, parece que nenhuma habilidade foi afetada", completou o médico.

"Estou indo no próximo voo!"

"Calma!", ponderou, "não venha agora, não é o momento!"

"Como assim, não é o momento?"

"Joaquim ainda não recobrou a memória."

"Memória?"

"Ele está com uma perda transitória de memória."

"Como assim, doutor Fernando? Do que ele se lembra?"

"Bem, Sylvia, ele se lembra de como fazer as coisas – mas não se recorda de ninguém."

"Nem de mim? Vocês falaram de mim?"

"De ninguém. Por enquanto, não se lembra nem de quem ele é, mas isso faz parte."

"Mais um motivo para eu ir!"

"É cedo para começarmos a estimulá-lo. Vamos aguardar, vou te falando diariamente, ok?"

"Eu preciso ver o Joaquim, doutor! Preciso!"

"Você irá, em alguns dias, e a boa notícia é que ele acordou!"

Ao desligar o telefone gritei para os rostos pintados e espalhados pela parede do ateliê, formando uma espécie de árvore genealógica "Joaquim acordou! Joaquim acordou!" Sim, eu estava feliz, muito feliz, como não haveria de estar? A questão da memória seria, com certeza, temporária.

Deixei-me cair no sofá, acariciei a minha barriga, "seu pai acordou, meu filho, ele acordou!"

Dias depois eu estava na porta da casa de Joaquim. Toquei a campainha, ele logo abriu a porta e me fitou como se eu fosse uma vendedora ambulante. Abracei-o com força e durante o tempo que julguei necessário, mas não senti sua alma presente. Isso me entristeceu.

"Quer entrar?", convidou.

A casa estava igual, mas ele... ele estava tão diferente! Diferente de quem era, de suas próprias memórias. Até seu cheiro havia mudado...

"Você não lembra de nada, né?", indaguei, aflita. Não respondeu, apenas perguntou o que eu queria beber, pedi vinho. O médico e a nutricionista haviam deixado claro que álcool e tabaco eram inimigos do meu filho, mas, em último caso, eu poderia beber uma taça. E aquele era, sem dúvida, um caso extremo.

Percebi que Joaquim não sabia onde ficavam as bebidas, fui até a adega e voltei com um vinho. Sob seus olhares achei o saca-rolha, abri a garrafa e servi duas taças.

"Do que você se lembra?"

"Mesmo? De muito pouco. Eu sei das coisas, estranhamente. Sei como o mundo funciona, alguns lugares são familiares, mas, até agora, não reconheci ninguém."

Comecei a chorar. A gravidez estava me deixando sensível demais. "Não se lembra nem de mim?", cochichei.

Joaquim respondeu da única maneira como podia: me beijou. Sua boca conhecia a minha. Por mais que sua mente tivesse me enterrado lá no fundo – talvez por medo de nunca me ter – seu corpo entendeu que eu era uma velha conhecida. Sua língua me percorreu quente, e, não contente com os limites da boca, desceu sobre o pescoço. As mãos dele afastaram meus cabelos, não para segurá-los, para contê-los, me dizendo: você é minha, toda minha, só minha.

Sim, o corpo dele sabia, conhecia os caminhos há mais tempo do que era possível, e encontrou seus atalhos. Retesei-me de felicidade enquanto ele beijava meus seios como se fosse a primeira vez. Seu olhar era de novidade, mas seu toque era um antigo conhecido. Deixei que ele me domasse, recebendo o que podia me dar, sem exigir mais.

Quando a luz matinal nos iluminou já não tínhamos vergonhas. Joaquim fez café da manhã e me serviu ali mesmo, de frente para aquele novo dia que ia começar – não apenas um novo dia, mas uma nova era! Enquanto eu me alegrava pensando nisso, ele sorriu, como se pudesse escutar as minhas divagações.

"O que foi?"

"Não sei, estou feliz", disse, com os dentes mais lindos do mundo. E a boca mais vibrante... eu estava tão absurdamente apaixonada naquele momento! Talvez mais apaixonada do que quando nos conhecemos, era difícil precisar, mas, no mínimo, tão apaixonada quanto antes.

Joaquim pediu para eu contar um pouco da nossa história.

"A nossa história não faz sentido, Joaquim, não se tiver que ser contada", expliquei.

"Conte mesmo assim", pediu.

"Digamos que nos conhecemos há quase dois séculos e que passamos 99% do tempo procurando um ao outro. Nos reencontramos há menos de dois meses e estamos tentando ficar juntos", resumi.

"O que você quer dizer com séculos? Quanto tempo? Você me parece bem jovem!"

Joaquim não se lembrava mesmo de nada, comecei a me angustiar. E se ele jamais se lembrasse de mim, de nós?

"Para os outros, digo que tenho 24 anos. Mas, na verdade, tenho muito mais... e um pouco menos."

"Sylvia, você está me confundindo."

Por um instante eu me calei: ele sequer sabia quem eu era. Sylvia e Leah não faziam sentido. Me senti oprimida, mas procurei não transparecer, eu precisava continuar tentando.

"Desculpa. Agora eu quero apenas que você saiba que estou largando tudo para vir morar contigo, Joaquim. Estou acabando de resolver as minhas coisas em São Paulo."

"Largando tudo?"

"É complicado, digamos que estou desfazendo alguns laços, saindo do emprego, juntando as minhas coisas."

"Por quê?", indagou, com um receio aparente na voz. Lembrei das palavras do médico, "vá devagar".

"Confia em mim, o nosso amor não é igual a nenhum outro. O nosso amor é único no mundo, na história, em todos os tempos. Ninguém mais passou pelo que nós passamos."

Pensei em contar sobre a gravidez, sabia que isso teria um peso dramático, mas naquele momento soaria como uma chantagem ordinária e perturbaria toda a construção daquela memória. Ao invés disso apenas busquei um maço de cigarros que eu havia comprado no aeroporto. Afinal, era um caso de emergência. Um cigarro não faria mal ao meu filho, o meu coração disparar daquela maneira o assustaria mais.

"Quer um?"

"Eu fumo?"

Ele sequer lembrava disso. "Às vezes", respondi.

"A gente brigou em São Paulo? Marujo disse que eu voltei de lá estranho, depois do *réveillon*", então ele sabia, apesar de se não lembrar, que nós havíamos tido problemas. Isso era bom, era melhor do que nada – ou não?

"A gente tinha combinado de se encontrar, mas eu não pude ir, viajei de última hora. Você veio embora e... tudo isso aconteceu." Apaguei o cigarro, estava errado eu fumar. E o que eu havia feito com ele, partir para Roma sem lhe dar sequer uma satisfação, isso também estava errado.

"Que houve?"

"Quando nos reencontramos, em dezembro, eu quase me afoguei mergulhando. Você me salvou, Joaquim. Agora, eu não estava aqui para te salvar e você se afogou."

"Os médicos disseram que eu não morri por pouco."

"Acredite, você não pode morrer. Nem eu, nem você. Podemos ser salvos apenas de outras coisas, mas não da vida."

Ele riu como se aquilo fosse uma piada.

"Não importa, não vou mais te deixar sozinho. Vou estar do teu lado para sempre."

"Estou extremamente confuso, Sylvia. Preciso de um pouco de tempo para assimilar isso tudo... se a nossa relação tem "séculos", a gente pode esperar um pouco mais, não pode?"

"Se você soubesse o quanto eu sofri, o quanto você sofreu, jamais diria isso! Joaquim, nós dois passamos por muito nessa vida. Agora, só temos uma coisa a fazer: ficar juntos", falei, irada, querendo, no fundo, estapeá-lo para que acordasse e entendesse que eu não o perderia de novo. Eu lutaria até morrer, e isso significava que lutaria eternamente. Respirei fundo, Joaquim não desviava seus olhos de mim, hipnotizado.

"Vou te dizer o seguinte: eu volto para São Paulo amanhã. Vou fechar a minha vida lá, Joaquim, para te fazer lembrar de tudo. Preciso estar contigo, tenho certeza de que você vai se lembrar, com calma. Vou cuidar de você, meu amor. Vou cuidar de você."

Para me calar, ele me beijou. Transamos novamente, mas desta vez eu já estava mexida demais para me entregar como antes. Já via surgirem as ervas daninhas, as impossibilidades reais, como aquela grama verde que apareceu após a bomba atômica nos destroços da cidade fantasma.

À tarde e no dia seguinte mostrei a ele nossos locais prediletos na ilha. Contei a nossa história do começo, com todos os detalhes que ainda me pertenciam. Falei da mizar, mostrei minhas tatuagens, tentei fazê-lo entender todo o sofrimento que nos perseguiu. E deixei bem claro que eu não aceitaria mais, em nenhuma hipótese, ficar sem ele.

Lá pelas tantas, Joaquim me perguntou por que nos havíamos separado quando nos conhecemos. Expliquei a ele que Dom Diego o tinha matado com uma espada, mas que ele voltara da morte. Procurei alguma cicatriz em seu pescoço, mas não encontrei: seu corpo era tão perfeito que se regenerava totalmente. Nada, nem o sol e nem uma espada o penetravam. Nos penetravam. No entanto, eu e ele podíamos nos invadir, machucar, arder, agradar, entender mutuamente. Se bem que, agora, Joaquim já não podia me entender.

Então eu segui explicando, falei de minha fuga, de minha ira, mas calei sobre o nosso filho, Fernando. Sem querer, revelei a informação que estava faltando para ele se conectar, minimamente, com o que eu estava dizendo.

"Tenho guardada a carta que você redigiu para pedir minha mão a meu pai: *Apresentando-me como pretendente à preciosa mão da exma. Senhorita Leah*" entonei a voz.

"Você é a Leah!", falou, sorrindo. "Leah, Leah, esse nome é muito familiar!"

Abracei-o. Sim, eu era Leah, e ele era o Joaquim, e estávamos em Fernando de Noronha e aquela era – e seria dali em diante – a nossa vida!

⁓

Contei tudo o que pude durante os dois dias que ficamos juntos. Falei sobre minhas fases e todas as vezes que a borboleta negra veio me avisar do fim. Era exaustivo revisar a vida para ele – tantas vezes eu havia imaginado aquele reencontro! Eu contaria tudo com calma e detalhes, ele me falaria de si a cada pausa. Mas assim, resumir tantos sentimentos para que ele me encontrasse em algum lugar tão falho de sua memória... assim era doloroso demais.

Na última noite jantamos em meu restaurante predileto, ele bebeu caipirinhas e o cansaço tomou conta dele. Havia dois dias que estava sendo bombardeado por mim, sorvendo as informações preciosas que eu lhe ditava e trabalhando incessantemente em meu corpo.

"Vamos para casa", eu disse. O sol estava se pondo, o dia tinha chegado ao fim.

"Preciso mesmo dormir, você não está cansada?"

Eu estava, meu corpo parecia moído, e um sono de grávida o ameaçava o tempo todo, apesar da cabeça a mil.

"Um pouco", respondi.

"Ah, bem!", ele falou, quase com um alívio, pensando que finalmente poderia dormir em vez de fazer amor. Eu ri com a loucura. Havia 48 horas que não dormíamos.

Quando Joaquim se deitou, fui para a varanda e fumei mais um cigarro. Sim, era terrível e eu jogaria o maço fora. Meu bebê não tinha idade para fumar, mas naquele exato momento a coisa toda estava fora do meu controle. Fiquei olhando as estrelas coroarem o céu e pensei, amanhã vou embora. Vou dar espaço para Joaquim. Vou deixá-lo descansar. Sentir a minha falta. Por mais que fosse doer, era o que eu tinha que fazer.

Fora isso, eu precisava contar a Nicolau que estava grávida, acabar com todo o clima terrível entre nós e comunicar a ele que seu pai havia acordado sem memória. Talvez fosse o caso de eu sair de cena e seu próprio filho entrar.

Apaguei o cigarro na metade. Peguei o *buggy* de Joaquim e fui até o aeroporto, onde comprei a passagem para São Paulo. Voltei e cochilei ao seu lado, mas a maior parte do tempo eu passei analisando seu rosto moreno: a barba mal feita, as sobrancelhas grossas, os lábios carnudos e ressecados. Molhei-os com a ponta da língua e o despertei. Acabamos fazendo amor uma última vez.

No dia seguinte de manhã, tomei um banho e me preparei para embarcar.

"Aonde você vai?"

"Para São Paulo. Vai ser bom para nós dois."

"Mas você ainda não me contou toda a tua história..."

"Vou voltar, e trarei muitas histórias comigo. Mas há coisas que preciso resolver, coisas que se perderam numa carta..."

Joaquim me olhou sem entender. Depois me levou ao aeroporto. Era a primeira vez que dirigia depois do acidente, ficou animado.

"É como andar de bicicleta, certas coisas a gente nunca esquece", murmurei, tentando não ser tomada pelo pavor da despedida.

"Que foi?", me perguntou, enquanto estacionava no pequeno aeroporto.

"Preciso falar contigo todos os dias, atenda o celular todas as vezes que aparecer Sylvia no visor, promete, Joaquim? Promete que se você estiver no banho vai sair correndo para me atender? Promete que se estiver dormindo, vai acordar? Promete?

Aí ele disse a única coisa que poderia me acalmar, "Eu te amo, Sylvia."

"Eu também te amo muito, Joaquim. Muito mesmo!"

Dei as costas e embarquei, com medo de que, se eu olhasse para trás, pudesse sentir um enorme soco no coração. Então simplesmente não olhei. Eu ia voar e isso, com certeza, acalmaria a minha alma.

Lusco-fusco

Assim que eu desembarquei em Buenos Aires descobri que Sergio estava casado e tinha dois filhos gêmeos, Ernesto e Rafael. Ele não teve coragem de me contar por telefone, esperou eu chegar para me informar que nosso reencontro não seria possível. De uma maneira estranha, me senti traída.

"Por que você não me disse nada? Não faz sentido isso, o que eu vim fazer aqui?!"

"Não podia te deixar solta no mundo", respondeu, enquanto manobrava o carro para deixarmos o estacionamento do aeroporto de Ezeiza. O céu estava roxo e aquela cor me incomodou.

"Você vive um casamento aberto?"

"Não! Magdalena sabe da nossa história e respeita. Você é uma amiga bem-vinda em nossa família...", Sérgio me olhou, buscando a minha razão, "você optou por ficar lá, com Nikka. Eu me apaixonei."

Calei-me. O que eu queria? Aquele amor tinha sido completamente consumado no passado e, mesmo que Sergio continuasse solteiro, não ficaríamos juntos. Depois do recado de Beta, eu já não sabia se haveria química alguma com outro homem – minha vida seria esperar a data do reencontro com Joaquim.

Um sinal fechou. Não reparei na beleza da cidade. Acendemos dois cigarros.

"Você está feliz com Magdalena?"

Ele sorriu, os dentes estavam mais amarelos, mas o sorriso continuava verdadeiro.

"Muito."

"Então eu estou muito feliz por você. Obrigada por me receber, viu?"

"Fique o tempo que quiser, Leah."

Algo me perturbou ao escutá-lo pronunciar meu nome. Eu não era Leah.

Aquela mulher estava distante de mim, talvez soterrada, guardada apenas para Joaquim.

"Quero te pedir um favor, que me chame pelo meu segundo nome, Sylvia", pedi.

Riu, "você é mesmo uma peça, Sylvia!"

E assim, em Buenos Aires eu fui Sylvia. Magdalena e seus filhos me receberam como uma família, fui bem cuidada durante o tempo que permaneci lá, mas estar perto dos gêmeos era demasiado doloroso: Nikka ainda estava viva em mim. Sergio concordou em ser meu fiador e, em pouco tempo, aluguei um apartamento de quarto e sala onde eu evitava receber convidados: precisava ficar sozinha.

Me inscrevi na faculdade de fotografia e comecei a cobrir casamentos. Escondi meu passado de todos os colegas, aprendi a dançar tango e comer alfajores para curar os porres de vinho. Em pouco tempo, eu estava integrada na apocalíptica Argentina de Carlos Menem, com suas privatizações e desempregos diários.

Fiz um calendário com a contagem regressiva dos anos que faltavam para eu encontrar Joaquim – no começo, aquela data tão longínqua me pareceu um alívio, um marco, um farol lá longe na imensidão do mar. Tudo o que eu tinha que fazer era matar os dias. Mas à medida que se aproximava, mais distante ficava, a espera crescia e eu me perdia na bruma da ansiedade.

Então, desenvolvi uma compulsão secreta que jamais revelei a ninguém: quando meu coração apertava demais e parecia não caber no pequeno músculo desenhado para abrigá-lo, eu planejava meu casamento com Joaquim. Saía por Buenos Aires visitando as melhores lojas de noivas e experimentava todos os vestidos. Por causa do meu trabalho como fotógrafa, eu sabia de cor o que devia haver numa recepção. Sentava-me num banco qualquer da cidade para rascunhar a lista de convidados, mas a folha teimava em ficar em branco: quem estaria vivo para nos prestigiar? Seria uma cerimônia simples, na própria ilha. Eu tinha que comprar um vestido que combinasse com a praia, leve e solto. Poria flores na cabeça, talvez as mesmas azedinhas com as quais Joaquim havia me presenteado em 1824.

Durante anos, busquei o perfeito vestido de noiva. Experimentei modelos longos e com ombreiras, tomaras-que-caia de tafetá, cortes assimétricos com detalhes fosforescentes e desenhos saídos dos videoclipes da Madonna. Até que um dia eu encontrei um vestido amarelado como eu num brechó: era da década de 20 e precisava de alguns ajustes, mas assim que o vesti soube que seria meu. O tecido, antigo, ainda guardava o frescor de sua noiva.

"Quando será o casamento?", a vendedora perguntou.

"Em alguns meses", menti.

"Você está radiante!"

Eu não sabia o que era pior: se mentir descaradamente para ela ou para mim mesma. Faltavam mais de quinze anos para o suposto encontro, e comprar aquele vestido significava ter tudo pronto, menos o principal: o noivo.

Saí de lá com a caixa em mãos, tentando entender como eu, dona daquela vivência toda, havia deixado um elemento farsesco de contos de fada me dominar... por que eu queria me casar? Por que estava obcecada em experimentar vestidos de noiva e fazer listas de uma festa tão improvável? Por que não conseguia aproveitar os últimos anos de aventura da minha vida?

Nunca entendi a obsessão. Mas a verdade é que do momento em que a mulher dos olhos de vidro me revelou o recado de Beta eu jamais, nem por um dia, deixei de pensar em Joaquim. Foi como se uma bomba relógio tivesse sido ligada dentro de mim e tudo o que eu escutasse fosse o tique-taque irritante que compassava a minha vida.

Foram anos de tortura, planejamento e ansiedade. Tentei terapia, remédios para dormir, natação. Jamais parei de perseguir o rosto de Joaquim pelas ruas. Precisava matar o tempo, mas ele me matou antes, corroendo convicções, paciência e perseverança. Nesta época, não fui feliz, não estive inteira, apenas adormeci e me agarrei aos sonhos.

João Carlos era um estudante angolano exilado em Buenos Aires, fazia jornalismo e havíamos nos conhecido na universidade. Era negro, tinha os lábios carnudos e os olhos tão brancos que às vezes eu tinha a sensação de enxergar sua alma. Usava óculos e cabelo reco, tinha a minha altura e o corpo seco como se tivesse acabado de correr uma maratona. O que eu mais gostava nele era o fato de falar português. Tínhamos nos tornado amigos e depois ele sumira do meu radar.

Fazia uns cinco anos que não nos víamos quando ele me ligou marcando um drinque.

"Sylvia, eu estou procurando uma fotógrafa. Uma parceira. Alguém que goste de viajar", explicou, assim que nos sentamos na mesa do bar.

"Fale mais..."

"Fui contratado para ser correspondente de uma nova revista de reportagem. Vou ficar baseado na África, viajando e mostrando a realidade nua e crua: fome, miséria, malária, caça aos elefantes, seca, corrupção", deu um gole em sua cerveja. A noite estava quente e os bares da Recoleta, cheios, "não pode ser um fotógrafo de *mierda*, entendeu? Tem que ser alguém cascudo, duro na queda. Porra, eu sei que parece um convite louco, mas desde que fui contratado você não me sai da cabeça. Formaríamos um par do cacete."

À medida que ele falava, eu sentia meus olhos se iluminando, coisa que já não acontecia tão facilmente comigo. Viajar ainda alimentava a minha alma.

"É perigoso?", perguntei, animada.

"Um pouco", tomou outro gole, "muito, pra caralho, na África toda. Você sabe que as ditaduras são violentíssimas e metade do território está minado... a gente pode morrer a qualquer momento. Picada de inseto, explosão, tiro na testa, enfim, basta estar vivo", riu, nervoso.

O perigo era meu amigo, poderia me acordar daquele estado anestésico. Coloquei o dedo indicador em seus lábios, "não precisa dizer mais nada, eu sou a pessoa que você está procurando."

Um mês depois, em dezembro de 1999, partimos para Luanda.

Quando cheguei de volta a São Paulo eu estava exausta daquilo: ir e vir. Ter e perder. Desde o reencontro com Joaquim aquela montanha-russa rodava em moto contínuo, sem paradas para eu descer: o reencontro em Noronha, a descoberta de que ele era o pai de Nicolau, sua aparição em São Paulo, a fuga para Roma, o pedido em casamento, a fuga de volta para o Brasil, seu coma, a descoberta da gravidez, as duras revelações para Nicolau, o despertar de um Joaquim sem memória... Eu sentia minha alma inchada, do dobro de seu tamanho, como se todo aquele exercício, ao invés de fortalecê-la, a tivesse esgarçado – quanto mais eu poderia aguentar?

Naquela tarde cinza e abafada, fiquei imaginando eu e Joaquim andando de mãos dadas pelos viadutos encardidos da cidade chumbo com a leveza de um balão de ar. Torci para que a chuva chegasse e me acalmasse por dentro, em seguida deitei para ler o último de seus diários. Descobri que Joaquim também possuía uma relação íntima com Sampa, onde se estabelecera em 1954. O surgimento de uma mulher havia provocado nele páginas e páginas de verborragia – e, em mim, causou picadas de ciúmes.

> *"Encontrei Leah, finalmente, atravessando o parque do Ibirapuera. Apesar do cabelo curto, tive a mais absoluta certeza de que era ela: mesma altura, mesmo desenho de rosto (traços de Picasso) e mesmo cheiro. Amei essa mulher com a paixão mais louca de minha vida, foi ela que me fez ficar em São Paulo, essa mulher chamada Dina."*

Fechei o diário tentando me lembrar onde eu estava na década de 50, mas seria difícil esquecer: eu estava internada num hospício em Tóquio enquanto Joaquim ardia em paixão. Num impulso, liguei para ele, precisava da confirmação de que, agora, ele era meu, absolutamente meu. Mas não atendeu, os toques prolongaram-se e a gravação da caixa postal foi acionada.

Lá fora a árvore que eu tanto gostava, uma simples amendoeira, pousava imóvel para mim. Não havia vento, era como se o tempo estivesse parado – e estava, há milênios.

Liguei o rádio, tocava *Little girl blue* numa versão moderna. Abri seu diário de novo, o trecho seguinte datava de oito anos após a primeira anotação.

"Dina foi a pior mulher que passou por minha vida. Uma traidora, arrancou meu coração e o comeu vivo, ainda batendo. Como pude confundi-la com Leah? Como pude ser tão estúpido aos 165 anos de idade?"

Sorri, satisfeita. Como era bom saber que, ao menos, eu era única!

No dia seguinte acordei com o vento dobrando a árvore e o azul do céu entrando pela janela. O diário ainda estava em meu colo e Joaquim não retornara as ligações. Permaneci imóvel por um instante, mas a velocidade dos batimentos de meu coração logo me envenenou de ansiedade. Liguei para ele. Joaquim atendeu no terceiro toque, sonado.

"Joaquim, tá tudo bem?"

"Oi, Sylvia, tudo, e você?", falou, com frieza.

"Por que você não atendeu ontem?"

Ele desconversou, "eu comecei a lembrar das coisas, me lembrei de um amigo, de algumas pessoas da ilha, da minha infância... estou confiante. Me lembrei de pessoas mortas, também. Me lembrei da *mizar* e sonhei que nós a devolvíamos ao céu!"

"A *mizar*?"

"Sim, minha querida", respondeu, resgatando sua ternura.

Desligamos pouco depois. Fiquei quieta com meus pensamentos e senti, pela primeira vez, uma coisa estranha em meu ventre: nosso bebê. Não seus movimentos, nenhum chute ou soluço– ainda era pequeno demais para isso. Foi apenas a maravilhosa sensação de preenchimento interno.

Naquele mesmo dia, à tarde, Nicolau chegou na hora marcada ao nosso encontro. Suas feições leves anunciavam o impossível: parecia bem. Trouxe minha caixa de bombons prediletos, me cumprimentou com dois beijos, educadamente. Entrou e sentou-se. Eu comecei a tremer – Nicolau não estava normal.

Ofereci café, ele aceitou um suco.

"E então?"

"Joaquim acordou."

"Acordou?", seus olhos brilharam.

"Há cerca de duas semanas."

Levantou-se, começando a emergir por detrás de seu falso controle, "por que você não me contou antes?"

"Dois motivos. Um: ele acordou sem memória. Não se lembra de nada. Está começando a resgatar algumas coisas, muito pouco. Não faz ideia de quem eu seja..."

"Como assim?"

"Uma amnésia provocada pelo trauma, pela falta de oxigênio, sei lá."

"Puta merda", suspirou, "talvez ele se lembre de mim."

"Acho que você precisa ir até Noronha, qualquer ajuda será bem-vinda."

Como se ensaiado, meu telefone tocou, era Joaquim. Pedi licença a Nicolau, e atendi no banheiro.

"Meu amor, tenho boas notícias: me lembrei de muita coisa. Está tudo voltando, me lembrei do tanto que te procurei... Você não vai acreditar, lembrei que conheci um amigo teu em Nova York!", falou, muito animado. Em qualquer outro momento eu ficaria extasiada em escutar aquilo. Mas o olhar de Nicolau, pela fresta da porta entreaberta, causou grande desconforto.

"Joaquim, não é um bom momento agora, posso te retornar mais tarde?"

"Claro, sim, claro, eu só queria te dizer que estou muito feliz, Leah."

Ele havia finalmente me chamado de Leah!, aquilo era motivo para eu pular de felicidade! Me contive, desliguei e voltei para os olhares esfumaçados de Nicolau. Dez minutos antes ele havia chegado calmo e feliz, mas agora seu semblante anunciava uma tempestade.

"Era meu pai?"

Concordei com a cabeça, "parece que ele está se lembrando das coisas."

"Você falou de nós?"

"Não! Como ia falar de alguma coisa se ele ainda nem sabe quem ele mesmo é? Estive em Noronha por dois dias e tentei resumir um pouco da nossa história, mas o médico pediu para não forçar, estou indo devagar."

"Esse médico de meia tigela, o que ele sabe?"

Tomei um gole do meu suco e respirei fundo.

"Segundo motivo?", perguntou.

Fiquei calada, meus insetos internos se movendo dentro de mim, tive medo de abrir a boca e perdê-los para um voo suicida.

"Estou grávida."

Nicolau deu um pulo da cadeira, ficou em pé, "como é que é?"

Aquiesci com a cabeça, quase envergonhada.

"De quem?"

"Do Joaquim", sussurrei.

"Como? Você sempre me disse que..."

Cortei-o, "eu nunca pude engravidar, não inventei isso, simplesmente não podia. O que aconteceu foi um milagre, sei lá. Vai ver que imortais só podem ter filhos com imortais!"

Nicolau rosnou coisas incompreensíveis. Tentei me aproximar, "eu realmente sinto muito por tudo isso, Nico."

"A vida é muito irônica mesmo", pegou suas chaves e seu celular e foi saindo, "eu te amava pra caralho, sabia? E agora você vai ter um irmão meu com o meu pai! Que ridículo!".

"Nicolau!", gritei. Tudo havia saído de controle, "precisamos conversar juntos com o teu pai, por favor. Ele não sabe que eu estou grávida, faz pouco tempo que descobri... escuta, por favor, volta aqui."

Nicolau não voltou, apenas virou a cabeça e disse, "amanhã te espero no aeroporto às 11 da manhã."

Minha ansiedade não permitiu que eu viajasse com Nicolau em seu jato. Acordei cedo e peguei um avião comercial para Noronha, com escala em Recife.

Estar na ilha e não ir direto ver Joaquim me fez sentir como uma traidora, mas se eu me aproximasse ele perceberia furos enormes no meu peito e tijolos afundando meus pensamentos.

Peguei a van e pedi que me deixasse na pousada da Célia. Cruzei com Zelda e Marujo na contramão, abaixei para não ser vista, o que chamou ainda mais a atenção do casal. No curto trajeto eu sequer notei a beleza que sempre me encantou na ilha. Não puxei papo sobre a chegada do *swell*, não me inteirei sobre a desova das tartarugas ou a falta de luz da semana anterior. A única coisa que bombeava dentro de mim era um sangue muito venenoso. Poucas vezes eu havia sentido tanto medo na vida quanto daquele encontro.

Tentei me acalmar no quarto da pousada, tomei uma ducha, fingi para mim mesma que fumava um cigarro imaginário, acariciei meu ventre, sempre me perguntando, calada, "cadê a força que sempre esteve aqui? A certeza de que no final tudo dará certo? Cadê, Leah? Cadê?"

Na hora combinada, voltei ao aeroporto para esperar por Nicolau. Entrei no pequeno saguão e tive a sensação de estar nua, exposta – não sem roupas, mas em carne viva. Grudei meu rosto numa fresta por onde eu podia ver a pista de pouso e decolagem, Nicolau ainda não havia aterrissado, mas um avião comercial tinha as turbinas ligadas para levantar voo. Tive vontade de me jogar dentro daquela aeronave, e foi então que escutei, vindo de trás de mim, a sua voz.

"Sylvia?"

Era Joaquim, atônito por me surpreender num movimento de fuga – sem saber, no entanto, que não era fuga: era encontro. O pior deles.

"Isso é uma surpresa?", perguntou. Me senti péssima, culpada, e tudo mais que eu realmente era. As lágrimas começaram a surgir de meus olhos, as pessoas olharam como se aquilo fosse a mais linda cena de amor. Nos abraçamos e o puxei para fora do saguão.

"Eu recobrei a memória, você é a única coisa que eu quero no mundo, muito, demais, a única coisa que faz sentido na minha vida, a única mulher que eu amei, você, só você, Sylvia."

Escutei o jato de Nicolau zunindo do outro lado da ilha, ainda encoberto pelo motor do avião comercial que havia acabado de se descolar do solo vulcânico. Eu tinha pouco tempo para dizer... o que ia falar?

"Meu amor!", acariciei seu rosto.

"Por que você está indo embora?", seus olhos se afogavam em dúvidas.

"Não, eu não estou indo, eu vim buscar uma pessoa, Joaquim", respondi, talvez um pouco mais ríspida do que eu devia. Senti meu corpo todo tremer, era a vontade de gritar para ele que eu estava grávida e que, fosse da maneira que fosse, tínhamos a obrigação de ser felizes.

"Aquela carta, a última, que você não chegou a ler, explicava tudo, tudo o que eu não tenho tempo para explicar agora."

"De novo essa história da carta, Sylvia? E quem está chegando? O que essa pessoa tem a ver com a nossa história?"

Suspirei, o avião de Nicolau coroou a pista atrás de nós. Jurei vê-lo nos olhando pela janela.

"É o meu noivo, Joaquim, ele está muito nervoso com a nossa separação."

Ele virou as costas, foi até o *buggy* e tive a impressão de que sairia correndo de lá. Fui atrás e puxei sua mão, "o meu noivo, ele tem um parente que mora aqui na ilha."

"E?", Joaquim desligou o motor do carro, talvez ele só quisesse diminuir a quantidade de ruídos ao seu redor.

"A nossa vida é tão desgraçadamente desgovernada, Joaquim.

Nada faz sentido na nossa história, o mundo foi tão grande pra gente se reencontrar, parece que o chão se abria criando centenas de milhares de quilômetros de distância entre nós dois cada vez que a gente tentava o reencontro. E, apesar disso, o mundo foi terrivelmente pequeno e sacana e me jogou nos braços da única pessoa no mundo que não podia me ter", gritei, já descontrolada.

"Quem é?", seus olhos pareciam perguntar ainda com mais ira do que sua voz.

"Joaquim...", eu precisava achar as forças para falar, mesmo que cada uma daquelas palavras fosse capaz de me cortar por dentro.

"O teu filho, Joaquim, eu sou noiva do teu filho", soltei, ainda de cabeça baixa.

Minutos depois, Nicolau surgiu na nossa frente, os ombros arqueados como Atlas. Joaquim não entendeu o que estava acontecendo, mas abriu os braços como se acabasse de se lembrar que tinha um filho.

Dei um adeus tímido que só Nicolau viu e peguei um táxi de volta para a pousada. A imagem dos dois homens, pai e filho, juntos, se abraçando, não me saiu da cabeça. Me lembrei de quando conheci Nicolau e como o achei extraordinário.

Luanda era diferente de tudo: a miséria e a violência não nos permitiam enxergar suas belezas. O povo era gentil. As crianças, órfãs, sorriam com os olhos amarelados pela malária. A terra, árida demais, sugava toda a água do mundo sem que dela surgisse fertilidade. De alguma maneira, eu e a cidade combinávamos em número e grau: as marcas de balas perdidas nas paredes, as ruas de terra sem começo nem fim, o tumulto do trânsito e o mar, enorme e imenso, a delimitar seus espaços na constante lembrança de que tudo é uma ilha.

Joca e eu funcionamos muito bem como dupla: eu traduzia em imagens seus belíssimos textos, ele legendava minhas fotos com precisão. Cruzamos grande parte da África num dos trabalhos mais revigorantes que eu jamais fizera. Havia medo e perigo, corrupção, diamantes e petróleo de sangue, elefantes tombando como se fossem gotas de chuva. Apesar de tanta injustiça, eu estava fazendo algo a respeito: denunciando. E foi esse combustível que me manteve viva e feliz por ser imortal, com a certeza de que eu sobreviveria, apesar dos imensuráveis riscos aos quais me expunha diariamente.

Em Luanda, nós dois dividíamos um pequeno apartamento sem luz nem água canalizada. A fachada do prédio, decorada com tiros de fuzil, parecia um ser de mil olhos. Convivíamos com ratos e baratas, cobras e escorpiões. Sem energia, vivíamos no calor e no escuro. Constantemente passávamos mal com a comida estragada. Ainda assim, permanecíamos naquela terra esquecida: o povo dançava descalço no chão de terra batida e sorria, se cobrindo com tecidos alegres que pareciam funcionar como escudo.

No ano em que chegamos lá, o monstruoso Jonas Savimbi, que havia liderado uma terrível guerra civil por mais de duas décadas, havia sido assassinado. Para os angolanos, era hora de sorrir. Me envolvi com a população, ministrei oficinas de fotografia, ensinei português e me conectei com a natureza através de mergulhos e caminhadas. Fui voluntária em enfermarias e refeitórios, e, quanto mais eu dava, mais recebia. Entretanto, me policiava para não me apegar demais: aquilo era transitório.

Naquele dia eu estava, como sempre, suja de terra. A lama subia pelas minhas canelas – uma tempestade havia alagado completamente o Bairro Popular, que não possuía pavimentação ou esgoto, energia ou depósito de lixo, e eu fotografava a situação. Mais uma denúncia. Escutei passos vindo na minha direção, os sapatos me chamaram a atenção – poucos africanos tinham dinheiro para tal luxo. Três homens caminhavam com botinas limpas, imediatamente notei que eram estrangeiros.

"Sylvia?"

Reconheci Pedro, o editor da minha revista. Fazia meses que ele não aparecia por lá.

"Oi, Pedro, não sabia que você viria", disse, olhando para os outros dois. Um deles era calvo e suava horrores debaixo do terno azul-marinho. O outro parecia um ator de Hollywood, alto, tinha os músculos definidos e os cabelos loiros nas pontas, seu rosto era de uma simetria irritante. Não consegui desviar os olhos.

"Esse daqui é o Nicolau Moretti", falou Pedro, "presidente do grupo Estrela. Vai abrir um empreendimento aqui".

Estendi a mão respingada de lama, ainda assim Nicolau a segurou.

"Oi, Sylvia", falou. Até sua voz era bonita.

"Esse é o Fábio, advogado do grupo", Pedro prosseguiu. O engravatado não estendeu a mão, apenas meneou a cabeça. "Preciso que você seja nossa guia hoje."

"Será um prazer. Mais dois cliques e eu tô livre!"

Nicolau Moretti, que homem!, pensei, enquanto fotografava o telhado de uma casa que havia desabado. Olhei de soslaio e ele estava sorrindo para mim. Senti um arrepio e subimos no carro.

Naquela mesma noite, depois de percorrermos todas as áreas da cidade, fomos jantar. Já era tarde quando Nicolau apareceu de surpresa no prédio velho e sombrio onde eu morava. Vesti um jeans e uma camiseta preta, as únicas roupas limpas que eu tinha no momento, e me deixei levar com ele. Fomos até a ponta da Ilha, bairro onde ficavam os melhores restaurantes da cidade.

Dez minutos após nos sentarmos, eu gelei: sabia que me apaixonaria. Nicolau era extraordinário, tinha humor, charme e, principalmente, estava totalmente encantado comigo. Conversamos por quatro horas, tomamos duas garrafas de champanhe e fui com ele para o seu hotel. Pensei, entre delírios de uma mulher bêbada que não fazia sexo há mais tempo do que o permitido para a sanidade mental: "vou ter um romance, uma aventura. Mesmo que eu me apaixone, ele irá partir, eu vou sofrer e, quando me der conta, será o dia do meu encontro marcado. Ou seja, Nicolau será um belo passatempo!"

Só que aconteceu tudo ao contrário: Nicolau foi embora na semana seguinte e voltou dois dias depois. Bateu na porta do meu apartamento com um buquê de rosas que ele havia trazido no avião.

"Sylvia, eu estou apaixonado", sussurrou, enquanto me beijava e forçava a sua entrada em minha casa – e em minha vida.

E eu, tola, abri a porta. Havia algo dentro de mim que me sugava para ele, incontrolável, tão aprazível que não me era possível não me deixar invadir. Nicolau era forte e arrebatador, como poucos homens. Ver sua paixão por mim foi como se eu tivesse recebido um choque no coração: ele havia me ressuscitado. Desde o encontro com Sergio, mais de quatro décadas antes, eu não sentia aquilo.

Como eu poderia dizer não para a vida, dar as costas e me fechar em mim mesma? Rapidamente perdi minha lógica e me entreguei. A tal ponto que, dois meses mais tarde, me mudei para São Paulo com Nicolau. Decidi não contar nada sobre mim: lacrei meu passado. O trataria como havia feito com Takuro – aquela era a melhor receita de felicidade que eu conhecia.

Não sei se foi o fato de saber sobre a data marcada que me fez mergulhar em Nicolau com tanta intensidade, ou se, no fundo, eu já não acreditava tanto nas previsões. Algum canto de meu coração guardava todas as decepções: idas inúteis até a ilha mágica, passagens vazias pelo Rio de Janeiro, expectativas de rever seu rosto na Europa ou nos Estados Unidos. Fora isso, desde a chegada da internet – que era muito precária em Angola – eu havia, várias vezes, tentado encontrar Joaquim sem sucesso.

Agora, o destino me colocava na frente de um cara perfeito: a gente combinava em todos os aspectos. Nicolau parecia um homem de outra época, como se houvesse sido educado com princípios um tanto desbotados para o início do século XXI. Sempre me oferecia flores e presentes, abria a porta do carro, organizava pequenas surpresas e enchia minha vida de luz. Me levou para mergulhar nos melhores pontos do mundo, e juntos também escalamos montanhas altas, saltamos de paraquedas, voamos de asa delta e deslizamos de *snowboard* de cumes brancos.

Não era só isso: Nicolau sentia um tesão por mim que jamais, jamais eu havia despertado em nenhum outro homem. Sequer em Joaquim, que me conhecera virgem, ainda descobrindo a potência do amor.

Nicolau entendia minha fragilidade de borboleta e me dava espaço para voar. Conheci sua irmã por parte de mãe, Teresa, casada com Helena – de quem logo me tornei amiga. Os pais haviam se separado cedo, Marina morava na Itália desde os anos 70, quando fugira como exilada política, deixando com ele apenas seu sobrenome, Moretti. Descobri, aos poucos, que Nicolau se ressentia desse abandono, e que seu pai, Leo, apesar de morar numa ilha do Caribe e aparecer muito pouco, era seu grande herói. "Ele me criou sozinho, criou o grupo Estrela, quero muito que você o conheça", sempre repetia, como se aquilo fosse um mantra.

O tempo passou e nos fez um casal extremamente feliz. Muito mais do que eu poderia esperar. Até o dia de seu aniversário, por acaso (ou não por acaso?) no dia 3 de outubro de 2012, data de aniversário da queda da mizar e marco do meu amor com Joaquim. Um misto de urgência e medo me dominou. E se eu abrisse mão de tudo o que estava construindo com Nicolau e descobrisse que Joaquim não passava de uma miragem interna minha? E, mesmo que ele fosse realidade, e que nós nos reencontrássemos, seria o amor passado suficiente para nos unir?

Decidi que iria ao encontro marcado no final do calendário maia, mas manteria a chama de Nicolau acesa dentro de mim, exatamente como estava. Quando a data se aproximou eu sugeri uma pauta de matéria para uma das revistas onde trabalhava: "O fim do mundo no paraíso". Chamei Malu para ir comigo. Era nela, um nova amiga que eu havia feito no trabalho, que eu despejava todos os segredos. Embora arregalasse os olhos todas as vezes que eu lhe contava minhas histórias, Malu me ajudava a ver as coisas de uma perspectiva mais neutra.

Nicolau não desconfiou de nada, mas, por mais que eu tentasse esconder, ele sabia que havia algo de errado comigo: eu me recusava a fazer amor com ele, como se a proximidade da data fosse tingir de traição o encontro com Joaquim.

Quando entrei no avião para Fernando de Noronha, um dia antes da fatídica data, uma possessão me tomou, e por mais que eu tentasse não dar vazão, eu sabia muito bem o que era: Leah estava tomando conta de mim.

Fui acordada por socos na porta da pousada.
Meu coração voou dentro de mim: Joaquim. Aquela era a hora! Corri para lavar o rosto, queria trocar de roupa, estar pronta para o grande momento, "espera!", gritei.

"Sou eu", Nicolau revidou, fazendo minguar toda excitação.

Abri a porta, ele tinha a fisionomia de uma carranca.

"Que foi?"

"Papai fugiu."

Despenquei na cama.

"Tivemos uma conversa tranquila, mas ele ficou arrasado..."

"O que ele disse?"

"Que queria esperar eu e você nos amarmos e sermos felizes e depois, em outro 'ciclo' de vida, ficaria contigo. Que o importante era a minha felicidade."

Como assim, pensei? Como ele podia achar que eu e Nicolau seríamos felizes depois de tudo aquilo? Então aquele homem velho e bobo não sabia que eu era dele?

"Abasteceu o veleiro durante a madrugada e partiu, sem destino."

Senti uma dor forte, como se meu pescoço estivesse sendo quebrado, o ar rarefeito na garganta.

"Por que você nunca me contou a verdade, Sylvia?"

Não consegui responder.

"Por quê?", insistiu.

"Como você pôde dar a entender ao teu pai que nós tínhamos alguma chance? Como pode?"

Nicolau ficou constrangido, "ele não escutou o que eu disse, é meu pai, porra! Ele está pensando como um pai, não como um homem traído!", e saiu, como se todo o oxigênio de dentro do quarto houvesse evaporado.

Alcancei-o na rua, fomos caminhando pelos paralelepípedos irregulares, seus passos mais largos do que os meus.

"Essa situação não é justa com ninguém, mas a última coisa que eu quero, Nicolau, é que você desacredite do nosso amor. O que aconteceu entre nós foi lindo. E real. Eu não te contei que era imortal porque já passei por tantas fases, conheci tantas pessoas, você nem imagina! E aprendi que, muitas vezes, ser imortal é uma informação que destrói as possibilidades de um relacionamento. Foi só por isso!"

"Então você realmente não sabia quem eu era quando se aproximou?"

Neguei com a cabeça, "não sabia nem quem eu era... ainda não sei... é muito confuso", estanquei, olhei para ele, "eu me apaixonei perdidamente por você. Eu sabia que a minha grande chance de reencontrar Joaquim estava no ano de 2012. Havia sido avisada disso por ciganas e adivinhos. Estava quieta em Angola, esperando o tempo passar, a tal data chegar e aí você surgiu... e eu pensei: esse cara me faz rir! Me entende, me faz feliz! Eu não posso me negar à felicidade, ninguém sabe do futuro! E se o Joaquim jamais voltar a cruzar o meu caminho, vou deixar de viver o que está acontecendo? Não posso!", meus olhos ardiam de dor, "então, me entreguei a você."

"Verdade?"

"Claro que sim!"

"Você nunca suspeitou que ele fosse o meu pai?", perguntou, ainda desconfiado.

"Como ia adivinhar? Você me disse que seu pai se chamava Leo, que morava no Caribe. Nunca me mostrou uma foto dele!"

"Leo era o apelido dele entre os comunistas, nome de guerra. Era como ele era chamado quando eu nasci. Sempre foi muito mais Leo do que Joaquim para mim... e essa história do Caribe é porque eu queria manter meu pai longe de todos... para apresentá-lo a alguém ele precisava se preparar."

"Se preparar?"

"Envelhecer, pintar os cabelos de branco, usar um disfarce. Como é que eu posso apresentar um pai mais novo do que eu aos outros?"

Ficamos em silêncio. Tudo parecia uma enorme provocação da vida. Naquele momento, eu odiei a mizar e tudo o que ela significava.

"Essa história é louca demais para mim, Sylvia, dá ódio!"
"Não me odeie, por favor!"
Nicolau riu, "para sair do amor a melhor porta é o ódio, você sabe, não é?"
"Não quando se trata de um homem tão bacana como você."
Nos olhamos, com pena do fim. O que tivemos fora maravilhoso.
"E meu pai, o que a gente faz?"
"Ele vai voltar, quando estiver pronto para enfrentar, ele volta. O tempo vai trazer teu pai de volta."
Nicolau me abraçou, eu retribuí, "vou sentir saudades". Virou-se e foi embora, decidido, seus passos marcando o ritmo daquela despedida que já não era mais uma opção, apenas a única possibilidade.

Minha espera durou um mês. O tempo do pequeno ser que eu carregava em meu ventre tornar-se evidente a um olhar mais cuidadoso.

Joaquim havia decidido não se comunicar, e nenhum de seus apetrechos funcionava: o rádio e o GPS estavam constantemente desligados; o celular, fora de área; o barco, invisível aos radares. Ele era um velejador fantasma.

Todos os dias eu ia pedir a Iemanjá que cuidasse dele, como havia feito por tantos anos. Caminhava pelas praias com os olhos vidrados no horizonte, esperando um veleiro rasgar o recorte do infinito na minha direção.

Tinha alugado uma casinha em Quixaba, uma vila de pescadores, algo que me lembrava vagamente São Francisco. Eu poderia ter ido me instalar na casa de Joaquim, mas preferi esperar.

Zelda sabia onde me achar, tinha se tornado uma amiga e, aos poucos, eu lhe contara tudo: minhas fases e todos os detalhes cansativos, a gravidez, nosso amor impossível. Para meu espanto, Zelda disse que já desconfiava que nós fossemos um amor de outras vidas.

Quando me recusei a deixar a ilha para seguir o pré-natal, o doutor Fernando passou a me examinar periodicamente. Eu já havia me ausentado demais da vida de Joaquim e, até que ele chegasse, faria de tudo para estar à sua espera.

Nicolau passou a me ligar com frequência, sua voz melhorava a cada dia, e logo descobri que ele havia procurado a ex-namorada, Rita, "ela está me ajudando a colar os caquinhos", me confidenciou.

E então, como o movimento das ondas e do universo, num dia de março, Zelda apareceu na minha casa com seu sorriso no rosto, esfuziante "ele voltou!, ele voltou!, ele voltou!". Senti todos meus casulos internos a ponto de se romperem.

"Onde ele está?"

"Em casa, dormindo. Ficou à deriva, está fraco demais. Mas vai ficar bem, o doutor Fernando já lhe deu soro."

Me levantei, apressada, "vou pegar minha bolsa, só um instante", falei, mas Zelda puxou a minha mão.

"Para quem esperou tanto, que tal esperar ele acordar, hein?"

"Esperar mais?"

"Ele está dormindo, vixe! Assim que ele acordar eu venho direto te chamar. Prometo, prometo."

Sentei novamente no sofá. Por que tudo tinha que ser tão complicado?

Durante as 72 horas seguintes, Joaquim acordou e dormiu de novo, enquanto o doutor Fernando lhe dava calmantes e fazia curativos nas bolhas de queimaduras do sol.

No domingo, quando eu fui caminhar pela Praia da Conceição, o mar, aflito, trouxe uma mensagem diferente que eu não soube entender. Abri minha canga num canto da areia onde a água não ousava bater e deitei, deixando a luz do sol bater na minha barriga descoberta. Adormeci, cansada de pensar no antes, no agora, no depois.

Algo delicado como o som de uma gota me despertou. E então eu o notei. Disfarçado pela bruma que cercava meu mundo onírico, estava Joaquim. Vestia roupas claras de linho e fazia parte do vento; seus passos confundiam-se com o farfalhar da areia, seu rosto guardava o último minuto de sol daquele que seria o primeiro dia do resto de nossas vidas.

Sorri, estendi-lhe a mão, vi o mar se acalmar atrás de nós, "Joaquim, Joaquim, meu amor". Ele se ajoelhou, estava muito queimado, como eu nunca o vira. Não apenas queimado de sol, mas em brasa. Recostei minha cabeça em seu colo, e, pela primeira vez, tive a certeza de que nunca mais a tiraria.

"Leah", sussurrou, já chorando, seus olhos também em chamas.

Joaquim me abraçou com medo de que eu fosse uma miragem.

"Eu sabia que você ia voltar, Iemanjá não te deixaria ir embora da ilha", falei.

"Foi mesmo preciso Iemanjá, a Alamoa e Poseidon para me trazerem de volta. E uma mensagem na garrafa que me alcançou. Você não vai acreditar, uma mensagem tua de 1824!", riu.

"Ah, pelo menos uma delas chegou até você. Um pouco atrasada, né?"

"Você enviou outras?"

"Estão todas boiando pelos oceanos."

"Como é possível que eu a tenha encontrado agora?"

"Porque chegou a hora, Joaquim. Esta é a nossa hora."

Virei de frente para ele, queria abraçá-lo. Joaquim reparou na minha barriga, de fora – apesar de pequena, era notável, sobretudo naquela posição. Pousei sua mão sobre o meu ventre, "você vai ser papai, vamos ter um filho", mas ele tirou o braço, como se tivesse tomado um choque.

"Não é meu filho, não pode ser."

"Como assim?"

"Nunca pude engravidar nenhuma mulher, esses anos todos, nem as esposas, nem as amantes, nem as prostitutas, nenhuma delas...", confessou com vergonha, como se não possuísse virilidade.

"E Nicolau?"

E então ele me disse o que eu jamais havia suspeitado.

"Nicolau não é meu filho biológico. Ele não sabe, mas seu pai morreu antes dele nascer e eu o criei."

"Essa era a peça que faltava para eu ter certeza de tudo... se soubesse disso antes..." Olhei para cima e percebi um mumbebo nos sobrevoando, como se quisesse escutar a nossa conversa. "Claro, tudo na sua hora..."

"Não pode ser meu filho, Leah, esse bebê é de Nicolau."

"É teu filho, esteja certo disso, meu amor, é teu filho", o beijei, querendo acalmá-lo. Mas o medo ainda o dominava.

"Quando dom Diego lhe feriu, fiquei doente, caí de cama. Como sempre senti enjoos ao mar, acreditei que a viagem estivesse me consumindo. Pouco depois de chegar a Lisboa, descobri que estava grávida. Foi um choque para a minha família, você pode imaginar."

Ele arregalou os olhos, incrédulo. Eu prossegui. "Minha família me deixou em casa, inventou uma doença e não pude sair até o termo da gestação, Joaquim."

Pensei em contar sobre a briga com papai, da mudança para Sagres, do parto e do luto, mas aqueles pormenores todos só faziam sentido na minha alma, no meu passado. Guardaria detalhes íntimos para outro momento, ou para sempre. Revelaria o mais importante.

"Todos os dias eu pensava em você, rezando para que estivesse vivo. Quando nosso filho nascesse eu iria te procurar". A imagem de Fernando morto surgiu intocada na minha memória, foi difícil continuar falando. "Um menino. Natimorto."

"Morto?", seus olhos piscaram nervosos.

"Perfeito como um anjo, mas morto como aquela estrela que nos atingiu. Uma escrava chamada Tetê cuidou de mim no pós-parto, eu tive uma febre que não passava. Ela foi a primeira pessoa a me dizer que eu só voltaria a engravidar quando me encontrasse com a minha outra metade, e isso seria no final dos tempos", suspirei e sorri, pensando que o tempo tinha passado, finalmente, "só não morri porque... bem, porque já era imortal, mesmo sem saber. Porque aquela estrela tinha transformado tudo. Nunca mais engravidei."

Joaquim se calou, como se estivesse mastigando os pedaços soltos daquela história.

"Jamais passou pela minha cabeça, Leah. Esse filho é meu?"

"Esse filho é mais um milagre, Joaquim."

Ele continuava desconfiado.

"Pode ser de Nicolau."

"O filho não pode ser dele. Dois meses antes de vir para cá paramos de ter relações. Eu travei. Isso aqui" e acariciei o ventre, "é mesmo teu.

Engravidei no nosso primeiro encontro, na madrugada do dia 21 de dezembro. A data da gravidez bate. Eu já havia sido avisada, várias vezes, que isso iria acontecer"

"Como você engravidou, então?"

"Estava escrito nas estrelas, ou por uma estrela, que eu e você só poderíamos conceber juntos. A ciência não explica, nem isso e muito menos a nossa imortalidade. É pura magia. Foi a nossa mizar."

Joaquim finalmente sorriu, um pouco aliviado.

"Nicolau sabe?"

"Tive que contar."

"Como ele está?"

"Bem. Está bem. Rita está cuidando dele."

"E quando você descobriu que eu era o pai dele?"

"De verdade? Na escuna, naquele dia em que eu fugi nadando. Vi uma foto tua com ele na cabine, atrás estava escrito "Saudades, pai", e assinado "Nicolau". Eu gelei. Fugi, desesperada. Naquela carta que você nunca leu, eu explicava isso."

Joaquim tinha mil dúvidas, o sol já havia partido da linha do horizonte, o vento soprava calmo e o mar havia recuado, tímido. Mas dentro dele um batalhão de perguntas se formava, queimando seus olhos, como se um novo incêndio lambesse suas convicções.

"Então como veio me procurar aqui? Por quê?"

"Todos esses anos eu busquei respostas. Em todos os adivinhos, religiosos, profetas, cartomantes, enfim, onde quer que eu procurasse sempre escutava a mesma resposta: a gente tinha esse encontro marcado em 2012. Em 21 de dezembro, ou no dia do "fim dos tempos". Eu tinha que vir! Nunca imaginei que você fosse o pai do Nicolau, só achava que o meu Joaquim estaria, magicamente, aqui na ilha, na data marcada. A trabalho, a passeio, ou talvez morasse aqui, como de fato aconteceu. Por isso levei aquele choque quando vi a foto de vocês dois juntos."

"Mas por que você não me contou tudo? Por que não foi ao meu hotel?"

Essa parte eu queria pular, esquecer. Esse havia sido o pior dos erros. Mas agora era a hora da verdade, absoluta verdade, doesse ou não.

"Naquele dia em que eu prometi ir até o teu hotel, o Nicolau me acordou com uma surpresa: uma viagem para Roma, onde passaríamos o réveillon com a mãe dele. Não consegui recusar. Além do mais, estava com muito medo de que vocês dois se esbarrassem na portaria do nosso prédio, em São Paulo. Não queria que descobrissem daquela maneira!", me cobri com a canga, o frio tomava conta de mim, de dentro para fora, "o pior ainda estava para vir: quando chegamos a Roma, Nicolau pediu minha mão, numa cerimônia romântica. Me senti encurralada, pensei que talvez eu pudesse fazê-lo feliz por alguns anos e depois nós viveríamos juntos, eu e você, por toda a eternidade. Pensei na única filha que eu criei, Nikka, e que gostaria que você fizesse o mesmo por ela, se a situação fosse inversa..."

Ele fechou os olhos, quase sem aguentar o peso das palavras, "ele te pediu em casamento?"

"Pediu. Eu aceitei. No dia seguinte, sem saber de nada, Marina pegou uns álbuns de fotos da infância de Nicolau. Queria que eu visse que lindo ele era. Foi aí que a coisa se confirmou: você estava em várias fotos, Joaquim. Eu pirei, peguei o avião de volta sem ao menos me despedir. Ele ficou arrasado, e quando chegou ao Brasil eu tinha duas notícias terríveis para ele: que eu era a Leah e que você estava em coma."

Fiz uma longa pausa para retomar o ar.

"O resto você já imagina: viemos juntos te visitar enquanto você estava em coma, e, quando eu arrumei forças para contar que estava grávida de você, consumamos a separação."

Abracei Joaquim com um pedido especial de nos calarmos um pouco sobre o passado. Eu ainda via em seus olhos ondas de desconfiança e incompreensão, mas o presente era tudo o que havíamos pedido pelos últimos dois séculos, e estava ali, ao nosso dispor. Tínhamos que vivê-lo.

Nos beijamos muitas vezes, e a cada beijo eu o sentia mais presente e inteiro, com menos dúvidas ou desconfianças. Estávamos completos. De repente, Joaquim afastou-se de mim. Fiquei olhando sem entender, eu queria mais carinho, mas ele se distanciou. Estudei seu rosto, iluminado pela primeira estrela do universo, estático ao som das ondas e de viuvinhas brancas brincando no breu. Ficou de joelhos, como se fosse se levantar e ir embora – e então eu me confrontei com um medo bobo: será?

Ele não estava indo embora, estava se ajoelhando na minha frente.

"Leah Sylvia Porto Leal, você quer se casar comigo?"

Tomada por uma emoção de absoluta leveza, voei. O céu e o mar estavam juntos, não apenas naquela distante linha do horizonte, mas dentro de nós dois.

"Sim, eu quero muito, mais do que tudo, agora e para sempre, para ficar contigo até o final dos tempos, séculos e séculos e séculos de amor, Joaquim."

Eu já tinha o vestido de noiva, aquele comprado com tanto critério em Buenos Aires, amarelado e gasto – assim como nossas almas. Também sabia a data perfeita, uma noite de lua cheia, e o local: a capelinha de São Pedro, um dos relevos da ilha. Nós a enfeitamos com flores e incensos. Desenhei uma vereda de velas até a entrada do altar, pela qual eu caminhei sozinha – eu, nosso filho, e um buquê de azedinhas amarelas.

Joaquim me esperava dentro da minúscula capela, iluminado pela sombra das chamas. Todos os nossos convidados – estrelas, pontos de luz e seres alados – fizeram o mais absoluto silêncio.

Eu havia sonhado com aquele momento, como havia! Mas não era mais sonho – ainda assim, parecia tão irreal! Caminhei até aquele que era o homem da minha vida, seguramos nossas mãos cruzadas, formando o símbolo do infinito.

"Hoje estamos aqui reunidos graças à força do amor, à persistência da natureza e ao tempo que só o tempo traz", falou, sério. Ri, ele estava absolutamente lindo tão nervoso.

"Eu te amo, seu bobo", eu tremia, inteira, mas não de medo, de vibração. Cada pedaço de meu ser (e daquele que eu trazia dentro de mim) vibrava com tanta força que me fazia tremer.

"Hoje, 188 anos após o nosso enlace, estamos aqui para selar esse amor sem fim. Para, nesta vida que não acaba, termos eternamente um ao outro. Para que nosso filho seja abençoado."

Joaquim não aguentou, me beijou, daqueles beijos que nenhum casal ousa dar no altar, indecente, necessário, urgente. Depois, vestimos as alianças de ouro branco que ele havia encomendado. Tinham a data de 1824 gravada no interior. Trocamos nossos votos.

"Eu te aceito, para sempre, parte de mim, Joaquim Henrique Castro Nunes."

"Eu te aceito, eu te quero, eu preciso de você, Leah Sylvia Porto Leal, para sempre e sempre, para caminhar ao meu lado por toda a nossa imortalidade."

E então ele me surpreendeu com a tornozeleira de ouro que eu havia ganhado de meus pais aos quinze anos, e oferecido a Iemanjá no dia do nosso reencontro, no Buraco das Cabras.

"Como você conseguiu isso?"

"O mar trouxe para mim."

Beijei-o, aquela sensação de mais absoluta completude me invadiu, deixando a certeza de que seria duradora. A felicidade pode, sim, ser um estado, pensei. Uma vida, longa e completa, eterna.

Saímos e o céu jogou raios de luz sobre nós, uma chuva de arroz celestial. Um cavalo branco, parecido com Tartuffe, o cavalo de Joaquim em 1824, estava parado na entrada da capela. De alguma maneira, Joaquim havia trazido aquele animal até lá para nos lembrar do começo, e meu coração sorriu com a delicadeza. Montamos nele, estava selado.

"Nós dois, finalmente, meu Joaquim!, em Fernando de Noronha, galopando no teu cavalo que nos sorri..."

"Apenas 188 anos, meu amor, esse foi o tempo que esperamos..."

Virei seu rosto para mim, o cavalo trotava devagar, como se soubesse da importância das palavras que estávamos proferindo, "eu esperaria novamente, esperaria o tempo que fosse necessário, porque esse amor que eu sinto é mais forte do que tudo, mais forte do que eu..."

Finalmente, éramos um só.

Max nasceu na ilha, numa noite de lua cheia, sexta-feira 13 de setembro de 2013. Joaquim, Zelda e uma parteira, vinda do Recife, me ajudaram a trazê-lo ao mundo na banheira de nossa casa. Quando chorou pela primeira vez, soubemos que ele tinha a força dos mares e a determinação dos céus. O ser mais perfeito do mundo.

As primeiras semanas passaram sem que eu percebesse os movimentos do universo: noite e dia se confundiam. Certa manhã, enquanto Max dormia e Joaquim havia saído, fui fisgada pela minha imagem refletida no antigo espelho veneziano do banheiro. Eu estava mudada. Muito mudada, mas não sabia direito o que era. Um quê diferente de mim mesma. Talvez fosse o fato de eu ter virado mãe... Me assustei: eu conhecia tão bem aquela estampa imutável que agora me soava estranha. O que podia ser?

Max chorou, fui dar de mamar, mas meu reflexo me perseguiu na memória. Nas últimas semanas eu também havia notado algo de diferente em Joaquim. Mas era claro, aquela experiência toda nos havia transformado! Finalmente estávamos juntos, tínhamos um filho, e a felicidade constantemente estampada em nossos rostos fazia tudo reluzir: as almas, os dentes, os olhos.

Eu havia colocado um enorme espelho na varanda, onde sempre ficava refletido o lápis-lazúli do encontro do céu com o mar, fazendo com que aquele pedaço da casa flutuasse. Quando Max adormeceu, eu fui me examinar.

Observei por algum tempo minha imagem tão familiar até que eu finalmente capturei, como o obturador de uma antiga máquina fotográfica, o motivo de meu estranhamento: havia um pequeno mapa ao redor de meus olhos. Minúsculas ilhas marcavam os caminhos de minha vida. Eu havia envelhecido após o nascimento de Max.

Sorri, aliviada: agora sim, eu e Joaquim poderíamos ser felizes. Finitamente, sujeitos à ação do tempo, poderíamos consumir o amor que havíamos guardado. Só assim nós teríamos, finalmente, todo o tempo do mundo.

AGRADEÇO...

Aos leitores do Livro de Joaquim, que me encheram de luz e de certeza sobre o caminho que venho traçando. Obrigada por me deixar entrar!

Às minhas filhas, que entendem e torcem por mim com tanta emoção; e aos meus pais, que seguem acreditando na escritora que há aqui dentro.

Ao Antônio Araújo, que me ouviu e lutou por esse projeto ao meu lado; à editora Camila Cabete, por entrar nessa com tanta energia; e ao designer gráfico Pedro Menezes, que captou o espírito do livro na capa.

Ao Alexandre Mathias, à Belisa Ribeiro, ao Danton Melo, à Liliana Cardoso, ao Marcelo Goyanes, à Sandra Marques e à Sílvia Fiuza que, de maneiras muito diferentes, me ajudaram a persistir e acreditar na continuação deste projeto e da minha carreira.

Ao André Jun Aramaki, à Andréia Takano e à Tatiana Abroskina, que me ajudaram com o uso de palavras estrangeiras no romance.

Aos meus queridos amigos e todos que, de alguma maneira, fizeram parte deste projeto.

Aos meus avós (in memoriam), Clara e Manoel, Icléa e Oswaldo, que me transmitiram suas incríveis histórias.

PRODUÇÃO
Camila Cabete

REVISÃO
Mauro Malin
Nancy Juozapavicius

DIAGRAMAÇÃO E PROJETO GRÁFICO
Quaderno Criação

Este livro foi impresso no Rio de Janeiro, em março de 2013, pela Edigráfica para a Agir. A fonte usada no miolo é Adobe Garamond Pro, corpo 11,5/14,5. O papel do miolo é avena 80g/m², e o da capa é cartão 250g/m².